LAURENS VAN DER POST

DAS HERZ DES KLEINEN JÄGERS

KARL H. HENSSEL VERLAG

BERLIN

Titel der englischen Originalausgabe
THE HEART OF THE HUNTER
übertragen von Leonharda Gescher

CIP-Kurztitelaufnahme der Deutschen Bibliothek
Van der Post, Laurens:
Das Herz des kleinen Jägers / Laurens van der Post.
[Übers. von Leonharda Gescher]. – 2. Aufl. –
Berlin: Henssel, 1985.
Einheitssacht.: The heart of the hunter <dt.>
ISBN 3-87329-022-7

Verleger der Originalausgabe: THE HOGARTH PRESS Ltd., LONDON
Deutsche Rechte: Karl H. Henssel Verlag, Berlin · Satz und Druck: Druckhaus Langenscheidt · Bucheinband: Schöneberger Buchbinderei, beide in Berlin

C.-G. JUNG

gewidmet aus vielen
Gründen, aber besonders
wegen seiner großen Liebe
zu Afrika und seiner Ehr-
furcht vor dem Leben
seiner eingeborenen
Kinder

INHALT

Einleitung 9

TEIL I

Unerwartete Begegnung 19
Das Herz eines Sterns 45
Der zahme Buschmann 70
Honigdachs und Honigweiser 88
Der Mensch und die Wüste 104
Pracht und Tapferkeit der Vögel 128
„Ziehe hin in Frieden, Moren“ 140

TEIL II

Die Zeit der Hyäne 157
Das Versagen 170
Liebe, der eingeborene Aufspürer 182

TEIL III

Dxui-Schöpfung und Neuschöpfung 203
Dxui und die Mantis 213
Krank vor Heimweh nach einer Geschichte . . . 225
Die Sage von der Mantis 234
Das Herz der Morgenröte 265
Sonne, Wind und Regen 288
Die schöne Elenantilope 304
Licht allen Menschen 318

EINLEITUNG

Dieses Buch ist die Fortsetzung der „Verlorenen Welt der Kalahari“, aber man kann es auch als eine in sich abgeschlossene Erzählung lesen. „Die verlorene Welt der Kalahari“ war die Geschichte einer Reise in ein großes, wüstes Land, die Geschichte einer Suche nach ein paar rein erhaltenen Überresten der einzigen und fast gänzlich verschollenen Ureinwohner meines Geburtslandes, der Buschmänner Afrikas. Ich gab in dem Buch einen kurzen Bericht über die tragische Ausrottung dieses kleinen Jägers und Schöpfers von Felsmalereien durch die schwarzen und weißen Eroberer seines ehemaligen Landes. Das Buch erzählte auch, wie wir auf einen großen Zweig seines Volkes, den Fluß-Buschmann, stießen, der bis auf wenige Gruppen ausgestorben ist, und wie wir nach einer Suche in der Zentralwüste der Kalahari mit einer kleinen Buschmann-Sippe in Berührung kamen. Das Buch schloß mit einem Bericht über unseren kurzen Aufenthalt bei den Buschmännern, über ihr Leben, ihr künstlerisches und handwerkliches Schaffen, über ihre Musik, ihre Tänze, ihre Geschichten und über den Film, den wir über sie drehten. Es endet mit unserem Abschied von ihnen an einem Ort, den wir die „Saugquellen“ nannten.

„Das Herz des kleinen Jägers“ beginnt, wo das erste Buch aufhört. Wir befinden uns auf dem Wege, der aus der Zentralwüste hinausführt. Wir sind immer noch dieselbe Gesellschaft: Jeremiah Muwenda, unser Barotse-Koch; John Raouthagall von den Bamangkwetsi, sein Gehilfe; Cheruyiot, ein Knipsigis-Träger aus Ostafrika;

sein Dienstherr, Windham Vyan, ein alter Freund, der den weiten Weg über Land in einem kleinen Lastwagen zu uns gekommen war, um uns mit seinem bewährten Schießgewehr bei der Nahrungsbeschaffung zu helfen; Charles Leonard, unser südafrikanischer Mechaniker und Tontechniker; Duncan Abraham, ein Schotte, unser unermüdlicher Kameramann; Dabe, ein zahmer Buschmann*, der von einer Afrikaanerfamilie in der Wüste aufgezogen worden war und uns als Dolmetscher zur Verfügung stand; und Ben Hatherall, ebenfalls ein alter Freund, der schon bei mancher Wüstenexpedition mein Führer gewesen war.

Nachdem die Reise durch die Wüste zu Ende war und die Reisegesellschaft sich zerstreut hatte, entdeckte ich jedoch, daß in einem gewissen Sinne die Reise noch gar nicht begonnen hatte. Ich sah mich gezwungen, eine neue Reise zu unternehmen, eine Reise in meine eigene Seele und in die Seele des entschwundenen Buschmanns. Da stand ich als Autor plötzlich vor einem Dilemma: sollte ich nicht die wirkliche von der geistigen Reise trennen und zwei gesonderte Berichte schreiben? Schließlich verwarf ich jedoch eine solche Trennung, weil sie keineswegs dem entsprach, was ich erlebt hatte. Wenn das, was ich mitteilen wollte, Wissenschaft gewesen wäre, Forschungsergebnisse oder die Studie eines Gelehrten, dann hätte ich nicht gezögert, aber ich bin für keine dieser Aufgaben qualifiziert. Ich kann für mich nur in Anspruch nehmen, daß ich vielleicht über eine einmalige Erfahrung verfüge und berechtigt bin, einen Versuch zu machen, zwar nicht Wissen aber die Erfahrung selber zu vermitteln. Ich habe endlich, so hoffe ich,

* ein Buschmann, der eine Zeitlang von Europäern aufgezogen worden ist.

erkannt, wie gefährlich und nutzlos es ist, einmal gefundene Wahrheiten verbessern zu wollen.

So ist denn auch die Gestaltung dieses Buches nicht von der äußeren Handlung bestimmt worden, sondern einzig und allein durch die Art und Weise, wie mir die Erfahrung zuteil wurde. Es war eine ständige, immer wieder neue Begegnung. Das war für mich eine der bedeutsamen Begebenheiten dieser Reise, und ich fühle mich genötigt, sie zu respektieren. Aber selbst dann fanden meine Schwierigkeiten kein Ende. Als ich soweit war, daß ich Seele und Geist des Buschmanns ergründete, befand ich mich in der zwiespältigen Lage, nicht nur die Geschichte an sich erzählen, sondern sie im weiteren Verlauf auch auslegen zu müssen. Der Buschmann gebrauchte Bilder und Redewendungen, die ohne Auslegung dem zivilisierten Menschen unverständlich bleiben würden. Ich kann nicht für mich in Anspruch nehmen, daß mir dies gut oder vollkommen gelungen wäre. Es war niemand da, der mich in diesem Bestreben hätte anleiten können, und ich glaube auch nicht, daß es jemand schon vorher einmal versucht hatte. Aber mir ahnte, ich wäre möglicherweise der einzige Mensch, der sich an eine solche Art Auslegung heranwagen könnte; der einzige Mensch, der sozusagen diese improvisierte kleine Strickleiter sein könnte, die den tiefen Abgrund zwischen dem modernen Menschen und dem ersten Menschen Afrikas überbrückt, bis die richtigen Ingenieure mit geeigneten Hängebrücken sich an die Arbeit machten.

Durch meine Kindheit in Afrika, durch meine Familie mütterlicherseits, die seit den europäischen Anfängen dort ansässig war, hatte ich eine Verbindung mit der Vergangenheit, mit dem Buschmann und seiner Welt, wie heute vielleicht niemand mehr. So erhielt ich beispielsweise von meinem Großvater einen Bericht aus erster Hand über eine Schlacht, an der er als Kind im Jahre 1848 im Oranje-Freistaat teilgenommen hatte. Ferner waren meine Großmutter, ihre Schwester, ihr kleiner Bruder und eine farbige Kinderfrau vom Kap die einzigen Überlebenden, als die Reisenden bei einem der frühesten Trecks, den mein Urgroßvater im Jahre 1835 vom Kap der guten Hoffnung aus unternommen hatte, niedergemetzelt wurden. In dieser und manch einer anderen Richtung brauche ich nur meine Hand auszustrecken, um einen Tag festzuhalten, der hundertundzwanzig Jahre oder noch länger zurückliegt. Andere Mitglieder meiner Familie konnten sogar noch weiter auf die Vergangenheit zurückgreifen. Ich selber war das dreizehnte von fünfzehn Kindern. Besonders meine älteren Brüder wußten mehr als ich. Wenn sie gewollt hätten, hätten sie diese Aufgabe besser ausführen können, aber leider sind sie alle tot; und ich hatte das Empfinden, daß ich bald einen Anfang machen müßte; sonst würde es vielleicht niemals dazu kommen, und etwas Seltenes wäre für alle Zeiten verloren gewesen.

Deshalb ging ich in Gedanken sehr weit zurück bis in die Welt jener fernen Vergangenheit in meinem eigenen Leben, aber ich mußte auch auf meine Erfahrungen mit anderen primitiven Völkern Afrikas zurückgreifen, um meine Brücke hinüberspannen zu können. Wo es nötig war, habe ich mich auch nicht gescheut, mir ihre Geschichten und Legenden nutzbar zu machen, um uns die Mentalität des Buschmanns deutlich vor Augen zu führen. Aber ich unternahm dies alles nur um meiner selbst willen. Der Gedanke an das, was Schwarze und Weiße dem Buschmann angetan haben, ist für mich beinahe unerträglich. Ich konnte ihn leider nicht wieder zum Leben erwecken: es schien mir jedoch eine gewisse Sühneleistung zu sein, wenn ich fortan dazu beitrug, daß der Sinn, den sein Leben für ihn hatte, nicht in Vergessenheit geriet, so wie er selber dem Untergang geweiht war. Ich empfand es als eine längst fällige Ehrenschuld, in unserem eigenen Geist das zu bewahren, was in seiner Vorstellungsweise lebendig gewesen war und was viel mehr ist, als ich wußte oder auch nur geahnt hatte. Allein schon ein Umstand schien mir von übernatürlicher Bedeutung zu sein: wie grausam das Schicksal oder die Lebensbedingungen für ihn auch sein mochten, wie mager die ihm vergönnten Nahrungsbrocken auch waren, immer war das Leben für ihn lebenswert, immer war er bereit, es bis zum Ende zu verteidigen. Ich hätte gemeint, schon allein ein solcher natürlicher Geistesadel sollte in einem Zeitalter Beachtung fordern, das trotz seiner Vorzüge und Annehmlichkeiten eine solche Abschwächung des Bewußtseins vom Wert des Lebens erfahren hat, daß der Mensch in zunehmendem Maße geneigt ist, sich dieses Leben zu nehmen. D. H. Lawrence hat in einem seiner Gedichte gesagt:

„Im Erdenstaub, in dem wir
Die schweigenden Geschlechter und ihre
Schandtaten
Begruben, haben wir vieles von dem lieblichen
Zauber des Lebens begraben."

Wenn ich aus dem Schutt unserer Vergangenheit etwas von jenem Zauber gerettet habe, von dem, wie mir scheint, der Geist des Buschmanns erfüllt war, oder wenn ich, wie er selber es ausgedrückt hätte, „dem Mond auf seiner Bahn weitergeholfen" habe, dann will ich mehr als zufrieden sein.

Schließlich habe ich auch nicht gezögert, auf das zurückzugreifen, was Stow, Bleek, Bleeks Schwägerin, Lucy Lloyd, und seine Tochter Dorothea über den Buschmann des Kaplandes und des Oranje-Freistaates berichtet haben. Eines Tages, wenn alles Wertvolle, was wir in Afrika besitzen, erst wieder in seiner ursprünglichen Gestalt zusammengefaßt sein wird, dann werden wir diesen vier Menschen aus Dankbarkeit ein Denkmal errichten, weil sie zuverlässig und liebevoll entgegen der gesamten Geistesrichtung ihrer Zeit das wenige bewahrt haben, was von der Kunst und Kultur des Buschmanns übriggeblieben ist. So habe ich denn auch Bleeks und Lucy Lloyds *Bushman Folklore* (Longmans) und Dorothea Bleeks *Mantis and His Friends* (Maskew Miller, S.A. Ltd.) als die maßgebliche Fassung dessen benutzt, was für mich gewissermaßen die Bibel der Steinzeit ist. Die von mir selber gesammelten Geschichten habe ich nur insoweit benutzt, als sie zur Erhellung und Bereicherung des dort behandelten Stoffs beitragen, und ich möchte sogleich hinzufügen, daß nichts, was ich später in der Kalahari erfuhr, im Widerspruch dazu stand.

So scheint Bleek beispielsweise niemals eine einzige Buschmanngeschichte darüber aufgezeichnet zu haben, wie der Mensch das Feuer fand. Dieses Ereignis ist ein so unumgänglich notwendiger Ausgangspunkt für die Entwicklung aller Kulturen, daß sein Fehlen beinahe unerklärlich ist, wenn man nicht die Einschränkung macht, Bleeks Spezialgebiet sei schließlich nicht Mythologie sondern Philologie. Überraschend ist vielmehr, daß Bleek als eifriger Philologe gegenüber anderen Anforderungen an sein Gelehrtentum derart aufgeschlossen war. Wenn er in gewissen Fällen keinen Aufschluß geben konnte, habe ich mich nicht gescheut, die von mir selber gesammelten Geschichten hinzuzuziehen: deshalb erzähle ich, und zwar, wie ich glaube, zum erstenmal in der Version des Buschmanns, wie dem Menschen das Feuer gebracht wurde. Ich hoffe später einmal, nachdem ich in der Kalahari noch mehr über den Buschmann und seine Geschichten erfahren habe, deren vollständige Wiedergabe zu veröffentlichen. Vorläufig ruhen die Geschichten, die ich in den eigenen Worten des Buschmanns auf Tonband aufgenommen habe, sicher in meiner Bibliothek.

Als ich seinerzeit eine Schilderung dieses Erlebnisses niederschrieb, hatte ich ständig den Gedanken im Kopf, ich könnte durch meine Berichte mit dazu beitragen, die wenigen Buschmänner, die noch in der Wüste leben, zu erhalten. Ich bin überzeugt, daß es für ihn keine Geborgenheit gibt, solange wir ihm nicht zuerst Eingang in unser Herz und unsere Vorstellungswelt gewährt haben. Der Fernsehfilm, den ich für die B.B.C. hergestellt habe, diente bereits diesem Zweck. Schon hat die Britische Regierung grundsätzliche Maßnahmen getroffen, um ihn wirksamer zu schützen. Aber diese Arbeit hat kaum begonnen. Die Hoffnung, mein Buch könnte nicht nur ein Geplänkel verursachen, sondern zu einem richtigen Feldzug anspornen, gab mir immer wieder neuen Auftrieb. Es ist eine Ironie des Schicksals, daß die „Apartheid"-Regierung, die in der Südafrikanischen Union wegen der Rassentrennungsgesetze heftig angegriffen wird, viel mehr zum Schutz des Buschmannes in der Kalahari Südwest-Afrikas getan hat als die Britische Regierung in ihrem eigenen Gebiet.

Es ist nicht möglich, alle jene, Schwarze, Farbige und Weiße, namentlich aufzuführen, denen ich für ihre

Hilfe während meiner Reise Dank schulde. Ich muß jedoch meine alten Freunde Chalmers Robertson aus Johannesburg und den Provincial-Commissioner in Lobatsi, Arnot Germond, erwähnen, denn sie haben in höchstem Maße zum Erfolg meiner Reise beigetragen. Ferner muß ich meine Freunde erwähnen; „Benghazi" Lloyd Williams, Angus Collie und den Offiziersstab und die Piloten des Flugdienstes der Anwerbungsstellen der Rand Chamber of Mines, die in mannigfachen kritischen Augenblicken am Rande der Wüste zu meiner Rettung herbeieilten und mich, meine Filme und mein krankes Personal zu wiederholten Malen bereitwillig und schnell ein- und ausgeflogen haben. Schließlich bin ich C. Day Lewis ungeheuer dankbar, der mein Werk mit Sorgfalt und voller Verständnis für den Sinngehalt, den es zu vermitteln sucht, veröffentlicht hat.

TEIL I

VERLORENE WELT

Even here in the desert have I seen
God and lived after my vision.

Hagar, Genesis 16:13

1

Unerwartete Begegnung

Auf dem Rückweg aus der zentralen Wüste hatten wir eine unerwartete Begegnung, die, so kurz sie auch war, für mich schwerwiegende Folgen hatte. Sie fand am achten Tage statt, nachdem wir die Saugquellen verlassen hatten.

Wir waren noch tief im Innern der Kalahari und kamen auf einer unwegsamen Landstrecke, bis zu welcher der Regen noch nicht vorgedrungen war, nur langsam voran. Da es schon spät im Jahre war, befand sich die Wüste in einem erschreckenden Zustand. Fast alles Gras war verdorrt, und nur die struppigen Stoppeln einer vergangenen Jahreszeit waren hier und da stehengeblieben, so kümmerlich, verblichen und durchsichtig, daß ihr Schatten wenig mehr als eine dunklere Tönung des Sonnenscheins war. Die meisten Bäume standen blattlos da und hoben sich von dem blendenden Licht ab wie Knochen auf Röntgenplatten. Das wenige, noch vorhandene Laub sah so verbrannt aus, als würde es bei der geringsten Berührung zu Asche zerfallen. Unter einer so dürftigen Schutzdecke trat der tiefe Sand deutlicher denn je zutage, bei Morgen- und Abenddämmerung safranfarben und in der Zwischenzeit schwefelgelb. Nirgends war der Schatten dicht genug, um die Oberfläche zu kühlen. Die wenigen dünnen Schattenstriche schienen von den spitzen Dornen auf den Sand gekritzelt zu sein wie die Zeichen auf den Schriftrollen vom Toten Meer.

Es war kein Wild zu sehen. Raubtiere waren jedoch über diesen Weg gezogen und hatten das Wild offensichtlich vermißt; denn allenthalben hatten sie auf der Erdoberfläche mit Hufen und Klauen nach den Wurzeln und Knollen gegraben, auf die sie zum Leben angewiesen sind, bis der Regen einsetzt. Sie hatten große Löcher und Gräben hinterlassen. Weite Gebiete sahen so aus, als hätte auf ihnen eine erbitterte Schlacht stattgefunden, und immer kam in der heißesten Tagesstunde ein Augenblick, in dem die Sonnenglut die Erde derart veränderte, daß man der Halluzination verfiel, man bewege sich auf der pockennarbigen Oberfläche einer öden gelben Mondwüste. Sogar Vögel waren selten und kaum zu sehen, nur ein Geier schwebte ständig über diesem Sterbebett der Natur wie eine Spinne, die an einem Faden seidener Luft im Himmelsblau hängt. Die wenigen Vögel, die wir sahen, sangen nicht mehr und schwirrten mit verzweifeltem Blick Nahrung suchend hin und her.

Wir sahen jedoch Schlangen in Mengen. In all den Jahren, seitdem ich die Kalahari kenne, habe ich niemals so viele und auch nicht so herrliche Exemplare gesehen. Ich nehme an, sie kamen deshalb besonders zur Geltung, weil so wenig Gras oder Laub vorhanden war, das sie hätte verbergen können. Je heißer und dürrer die Wüste wurde, um so mehr Schlangen entdeckten wir. Wie gut paßten sie in diese verödete Szenerie hinein! Wir sahen gekrümmte kleine Nattern, still wie versteinertes Holz und vor der untergehenden Sonne wie buntes Glas leuchtend. Da lagen schwere Puffottern, zusammengerollt wie Reifen aus mattschimmerndem Metall an den Hand- und Fußgelenken von Sklaven. Große goldene Kobras zogen schimmernde Fadenstiche durch ihre zerrissene Sanddecke. Vor allem sahen wir schwarze Mambas, die alarmbereit, glänzend und unerschrocken aufrecht in der Sonne saßen. Eine von ihnen hatte offensichtlich Vogelnester zu plündern versucht und baumelte unschuldig über unseren Köpfen, mit dem Schwanz an einen Baumzweig geknüpft. Schließlich schoß noch eine andere Schlange mit glitzerndem Hieroglyphen-Auge unter meinem Land-Rover hervor, als ich zwischen ihr und ihrem Loch hindurchfuhr. Sie bewegte sich so schnell, daß der Kopf, als ich den Schwanz links neben mir verschwinden sah, schon rechts neben meinem Fenster erschien. Ich hielt sofort, aber da war sie auch schon verschwunden.

Je weiter wir auf diesem Wege fuhren, um so mehr wurden wir selber von der verzweifelten Stimmung des Landes erfaßt. Obwohl wir genug Nahrungsmittel und Wasser für unseren Bedarf mitführten, wurden wir doch genau so wie die Erde durstig, hungrig und furchtsam. Am schlimmsten war, daß die gewaltigen Gewitterwolken, die an den frühen Nachmittagen über den Horizont herangestürmt kamen, keine Macht zu besitzen schienen, den eisernen Ring der Dürre um uns herum zu sprengen. Oft sahen wir zu, wie sie sich auftürmten, bis sie über uns standen wie Atompilze in der Südsee. Ihre Schatten rollten in purpurnen Falten von einem fernen silbernen Gebirgskamm herab und über unsere schmerzenden Sinne hinweg. In den dunklen Fernen glitzerten die Pfeile ihrer Blitze, die Erde erdröhnte vom Donner, und die weite Wüste lag zusammengeschrumpft in unterwürfiger Pose zu ihren Füßen. Nichts, so meinten wir, könnte jetzt den Regen aufhalten. Einmal sahen wir sogar die Regentropfen aus dem unteren Rande des größten all dieser Wolkengebirge herabstürzen. Sie schwärmten aus wie aufgestörte Bienen aus einem Bienenstock und kamen auf uns zu, aber ehe sie uns erreichen konnten, verdunsteten sie bereits in der Hitze, die von der Erde aufstieg. Dann erhob sich wie immer der Wind. Er kreiselte gewaltig in dem wie ein Derwisch tanzenden Staub, ehe er emporschoß, um die großen Wolkengebilde auseinanderzureißen. Wir sahen sie kleiner werden, zerfetzt und verloren im Rot eines apokalyptischen Sonnenuntergangs, und krochen, die Verzweiflung der Erde im Herzen, in unsere Betten auf dem Sand. Vorm Einschlafen mußte ich oft daran denken, daß meine Landsleute, von denen viele bei dem Versuch, die Wüste zu durchqueren, umkamen, ihr den rechten Namen gegeben hatten, wenn sie sie einfach „Das Große Durstland" nannten.

Dann ging am Morgen des achten Reisetages die Sonne schneller und zorniger auf als sonst. Es schien überhaupt keinen Übergang zu geben, der in jenen Breiten zu jener Jahreszeit schon kurz genug ist. In der einen Minute war es dunkel und kühl, in der nächsten blendend hell und heiß. Unter diesen Gegebenheiten zeigt sich das Leben in einer seltsam veränderten Form: alles in der Natur wird personifiziert. Jede wissenschaftlich gewonnene Vorstellung löst sich schnell in ein Nichts auf, bis keine abstrakten Begriffe mehr im Geiste übrigbleiben. Sonne, Mond, Sterne, Wind, Blitz und Regen, sie werden alle große, uns magnetisch anziehende Erscheinungen, und unser Verhältnis zu ihnen wird ein stark persönliches. So erinnere ich mich zum Beispiel, daß ich an jenem Morgen, bestürzt über das Ungestüm des Tages, denken mußte, die Sonne sei ein mächtiges Lebewesen, das durch Überbeanspruchung wahnsinnig geworden und in den Himmel gesprungen sei. Dort schlägt es sich nun an die Brust und schreit: „Schaut her! Schaut her! Schaut her! Hier bin ich."

Im weiteren Verlauf des Tages wurde das Gefühl, in einen aus der Ordnung geratenen Abschnitt der Jahreszeiten eingesperrt zu sein, noch vertieft. Innerhalb einer Stunde war es so heiß, daß die Luft zu fließen begann wie schmelzendes Glas. Lange vor Mittag rollten die Hitzewellen so gewaltig über das Antlitz der Wüste, daß alles auf ihr verschleiert oder zerborsten war. Schließlich sah die ganze Quecksilberlandschaft so wesenlos aus wie ihr eigenes Spiegelbild auf der Oberfläche eines glänzenden Tümpels, das durch den Aufprall eines Steines zerrissen wird. Sogar der Himmel wurde zu einem Spiegel, angefüllt mit mannigfaltigen Bildfetzen, die von der Hitze unten zu ihm hinaufgeschickt wurden. Ich sah die Spitze einer Düne im Himmel umgekehrt auf der Spitze der wirklichen Düne stehen, deren Basis von Hitzewellen verwischt worden war. Bruchstücke von Bäumen und ausgetrockneten Wasserläufen hatten plötzlich ihren Halt auf der Erde verloren, und man konnte sie verschmolzen mit Spiegelbildern ihrer Wesensteile am blank polierten Himmel sehen. Ein Spiegelbild fesselte lange meine Aufmerksamkeit, weil es zu keiner der Formen unten zu gehören schien und aussah wie eine der van Goghschen Eisenbahnen, während einer Himmelsreise aus Luft geboren. Dann erwies es sich als das Abbild einer tiefen, schmalen Spalte, die noch weit unter dem Horizont lag, als wir schon ihr Spiegelbild in der Luft wahrnahmen. Einmal füllte der Umriß eines Baumes den ganzen Himmel aus. Als wir näherkamen, schrumpfte er zusammen, bis nichts mehr von ihm übrigblieb als ein einsamer Busch ohne Schatten in einem Klecks scharlachroten Sandes. Um uns ein wenig den Glauben zu bewahren, das Universum gehe wie auch sonst immer seinem Tagewerk nach, mußten wir uns von Zeit zu Zeit zwingen, durch diese neue Dimension von Verzerrung und Entwirrung hindurch auf das stille Blau dahinter zu schauen.

Um die Mittagsstunde suchten wir alle nach einem Ort, wo wir unseren Fahrzeugen Ruhe gönnen und uns selber ausruhen konnten. Als eine grüne Fahne mit silbernen Sternen und Streifen auftauchte, war ich darauf gefaßt, daß sie ein neues Trugbild des Tages sei, steuerte aber trotzdem auf sie zu. Langsam wurden Sterne und Streifen kleiner, das Grün machte sich breiter, und schließlich stand da wie ein Wunder vor Ungläubigen eine Anzahl von belaubten Kameldorn-Bäumen. Es waren Riesen ihrer Art, spaßig anzusehen und sehr alt, und das Erstaunen, sie hier anzutreffen, wurde noch durch die Kenntnis vermehrt, daß sie hier in einem Teil der Wüste wuchsen, der keineswegs eine typische Kameldorn-Landschaft war. Für gewöhnlich wachsen sie in großen Mengen viel weiter südlich auf einem Sand, den sie besonders lieben, und verleihen ausgedehnten Wüstengebieten ein erstaunlich parkähnliches Aussehen. Dies hier war wohl nur ein einsamer Vorposten, vielleicht Überlebende einer großen Kolonie aus einer Zeit, als die Wüste sich den Bäumen gegenüber noch gütiger verhielt als heutzutage.

Wir machten dicht neben ihnen halt. Jemand sprang aus einem Wagen und warf eine Handvoll gelben Staub in die Luft. Ohne auseinanderzufallen, fiel der Staub schwer wie Blei herab. Da wußten wir, daß es nicht windig war. Trotzdem wendeten wir unsere Land-Rover in der Richtung, aus der der Wind kommen mußte, wenn er überhaupt jemals wieder wehen sollte, und fuhren sie unter die Bäume. Wir öffneten die Kühlerhauben und schraubten die Verschlußdeckel ab. Beinahe ohne ein Wort miteinander gesprochen zu haben, warfen wir uns in den seit Tagen entbehrten ersten Schatten nieder.

Meine Gefährten waren sogleich eingeschlafen, und wie beneidete ich sie! Ich war zu nichts anderem fähig, als nur meinen Körper ausruhen zu lassen. Meine Augen wollten nicht geschlossen bleiben; sie öffneten sich immer wieder und forschten an dem Himmel jenseits dieser unwahrscheinlichen Blätter nach einer Wolke. Es war keine zu sehen, nur eine leichte weiße Feder schwebte über das Blau hinab wie ein Sinnbild des zurückweichenden Sturms vom Abend zuvor. Regen schien weiter entfernt denn je. So lag ich ungefähr eine halbe Stunde da. Der Mittag der Kalahari zischte wie eine Schlange in meinem Ohr. Dann erreichte mich plötzlich ein eindringliches Wispern: „Moren! Master! Bist du wach?“

Es war Dabe, unser alter Buschmann-Dolmetscher, der mir sehr ans Herz gewachsen war. Er war so lautlos, wie nur ein Buschmann es vermag, von dem Baum heruntergeklettert, wo er auf die für ihn charakteristische Weise allein geruht hatte. Kein einziger meiner Gefährten, die neben ihren Wagen ausgestreckt lagen und schwer atmeten, war wachgeworden, als Dabe auf Händen und Knien zu mir kroch. Dicht neben mir schob sich sein faltenreiches, gerunzeltes Gesicht vor die blendende Helle. Seine Augen waren kaum sichtbar, aber das wenige, was ich von ihnen sehen konnte, war strahlend und wachsam.

„Menschen! Da draußen, sie kommen hierher!“ Sich auf den Knien aufrichtend und mit einer Hand nach Osten weisend, sprach er, ohne meine Antwort abzuwarten.

Ich stand sofort auf und ging mit ihm von unseren schlafenden Gefährten hinweg ins Freie hinaus. Wir standen beide in der Sonne, hielten Ausschau und lauschten schweigend. Ich hörte keinen Ton, nur das Brausen des Tages dröhnte in meinen Ohren wie ein Schmelzofen. Ich beobachtete einen Wirbelwind, der sich steil aufrichtete und wie eine Feuersäule des Alten Testaments kreiselte und flackerte, bis seine Flammen eine weite Fläche des Himmels verfärbten. Hoch im Blau darüber stieg ein Geier in einem Strudel klarer Luft empor und zog anmutige Kreise, während das Sonnenlicht seine dunklen Flügelspitzen säumte. Aber mehr sah ich nicht. Ich hatte eigentlich auch nichts anderes erwartet. Ich konnte nicht glauben, daß Menschen, die nicht wie wir besonders ausgerüstet waren, sich zu dieser Zeit in diesem Teil der Wüste aufhalten konnten. Aber ich wußte aus Erfahrung, daß man Dabes Wahrnehmungen niemals bezweifeln durfte.

„Bist du sicher, daß Menschen hierher kommen?“ fragte ich.

„O ja! Ich spüre, daß sie kommen!“ Mit einem Finger auf die weiche gelbe Haut seiner nackten Brust klopfend, hatte er ohne Zögern geantwortet und fügte noch hinzu: „Männer und Frauen in Not kommen hierher.“

Wenn wirklich Menschen nahten, mußten sie ganz gewiß in großer Not sein, sagte ich mir. Aber die überlegene Miene Dabes verleitete mich zu der Frage: „In Not? Wie kannst du das wissen?"

„O ja. In Not. Ich fühle es hier." Er schlug sich noch nachdrücklicher auf die Brust und bemerkte dann mit einem leicht ironischen Lächeln auf den Lippen: „Aber selbst du müßtest eigentlich wissen, daß hier keiner zu uns kommen würde, wenn er nicht in Not wäre?"

Merkwürdig beglückt über die Unbefangenheit, mit der er mich zurechtwies, sagte ich:

„Aber ich sehe oder höre nichts von ihnen."

„Das wirst du gleich. Brauchst bloß zu warten und zu horchen, Moren!"

Er wandte den Kopf zur Seite und legte eine Hand ans Ohr. So standen wir noch einige Minuten da; dann grunzte er plötzlich und sagte: „Da kommen sie! Jetzt mußt du sie doch bestimmt hören?"

Ich hörte immer noch nichts außer dem Rauschen des Tages in meinen Ohren; aber plötzlich sah ich Vogelflügel in der Ferne flattern und einen dunklen kleinen Körper auf dem Wipfel eines Baumskeletts landen. Er verweilte nur einen Augenblick, ehe er sich wieder davonmachte und seitlich hinter einer Hitzewelle verschwand. Ich meinte, die Umrisse eines Menschen verdunkelten für kurze Zeit das gebrochene Licht unter dem Baum, als ginge eine Gestalt in einen brennenden Ofen hinein und käme wieder heraus, aber dann verschwand die Erscheinung hinter dichterem Gehölz, und ich war mir nicht länger sicher.

Dabe hegte jedoch keinen Zweifel. Mit vor Erregung tiefer Stimme rief er schnell: „Siehst du! Dort kommen sie, noch mehr wilde Buschmänner!"

Mit diesen Worten ging er auf das Dorngerippe zu und rief in seiner Sprache die übliche Grußformel hinüber. Meine Begleiter waren hellwach geworden. Bald sahen wir ihn eine Prozession kleiner Menschen zu uns führen. Es war ein herzzerreißender Anblick. Fünf erwachsene Männer gingen im Gänsemarsch voran. Zuerst war über dem Flimmern wenig mehr zu sehen als nur der aprikosenfarbene Glanz ihrer Schultern, die dunkel verschwommenen Kleckse der Köpfe und die schlanken Schäfte der Speere darüber. Langsam nahmen die Gestalten festere Formen an. Wir sahen ihre Bogen, die sie in einer Hand vor sich herhielten wie Richtungsweiser ihres unerschütterlichen Geistes; dann ihre Beine, die sich nicht mit der sonstigen Elastizität bewegten, sondern mit dem langsamen, bedächtigen Schritt von Menschen, die so erschöpft waren, daß sie aussahen, als führten sie im Schlaf einen rituellen Alptraum aus. Als sie sich zur Seite wandten, um einem Weißdorngebüsch aus dem Wege zu gehen, sahen wir, daß ihre Speere in Köchern steckten, die sie, vollgestopft mit Pfeilen, auf dem Rücken trugen.

Zwischen den Männern und dem Rest ihres Trupps klaffte eine Lücke. Sie waren schon ganz nahe zu uns herangekommen, ehe Kopf und Schultern der ersten von sechs Frauen mit fünf Kindern aus der feurigen Lohe im Osten auftauchten. Die Lücke mußte vorher noch größer gewesen sein, denn als die erste Frau sichtbar wurde, hatte sie schon einen verzweifelten Versuch gemacht, voranzulaufen und die Männer einzuholen. Die anderen folgten ihr in einem merkwürdig stolpernden Trott dicht auf den Fersen. Zwischen einer alt überlieferten Angst und einer plötzlichen neuen Hoffnung schwankend, stießen sie abgerissene hysterische Laute aus. Alle waren erschreckend mager, mit hohlen Wangen, schwarzen rissigen Lippen und dunklen Augen, die über vorstehenden Backenknochen tief im Schatten der Stirn lagen. Die Haut auf ihren Körpern war rauh, und trotz der Hitze des Tages und ihrer offensichtlichen Erschöpfung frei von Schweiß. Sie sahen aus, als wären sie in einem fürchterlichen Feuer verbrannt, und das Licht in ihren Augen war kaum noch von dieser Welt. Ich hatte es nur in Augen von Menschen gesehen, die dem Tode nahe waren. Ihr Geist war jedoch ungebrochen. Als sie endlich auf unsicheren Füßen vor uns standen, hob jeder einzelne von ihnen eine Hand empor und begrüßte uns höflich mit dem traditionellen Gruß ihres Volkes: „Guten Tag. Wir sahen euch von weitem und wir sterben vor Hunger." Ich kannte diesen Gruß seit vielen Jahren, aber jetzt erst ahnte ich, welchen Ursprungs er war.

Was sie am dringendsten brauchten, war natürlich Wasser. Es rührte mich, als ich sah, daß unsere drei schwarzen Diener schon aus eigenem Antrieb einige verbeulte Wasserkanister abgeladen hatten und neben uns warteten, um den Buschmännern einige Becher voll zu reichen, sobald sie ankämen. Sie tranken es dann in solchen Mengen, an denen jeder andere in ähnlicher Lage gestorben wäre. Keiner der Erwachsenen trank weniger als eine Gallone, und jeder hätte noch mehr getrunken, wenn wir es im Augenblick nicht für besser gehalten hätten, ihnen nicht mehr zu trinken zu geben. Den Kindern wurde das Wasser jedoch von ihren Eltern nur in einer genau bemessenen Menge zugeteilt. Sie tranken nur halb so viel wie die Erwachsenen. Als der quälende Durst endlich gelöscht war, sanken alle im Halbkreis um uns herum auf den Sand nieder. Die Männer saßen mit um die Knie geschlungenen Armen da und stützten die Köpfe auf sie wie Langstreckenläufer, die sich von dem Wettlauf ihres Lebens erholen. Die Frauen lösten die Bündel, die sie in Decken aus Duiker-Fell um die Schultern geknotet trugen und lehnten sich daran wie an Kissen. Die Kinder saßen aufrecht dicht an die Oberschenkel ihrer Mütter geschmiegt und blickten uns von Zeit zu Zeit aus großen ovalen Augen scheu und erstaunt an. Die jüngste Frau hob einen kleinen Jungen von ihrer Hüfte. Sein Körper leuchtete wie eine Aprikose im Schatten, als sie ihn an ihre Brust zog. Während er trank, brachte ihr Gesicht so unverhohlene Zärtlichkeit zum Ausdruck, daß man sich beim Zuschauen als aufdringlich empfand und wegsah. Der Anblick erläuterte deutlicher, als Worte je vermocht hätten, warum die Kinder sich in einem besseren Zustand befanden als die Erwachsenen.

So saßen sie da, wie von Schrecken gelähmt, und sprachen lange nichts, obwohl sie sich dann und wann durch wortlose Laute verständigten. Ich rechnete damit, daß sie noch stundenlang sitzen bleiben würden, aber sie erholten sich mit einer Schnelligkeit, die ein eindrucksvoller Beweis für ihre Zähigkeit war. Als erste rührte sich die Frau, die hinter den Männern hergelaufen war. Sie blickte plötzlich auf und ertappte Jeremiah, unseren Barotse-Koch, dabei, wie er ein paar Tropfen Wasser auf dem Sand verschüttete, als er einen Tiegel füllte. Sie stand sofort auf den Füßen und tadelte ihn mit einer leisen, klaren, aber ernsten Stimme ob solcher Verschwendung. Als er hinter einen der Land-Rover ging, um am Wasserhahn des Haupttanks eine Kanne neu zu füllen, folgte sie ihm und erhob immer wieder von neuem Einspruch. Offensichtlich war sie der Meinung, als Wasserverteiler sei er nicht vertrauenswürdig. Der Anblick des klaren Wassers, das aus dem Wasserhahn floß, war für sie jedoch Zauberei und ließ sie für einen kurzen Augenblick verstummen. Mit einer Stimme, in der höchstes Erstaunen mitklang, rief sie die anderen herbei, auch sie sollten Zeugen eines solchen Wunders sein. Die Herumsitzenden sprangen auf und versammelten sich eilig um die Frau. Ihre Gesichter zeigten einen Ausdruck, der uns zum Bewußtsein brachte, daß wir niemals zuvor wirklich erkannt hatten, was Wasser für den Urgeist der Menschen bedeutete.

Plötzlich wandte sich die Frau von dem hellen Wasserstrahl ab und warf einen prüfenden Blick über die Gruppe der Buschmänner, so als zählte sie die Häupter. Bestürzung zeigte sich auf ihrem Gesicht, und sie stieß einen Schrei der Selbstanklage aus. Zu ihrem Fellbündel eilend, knotete sie es schnell auf, holte fünf Straußeneierschalen, stürzte zum Wasserhahn zurück und bat dringend darum, sie sofort mit Wasser füllen zu dürfen. Nachdem sie das mit vor Eile zitternden Händen getan hatte, stopfte sie die Öffnungen der Eier mit Grasstöpseln zu, lief zu ihrer Felldecke zurück, wickelte die Eierschalen behutsam hinein und schlang das Bündel um ihre Schulter. Mit erstaunlich festem Schritt ging sie in der Richtung, aus der sie gekommen war, davon und war bald unseren Blicken entschwunden.

Erst nach eineinhalb Stunden sahen wir sie wieder. Sie kam mit einem sehr alten Buschmannpaar zu uns zurück. Die beiden Alten waren ebenfalls erschreckend mager; und obwohl sie nur so viel Wasser, wie in fünf Straußeneier hineinging, getrunken hatten, waren sie gekräftigt genug gewesen, um den Marsch bis zu uns zu wagen. Der alte Mann stand aufrecht und sah sehr würdig aus. Sein Benehmen war gesetzt und förmlich, so als trüge er die ganze Verantwortung eines Bevollmächtigten seines Volkes, der zum erstenmal mit einem Sonderauftrag ein fremdes Volk besucht. Seine alte Dame, dunkel und verschrumpelt vom Alter wie eine Frucht der Passionsblume kurz vorm Abfallen, schaute überaus freundlich drein. Wie ein junges Mädchen auf ihrem ersten Ball lächelte sie jeden einzelnen von uns prüfend an. Es schien den beiden trotz allem, was sie durchgemacht hatten, nicht wesentlich schlechter zu gehen. Sie brauchten nicht einmal Zeit, um nach ihrer langen Wanderung wieder Atem zu schöpfen, sondern setzten sich sogleich nieder und aßen mit Behagen von allem mit, was wir verteilt hatten.

Inzwischen erfuhren wir nähere Einzelheiten darüber, wie es ihnen ergangen war. Sie kamen aus einer Ebene, die nach einer sagenhaft großen Art süßer Kartoffeln benannt worden war, die man dort vor drei Jahren ausgegraben hatte. Ihre Arme reichten nicht aus, um uns die Größe der Kartoffel vorzuführen. Die Ebene lag, wie sie es in ihrer Sprache ausdrückten, „weit, weit, weit entfernt" im Osten. Es hörte sich hübsch an, wie dieses „weit" aus ihrem Munde kam. Bei jedem „weit" ließ ein musikalischer Instinkt die Stimmen im Verhältnis zur Ferne länger ausklingen, die Tonhöhe im Verhältnis zur Abgelegenheit schrill ansteigen, bis das letzte „weit" der Reihe auf der Nadelspitze eines Tones in dem Schweigen verklang, das jenseits des Bereichs der menschlichen Tonskala lag. Sie hatten diese „weit, weit, weit entfernte" Gegend verlassen, weil der Regen einfach nicht einsetzen wollte. Ihr Wasser war verbraucht; die Tsamma-Melonen, die in der Zwischenzeit sie und das Wild, von dem sie sich ernähren, am Leben erhielten, waren bald verzehrt. Die Wurzeln und Knollen, die wir mit Kartoffeln und

Rüben verglichen, waren immer schwieriger zu finden und reichten keinesfalls mehr zum Weiterleben aus.

Das Wild hatte sich zuerst verzogen. Nur Schlangen, Eidechsen, Skorpione, Spinnen und einige Ameisen waren zurückgeblieben. Dann zuckten eines Nachts Blitze über den Horizont im Westen. Sie wußten sogleich, was zu tun war. Da sie nichts besitzen, was sie nicht mit sich führen können, konnten sie sofort handeln. Die Männer ergriffen einfach ihre Bögen, vergifteten Pfeile und Speere und ließen die Ebene hinter sich; die Frauen packten ihre Wasserflaschen aus Straußeneierschalen in Tierfelle, dazu ihre Hauklötzer – die hölzernen Mörserkeulen und Mörser, die ihr kostbarster Besitz und das Kennzeichen ihres Frauentums sind. Mit den Grabstöcken in der Hand und stundenlang die kleinsten Kinder auf der Hüfte tragend, folgten sie ihren Männern. Sie machten sich in westlicher Richtung auf den Weg, wo der Blitz am häufigsten aufflammte. Sie wußten nicht mehr, wie viele Tage sie den Blitzen entgegengegangen waren, aber es waren „viele, viele, viele" Tage gewesen. Erschreckend war nur, daß sie, obwohl der Blitz immer noch jede Nacht über den Horizont zuckte, dem Regen nicht näherzukommen schienen. Ihr Befinden verschlechterte sich ständig, das Land wurde immer öder, aber sie hatten solche Strapazen schon so oft durchgemacht, daß es für sie ganz selbstverständlich war. Es schien ihnen kaum der Mühe wert, sich daran zu erinnern, und erst recht nicht, darüber ein Wort zu verlieren.

Doch trotz des lückenhaften Berichts und trotz der Schwierigkeiten Dabes, mit ihrem Dialekt fertigzuwerden, konnten wir uns doch so viel zusammenreimen, daß ihre Verzweiflung an diesem wolkenlosen Tag ohne die geringste Andeutung von Regen den Höhepunkt erreicht hatte. Sie hatten gerade den alten Vater und die Mutter in der Erwartung zurückgelassen, sie niemals wiederzusehen, als sie das Geräusch unserer Land-Rover vernahmen. Ja! sie wußten etwas von Motorwagen und gingen ihnen aus dem Wege, weil sie sie nur mit Polizei-Patrouillen in Verbindung brachten! Nein! sie selber hatten niemals einen Polizisten zu sehen bekommen, aber einige ihrer Stammesgenossen waren einmal aus ihrer Familie entführt worden und dann niemals wieder zurückgekommen. Die Polizei hatte sie dabei erwischt, als sie gerade eine Giraffe brieten, die sie zum Essen erlegt hatten. Aber trotz ihrer Angst vor der Polizei im besonderen und vor weißen Menschen im allgemeinen brauchten sie diesmal so dringend Hilfe, daß sie sofort die Richtung einschlugen, aus der sie unsere Motoren gehört hatten.

Wir fragten sie nicht, was sie getan hätten, wenn sie uns nicht begegnet wären, aber diese Frage löste eine lebhafte Diskussion unter meinen Gefährten aus. Den Buschmännern war keinerlei Nahrung mehr übriggeblieben. Sie hatten kein Wasser, und als ich sie fragte, was sie anstelle von Wasser zum Trinken benutzten, zeigten sie mir die Überreste einer dicken Wurzel. Sie sah aus wie eine übergroße weiße Rübe. Sie hatten sechs solcher Stückchen in den Bündeln der Frauen, und sie waren alle zusammen achtzehn Personen. Indem sie die Wurzel mit einem Holzmesser in ihre Hände schabten und die Krümel auspreßten, gewannen sie einen bitteren weißen Saft, von dem sie sagten, er stille den Durst besser als Wasser. Wasser, so warf der alte Vater plötzlich ein, während er sich in Erinnerung an seine letzte gefüllte Gallone die Lippen leckte, sei viel zu süß.

Für einige meiner Gefährten war dies alles ein deutlicher Beweis dafür, daß die Buschmänner niemals imstande gewesen wären, den Rand des Gebietes, in dem der Regen begonnen hatte, zu erreichen. Andere, an ihrer Spitze Ben Hatherall, mein alter Führer und Freund, der in der Wüste geboren und mit den Buschmännern zusammen aufgewachsen war, behaupteten steif und fest, daß es ihnen, mit Ausnahme des alten Elternpaares, gelungen wäre. Dabe war derselben Meinung. Wenn man bedenkt, wie schnell sie sich nach ihrem ersten Trunk Wasser, noch ehe sie etwas gegessen hatten, erholten, waren die Buschmänner keineswegs durch die hinter ihnen liegenden Anstrengungen und Entbehrungen ernstlich in ihrer Gesundheit geschädigt. Für mich bedeutete diese erfreuliche Feststellung aber noch längst nicht, daß unser Abenteuer auch für meine Gefährten und mich ein glückliches Ende nähme. Es galt jetzt noch zu klären, wie lange dieser verzweifelte kleine Menschenhaufen noch auf unsere Hilfe angewiesen war. Ich wußte nur zu gut, daß meine Gefährten mir weit länger, als ursprünglich ausgemacht, während einer anstrengenden und beschwerlichen Reise selbstlos zur Seite gestanden hatten. Die meisten von ihnen hätten längst zu Hause sein müssen, wo sie dringend gebraucht wurden. Jeden Abend hatten wir am Lagerfeuer über die dringende Notwendigkeit gesprochen, schnellstens heimzukehren, nachdem unsere Arbeit an den Saugquellen erledigt war. Niemand war über das langsame Vorankommen auf der regenlosen Wüstenstrecke mehr aufgebracht als ich. Sowohl die Hitze als auch die lockere Beschaffenheit des tiefen Sandes, der in der Sonne zerbröckelte, verlangsamten unsere Geschwindigkeit um die Hälfte dessen, was man normalerweise dafür ansetzt.

Wenn wir jetzt beschlossen, uns noch länger um die Buschmänner zu kümmern, so würde das einen weiteren Aufschub bedeuten. Wir konnten mit unseren eigenen Vorräten nicht viel anfangen. Nach einem langen Aufenthalt in der Wüste hatten wir gerade genug für das letzte Stück unserer Heimfahrt. Wir müßten also hier bei den Kameldornbäumen unser Lager aufschlagen, dorthin zurückkehren, wo wir zuletzt Wild gesehen hatten, und Fleisch für die Buschmänner beschaffen. Sollten wir nicht gleich auf Wild stoßen, dann müßten wir, um weiterzusuchen, soviel Treibstoff verbrauchen, daß wir gezwungen wären, einen Umweg zu einem unserer Ersatzlager zu machen, um die Tanks nachzufüllen, die in der Hitze und dem Sand bereits schneller leer wurden, als ich vorher berechnet hatte.

Dieser Art waren meine Gedankengänge, während ich zuhörte, wie meine Gefährten mit zunehmendem Eifer ratschlagten. Dabei entging mir nicht, daß gerade die Männer, die der Meinung waren, die Buschmänner lägen in den letzten Zügen, dieselben waren, die es während der ganzen Reise am wenigsten eilig gehabt hatten, nach Hause zurückzukehren. Zu ihnen gehörten Duncan Abraham, unser Kameramann, der sich sehnlich wünschte, in der Wüste immer noch weiterzufilmen, und Charles Leonard, der Mechaniker, der auch unser Tonmeister war und dem nichts lieber gewesen wäre, als immer noch weiter die Musik und Folklore der Buschmänner auf Band aufzunehmen. An der Spitze der anderen stand Ben. Er machte keinen Hehl daraus, daß er jetzt, nachdem unsere Hauptaufgabe erfüllt war, je eher je lieber zu Hause gewesen wäre. Gerade erst am Abend zuvor hatte er mit echter Besorgnis von seinen weit im Süden an der Grenze der Union gelegenen Ländereien gesprochen. Er hatte gesagt, wir müßten ein schnelleres Tempo erreichen, sonst käme er viel zu spät nach Hause, um noch vorm Einsetzen des Regens zu pflügen. Wenn ich sie nicht alle so gut gekannt hätte, hätte ich Verdacht schöpfen können, daß sie ihre Meinungen ihren persönlichen Bedürfnissen und Wünschen entsprechend zurechtstutzten.

Ben lieferte als erster den Beweis dafür, wie ungerecht ein solcher Verdacht gewesen wäre. Er hatte seine Sache nur deshalb mit solcher Heftigkeit und Überzeugungskraft vorgebracht, weil er die Empfindung hatte, daß es hierbei auch um die Ehre des Buschmanns ging. Er setzte ungeheures Vertrauen in die Fähigkeit des Buschmanns, mit den Gefahren der Wüste fertigzuwerden. Er glaubte ebenso wie ich, daß sich die Wüste stets als der beste Freund des Buschmanns erwiesen hatte, weil sie viel gnädiger mit ihm verfuhr als die ganze Zivilisation mit ihren vielgepriesenen Sicherheiten. Wenn jetzt die anderen behaupteten, die Buschmänner wären umgekommen, wenn sie uns nicht zufällig getroffen hätten, so war das eigentlich ein Angriff auf seinen unerschütterlichen Glauben an den Buschmann und die Wüste, die er selber mehr liebte als alle anderen Gegenden. Aber nachdem er sich zunächst heftig für seine Überzeugung eingesetzt hatte, verkündete er jetzt in seiner scharfen, aber immer höflichen Art, beinahe so, als spräche er zu sich selber: „Jedenfalls kommt es nicht darauf an, wer recht hat oder nicht. Obwohl ich völlig davon überzeugt bin, daß diese kleinen Kerle gut durchkommen werden, fände ich es abscheulich, wenn wir einen Vorteil daraus zögen. Wir müssen eben etwas für sie zu essen besorgen."

Ich war nicht überrascht und doch unendlich erleichtert. In Anbetracht dessen, was ich meinen Gefährten, besonders Ben, schuldig war, hatte ich auf dem Höhepunkt der Debatte den Einfall gehabt, meine Gesellschaft in zwei Gruppen einzuteilen. Ich hatte gedacht, ich könnte Ben mit denen, die es am eiligsten hatten, nach Hause zu kommen, vorausschicken. Ich selber wollte mit den anderen und zwei von unseren vier Land-Rover zurückbleiben, um zu versuchen, den Buschmännern zu helfen. Ich nahm Ben beiseite und schlug ihm dies vor, aber er wollte nichts davon wissen. Wenn wir sofort das Lager aufschlügen, zwei der Fahrzeuge entlüden, so daß sie leicht über den Sand rollten, und dorthin zurückkehrten, wo wir zuletzt Wild gesehen hatten, dann brauchte die Verzögerung, so redete er mir zu, nicht lange zu dauern. Wir könnten in den Radspuren zurückfahren, die wir gerade in der Wüste hinterlassen hatten, und infolgedessen vielleicht dreimal so schnell vorankommen als vorher in schwerbeladenen Fahrzeugen auf unbefahrenem Sand. Es würde ihn nicht wundern, wenn wir früh am nächsten Morgen Wild vorfänden. Dann könnten wir abends schon wieder im Lager sein und die Buschmänner gut versorgt mit Fleisch für die regenlose Zeit zurücklassen. In der Frühe des darauffolgenden Morgens könnten wir dann weiterreisen. Er war durchaus dagegen, unsere Gesellschaft zu teilen. Später einmal, wenn wir unseren Heimatorten näher und in leichter befahrbarem Gelände wären, könnte ich ihm vielleicht gestatten, in einem der leichtesten Fahrzeuge voranzueilen. Aber vorläufig sollten wir besser beisammenbleiben. Es war sicherer, und wahrscheinlich würde auf diese Weise auch alles schneller gehen.

Ich glaube nicht, daß wir jemals so geschwind oder so frohgemut unser Lager aufgeschlagen hatten wie diesmal. Weit davon entfernt, durch einen neuen Aufschub verärgert zu sein, schienen meine Gefährten die soeben beschlossene Regelung vielmehr als einen unverhofften Glücksfall zu begrüßen. Es war, als sorgte ein lückenloses Gesetz immer wieder von neuem für solche Begegnungen mit dem Buschmann in der Kalahari. Ob wir allein oder in Gesellschaft waren, diese Begegnungen und die Möglichkeit, ihm irgendetwas, und sei es so wenig wie beispielsweise einen Priem schenken zu können, machten uns jedesmal von neuem überaus glücklich. Lange bevor ich fertig war, um mit der Jagdgesellschaft aufzubrechen, hatten Jeremiah und seine beiden Gehilfen John und Cheruyiot die Küche aufgebaut und genügend Holz für einen mehrtägigen Aufenthalt herbeigeschleppt. Nun summte unser großer Kessel bereits munter über dem Feuer, und der wunderbare Duft von Brotkuchen sättigte allmählich die hungrige Wüstenluft. Jeremiah summte vor sich hin, was er seit Tagen nicht mehr getan hatte. Es war das Bruchstück eines Chorals, den er vor Jahren von einem wandernden Missionar im Barotse-Land gelernt hatte und der jetzt das Lieblingslied seines Stammes war. Es fiel schwer, in ihm den Mann wiederzuerkennen, der mir gerade erst heute früh die Photographie seines Söhnchens gezeigt und, so als ob für ihn alles wirklich schon ein wenig zu lange dauerte, gesagt hatte: „Auck! Er ist ein sehr, sehr cleverer Junge! So Gott will, werde ich ihn bald wiedersehen."

Duncan Abraham, die Feder eines Riesenbussards am Hut, stellte seine Lieblingskamera ein und füllte seine

Kassetten; Charles Leonard verband Tonbandgerät und Mikrophone mit den Batterien in einem der Fahrzeuge. Sie hatten Dabe schon damit beauftragt, den Buschmännern zu erklären, um was es sich dabei handelte. Nachdem Durst und Hunger gestillt waren, hatten die Buschmänner begonnen, den Sand von Dornen und Gestrüpp zu reinigen und an den etwas weiter entfernten, kräftigeren Büschen leichte Schutzdächer aufzustellen. Sie arbeiteten flink und geschickt, während die Frauen mit ihren Händen den Sand so sorgfältig sauber fegten wie holländische Hausfrauen den Teppich in der Guten Stube. Dabe ging zwischen den Buschmännern und uns mit ungeheuer zielbewußter Miene hin und her und so, als wäre er doppelt so groß.

Bei so viel munterer Geschäftigkeit war das Lager bei unserem Aufbruch schon fix und fertig. Ben und Wyndham Vyan, deren Geschicklichkeit im Schießen uns alle monatelang ernährt hatte, fuhren in einem Land-Rover voran. Ich folgte im nächsten zusammen mit Dabe und dem kräftigsten der jungen Männer unter unseren neuen Buschmannfreunden. Mittlerweile bedrängte uns der Tag nicht mehr mit seinem Ungestüm, auch die Sonne hatte sich beruhigt. In ihren langen, schräg einfallenden Strahlen stand der Rauch unseres Lagerfeuers hoch und blau in der goldenen Luft. Er war von sechs kleineren Rauchsäulen umgeben, die von den Schutzdächern der Buschmänner aufstiegen und schlanker und zarter als unsere eigenen, aber ebenso aufrecht und blau aussahen. Für mich machten sie das Bild erst vollkommen.

Wie Ben vorausgesagt hatte, stießen wir schon früh am nächsten Tage auf Wild und begannen, so schnell wir konnten, Fleisch für die Buschmänner herbeizuschaffen. Der erste Bock, den wir sahen, war ein Duiker. Er war beim ersten Alarmzeichen davongestürzt und rannte bereits in voller Geschwindigkeit, als Wyndham ihn entdeckte. Normalerweise hätte er nicht geschossen, weil das Tier ein ungewöhnlich schwieriges Ziel bot. Wenn ein Duiker erst einmal läuft, hält er niemals inne, um zurückzuschauen. In all meinen Jahren in Afrika habe ich nur eine einzige Ausnahme von dieser Regel gesehen. Das war vor einigen Jahren in der Kalahari gewesen, und der Duiker, der stehengeblieben war, um zurückzublicken, wurde sofort von Vyan erlegt, ehe seine Artgenossen solch ein schlechtes Benehmen nachahmen konnten. Sonst rennt er stets schnell mit gesenktem Kopf über Busch oder Gras davon und läßt über dem Dickicht wenig mehr sehen als seinen Rücken, einem aufgeschreckten Tümmler ähnlich, der aus einer Meereswelle auf- und wieder untertaucht. Wegen dieser charakteristischen Art der Fortbewegung nennen ihn die alten afrikanischen Jäger Duiker*, und sie macht es besonders schwer, ihn zu treffen. Heute war der Schuß noch schwieriger als sonst, denn als Vyan sein Fahrzeug gerade zum Halten gebracht und sein Gewehr angelegt hatte, wölbte sich der Rücken des Duikers zum letztenmal über einer Buschwand am Rande unseres Gesichtsfeldes. Er erlegte ihn jedoch mit einem flinken, instinktiven Schuß, und der erstaunte Ausruf des Buschmanns neben mir schmeichelte dem Ohr.

Wir fuhren eine ganze Zeitlang weiter, ohne neues Wild zu sehen oder, was viel entmutigender war, eine Wildspur zu entdecken. Als der Lärm unserer Fahrzeuge schließlich eine kleine Bockantilope aus dem Schlummer weckte und sie sich aus ihrem Lager erhob,

* Afrikaans für Taucher.

das sie hübscher und vielleicht behaglicher als jeder andere Vierfüßer in Afrika herrichtet, glaubte ich schießen zu müssen. Aber ich schoß höchst ungern. Für mich ist die Bockantilope immer eine der anmutigsten und liebenswertesten afrikanischen Antilopen gewesen. Sie und der Klippspringer gehören zur Zauberwelt meiner Kindheit, und diese kleine Bockantilope war ein Prachtexemplar ihrer Gattung. Sie stand ungefähr zwanzig Yards entfernt am Ende eines kahlen Fleckens scharlachroten Sandes. Neben dem purpurroten Schatten des Buschs, hinter dem sie ihr Lager hatte, nährte sie das scharf umrissene Flämmchen ihres Lebenslichts, um in der aufflackernden Feuersbrunst eines neuen Wüstentages bestehen zu können. Sie stand ganz still und so fein gezeichnet da wie eine etruskische Statuette. Die zierlichen Ohren hielt sie zu mir hinüber gespitzt, die großen, weit geöffneten purpurfarbenen Augen verrieten keinerlei Furcht, sondern glänzten nur vor Verwunderung darüber, hier an dieser entlegenen Hintertür des Lebens etwas so Seltsames zu schauen.

Mich der verhärmten Gesichter der hungrigen Buschmänner erinnernd, schoß ich schnell, ehe sie womöglich ängstlich werden oder der Anblick ihres anmutigen Wesens mich schwach machen könnte. Ich hätte es nie für möglich gehalten, daß ich bei einer so kurzen Entfernung mein Ziel verfehlte. Dennoch war es so. Bei meinem Schuß schüttelte die kleine Antilope nur heftig ihren zierlichen Kopf, um die Ohren von dem Kribbeln zu befreien, an dem der Schuß meines schweren Gewehrs schuld war. Im übrigen zeigte sie keine Spur von Beunruhigung. Ich zielte noch sorgfältiger und schoß ein zweites Mal. Wieder traf ich nicht. Das Tierchen zeigte immer noch keine Furcht. Es wandte nur leicht den

Kopf zur Seite, um den Wind zu beschnuppern, den die Kugel auf ihrem Weg dicht an seinen Ohren vorbei verursacht hatte. Es war mir so nahe, daß ich sehen konnte, wie die kleine schwarze Lackledernase sich beim Schnuppern kräuselte. Ich schoß, bis das Magazin meines Gewehrs leer war, und es stand immer noch unverletzt da und beobachtete meinen Land-Rover eingehend, als versuchte es herauszufinden, was dieser ungewöhnliche Tumult zu bedeuten hatte. Ich glaube, die kleine Bockantilope wäre dort bis in alle Ewigkeit stehengeblieben, um das Seltsame dieses Ereignisses voll auszukosten, wenn ich Vyan nicht angefleht hätte, von seinem viel weiter entfernten Fahrzeug aus zu schießen. Es gelang Vyan nur, das safrangelbe Blütenblatt einer Ohrmuschel der Bockantilope leicht zu streifen. Erst dann stob sie in schnellem Wirbel und mit einem vorwurfsvollen Blick ihrer Augen davon. Die Sonne glänzte kurz auf den Spitzen ihrer schwarzpolierten Hufe auf, dann entschwand sie mit einem behenden Sprung ins Gestrüpp.

Die Aufgabe, in ausreichendem Maße Nahrung für die Buschmänner herbeizuschaffen, würde, wie sich soeben gezeigt hatte, sehr viel Zeit erfordern, und beim Weiterfahren sagte ich mir, daß ich selber nicht gerade zu einem schnellen Erfolg beigetragen hatte. Nachdem die Bockantilope sich in Sicherheit gebracht hatte, war ich über meine mangelhafte Schießkunst mehr verstimmt, als ich zugeben mochte. Um so verwunderter war ich, als ich bemerkte, daß sowohl Dabe als auch der neue Buschmann von dem Ergebnis meiner Schießversuche offensichtlich höchst entzückt waren. Wären sie belustigt gewesen, so hätte mich das nicht überrascht. Ich war auch wirklich darauf gefaßt, daß meine Gefährten mich wegen meines Mißgeschicks noch tagelang hänseln würden. Ein solches Entzücken jedoch bei einem Mann, der so verhungert war wie unser neuer Begleiter, verblüffte mich. Deshalb unterbrach ich ihn, als er gerade mit einem breiten Lächeln auf seinem fein gezeichneten Gesicht etwas sagte.

„Was in aller Welt hat er nur gesagt, um dich so zu erheitern?“ fragte ich den grinsenden Dabe.

„Oh! Er sagt nur etwas, was wir alle wissen“, antwortete Dabe in dem nachsichtigen Ton eines Erwachsenen, der ein unwissendes Kind belehrt. So hatten er und die anderen Buschmänner an den Saugquellen immer mit mir geredet, wenn Themen aus ihrer eigenen Welt zur Sprache kamen. „Die Bockantilope ist durch einen machtvollen Zauber geschützt und sehr schwer zu treffen.“

„Was für eine Art Zauber?“ fragte ich in Erinnerung an die Antilope aus der Märchenwelt meiner Kindheit. „Besitzt sie selbst Zauberkraft, oder wird sie von anderen geschützt?“

„Oh. Einfach Zauberei!“ sagte Dabe überlegen und ließ die Wißbegier unbefriedigt, von der ich gerade dann um so mehr geplagt wurde, wenn der Vorhang zwischen der Buschmannseele und der unseren sich hob, aber sofort wieder niederging, sobald ich hoffte, einen Blick hinter ihn werfen zu dürfen. Diese Begegnung hatte sich meiner Einbildungskraft nachdrücklicher eingeprägt, als ich ahnte. Wieder einmal wie schon oft in meinem Leben mußte ich mich ehrfurchtsvoll vor der Erkenntnis beugen, daß unsere hartnäckigsten Bemühungen, einem anderen lebenden Geschöpf Schaden zuzufügen, auf geheimnisvolle Art vereitelt werden. Während des langen heißen Tages sah ich im Geiste immer wieder das Bild dieser kleinen Antilope vor mir, die im Rauch der aufeinanderfolgenden Gewehrschüsse unbewegt stehenblieb.

Es war ein Glück für die Buschmänner, daß Ben und Vyan bessere und hingebungsvollere Schützen waren als ich. Wir begegneten bald danach weiterem Wild, und in zwei Stunden hatten sie einen zweiten Duiker, zwei Springbock-Widder und einen einsamen, alten männlichen Strauß erlegt. Zu Biltong* verarbeitet, würde all dieses Fleisch gut ausreichen, bis die Buschmänner in die Gegend gelangten, wo die Regenzeit bereits begonnen hatte. Wir halfen ihnen nur noch beim Ausweiden des Wildes und begaben uns dann auf den Rückweg. Jetzt fuhren wir zum drittenmal in denselben Spuren, die inzwischen so fest waren, daß wir schnell vorankamen und schon bei einbrechender Nacht unser Lager aufschlagen konnten.

2

Das Herz eines Sterns

Der Himmel im Westen war rot, und die leuchtende Helligkeit brodelte um die Zacken der Gewitterwolken, die sich erneut für die Schlacht über der Wüste am Horizont zusammenballten. Während unserer Abwesenheit war das Lager verwandelt worden. Außer den Küchenfeuern war in der Mitte ein neues großes Feuer angezündet, und in seinem Schein erkannten wir unsere Reisegefährten, die zusammen mit den Buschmännern wie

* an der Sonne getrocknetes Wildfleisch (Anmerkung des Übersetzers).

alte Freunde auf unsere Rückkehr warteten. Duncan und Charles kamen uns mit der Nachricht entgegen, daß sie den Tag äußerst erfolgreich mit Filmen und Tonbandaufnahmen zugebracht hätten. Beide waren erstaunt, wie schnell die Buschmänner wieder zu Kräften gekommen waren. Duncan behauptete, er habe zugesehen, wie jeder Bissen Nahrung, den man ihnen zu essen gegeben hatte, ihre abgezehrten Körper überall neu auspolsterte. Als die Buschmänner uns begrüßten, klangen ihre Stimmen kräftiger; ihr Schritt wirkte munterer und ihre Haltung viel sicherer als am Tage zuvor. Sie begannen sofort, das Wild abzuladen, und machten sich unverzüglich an die Arbeit: geschickt und schnell häuteten und zerlegten sie die Tiere. Ich sah ihnen zu, ganz versunken in die Anmut ihrer Bewegungen. Sie gingen mit den Tierkörpern zu ihren Füßen sehr ehrfurchtsvoll um. Es wurde keine Zeit damit verschwendet, über die toten Körper zu spotten oder die Frage aufzuwerfen, ob man das Töten von Wild vor seinem Gewissen verantworten könne. Das Fleisch wurde je nach Verwendungszweck säuberlich sortiert und in gesonderten Haufen auf der Haut jedes einzelnen Tieres aufgeschichtet. Während der ganzen Zeit standen die Frauen dabei und sahen zu. Jedesmal wenn ein neues Tier abgeladen wurde, begrüßten sie es mit lauten Lobpreisungen, wobei der Strauß den meisten Beifall fand. Ein wohlklingendes, ununterbrochenes Gemurmel von Danksagungen schwoll in Augenblicken der Erregung an, um in der festgefügten Tonfolge eines Gesanges jubelnder Erlösung auszuklingen. Wie kalt, unmenschlich und barbarisch war im Vergleich dazu der Fleischerladen in einem zivilisierten Lande!

Das letzte rote Glühen im Westen erlosch hinter der purpurroten Wolkenkette, und jenseits unseres Lagers wurde es völlig dunkel. Unser Feuer stieg höher auf denn je und reckte sich wie ein gotischer Turm zu den Sternen empor, die in ungewöhnlichen Mengen am Himmel erschienen. Bald waren die Sterne groß und lärmend vor Helligkeit, bis der Himmel wie eine elektrische Klingel zitterte, während der Blitz vom Horizont her in regelmäßigen Abständen einen langen Lichtstrahl wie von einem Leuchtturm über uns hinweggleiten ließ. Endlich standen die Buschmänner mit einem tiefen Seufzer der Befriedigung von ihrer Arbeit auf. Mit ihren Messern schabten sie das Blut von den Armen und wischten die Hände an Grasbüscheln ab. Die Frauen und Kinder kamen schweigend herbei, um ihnen zu helfen, das auf den Häuten aufgestapelte Fleisch wegzutragen. Sie verschwanden in der Dunkelheit jenseits unseres Feuers, und nur der Klang ihrer Stimmen verriet, daß sie nicht endgültig davongegangen waren. Dann verstummten auch die Stimmen, und bald danach stiegen allmählich die Flammen ihrer eigenen Feuer nacheinander zum Himmel auf. Wie immer waren ihre Feuer bescheidener als das unsrige. Unser Feuer bildete einen Dom aus Flammen, ihre Feuer waren wenig mehr als schlanke Kerzen, die in einer andächtigen Nacht unter Sternen brannten.

Der Anblick bewegte mich tief. Nicht einmal bei den Saugquellen hatte ich eine ganze Nacht im Kreise der Buschmänner verlebt. Damals hatten wir unser Lager weit von ihnen entfernt aufgeschlagen, um ihren Frieden nicht zu stören. Wir wollten sie auch nicht dazu zwingen, ihre natürlichen Gewohnheiten unseren besonderen Bedürfnissen anzupassen. Im allgemeinen waren wir völlig für uns allein geblieben und hatten es den Buschmännern überlassen, ob sie zu uns kommen wollten oder nicht. Jedenfalls hatten wir uns ihnen niemals aufgedrängt. Natürlich hatten auch wir sie gelegentlich bei ihren Schutzdächern besucht, aber immer nur nach vorheriger Verabredung. Sobald wir den Zweck unseres Besuches erreicht hatten, waren wir in unser eigenes Lager zurückgekehrt. Einmal begegnete ich zufällig Jeremiah und seinen beiden Gehilfen, als sie zwischen den zerbrechlichen Schutzdächern mit der überlegenen Miene von Schaulustigen in Armengäßchen umherwanderten. Da hatte ich sie mit einem strengen Verweis zurückgeschickt. Besonders die Nächte hielten wir für eine unpassende Zeit, um nach so kurzer Bekanntschaft in die Heimlichkeit ihrer Schutzhütten einzudringen. Infolgedessen hatte ich immer nur einen kurzen Einblick in ihr nächtliches Tun und Treiben gewonnen. Entweder hatte ich die müden Jäger und ihre Jagdbeute am Ende eines langen Tages heimgebracht oder sie nach Tanz und Gesang und Geschichtenerzählen mit nach Hause genommen, weil ein Gewitter im Anzug war. Noch niemals zuvor hatte ich sie alle zusammen eine ganze Nacht lang um mich versammelt gesehen. Vielleicht war dies eine einmalige Gelegenheit, die sich nie wieder bieten würde? Dieser Gedanke war unerträglich für mich. Ich erhob mich von meinem Bett, das ich an abgelegener Stelle aufgeschlagen hatte, und wollte sofort mit Dabe zusammen zu den Schutzhütten der Buschmänner gehen.

Meine Gefährten standen, ihre Gläser mit dem abendlichen Brandy-Soda in der Hand, um das mittlere Feuer herum. Vyan war, wie immer, ehe er Feierabend machte, ein wenig abseits damit beschäftigt, sein und mein Gewehr zu reinigen. Er widmete sich dieser Arbeit hingebungsvoll und erinnerte dabei eher an einen Künstler, der gerade ein großes Werk vollendet hat, als an einen rauhen und zielsicheren Jägersmann. Dabe half Cheruyiot beim Aufstellen unseres Feldtischs. Ben bildete auf Grund seiner Erfahrung und Persönlichkeit den Mittelpunkt der Unterhaltung. Vor dem Feuer hob sich seine große, breite, mächtige Gestalt von den anderen ab, durch den Feuerschein dunkel und merkwürdig vergrößert. Weiter hinten tauchten die Blitze tiefer in die Dunkelheit hinein. Mitunter ließ ein Strahl, der greller war als seine Vorgänger, unsere rote Flamme verblassen. Ich ging zu den Männern hinüber und hörte sie über das Gewitter reden.

„Ist es wirklich wahr", fragte Charles Leonhard Ben, „daß diese kleinen Kerle dem Blitz gehorchen und hinter ihm herziehen?"

Wie immer wartete Ben eine Weile, ehe er antwortete. So schnell er angesichts einer Gefahr handelte und so behende er mit seinem Gewehr umging, war er doch merkwürdig langsam, wenn er einen Gedanken endgültig in Worte kleiden sollte, als hätte er durch lange Erfahrung gelernt, daß dies am gefährlichsten ist. Aber wenn er noch einmal nachgedacht hatte, drückte er sich sehr klar aus.

„Ja, so ist es", antwortete er gerade. Sie würden wahrhaftig überrascht sein, wenn sie erführen, was für eine große Rolle der Blitz für alle Lebewesen in der Wüste spielte. In gewissem Sinne war er *das* Licht ihres Lebens. Es war für sie, was für einen Seemann im Sturm der Kompaß oder für uns der Glaube ist. In Zeiten, wie wir sie augenblicklich erlebten, wartete alles Leben in der Wüste in verzweifelter Angst auf den

Blitz. Wenn er kam, ging in ihnen eine Veränderung vor, die man nie für möglich gehalten hätte. Es war, als hätten sie plötzlich den verlorenen Sinn ihres Lebens wiedergefunden. Wie ausgehungert und verschmachtet sie auch sein mochten, sobald sie ihn zum erstenmal sahen, waren sie wie neugeboren. Wildebeest, Hartebeest, Elenantilope, Zebra, Gemsbock und, ihnen auf den Fersen folgend, Wildhund, Leopard, Löwe und Hyäne, sie alle folgten dann dem Blitz von einem Ende des weiten Wüstengebiets bis zum andern.

So hatte er beispielsweise einmal bei einer großen Dürre einige tausend Springböcke gesehen, die lautlos und hager um eine ausgedehnte Pfanne herum an den letzten Stoppeln und Büschen knabberten. Am selben Abend noch zuckte der Blitz über den Horizont im Westen. Am nächsten Morgen waren alle Springböcke verschwunden, aber die Schrift ihrer Spuren im Sand war deutlich: sie waren eilends nach dem Westen aufgebrochen. Während derselben Trockenzeit hatte Vyan geholfen, einigen Khalagadis Eßvorräte zu bringen; sie wohnten an einer der wenigen ganzjährigen Wasserstellen in der Wüste, wo sie, wie berichtet wurde, Hungers starben. Auf dem Wege dorthin stieß er auf eine Gruppe von Buschmännern, denen es nicht besser erging als unseren hier. Er gab ihnen zu essen und Wasser und versprach, am nächsten Tag mehr zu bringen. In jener Nacht zeigten sich im Westen die ersten Blitze. Am nächsten Morgen waren die Buschmänner auf und davon, und ihre hübschen kleinen Fußabdrücke wiesen ebenfalls gen Westen.

„Aber angenommen, der Blitz hätte sie getäuscht?“ fragte Charles Leonard.

„Ich glaube nicht, daß sie sich täuschen lassen", erwiderte Ben.

„Aber es könnte doch auch einmal zu spät sein, wie hier für unsere kleinen Burschen. Wenn nun aber . . .?"

„Ach was!" Ben war jetzt zum Widerspruch gereizt, und sein Ton wurde schärfer. „Wir wollen das alles nicht noch einmal durchkauen. Das Ende kommt nie zu früh für jene, die wirklich zur Wüste gehören. Diese kleinen Kerle wären auch so zurechtgekommen, selbst wenn wir noch ewig lange nicht hier vorbeigekommen wären. Ich hab' euch doch gesagt, die Regenzeit ist schon da. Sperrt die Augen auf und seht euch das an."

Seine Stimme klang überzeugend wie die eines Propheten, der am Himmel ein göttliches Zeichen erblickt hat; denn gerade jetzt entlud sich hoch über dem Horizont ein langes und ungewöhnlich helles Wetterleuchten. Für einen Augenblick schienen die kahlen Gerippe der blattlosen Bäume mit ihren verschlungenen Wurzeln in einem wagnerischen Flammenmeer zu stehen.

Das Wetterleuchten verschwand, und unser großes Feuer sah plötzlich ganz klein aus. Ben berichtete abschließend, aus dem Reichtum seiner Erinnerungen schöpfend, daß selbst die Aussicht, sogleich reichlich Nahrung und viel Wasser zu bekommen, die Buschmänner oft nicht zurückhalten könne, wenn unter dem Horizont hervor der Blitz ihnen nach einer langen Periode von Dunkelheit und Schweigen das Zeichen zum Aufbruch gebe. Es war, als riefe sie ihr Gott: sie konnten gar nicht anders, sie mußten gehorchen. Selbst die zahmen Buschmänner, die in der Nähe der Wüste ihre Arbeitsplätze hatten, wurden nach dem ersten Blitz von unerträglicher Ruhelosigkeit ergriffen, und eines Morgens wachten ihre weißen oder schwarzen Brotherren auf und entdeckten, daß keiner von ihnen mehr da war. Ihm selber war es mit seinen Buschmannarbeitern ebenso ergangen, und es würde ihn nicht wundern, wenn wir am nächsten Morgen feststellen müßten, daß auch unsere Buschmänner verschwunden waren.

„Morgens verschwunden?" rief Duncan, als habe er sowohl von ihnen als auch für sich etwas anderes erwartet. „Davongegangen, ohne sich bei uns für das, was wir für sie getan haben, zu bedanken?"

Seine Bestürzung war so echt, daß wir alle lachten. Außerdem berührte seine letzte Bemerkung eine alte Streitfrage. Einige meiner Freunde waren ständig darüber verärgert, daß die Afrikaner im allgemeinen und die Buschmänner im besonderen offensichtlich niemals „Danke" sagen konnten, wenn man ihnen geholfen oder etwas geschenkt hatte.

Ben antwortete ihm leicht ironisch.

„Aber du wirst doch nicht im Ernst für das wenige, was wir getan haben, Dank erwarten? Man soll dir doch nicht etwa dafür danken, daß du dich gut benommen hast. Erwartest du, daß eine Frau jedesmal ‚Dankeschön' sagt, wenn du vor ihr den Hut ziehst? Wenn wir für die Buschmänner hier offensichtlich auch wirklich viel getan haben, in ihren Augen ist das einfach nur gutes Benehmen und geht nicht über das hinaus, was man von wohlerzogenen Menschen erwarten kann. Wenn unsere Lage umgekehrt wäre, täten sie ohne weiteres dasselbe für uns oder jeden beliebigen anderen; aber sie würden niemals Dank dafür erwarten. Nein! Sie wollten es nicht riskieren, einen durch ein Dankeschön zu beleidigen; denn das ließe ja vermuten, es sei für den Betreffenden nicht selbstverständlich, sich gut zu benehmen!

Als alle über diese Erklärung lachten, bat Ben mich, ich solle ihm zur Seite stehen. Ich selber habe mich in Afrika stets über die Verständnislosigkeit der Europäer in diesem Punkt geärgert. Sie meinen immer, die Eingeborenen des dunklen Erdteils empfänden keine Dankbarkeit, nur weil sie nicht unsere unterwürfigen Ausdrücke für Dankbarkeit kennen. Mir war das genau so unbegreiflich wie ein anderes Vorurteil, dem ich schon vor langer Zeit in England begegnet war – daß nämlich die Franzosen, weil sie kein einziges Wort für „Häuslichkeit" besitzen, häusliches Leben nicht richtig zu schätzen wüßten. Ich konnte Ben sofort mit einem Beispiel unter die Arme greifen, mit dem bewiesen wurde, was für einen großen Wert die Buschmänner auf gutes Benehmen legten. Ich erzählte meinen Gefährten eine wahre Geschichte, die ich einst von Faanie Ritchie gehört hatte. Sie hatte Lucy Lloyd und die Bleeks gekannt, die sich als erste ernstlich mit dem Studium der Buschmannsprache befaßt hatten. Zu diesem Zweck hatten sie von der Kapregierung die Erlaubnis erhalten, im hintersten Ende ihres Gartens in einer Vorstadt der Tafel-Bai eine Anzahl von gefangenen Buschmännern aus dem Gefängnis wohnen zu lassen. Die Buschmänner waren der Familie Bleek bald sehr zugetan mit Ausnahme eines kleinen Mannes. Er benahm sich so schlecht, daß die Bleeks eines Tages die Buschmänner fragten, warum er Schwierigkeiten machte, wohingegen sie doch alle freundlich, gut und hilfsbereit waren und sich nützlich machten.

„Oh, aber wissen Sie denn nicht?" riefen sie höchst erstaunt. „Er wurde von Europäern aufgezogen!"

„Wußtest du eigentlich, daß diese Buschmänner hier

unsere Freunde von den Saugquellen kennen?" fragte Ben mich jetzt.

„Woher weißt du das?" fragte ich überrascht; denn wir waren mehrere hundert Meilen von den Saugquellen entfernt, und unsere Buschmänner kamen von noch viel weiter her. Wenn das, was Ben andeutete, zutraf, so mußten die Buschmänner der Wüste sich untereinander viel näher kennen und viel enger in Verbindung stehen, als man sich je vorgestellt hatte. Außerdem konnte es eine Bestätigung des Gerüchts sein, das mir zu Ohren gekommen war, demzufolge die Buschmänner von überall her bei einer großen Pfanne im Innern der Wüste zusammentrafen, wenn die Regenfälle außergewöhnlich gut gewesen waren. Mein Lieblingsjäger von den Saugquellen hatte davon gesprochen. Andere alte Arbeiter aus der Wüste hatten es mir gegenüber ebenfalls erwähnt, und die Vorstellung, die ihre Berichte in mir wachriefen, hatte mich jahrelang verfolgt. Ehe er Zeit zu antworten hatte, drang ich weiter in ihn: „Woher weißt du das, Ben, und bist du ganz sicher?"

„Aber gewiß doch", antwortete er ohne zu zögern. „Dabe hat uns gerade davon erzählt."

Dabe stand abseits am anderen Ende des Feuers, ließ sich aber kein Wort von dem, was wir sagten, entgehen. Er bestätigte, daß es tatsächlich so war. Nicht nur der Buschmann, der uns auf der Jagd begleitet hatte, sondern auch die anderen hatten ihm lang und breit von den Buschmännern an den Saugquellen erzählt und nach ihnen gefragt. Da wir uns also als bewährte Freunde ihrer Freunde erwiesen hatten, glaubte ich, daß die Buschmänner noch mehr Vertrauen zu uns gefaßt hätten. Deshalb ging ich sie leichteren Herzens denn je bei ihren Schutzdächern besuchen. Meinen Freunden sagte ich noch, sie sollten nicht auf mich warten, sondern mit dem Abendessen beginnen. Ich nahm Dabe als Begleitung mit und ging langsam auf das entfernteste der Buschmannfeuer zu.

Zwischen unserem Lager und ihren Schutzdächern war die Wüste so dunkel und still, wie ich sie von jeher gekannt hatte. Die einzigen Lebewesen, die einen Laut hätten von sich geben können, waren Schlangen, und keine Schlange wäre so töricht gewesen zu zischen, wenn sie in einer dunklen Nacht auf Nahrungssuche war. Kein übermütiges Sommerlüftchen regte sich, kein Hauch der drückenden Tageshitze wirbelte mehr durch das wenige Laub oder Gras, das noch auf der verbrannten Erde übriggeblieben war. Aber die Sterne murmelten mit elektrisierender Eindringlichkeit.

Dann vermeinte ich plötzlich, über einem Streifen von tiefstem Schwarz, das kein Feuer oder der Widerschein eines Feuers aufhellte, den Klang einer menschlichen Stimme zu hören. Ich blieb sofort stehen und lauschte aufmerksam. Der Klang kehrte wieder, schwächer, wie die Stimme einer Frau, die über einer Wiege vor sich hinsummt. Ich stand mit dem Rücken zum Horizont, der von drohenden Blitzen aufleuchtete. Ich wartete, bis meine Augen sich nach dem grellen Licht unseres großen Lagerfeuers an die Dunkelheit gewöhnt hatten. Langsam tauchten vor dem wässerigen Licht der Sterne, das munter zwischen den Brechern von Dornen und Hartholz ringsumher dahinplätscherte, die Umrisse einer Frau auf, die mit beiden Händen ein Kind hoch über ihren Kopf hielt und etwas sang, während sie selber das Gesicht zum Himmel emporhob. Ihre Haltung und ihre vor Ehrfurcht zitternde Stimme erregten mich so sehr, daß sich mir das Haar im Nacken sträubte.

„Was tut sie?“ fragte ich flüsternd Dabe, der lautlos wie mein eigener Sternenschatten neben mir stehengeblieben war.

„Sie bittet die Sterne droben“, flüsterte er wie ein Mann, den man im Allerheiligsten seines Tempels bittet, er solle einem Fremden einen besonders feierlichen Teil eines Rituals erklären, „sie bittet die Sterne, das kleine Herz ihres Kindes zu holen und ihm dafür etwas vom Herzen eines Sterns zu schenken.“

„Aber warum die Sterne?“ fragte ich.

„Weil, Moren“, sagte er in sachlichem Ton, „weil die Sterne ein reiches Herz haben und große Jäger sind. Sie bittet sie, das kleine Herz ihres kleinen Kindes zu holen und ihm das Herz eines Jägers zu geben.“

Die Deutung ließ mich verstummen, was Dabe mißverstand. Er befürchtete wahrscheinlich, daß ich wie die meisten Menschen, die er in seinem Leben in der Verbannung kennengelernt hatte, den Glauben eines Buschmanns verspottete und suchte sofort nach einer Bestätigung seiner Erklärung.

„Aber warum sagst du nichts, Moren?“ fragte er beinahe wie ein verängstigtes Kind. „Du weißt doch sicher, daß die Sterne große Jäger sind? Kannst du sie nicht hören? Lausche auf das, was sie rufen! Na also! Moren! Du bist doch nicht taub. Du hörst sie gewiß.“

Ich habe zu viele Jahre im Freien unter den Sternen Afrikas geschlafen, um nicht zu wissen, daß sie am Himmel klingen und widerhallen. Bis ich zum erstenmal zur Schule ging, schlief ich jede Nacht außerhalb des Hauses, nur dann nicht, wenn es regnete – und das kam selten vor. Zu meinen frühesten Erinnerungen gehören der unvergleichliche Sternenschimmer über dem südafrikanischen Hochveld und das ferne Meeresrauschen, von dem er begleitet wird.

Ich sagte schnell: „Ja, Dabe, natürlich höre ich sie!" Aber dann fühlte ich mich bemüßigt hinzuzufügen: „Nur weiß ich nicht, was sie sagen. Weißt du es?"

Wieder beruhigt, blieb er einen Augenblick mit zur Seite geneigtem Kopf stehen, während der Glanz eines neuen Blitzstrahls vom Horizont her wie eine Geistermotte an uns vorüberflog. Dann schlug er wieder den nachsichtigen Ton an, auf den er mir gegenüber nicht verzichten konnte, sobald er spürte, daß seine Autorität nicht angezweifelt wurde, und sagte: „Heute nacht jagen sie sehr fleißig, und ich höre nur immer ihre Jagdrufe: ‚Tssik!' und ‚Tsa!'"

Hätten wir nicht im Dunkeln gestanden, dann hätte er gewiß das erschrockene Staunen in meinem Gesicht wahrgenommen. Diese Rufe hatte ich seit jeher gekannt. Seit ich mich erinnern kann, hatten wir selber sie gebraucht, wenn wir mit unseren Hunden auf Jagd gingen. „Tssik!", dreimal scharf wiederholt, war der Ton, mit dem wir unsere Hunde anzufeuern pflegten, wenn wir an der Deckung von Busch, Gras, Höhle oder Donga* vorbeikamen, unter der sich unsere Beute vermutlich versteckt hielt. Wenn sie den Ton hörten, spitzten unsere Hunde sogleich die Ohren, ihre Augen glänzten vor Erregung und ihre Nasen schnupperten eifrig in der Luft, um die Witterung aufzunehmen. Ein weiteres „Tssik" war der Befehl zur Durchsuchung der Deckung. „Tsa" war der letzte befehlende Ton, der sie von allem

* durch Erosion entstandener Erdriß (Anmerkung des Übersetzers).

Zwang befreite und sie hinter dem ausgewählten Wild herjagen ließ, nachdem sie es aufgestöbert hatten.
Ich hätte schon immer gern gewußt, welchen Ursprungs die Laute waren. Keiner hatte für mich jemals europäisch geklungen. Ich hatte die ältesten unter allen Menschen aller Rassen und Farben danach gefragt. Ich fragte auch einen der größten afrikanischen Jäger. Sie alle konnten mir nur sagen, daß sie wie ich in eine Welt hineingeboren worden waren, in der diese Laute schon lange in Gebrauch waren. Noch merkwürdiger war es, daß viele Hunde überall in der Welt, wohin ich auch kommen mochte, diesen Befehlen gehorchten, wenn ich sie anzuwenden versuchte, obwohl Jäger außerhalb Afrikas sie nicht kannten und sie deshalb auch nicht bei ihren Hunden benutzten. Mit wachen Sinnen schossen sie davon und suchten; wenn ich die Laute längere Zeit anhielt, wurden die Hunde außerordentlich unruhig und gaben schließlich jenes unfreiwillige und sehnsüchtige Winseln von sich, das ihnen für gewöhnlich nur der Mond entlockt. Dadurch wurde alles nur noch geheimnisvoller für mich, aber nun glaubte ich zu wissen: wir hatten die Befehlslaute vom Buschmann übernommen, und er und die Hunde kannten sie unmittelbar von den Sternen.

Diese Offenbarung erfüllte mich mit Ehrfurcht. Mir war zumut, als wäre ich der Gnade teilhaftig geworden, die Entstehung des Wortes in der Finsternis vor Beginn aller Zeitlichkeit mitzuerleben. Ich meinte, dies wäre nun genug der Zauberei an einem Tage, der bereits mit Zauberei begonnen hatte, als ich der kleinen Bockantilope begegnet war. Instinktiv wandte ich mich ab, um die Frau bei ihrer feierlichen Handlung nicht zu stören. Ich wollte in die Wüste hinauswandern; aber die Frau hatte unsere Anwesenheit bereits bemerkt. Sie nahm das Kind schnell herunter, drückte es fest an ihre Brust und murmelte ihm Worte zärtlicher Liebe ins Ohr, ehe sie es in die klassische Buschmannstellung auf ihrer Hüfte brachte. Dann kam sie behutsam zu uns und begrüßte uns höflich, als sie uns erkannte:

„Ich bin nur eine arme Frau, und ich habe keine Zeit gehabt, meine Wohnstätte schön aufzuräumen. Sie befindet sich in einer scheußlichen Unordnung; aber wollen Sie nicht hereinkommen und bei mir am Feuer sitzen?"

Sie sagte „meine Wohnstätte", als wäre das Lager unter dem Schutzdach ein stattliches Herrenhaus, obwohl es doch nur ein Fleckchen sandigen Bodens war, das sie sorgfältig von Gras und Dornen gereinigt und zu einem runden flachen Loch ausgehöhlt hatte. Das Fell, auf dem sie und ihr Mann schliefen, lag schon auf dem Boden ausgebreitet. An der Stelle, wo ihre Köpfe liegen sollten, waren dicke geknickte Dornenzweige in den Sand gesteckt, um die Gesichter vor der Nachtluft und dem schweren Tau zu schützen, der in der Wüste oft auf geheimnisvolle Weise herabfällt. Der Bogen und der mit vergifteten Pfeilen gefüllte Köcher des Mannes hingen an einem der höheren Zweige, so daß kleine Kinder sie nicht erreichen konnten. Sein Speer steckte daneben im Sand. Der Vorrat an wassergefüllten Straußeneiern für die ganze Familie, insgesamt fünfzehn Stück, stand aufrecht und gesichert im Sand. Halbmondförmig angeordnet, lehnten sie am unteren Rande des Vorhangs aus Zweigen. Der hölzerne Mörser der Frau und der Stößel oder, wie wir ihn in Afrika nennen, der Stampfklotz, standen dicht daneben, ebenso der Grabestock aus Eisenholz. Auf verkohltem Holz, das man gesondert neben das hübsche Feuerchen geschoben hatte, lagen in Streifen geschnittene Fleischstücke zum Grillen bereit. Zusammen mit dem zarten Rauch des Holzfeuers verbreiteten sie in der stillen Luft einen außerordentlich aufreizenden Geruch. Wie dürftig ausgestattet und wie klein ihre „Wohnstätte" auch war, sie war einem inneren Ordnungsbedürfnis entsprechend behaglich eingerichtet. Über dem Ganzen breitete ein Kameldornbaum seine Zweige aus. Der dicke Stamm stand schützend zwischen dem zerbrechlichen Schutzdach zu seinen Füßen und der Schlechtwetterseite. Trotz der Dürre waren die Blätter des Baumes so dicht, daß nur wenige der geschäftigen Sterne sie mit ihrem funkelnden Glanz durchdringen konnten.

Die junge Mutter stand anmutig lächelnd und wie eine stolze Hausfrau neben ihrer Wohnstätte, und während sie die Fleischstücke zum Trocknen auf den oberen Dornenzweigen ausbreitete, erklärte sie uns, ihr Mann sei zusammen mit den anderen Männern weggegangen, aber sie sei überzeugt, daß er nicht lange ausbleiben werde. Sie bat uns von neuem, am Feuer Platz zu nehmen und bückte sich, um den sauberen Sand mit der Hand glattzustreichen, so wie eine vornehme Dame das seidene Kissen in ihrem Salon für einen Gast glättet. Der dunkle Kopf des den Sternen geweihten Kindes schaukelte mit festgeschlossenen Augen auf ihrer Hüfte. Wir entschuldigten uns, daß wir ihre Einladung ablehnen müßten, und gingen weiter, um alle Feuerstätten ringsumher aufzusuchen. Zuletzt sah ich noch, wie sie ihr Kind auf dem über den Sand gebreiteten Fell zur Ruhe legte. Im Feuerschein hob sich ihr gesenkter Kopf mit dem zarten Profil vom Dunkel der Nacht ab und sah aus wie ein von der Zeit geschwärztes Gemälde der ersten Mutter mit ihrem ersten Kinde. Erst jetzt erkannte ich in ihr die junge Frau, die am Tage unserer Begegnung ihr Kind im Augenblick der Errettung zum Stillen an die Brust gelegt hatte, während der kleine Körper im Schatten wie eine Frucht glänzte, die in der reichen Fülle eines gut bewässerten Baumes heranreift.

Bei jedem Feuer bot sich das gleiche Bild: ein Schutzdach, ein Minimum an materiellen Gütern und Frauen mit ihren Kindern um den heimischen Herd geschart. Sie empfingen uns mit auffallender Selbstsicherheit, niemals schienen sie um ein Wort verlegen. Sie sprachen mit freundlicher Stimme und großer Beredsamkeit, ihre Worte mit lebhaften Gebärden begleitend. Die konsonantenähnlichen Klicks ihrer Sprache, die wir entweder gar nicht oder nur unter komischen Gesichtsverzerrungen hervorbringen können, kamen ihnen so leicht von der Zunge, daß sie wie elektrische Funken zwischen ihren schnellen Lippen sprühten. Trotz ihrer großen Entbehrungen hießen sie uns willkommen, als hätten sie Reichtümer und Geborgenheit für alle zu vergeben. Da ihre Männer aber noch irgendwo draußen im Dunkeln arbeiteten, gingen wir weiter, bis wir am letzten Feuer das alte Paar antrafen, das noch vor kurzem, allein in der Wüste zurückgelassen, auf den Tod gewartet hatte. Weder ihrem Aussehen noch ihrem Verhalten war etwas davon anzumerken. Die alte Dame zerstampfte in ihrem Mörser frisch gegrilltes Fleisch zu Brei, denn weder ihre Zähne noch die ihres Mannes waren gut genug erhalten geblieben, um Wildbret in ganzen Stükken zerkauen zu können. Wie eine überlastete Hausfrau, die fest entschlossen ist, sich durch nichts von ihrer gewohnten Arbeit abhalten zu lassen, begrüßte sie uns kaum. Nicht so ihr Mann: er lag auf einer Seite im Sand, hatte die Beine hochgezogen und stützte sich auf einen Ellenbogen. Zwei kleine Jungen saßen an ihn gelehnt, jeder hatte einen Arm um die Beine des Alten geschlungen. Kaum hatten sie uns gesehen, richteten sie sich alle auf, und der Alte begrüßte uns unbefangen. Der Ausdruck seines Gesichts war wunderbar. Bei seinem Anblick empfand ich Hochachtung und fühlte mich auch gleich ganz erleichtert. Ich fragte, wer die beiden kleinen Jungen seien. Er antwortete mit zärtlichem Stolz, sie seien seine Enkel. „Ihre Wohnstätte“ befand sich neben dem letzten Feuer. Sie versäumten niemals, fügte er hinzu, während er seine Hand auf den Kopf des älteren legte, jeden Abend zu ihm zu kommen, um ein „Gespräch unter Männern“ zu führen.

Die alte Dame hatte mit Stampfen aufgehört, als sie meine Frage vernahm, und wartete, den Stößel über dem Mörser anhaltend, auf seine Antwort. Danach nahm sie ihre Arbeit wieder so eifrig auf, daß der Holzblock wie eine Trommel, die zum Marschieren aufruft, dröhnte.

Dabe und ich setzten uns zu ihnen. Die Kinder blickten aus ihren schrägstehenden Augen zu mir auf und forschten furchtlos in meinem Gesicht, als ich ihnen sagte, daß ich dankbar wäre, wenn auch ich an dem „Gespräch unter Männern“ teilnehmen dürfte.

Ich stellte allerlei Fragen, beispielsweise: Waren die Sterne wirklich Jäger? Oder: Besaß die kleine Bockantilope wirklich große Zauberkraft, und wenn das zutraf, welcher Art war sie? Dabe, der, wie ich glaube, ein wenig gekränkt war, weil seine Äußerung zu diesem Thema mir offenbar nicht genügt hatte, übersetzte meine Fragen rein mechanisch. Sie wurden mit einem langen Schweigen beantwortet. Die alte Dame hörte wiederum mit dem Stampfen auf. Der alte Mann sah mich mit weitgeöffneten Augen unentwegt an. In dem über sein Gesicht huschenden Feuerschein wirkte der Blick merkwürdig hypnotisch. Ich verlor allen Mut; denn ich fürchtete bereits, es könnte mir wieder ebenso ergehen wie bei den Buschmännern an den Saugquellen. Auch dort hatte man alle meine Fragen zunächst mit Stillschweigen beantwortet. Ich hatte warten müssen, bis wir uns im Verlauf der Tage als vertrauenswürdig erwiesen hatten. Dann erst waren sie bereit, mit mir über Dinge ihrer geistigen Welt zu reden. Ich kam mir bereits unverzeihlich dumm vor, weil ich geglaubt hatte, derart kühne Fragen könnten von Angehörigen einer Rasse beantwortet werden, die seit Jahrtausenden von allen anderen Menschen verachtet und verfolgt worden war. Ich hatte nur noch eine Hoffnung. Wenn ich sie daran erinnerte, daß wir Freunde ihrer Freunde von den Saugquellen waren, dann würde die Tatsache, daß diese Freunde offen mit mir über solche Dinge geredet hatten, zu meinen Gunsten sprechen.

„Sage ihm", bat ich Dabe, und meine Stimme klang in dem tiefen Schweigen zwischen uns ausdruckslos, „sage ihm, daß seine Verwandten an den Saugquellen mir von dem Urahn aller Buschmänner erzählt hätten, von Oeng-Oeng und seinen Frauen, die das Feuer nicht löschen wollten, von den kleinen Oeng-Oengs und den Elefanten, vom Vogel Strauß und der Entdeckung des ersten Feuers, von der Mantis und der Wiedererweckung der toten Elenantilope, von der Turteltaube und dem Honig und vielen anderen Dingen; aber sie hätten mir niemals etwas von dem erzählt, was ich ihn jetzt gerade gefragt hatte. Ein alter und weiser Vater wie er könne doch bestimmt Auskunft geben und mir helfen."

Bei der Erwähnung der Saugquellen, des magischen

Namens Oeng-Oeng und der kurzen Aufzählung einiger der wichtigsten Themen aus der Bilderwelt seines Volkes schwand das Mißtrauen, das trennend zwischen uns gestanden hatte. Seine Augen leuchteten, die alte Dame begann wieder kräftig zu stampfen, und er sagte:

„Ja. Oh ja! Ja! Es ist wahr: die Sterne sind Jäger."

„Alle Sterne?" fragte ich, und mein Herz schlug schneller.

Er machte eine ganz kurze Pause, dann sprudelte endlich alles aus ihm heraus. Ja! Sie waren alle Jäger, große Jäger, aber einige waren größer als die andern. Da war zum Beispiel jener Stern dort! Er streckte seinen dünnen alten Arm aus, um mit langem Finger auf den hellsten Stern im großen Bären zu zeigen. Dieser Stern ließ gerade den Umriß eines Kameldornbaumes erkennen und leuchtete in der trockenen Luft hell genug, um einen wasserhellen Glanz über die obersten Blätter zu breiten. Jener Stern, sagte er, sei ein großer Jäger, der in weit entfernten, gefährlichen Gegenden in Gestalt eines Löwen auf Jagd gehe. Konnte ich denn nicht sehen, wie grimmig sein Auge leuchtete? Und hörte ich nicht das ferne Murren seines Gebrülls? Und dort war sogar ein noch größerer Jäger! Er zeigte auf den Sirius, den Hundsstern am Kopfende des gegürteten und hurtigen Orion. Er strahlte so hell und quoll von Licht über, daß er fast formlos war — wie ein aus Unachtsamkeit offengebliebener Spalt in der Finsternis, durch den die Helligkeit des jenseitigen Tages hindurchsickerte wie klares Wasser aus einem schadhaften Wasserhahn. So schnell wie die dicken Lichttropfen herabfielen, bildeten sich an ihrer Stelle auch schon wieder neue und tröpfelten mit einem seidigen Zischen auf den Busch ringsumher herab. Ja! Man brauchte ihn nur einmal anzuschauen, sagte der alte Vater, um zu erkennen, was für ein großer Jäger er war. Konnte ich denn nicht sehen, wie fett er war, wie gewichtig er dort inmitten der Sternenfülle am Himmel saß?“ Er machte eine Pause, und ich fragte rasch, weil ich fürchtete, das Schweigen könnte seine Begeisterung abschwächen: „Ist er der größte aller Jäger dort oben?“

Seine Augen leuchteten triumphierend auf, und da wußte ich, daß die Pause nur eine Falle gewesen war: er hatte gerade diese Frage aus mir herauslocken wollen. Jetzt schüttelte er heftig den Kopf. Der größte Jäger war noch nicht da. Er jagte in den dunkelsten und gefährlichsten Gegenden, die so weit entfernt lagen, daß wir ihn noch nicht sehen konnten. Er war nur früh am Morgen zu sehen, wenn er auf dem Heimweg näherkam. Dort, dort war ein Jäger für uns! Der alte Vater stieß einen hellen, pfeifenden Laut aus, mit dem er sein Erstaunen über die Größe des Jägers bekundete. Ja, kurz vor der Morgendämmerung konnte man ihn über den Horizont schreiten sehen, kühnen und leuchtenden Auges, einen Pfeil im Bogen bereithaltend. Wenn er erschien, machte die Nacht eine schnelle Kehrtwendung, um ihm den Weg freizugeben, roter Staub spritzte hinter ihren schwarzen Fersen auf. Er unterbrach sich, schüttelte den alten grauen Kopf und stieß noch einmal denselben Laut der Verwunderung aus, ehe er fragte, als wäre ihm dieser Gedanke jetzt erst gekommen: „Aber kannst du denn nicht selber den Lärm der Jagd hören, die dort oben abgehalten wird?“

Ich versicherte ihm, daß ich ihn hören konnte. Er grunzte befriedigt und lehnte sich auf beide Ellenbogen zurück. Der Ausdruck seines Gesichts schien sagen zu wollen „Gut also! Mehr ist hierzu nicht zu sagen.“

Ich verstand den Wink und ging zu einem anderen Thema über. Ich erinnerte ihn an meine Frage nach der Bockantilope und ihrer Zauberkraft. Er richtete sich auf und schlug zur Bekräftigung seiner Worte mit der Kante seiner Hand auf den Sandboden. Natürlich besaß die Bockantilope Zauberkraft, es war ein mächtiger Zauber! Ganz gewiß, das wußte jeder; sogar seine Kinder wußten es, auch seine Enkel dort.

„Aber, alter Vater", drang ich in ihn, „*ich* weiß es nicht. Was für ein Zauber ist es? Was bewirkt er?"

Er antwortete bereitwilligst. Aber das jetzige Thema erwies sich als viel komplizierter als das von den Sternen, die Jäger waren. Für die Voraussetzungen, auf denen seine Erklärungen beruhten, gab es in unserer Vorstellungswelt keine Vergleichsmöglichkeit. Dabe, der mit dem Dialekt, der nicht ganz sein eigener war, immer Schwierigkeiten hatte, bemühte sich tapfer, um Entsprechungen entweder in der Betschuanasprache oder auf Afrikaans für mich zu finden; aber ich vermute, es gelang ihm nicht immer. Zum erstenmal hatte ich den Wunsch, auch Ben bei mir zu haben, weil er bei solchen Begegnungen auf Grund seiner Kenntnis der Buschmannsprache und der völligen Beherrschung der Betschuanasprache Dabe behilflich sein konnte, die wichtigsten Lücken seines Dolmetschens auszufüllen. Aber ich wagte nicht, den Redestrom des alten Vaters zu unterbrechen, um Ben holenzugehen, weil er dann vielleicht ganz aufgehört hätte. Deshalb beobachtete ich seine ausdrucksvollen Mienen und Gebärden und lauschte aufmerksamer denn je auf seine Worte; denn die reiche Lautmalerei der Buschmannsprache ist so genau auf die Bedeutung der Worte abgestimmt, daß man sie als Musik in sich aufnehmen muß, um den allgemeinen Sinn zu erfassen, selbst wenn die einzelnen Worte diesen Sinn nicht vermitteln. An den Saugquellen hatte ich mancher Geschichte gelauscht und dabei entdeckt, daß die Klangfarbe mir den ungefähren Sinn bereits vermittelt hatte, noch ehe Dabe die eigentlichen Worte übersetzte.

Unter diesen Voraussetzungen wurde es mir nicht sonderlich schwer, dem Redefluß des alten Vaters zu folgen. Ich entnahm seinen Worten, daß die Zauberkraft der Bockantilope auf dem Zusammenwirken von Unschuld, Sanftmut und Schönheit als einer Ganzheit beruhte. Sie war ein Geschöpf – oder, wie er es nannte, eine Person, zu schön, um eine Unvollkommenheit wahrzunehmen, zu harmlos, um Furcht zu kennen, zu sanftmütig, um Gewalttätigkeit zu argwöhnen. Wie anders war sie doch als der Duiker! Hatte ich nicht bemerkt, daß das Herz des Duikers von Argwohn und Angst erfüllt war? Beim ersten ungewohnten Geräusch vermutete er sofort das Schlimmste und sprang, so schnell er konnte, davon, ohne einen Blick zurückzuwerfen. Wenn hingegen die Bockantilope gestört wurde, stand sie auf und verließ ruhig ihr Lager, das sie hübscher herrichtete als jedes andere Tier auf dem Veld und in dem sie sich immer so wohl fühlte. Sie stand stets ganz ruhig neben ihrem Lager und blickte furchtlos aus ihren großen Augen, während sie die zitternden kleinen Ohren spitzte, um freundlich zu horchen, was dieses wunderbare Geräusch bedeuten mochte. Die Augen des alten Vaters schienen beim Sprechen wieder jung und neugierig zu werden wie die der Bockantilope, und seine Pans-Ohren schienen gespitzt in unschuldiger Neugier zu zittern. Die Bockantilope, so sagte er, stand die ganze Zeit da und „schaute freundlich drein und benahm sich so artig", daß der Mensch, der gekommen war, um sie zu jagen, „sich gezwungen fühlte, nun ebenfalls freundlich zur Bockantilope hinüberzuschauen und sich artig zu benehmen". Der spähende Jäger spürte dann plötzlich, daß „eine Bockantilopen-Person" hinter ihm stand, und „weil sie merkte, daß er den kleinen Bock freundlich anschaute, erwartete sie von ihm, daß er auch freundlich und artig handelte". Wenn der Mensch, der gekommen war, um die Bockantilope zu töten, den Pfeil auf seinen Bogen legte und zielte, um zu schießen, dann zupfte die hinter ihm stehende „Bockantilopen-Person" ihn am Arm, so daß er sein Ziel verfehlte. Ja, das war die Zauberkraft der Bockantilope; sie besaß eine „Bockantilopen-Person", von der sie beschützt wurde.

Ich hätte es vielleicht dabei bewenden lassen sollen; aber ich konnte eine letzte Frage nicht unterdrücken, die ganz offensichtlich noch einer Erklärung bedurfte. Wenn es sich so verhielt, warum wurde dann die Bockantilope überhaupt jemals getroffen? fragte ich. Er blickte mich beinahe mitleidig an, so als müsse er mich an eine Ermahnung aus dem Neuen Testament erinnern, „Es muß ja Ärgernis kommen; doch weh dem Menschen, durch welchen Ärgernis kommt." Ja, gab er schließlich zu, die Bockantilope wurde trotz ihrer Zauberkraft getötet, ebenso wie der Duiker trotz seiner Schnelligkeit und seines Mißtrauens getötet wurde. Dennoch blieben mehr Bockantilopen am Leben, als geschossen wurden. In all den Jahren seines langen Lebens hatte sich ihre Anzahl bestimmt nicht verringert. Wie hätte ein kleines und wehrloses Tier in einer Welt voller mächtiger Feinde ohne eine große Zauberkraft überhaupt bestehen können? Seine alten Augen hatten plötzlich einen schelmischen und beinahe kindlichen Ausdruck, und er blickte an mir vorbei, als sähe er eine „Bockantilopen-Person" neben mir stehen, die sagen wollte, ihr sei berichtet worden, ich hätte mir noch heute früh große Mühe gegeben, eine kleine Bockantilope zu schießen, hätte sie aber nicht getroffen. Vielleicht hätte man etwas Falsches berichtet, aber wenn nicht . . .

Dabe brach in das wunderbare Buschmann-Lachen aus. Die alte Dame, die Kinder, der alte Mann und ich selber stimmten ein: wir machten einen solchen Lärm, daß die Familien von den benachbarten Feuern und die im Dunkeln arbeitenden Männer alle herbeigelaufen kamen, um nachzusehen, was die Ursache solcher Fröhlichkeit war. Nachdem sie erfahren hatten, warum wir so lustig waren und jeder einzelne nun auch lachen mußte, woraufhin alle zusammen noch einmal lachten, bestand keine Aussicht mehr auf eine Fortsetzung des „Gesprächs unter Männern" bei dem alten Vater. Sie kicherten noch, als ich mich verabschiedete, um in unser Lager zurückzugehen.

Obwohl ich nach Monaten ungewöhnlicher Anstrengungen ohne einen einzigen Ruhetag übermüdet war, hatte das Gespräch mit dem Alten meine Einbildungskraft so angeregt, daß ich stundenlang wachlag und nicht merkte, wie die Zeit verging. Schon früher einmal war es mir ebenso ergangen, in jener Nacht bei den Saugquellen, als unmittelbar nach dem größten aller Buschmanntänze, dem Feuertanz, der erste Regen fiel. Damals war mir bewußt geworden, daß ich auf der Suche nach dem Buschmann bis zu einem gewissen Grade die vergessene „erste Sprache aller Dinge" neu entdeckt hatte und daß ich, wenn ich den fallenden Regen belauschte, deutlich hören konnte, wie die Erde mit ihm sprach wie eine Frau, die nach grausamer Trennung wieder in den Armen ihres Geliebten ruht. Nur hatte ich diesmal mit Hilfe Dabes und des alten Vaters auch noch die Sprache der Sterne verstehen gelernt und horchte auf das, was sie zu der allgemeinen Unterhaltung beitrugen. Ich dachte an James Jeans, der mir, als ich noch ein Kind war, erzählt hatte, daß jedesmal, wenn ein Mensch einen Finger hob, er die Sterne bewegte. Heute hatte ich darüberhinaus die für mich wichtige Erkenntnis gewonnen, daß die Sterne auch uns bewegen und daß wir uns alle zusammen bewegten. Ich war ein wenig neidisch auf den kleinen aprikosenfarbenen Jungen und wünschte, auch ich hätte das Leben als Patenkind eines Sternes begonnen.

3

Der zahme Buschmann

Als wir am nächsten Morgen im frühen Sonnenschein am Feuer standen und Kaffee tranken, zeigte jemand auf die Schutzdächer der Buschmänner und sagte zu Ben: „Dein Blitz ist nicht mehr, was er früher war. Ich sehe, sie sind alle noch da."

„Wahrhaftig!" antwortete Ben, keineswegs aus der Fassung gebracht. „Sie werden noch eine ganze Weile dableiben, weil es jetzt nicht mehr nötig ist, daß sie dem Blitz folgen: der Blitz kommt zu ihnen. Hast du nicht bemerkt, daß das Wetter sich verändert hat?"

Die ersten Wolken segelten schon deutlich sichtbar über den Horizont. Nachdem unsere Aufmerksamkeit erst einmal dorthin gelenkt war, bemerkten wir, daß auf dem tiefen Blau im Westen große Erregung herrschte, die Sonne stand am Himmel, aber nicht mehr zornig aufbegehrend. Sie hockte schmollend in einer Umgebung von Schwefel.

Bens Überzeugung, daß der Regen käme, hätte jeden frohmachen sollen; aber im Augenblick bedrückte diese Aussicht meine Gefährten, weil sie dann keinen Vorwand mehr hatten, ihren Aufenthalt bei den Buschmännern zu verlängern. Trotzdem wußten sie es so einzurichten, daß der frühe Aufbruch, der für mich Ehrensache gewesen war, unmöglich wurde. Zuerst verschwanden Ben und Vyan mit ihren Gewehren und einigen Buschmännern in die Wüste, obwohl sie wußten, daß es dort kein Wild gab; dann drückten sich Duncan und Charles vor der Arbeit des Einpackens, und ich erwischte sie beim Filmen. Außerdem machten sie Bandaufnahmen vom Gesang der Frauen und Kinder, die ihr hübsches „Gemsbocklied“ mit seinem walzerähnlichen Takt und einer merkwürdig wienerischen Sehnsucht sangen. Als Ben endlich wieder erschien, bestand er darauf, daß wir, unserem alteingeführten Ritual entsprechend, unseren Lagerplatz vorm Aufbruch in aller Muße tauften; mit einer Axt schnitzten wir tief in einen Baumstamm die Worte „Bushman's Reprieve“*. Als wir dann endgültig aufbrachen, stand die mürrische Sonne hoch am Himmel, und der Tag war schon heiß. Das kleine Häuflein Buschmänner blickte uns nach. Sie hoben immer wieder winkend die Hände; in ihren archaischen Gesichtern einen Ausdruck tiefer Versunkenheit, so blieben sie schnell im Flimmern eines neuen Wüstentages zurück.

Den ganzen Tag lang zogen große Wolken feierlich

* Zufluchtsort des Buschmanns (Anmerkung des Übersetzers).

an uns vorbei und hinein in die leuchtende Leere hinter uns. Sie erinnerten an Schlachtschiffe, die gerade ihre Probefahrt erfolgreich bestanden haben. Eine war dabei, vielleicht das Flaggschiff, das von der dunklen Wasserlinie bis zu dem auf dem Fockmast flatternden Admiralswimpel dreißigtausend Fuß messen mochte. Eine solche Kriegsmacht mußte zweifellos jede Blockade durchbrechen und Buschmännern und Wüste rechtzeitig Erlösung bringen. Aber das Panorama, dem wir zustrebten, sah unverändert finster aus, und der weite weiße Tag öffnete sich vor uns wie ein Gefängnistor. Wir kamen beschwerlich und langsam voran. Mir verging die Zeit trotzdem schnell, hauptsächlich wohl deshalb, weil Dabe neben mir saß.

Er hatte sich zuerst in seinen Sitz zurückgelehnt, der ergrauende Kopf war leicht vorgebeugt, und seine gütigen Augen mit dem in uralte Zeiten zurückreichenden Glanz waren nach innen in die eigene Tiefe gerichtet. Wenn er so dasaß, eher mit sich selbst beschäftigt als mit den ihm auferlegten Pflichten, verfehlte der Anblick niemals seine erregende Wirkung auf mich. Seitdem Ben ihn auf dem Gehöft eines Pioniers entdeckt und in unser Ausgangslager auf der Gemsbok-Pan mitgebracht hatte, war ich mit ihm mehr zusammen gewesen als mit den anderen, und so waren wir uns täglich nähergekommen. Aber niemals hatte ich geglaubt, daß er lange bei uns bleiben würde. Ich sah ihn, wenn er im Morgengrauen aufstand oder nachts, wenn ich im Lager die Runde machte. Dann blieb ich stehen und beobachtete ihn, wie er in der unveränderlichen Buschmannsweise beinahe innerhalb des Feuers schlief, jetzt und immerdar völlig verschmolzen mit allem Lebendigen in der Wüste. Jedesmal durchfuhr mich von neuem derselbe

Schock wie damals, als ich ihn zum erstenmal erblickte. Es war so, als begegnete mir in ihm jemand, den ich längst für tot gehalten hatte. Manchmal hielt ich es sogar für möglich, daß ich ihn schon vor meiner Geburt gekannt hatte. Vielleicht lag das daran, daß er einem der kleinen Buschmänner sehr ähnlich sah, die meine kindliche Einbildungskraft in jenen fernen Tagen auf der Farm meines Großvaters gefesselt hatten, oder möglicherweise auch daran, daß er das lebende Ebenbild der Buschmänner war, die ich aus Beschreibungen in Geschichtsbüchern kannte oder mehr noch aus den Legenden und Erinnerungen, die seit dreihundert Jahren in der Familie meiner Mutter weitererzählt wurden und immer noch in meinem Kopf spukten.

Es war beschämend, daß mir keine näheren Einzelheiten aus dem Leben Dabes bekannt waren. Ich wußte nicht einmal genau, wie alt er war. Buschmänner haben keinen Kalender; sie errechnen ihr ungefähres Alter ebenso wie andere primitive Völker aus ungewöhnlichen Ereignissen ihres Lebens. Leider machte die Isolierung ihrer Wüstenwelt es unmöglich, die für sie dramatischen Begebenheiten mit Ereignissen unseres eigenen Lebens in Zusammenhang zu bringen. Ein alter Radscha in West-Java hatte mir beispielsweise einmal erzählt, seine ältesten Erinnerungen reichten bis zu einem Tage zurück, an dem er gesehen habe, daß der grüne Dschungel um sein Kampong weiß von Asche war. Er habe seine Eltern sagen hören, der große Feuerberg Krakatau sei wieder einmal zornig aufgewacht. Da konnte ich sein Alter ziemlich genau berechnen; denn der Ausbruch des Krakatau war ein weltbewegendes Ereignis gewesen. Aber wenn der alte Vater, von dem wir uns gerade verabschiedet hatten, erzählte, er sei noch ein kleiner Junge gewesen, als seine Angehörigen die Riesenwurzel ausgruben, nach der die Ebene, aus der er stammte, benannt worden war, nützte mir diese Auskunft gar nichts. Von Dabe wußte ich nur, daß seine Familie von einem schweren Unglück heimgesucht wurde, als er beinahe ein Mann war. Diese uns unbekannte Katastrophe hatte seine Angehörigen und ihn auf Gnade oder Ungnade einigen wenigen europäischen Familien ausgeliefert, die sich an den ganzjährigen Wasserlöchern einer Kalahari-Oase im fernen Westen des ausgedehnten Protektorats von Betschuanaland niedergelassen hatten.

Auf diese Weise war er vor ungefähr sechsunddreißig Jahren, so vermute ich, das geworden, was sowohl Weiße wie Schwarze in ihrer unbewußten Nichtachtung des Anrechts seiner Rasse auf Menschlichkeit mit dem Beinamen „zahmer Buschmann" bezeichnen. Nach seinem Körperbau zu urteilen, war er jedoch beinahe *der* vollkommene Buschmann.

Er war etwas mehr als fünf Fuß groß. Er hatte breite Schultern, schmale Hüften und ein wohlgeformtes, gewölbtes und fest gerundetes Hinterteil. Seine Fesseln waren schlank wie die eines Rennpferdes, die Beine geschmeidig, die Füße klein mit hochgewölbtem Rist und ebenmäßig. Er hatte einen runden, gut proportionierten Kopf mit Büscheln von kurzem schwarzen Haar, das jetzt grau wurde. Die eng am Kopf anliegenden zierlichen Ohren erinnerten an die des Gottes Pan. Die breite Stirn war tief gefurcht; das Gesicht herzförmig. Er hatte stark hervortretende Backenknochen und schrägstehende Mongolen-Augen vom leuchtenden Braun des frühen Morgens. Seine Haut war hellgelb und allenthalben fein gefältelt. Er ging so, als lösten sich seine Füße gern vom Boden.

Ihm fehlte nur die unwiderstehliche Fröhlichkeit der Buschmänner aus früherer Zeit. Da ich wußte, was die Berührung mit Europäern der ursprünglichen Lachfreudigkeit in Afrika angetan hatte, brauchte mich das nicht wunderzunehmen. Ich habe so oft mit primitiven Menschen zusammengelebt, daß ich eine gewisse Ahnung davon habe, wie unsere bloße Anwesenheit schon lähmend auf ihr unverdorbenes Gemüt wirken kann. Weil wir nicht auf unsere Instinkte angewiesen sind, und weil wir auf die physikalische Welt, die für sie nicht unbeseelte Materie, sondern eine weitere Offenbarung der obersten Geister ist, große Macht ausüben, verfallen sie dem Irrtum zu glauben, wir seien eine Art Götter. Deshalb ist es für sie entweder unmöglich, in unserer Gegenwart das zu bleiben, was sie von Natur aus sind, oder es strengt sie zu sehr an, auch nur einen winzigen Teil ihres Ichs zu behaupten, so daß sie gezwungen sind, sich uns durch List, Gewalt oder Davonlaufen zu entziehen. Je länger der Kontakt aufrechterhalten bleibt, um so tiefer durchdringt die Veränderung ihren Geist und um so verheerender werden die Auswirkungen. Wenn wir nur demütig genug wären, um uns klarzumachen, was wir gerade durch das, was wir sind, im unverdorbenen Gemüt des Menschen anrichten, dann könnten wir einige der Folgeerscheinungen abschwächen. Aber unsere unbewußte Arroganz ist so groß, daß der Buschmann sich in der Regel tief gedemütigt fühlt und kein Fünkchen Selbstachtung in ihm übrigbleibt. Entweder verliert er alle Lebensfreude, oder aber er wird von Mordlust übermannt. Bei Dabe jedoch war die ihm aufgezwungene europäische Verhaltensweise eine noch verhältnismäßig unkomplizierte gewesen und hatte zudem noch in der für ihn natürlichen Umgebung einer ausgedehnten Wüste stattgefunden; deshalb war in ihm die Veränderung nicht ganz so weit vorgeschritten. Sie hatte ihn nur tieftraurig gemacht und seinen Augen, wenn er nicht beschäftigt war, einen Ausdruck verliehen, dem zu begegnen ich nicht ertragen konnte.

Aber nachdem er bei den Saugquellen erst einmal wieder mit seinen Stammesgenossen zusammengelebt hatte, war langsam eine Veränderung in ihm vorgegangen. Allein schon der Umstand, daß wir ihm offensichtlich nichts befehlen und ihn auch nicht belehren, sondern umgekehrt ihn um etwas bitten und von ihm lernen wollten, verfehlte nicht seine Wirkung. Weil wir bemüht waren, uns mit der Lebensweise seines Volkes vertraut zu machen, weil wir mit echter Anteilnahme Stunde um Stunde ihren Geschichten lauschten und offensichtlich von ihren Tänzen entzückt waren, ihre Musik und ihren Gesang mit unendlicher Mühe auf Tonband aufnahmen und ihnen die Bänder dann auch noch vorspielten, – durch all dies war seine Rasse wieder in hohem Maße zu Ehren gelangt. Für einige Wochen hatten wir ihm, davon bin ich fest überzeugt, das Salz seines Lebens wieder schmackhaft gemacht. Wir hatten ihn spüren lassen, daß er für uns wertvoll war, und das Bewußtsein, im Leben nützlich zu sein, braucht jeder Mensch zu seinem Wohlbefinden.

Die Veränderung in Dabe äußerte sich zuerst in wachsendem Zutrauen. Er begann, unbefangen mit mir zu reden, ohne erst auf einzelne Fragen zu warten. Er begann, mich ein wenig zu hänseln, und dann – eines Tages – lachte er. Duncan filmte. Wie immer bei der Arbeit, hatte Duncan nichts anderes im Sinn als seine

Kamera. Um das Objekt seiner Linsen genauer ins Auge zu fassen, trat er ein wenig zurück und verhedderte sich in einem der stacheligsten all unserer vielen Arten von Dornbüschen, den „Wart-ein bißchen-Busch" der Buren oder „Ipi-Hamba", den „Wohin-gehst-du-Dornbusch" der Matabele. Sogleich flog ihm der Hut vom Kopf, die Riemen seines Belichtungsmessers wurden ihm aus der Hand geschnappt und die Kleider von den feingebogenen Stacheln festgehalten. Seine Gesichtszüge zeigten den Ausdruck gekränkter Unschuld. Unsere Bantuleute taten ihr Möglichstes, um nicht laut herauszulachen. Sie brechen jedesmal in Gelächter aus, wenn einer von ihnen von einem Mißgeschick betroffen wird; je schwieriger die Lage ist, um so lauter lachen sie.

Europäer halten das für einen neuen Beweis ihrer angeborenen Herzlosigkeit. Sie können sich kaum vorstellen, daß es die Äußerung eines einfühlsamen Kameradschaftsgeistes ist. Wenn sie über die Unbill eines Menschen lachen, gehen sie von der Voraussetzung aus, daß sie ihm dazu verhelfen, ebenfalls über die erlittene Unbill lachen zu können und somit auch schneller darüber hinwegzukommen. Außerdem besänftigt das Lachen jene Mächte, die das Unglück vielleicht heraufbeschworen haben, so daß auch sie es nur für Spielerei halten und nicht für eine wichtige Angelegenheit, die ihre dauernde Aufmerksamkeit erfordert. Es handelt sich dabei aber auch noch um eine weniger sachliche Überlegung. Sie können nicht umhin, sich insgeheim über die Unehrerbietigkeit zu freuen, mit der uns die Natur Afrikas behandelt. Sie betrachten eine solche Unehrerbietigkeit als ein willkommenes und wohlverdientes Züchtigungsmittel, das ihre große Mutter Erde gegen uns anwendet, weil wir uns ihr und ihren Kindern gegenüber fortwährend Übergriffe erlauben. Andererseits haben die Bantus gelernt, daß es klüger ist, bei keiner dieser Gelegenheiten über unser gekränktes europäisches Ich frei herauszulachen. Ich bin zwar überzeugt, daß unsere Bantugefährten keine Angst vor uns hatten, aber jetzt dämpften sie infolge langer Gewöhnung ihr lautes Lachen zu einem Lächeln, das sie schnell mit der Hand verdeckten. Dann erst stürtzten sie los, um Duncan zu befreien, der zappelnd in dem dornigen Busch lag.

Nicht so Dabe. Er hatte in der Nähe hockend wie hypnotisiert die Kamera beobachtet. Jetzt schoß helles Lachen aus seinem Munde wie ein Blitz aus dem Dunkel – er fiel Hals über Kopf nach hinten über und blieb, sich vor Lachen krümmend, im Sande liegen. Den ganzen Tag lang sprudelte jedesmal, wenn er sich an den Zwischenfall erinnerte, das helle Lachen von neuem über seine Lippen. Es hörte sich wunderbar an und sah zauberhaft aus; sein ganzes Gesicht lachte mit. Die Haut zerplatzte zu zahllosen Kreuz- und Querfältchen und reizenden Runzeln, und der Körper zuckte in Lachkrämpfen. So wie er lachte, mag wohl der Gott zum erstenmal gelacht haben, der das Lachen entdeckte. Alle, die es hörten, wurden heiter und fröhlich.

Danach entdeckte Dabe von neuem eine Fähigkeit in sich, die ich nach den Berichten meiner Tante und meines Großvaters immer für eine der stärksten Begabungen des Buschmanns gehalten hatte: die Nachahmungsgabe.

Eines Abends hörte ich unsere drei Bantugefährten am Lagerfeuer plötzlich in jenem beinahe mädchenhaften hohen Ton lachen, den ihre tiefen Stimmen nur dann zustandebringen, wenn sie über die Maßen vergnügt sind. Dabe stand vor ihnen, den Rücken uns zugekehrt.

Er hob sich scharf vom Feuerschein ab und gestikulierte mit genau einstudierten Gebärden wie in einem javanischen Schattenspiel die Marionetten auf der Leinwand. Neugierig geworden, schlich ich mich unbemerkt aus dem Lager und kroch zwischen den Büschen am andern Ende des Feuers hindurch, bis ich Dabe deutlich im hüpfenden Licht erkennen konnte. Er führte ihnen eine Nachahmung Bens vor. Nun ist Ben doppelt so groß wie Dabe und in jeder Beziehung eine eindrucksvolle Erscheinung. Trotzdem konnte ich jetzt beobachten, wie aus dem kleinen Buschmann ohne Zuhilfenahme von Requisiten die Wesenssubstanz seines Vorbilds wurde, bis er beinahe eine noch reinere Ausgabe von ihm war als Ben selber. Er war Ben beim Essen, Ben morgens beim Aufstehen, Ben auf der Jagd, Ben, wie er jemandem einen wohlerwogenen und wie immer verdienten Verweis erteilt, Ben am Steuer seines Land-Rovers auf unwegsamem Gelände und zwar so lebendig, daß man das Gefährt beinahe mit eigenen Augen im flackernden Feuerschein dahinschaukeln sah.

Dann war er plötzlich jemand ganz anderes. Der fröhliche Lärm verstummte sofort. Eine Zeitlang beobachteten ihn die klugen Bantuaugen aufmerksam. Dann kicherte schüchtern zuerst Jeremiah. Danach bestätigte eine neue Geste Dabes sogleich meinen Verdacht. Die drei Zuhörer kreischten; aber ich konnte oder wollte meinen Augen noch nicht trauen. Es sah so aus, als sähe ich mich selber beim Rasieren. Das hätte jedoch unmöglich sein müssen. Ich rasierte mich immer beim ersten Lichtschimmer, ehe die andern im Lager aufgewacht waren. Um diese Zeit hätte auch Dabe fest schlafen müssen; aber wenn das, was ich da vor mir sah, Wirklichkeit war, mußte er mir unzählige Male beim Rasieren zugesehen haben. Das Blut schoß mir ins Gesicht, und zum erstenmal seit Jahren errötete ich. Ich durfte nicht länger zweifeln: Dabe war mein eigenes Ich geworden. Mir war beinahe so zumut, als hätte man mir in aller Öffentlichkeit die Kleider vom Leibe gerissen, so nackt stand mein Ich, das sich rasierte, vor mir.

Dabes Verwandlung war nicht nur eine oberflächliche Nachahmung Bens oder meiner Körperbewegungen, sondern darüber hinaus auch eine völlige Gleichsetzung mit meiner Persönlichkeit. Für mich sind beispielsweise die Minuten, die ich zum Rasieren brauche, immer die schöpferischste Zeit in meinem Tageslauf. Gedanken quirlen in meinem Kopf, und der Abriß des beginnenden Tages entfaltet sich vor mir wie eine Blume. Diese Eigentümlichkeit von mir war in Dabes Rasiervorführung deutlich erkennbar. Ich sah mich selber eine Bienenkönigin werden, überquellend von Zellen voller Tatendrang, würdevoll wie eine Eule mit neuen Gedanken. Am erstaunlichsten war aber wohl, daß Dabes Schaustellung nichts von einer Karikatur an sich hatte. Ich glaube nicht einmal, daß er versucht hatte, Stellung zu seinem Objekt zu nehmen. Auf jeden Fall hatte er einer solchen Versuchung in bemerkenswerter Weise widerstanden. Ich hatte den Eindruck, daß er so scharf beobachtet und sich so vollkommen in den Vorgang hineinversetzt hatte, daß er selber derjenige wurde, den er beobachtete, und daß es für ihn keiner Übertreibung oder Verzerrung mehr bedurfte. Nur auf diese Weise konnte ich mir erklären, warum sich in mir nach dem ersten Schreck über die Bloßstellung nicht das Gefühl gekränkter Eitelkeit regte, sondern daß ich um eine Erfahrung reicher und erleichterten Herzens unbemerkt in mein Bett auf dem Sande zurückkroch.

Trotzdem wachte ich mit dem Gefühl auf, es ihm heimzahlen zu müssen. Ich wickelte also mein Ersatzrasiermesser in Papier und überreichte Dabe das Päckchen, der mit seinen Zuhörern vom Abend zuvor neben dem Feuer saß. „Ich glaube, du möchtest das hier gern selber besitzen. Du wirst schon wissen, wie man damit umgeht", sagte ich zu ihm.

Ich weiß nicht, ob seine stets lebendige Einbildungskraft ihn auf der Hut sein ließ. Jedenfalls faltete er das Papier auseinander, als könnte eine Natter darin sein. Als er das Rasiermesser entdeckte, war er betroffen. Seine Gefährten, die aufmerksam zusahen, erkannten sofort, worum es hier ging, und brachen in schallendes Gelächter aus. Da stimmte auch er mit ein und lachte hemmungslos über sich selber.

„Moren", rief er schließlich und drohte mir mit dem Zeigefinger. „Das hätte ich nicht von dir gedacht! Du bist ein richtiger skelm*."

So wurde in Dabe allmählich wieder ein natürliches Selbstbewußtsein lebendig. Einmal hatte das beinahe ernste Folgen. Jeremiah trug seinen Gefährten gegenüber gern eine spürbar überlegene Haltung zur Schau, besonders Dabe gegenüber. Lange Zeit nannte er Dabe niemals bei seinem Namen, sondern sprach von ihm einfach nur als von dem „Massarwa". Diese Bezeichnung wird von den Afrikanern nicht nur für den Buschmann gebraucht, sondern für alle durcheinandergewürfelten Volksstämme in der Kalahari, die nach Art des Buschmanns leben. Niemand ahnte, wie sehr sich Dabe gerade dadurch verletzt fühlte, bis er eines Morgens, nachdem

* „skelm" ist eine Bezeichnung für einen spitzfindigen Kerl, die heute von allen Rassen in Südafrika gebraucht wird, wobei die genauere Bedeutung vom Tonfall abhängt.

man ihn mehrmals mit Massarwa angeredet hatte, nicht länger an sich halten konnte.

„Wie würde dir das gefallen, wenn ich dich nicht Jeremiah nennen würde, sondern ‚Kaffer'?" fragte er scharf.

Kaffer* ist der Name, mit dem Europäer alle Schwarzen in Afrika, unabhängig von Rasse oder Abstammung, bezeichnen. Er wird heute von Afrikanern unter sich gebraucht, wenn sie eine tödliche Beleidigung aussprechen wollen. Dabe hätte auf keinen treffenderen oder aufreizenderen Vergleich verfallen können.

„Massarwa!" rief Jeremiah und stellte den Kochtopf beiseite, den er gerade in der Hand hielt, und auch John, sein erster Gehilfe, unterbrach seine Arbeit. Er sah genau so beleidigt aus. „Massarwa, du darfst mich nicht Kaffer nennen."

„Aber wenn du mich Massarwa nennst, warum sollte ich dich dann nicht Kaffer nennen?" entgegnete Dabe beharrlich, und die hitzige Erregung, die, wie mein Großvater oft erzählt hatte, für den Buschmann charakteristisch war, wurde bei Dabe zum erstenmal sichtbar.

„Du darfst uns nicht so nennen!" sagten Jeremiah und John jetzt beide, und ihre dunklen Gesichter waren vor Erregung bleicher. Sie sprangen in kriegerischer Haltung auf und wirkten über Dabes stämmiger kleiner Gestalt sehr groß.

Glücklicherweise stand ich in der Nähe und konnte den Streit schlichten, ehe es zu einer Schlägerei kam. Ich schickte Dabe mit einem Auftrag weg und sagte währenddessen zu den anderen, sie dürften ihn niemals wieder Massarwa nennen, und ich meinerseits wolle dafür sorgen, daß er sie niemals Kaffer nannte. So unbedeutend

* aus dem arabischen *Kafir* für „Ungläubiger".

der Zwischenfall auch war, für mich war er ein schlagender Beweis für eine Wahrheit, an die ich immer geglaubt habe – daß nämlich eine der dringlichsten Notwendigkeiten der Menschheit seit Anbeginn der Zeit bis zur jüngsten Vergangenheit die Befriedigung ihres Ehrgefühls ist. Ich bin überzeugt, Dabe, Jeremiah und John wären bereit gewesen, auf Leben und Tod zu kämpfen, weil es hier um ihre Ehre zu gehen schien. Und ebenso überzeugt bin ich, daß niemand jemals die verwickelte und verzweifelte Lage Afrikas verstehen wird, wenn er sich nicht vorher klarmacht, daß es sich bei allem im Grunde nur um Ehre handelt. Aber außer dem Verlangen nach Ehre gilt es noch andere große Sehnsüchte zu befriedigen: die Sehnsucht nach Gerechtigkeit, nach Verzeihung und die eine, die alle zusammenfaßt – die Sehnsucht nach Liebe. Von alledem bekam ich auch an jenem Tage etwas zu spüren, als ich mit Dabe an meiner Seite „Bushman's Reprieve" verließ.

Wieder schien seine alte Schwermut ihn wie ein Schatten zu begleiten. Nachdem er eine Zeitlang schweigend dagesessen hatte, sagte ich aufmunternd zu ihm: „Nun, Dabe, es sieht so aus, als zöge der Regen wirklich zu deinen Angehörigen dort hinten. Jetzt müßten sie wieder wohlauf sein."

„Ja. Sie müßten wieder wohlauf sein." Seine Antwort klang nicht sehr überzeugt, so als müßten er und ich unvermeidlich verschiedener Ansicht darüber sein, was „wohlauf" heißt. Er zögerte kurz, und seine braunen Augen verdunkelten sich von innen her; dann begann er zu sprechen, nicht eigentlich zu mir, sondern zu der gleißenden Herrlichkeit des Tages vor uns. Seine Stimme klang matt, unbeteiligt und so frei von jeglichem Zorn, daß sich mir das Herz im Leibe umdrehte.

Hatte ich denn nicht bemerkt, so fragte er, daß alles im Leben seine Bleibe hat. So wohnte der Springbock zum Beispiel in seinen Pfannen; die Elenantilope und das Hartebeest auf ihren großen Ebenen; der Schakal, die Hyäne, der Luchs, die Pharaonsratte und der Leopard hatten alle eine eigene Höhle; der Löwe konnte, ganz wo es ihm beliebte, kommen und gehen und fressen und schlafen. Selbst die Heuschrecken hatten ihr Gras, die Ameisen ihre Erdhaufen – und hatte ich jemals einen Vogel ohne Nest gesehen? Der Schwarze, der Herero, die Mischlinge, alle hatten sie Krale und eigenes Land und die Weißen Steinhäuser. Aber könnte ich ihm sagen, was und wo die Heimstätte des Buschmanns war? Der Aufschrei aus dem Neuen Testament: „Die Füchse haben Gruben, und die Vögel unter dem Himmel haben Nester; aber des Menschen Sohn hat nicht, da er sein Haupt hinlege“, dröhnte wie ein Echo so laut in meinem Kopf, daß ich hätte annehmen können, Dabe müsse es gehört haben; aber ich wußte, daß dem nicht so war.

Außerdem, so fuhr er fort, würden viele dieser Tiere von dem Weißen geschützt. Wenn ein Buschmann eine Giraffe, eine Elenantilope, einen Gemsbock oder auch nur einen Vogel wie den Riesenbussard erlegte, weil er sonst Hungers stürbe, und die Polizei es erfuhr, so wurde er ins Gefängnis geworfen, und oft sah man ihn dann niemals wieder. Der Buschmann wurde bestraft, wenn er die Tiere seiner eigenen Wüste zum Essen tötete. Niemand bestrafte jedoch den Weißen, den Schwarzen und den Herero, wenn sie zum Essen deren Tiere, Rinder und Schafe, schlachteten. Wenn aber der Buschmann die Rinder und Schafe tötete, die in die Kalahari kamen, um das Gras seiner Tiere zu fressen, dann wurde er wiederum verfolgt und bestraft. Wie konnte so etwas geschehen? Wußte ich, daß die Weißen, als sie zum erstenmal in die Kalahari kamen, verhungert wären, wenn der Buschmann nicht dagewesen wäre? Dasselbe galt für die Schwarzen. Der Buschmann zeigte ihnen, wo es Wasser gab, er führte ihr Vieh zum Weiden und war ihnen behilflich, so daß sie am Leben blieben. Einstmals wanderte der Buschmann wie ein Löwe von einem Ende der Wüste zum andern, und niemand hinderte ihn; aber heute war jeder Mensch und jeder Löwe gegen den Buschmann. Er allein konnte nirgends hingehen, er hatte niemanden, der ihn schützte, und kein Tier gehörte ihm. Er fragte sich abermals: War das so, wie es hätte sein sollen?

Dann, so fuhr Dabe finster fort, war da noch etwas anderes. Wenn der Schwarze auf seinen in der Kalahari verstreuten Vorposten einen Knecht für sein Vieh brauchte, zog er einfach aus, jagte einen Buschmann und nahm ihn mit. Wenn er eine Buschmannfrau brauchte, holte er sich einfach eine und nahm sie ebenfalls mit, ganz gleich, ob sie einen Mann hatte oder nicht. Wenn die Männer sich wehrten, wurden sie entweder umgebracht oder von dem Schwarzen und seinen mächtigen Freunden schwer verprügelt. Wenn ein Buschmann einmal einen seiner Verfolger tötete, so wurde die Polizei ausgeschickt, um ihn abzuführen. Auch die Weißen holten sich mitunter Buschmannfrauen; aber vor allem stahlen sie gern ihre Kinder. Drüben in Südwestafrika arbeiteten in europäischen Haushalten viele, viele Buschmänner, die als Kinder weggeholt worden waren und deren Eltern sie niemals wiedersahen. Selbst er, der hier neben mir saß – er schlug sich mit geballter Faust gegen die Brust – fürchtete sich vor dem, was ihm im Lande des weißen Mannes, zu dem ich ihn brachte, bevorstand. Was würden die Weißen mit ihm machen, wenn sie plötzlich bemerkten, daß sein altes Buschmanngesicht schutzlos und allein bei ihnen auftauchte?

Diese letzte Frage berührte einen Punkt, der ihm schon immer Sorge gemacht hatte. Ich hatte ihm gleich zu Anfang versprechen müssen, daß ich ihn beschützen würde. Danach erst war er beruhigt und ließ sich zum Mitkommen überreden. Aber alles in allem handelte es sich um weit mehr als nur Angst.

Fassungsloser, als ich zu zeigen wagte, fragte ich: „Möchtest du gern, daß ich dich zu deinen Angehörigen, die wir gerade verlassen haben, zurückbringe? Willst du bei ihnen bleiben?"

„Moren!" rief er, als hätte er mich nicht verstanden. Ich wiederholte meine Frage und fügte hinzu: „Ich will gern anhalten und auf der Stelle umkehren." Ich bremste, und das ratternde Fahrzeug blieb stehen.

„Oh, Moren! Du weißt, daß ich das nicht tun kann." Er schüttelte mit dem Kopf und sah mich vorwurfsvoll an, als wäre ich unerwartet grausam gewesen.

Ich hätte daran denken sollen, daß Ben mir erzählt hatte, Dabe habe wie viele andere „zahme Buschmänner" häufig versucht, zurückzukehren. Immer und immer wieder fanden sie das Leben am Rande der unendlichen Kalahari unerträglich, wo die Zivilisation an den wenigen ganzjährigen Wasserstellen ihre zerfetzten Lumpen liegen ließ. Wenn der Blitz sie rief und der Regen losbrach, verschwanden sie und zogen nach Art ihrer Väter in der ganzen Wüste umher; aber nach einer Zeit kamen sie dann wieder wie Bettler zurück und klopften an die Hintertür ihres ehemaligen Arbeitgebers. Ben hatte von keinem einzigen gehört, der nicht zurückgekommen war, und das war natürlich das Peinigende daran. Sie konnten nicht zurückkehren, und sie konnten auch nicht in der alten Art weiterleben. Wenn ich Dabe in die Augen blickte, sah ich eine Seele in Höllenqual; denn es ist die Hölle, wenn der Geist am Weiterleben gehindert wird, es ist die Hölle, wenn die Zeit im leeren Raum zwischen zwei Daseinsformen stehenbleibt.

„Moren! Kannst du nicht etwas tun?“ fragte er plötzlich wie ein Kind.

„Natürlich, Dabe, ich will alles tun, was ich kann, um zu helfen. Ich habe sehr lange darüber nachgedacht, was ich tun kann, um deinem Volk zu helfen“, antwortete ich. Aber ich konnte nicht umhin, hinzuzufügen: „Was immer ich tun werde, du darfst nicht zu viel erwarten. Was, meinst du, sollte ich versuchen?“

„Du könntest mit der Regierung reden?“ antwortete er einfach, einen Hoffnungsschimmer in den Augen.

„Weißt du, *was* die Regierung ist?“ fragte ich, überrascht, zum erstenmal ein so gewichtiges Wort, in fehlerlosem Afrikaans schauerlich klingend, von seinen Lippen zu vernehmen.

„Natürlich, ich weiß sehr gut, *wer* die Regierung ist“, tadelte er mich eifrig, empört darüber, daß ich ihn für so unwissend hielt. „Die Regierung ist ein sehr großer alter Gentleman mit einem langen weißen Bart, der in einem großen Haus in Mafeking wohnt. Jedes Jahr packt er seinen Koffer und reist an die andere Seite des Großen Wassers, dorthin, wo sein Vater, ein sehr, sehr alter Mann, in einem anderen Lande die Regierung ist. Wirst du mit ihm sprechen?“

„Ich will mit ihm sprechen, und mit seinem Vater auch“, sagte ich zwischen Lachen und Weinen: wie hätte ich Dabe erklären können, was eine Regierung ist? „Aber du darfst nicht viel erwarten!“

„Rede nur mal mit ihm“, antwortete Dabe; und in

der Gewißheit, daß ich es täte, gewann er wieder etwas von seinem früheren Frohsinn zurück. Ich selber konnte den Gedanken daran nicht loswerden, was ihn erwartete, sobald die Expedition abgeschlossen war und er in ein Leben zurückkehren mußte, in das man ihn nicht mehr als ein Individuum mit eigenen Rechten aufnahm.

4

Honigdachs und Honigweiser

Dabe war gerade zur rechten Zeit aus seiner düsteren Stimmung erwacht; denn nicht weit von der Stelle, wo ich gebremst und ihm angeboten hatte, mit ihm zurückzufahren, stießen wir auf unsere übrigen Fahrzeuge, die dort haltgemacht hatten. Meine Gefährten saßen im Schatten neben ihnen und sahen zu, wie Ben sich mit einem neuen kleinen Buschmann unterhielt. Er war jung, ungefähr von der Statur Dabes, und ebenso mager und verzweifelt wie die anderen von "Bushman's Reprieve" an dem Tage gewesen waren, als wir ihnen zum erstenmal begegneten.

„Armer kleiner Teufel", erklärte Ben, „er hätte mich beinahe verpaßt. Ich fuhr als letzter unserer Gruppe und war gerade an den Dornbüschen dort vorbeigekommen, als ich eine Bewegung wahrzunehmen glaubte. Ich hielt an, und da lief dieser kleine Kerl, so schnell er konnte, hinter mir her. Er hatte, wie ihr seht, Bogen und Speer nicht bei sich. Er trug nur das Duiker-Fell, das er von den Lenden gelöst hatte und wie eine Friedensfahne vor sich herschwenkte. Er rief fortwährend: ‚Guten Tag. Ich sterbe vor Hunger.' Ich glaube, er hatte schreckliche

Angst vor uns, aber der Hunger trieb ihn weiter. Als er mich erreichte, steckte er mir das Fell schnell in die Hände und gab durch flehentliche Gesten zu verstehen, ich solle es behalten, obwohl es offenbar sein einziges Hab und Gut ist. Wir haben ihm etwas Wasser und Brot gegeben, und nun ist er wieder wohlauf; aber je eher Dabe mit ihm reden kann, um so besser ist es."

Dabe beugte sich herab, und sie wechselten einige Worte, aber mit so leiser Stimme, daß ich die einzelnen Worte nicht verstehen konnte.

„Er sagt", so erklärte Dabe, sich aufrichtend, „er sagt, er habe seine Frau und seine Mutter dort hinten zurückgelassen."

Wir füllten sogleich ein paar alte Konservenbüchsen mit Wasser, stopften einen halben Sack Biltong unserer eisernen Ration voll und folgten dem kleinen Buschmann in die Wüste. In der Ferne hinter uns, aus der Richtung, aus der wir gekommen waren, grollte jetzt der Donner; aber der Sand auf unserem Wege lag glühend heiß unter der Sonne. Schweiß rann uns über die Haut; die gelben Schultern, die uns führten, blieben jedoch trocken. Wir standen bereits dicht vor Mutter und Tochter, ehe wir sie sahen. Sie saßen beinahe in der Mitte eines blattlosen Gebüschs, um soviel wie möglich von dem kärglichen Schatten abzubekommen. Die alte Dame beugte sich mühsam zur Seite, um ihren Arm in seiner ganzen Länge in ein Loch stecken zu können, aus dem sie immer wieder eine Handvoll kühlen Sandes heraufholte. Damit bestreute sie ihren ganzen Körper, so wie eine Frau nach einem Bad an einem Sommertag sich pudert. Die junge Frau saß neben ihr. Sie hielt die Augen auf den Boden geheftet und atmete schnell wie

ein Fieberkranker. Hinter ihr lag der Speer ihres Mannes sowie der Bogen und ein Köcher voller Pfeile.
Nach den mit Holzkohle auf ihre Stirn und die hohlen Wangen gemalten Zeichen zu urteilen, war sie noch nicht lange verheiratet. Während sie tranken und aßen und die leeren Straußeneierschalen mit Wasser füllten, erkundigten wir uns eingehend nach ihrem Schicksal. So unmöglich das auch erschien, gehörten sie keiner größeren Gruppe an. Der Mann, der in unserer Welt kaum schulentlassen wäre, das junge Mädchen und eine alte Frau, die kaum gehen konnte, hatten es auf sich genommen, allein in der inneren Wüste zu leben. In meinen Augen war das ein wagemutiges Unterfangen, wie es mir noch nie begegnet war, aber weder sie noch Dabe schienen es für etwas Bemerkenswertes zu halten.

Während alle drei einige von den Zigaretten rauchten, von denen wir ihnen nach Beendigung ihrer Mahlzeit ganze Hände voll zugeworfen hatten, zeigte Dabe ihnen gewissenhaft den Weg nach "Bushman's Reprieve". Mit jedem Zug schienen ihre Lebensgeister neu zu erwachen. Ich glaube, kein Mensch hat jemals mit solchem Genuß geraucht wie der Buschmann. Er rauchte schon lange, ehe die Europäer nach Afrika kamen, und veranstaltete sogar Haschisch-Feste mit seinen Freunden, bei denen im Mondschein die wildesten Tänze getanzt wurden. Bei solchen Gelegenheiten wurden besonders kunstvoll verfertigte Tonpfeifen geraucht. Beim Rauchen legte sich der Buschmann in den Pausen der Länge nach nieder und erlebte seltsame Ekstasen. Der Buschmann auf der Farm meines Großvaters hatte mir diese hübschen Tonpfeifen fein säuberlich in den Sand neben dem Wasser gemalt.

Unser kleiner Buschmann hier rauchte unsere gewöhnlichen Zigaretten wirklich so, als wären sie Haschisch reinster Sorte. Den Rauch der ersten Zigarette sog er mit einem einzigen langen Zuge in sich hinein und hörte nicht eher auf, als bis das brennende Ende die Lippen erreichte. Während der ganzen Zeit kam kein Rauch aus seinem Mund. Ich sah ihm erstaunt zu und erwartete, daß der Rauch, sobald der Buschmann den winzigen Stummel ausspuckte, folgen würde. Es kam keiner. Der Rauch hatte sich irgendwo tief in seinem Inneren verflüchtigt. Und erst als er einige Minuten später sprach, kam auch der Rauch in winzigen Säulchen wieder zum Vorschein und verzog sich blaßblau in der Höhe seiner Ohren.

Bei der dritten Zigarette sah er aus, als wäre er ganz von Tabak berauscht. Er stand plötzlich auf, schritt wenige Yards vom Busch weg ins freie Gelände, hob die Hände über den Kopf, drehte die Augen nach innen, so daß die Pupillen verschwanden und nur noch das Weiße unter den halbgeschlossenen Lidern hervorschimmerte. Er begann sich aus den Knien heraus rhythmisch zu schaukeln, und wir sahen, wie die Bauchmuskeln sich zusammenzogen und schließlich einen runden festen Ball bildeten. Dieser Ball begann plötzlich auf- und niederzuhüpfen; er tanzte von innen nach außen und von einer Seite des Bauchs zur andern. Ich gewann den Eindruck, als wohnte der Geist bei ihm nicht mehr im Kopf und als hätte er in seinem Sonnengeflecht eine ältere Art von Bewußtsein wiederentdeckt, das diesen nach innen gekehrten Blick ständig an den Muskelball fesselte; denn die Bewegung des Balls wurde willkürlich gelenkt. Es sah tatsächlich so aus, als ob der Bauch einen Tanz nach fest vorgeschriebenen Regeln ausführte. Als der Buschmann ebenso unvermittelt innehielt, wie er begonnen hatte, öffneten sich seine Augen, als erwachten sie aus einem Trancezustand. Er holte tief Atem. Zum erstenmal sah ich Schweiß auf seiner Haut glänzen. Dann ließ er sich plumpsend auf den Sand fallen, und seine zusammengepreßten Lippen rundeten sich langsam zu einem Lächeln der Zufriedenheit.

Dabe, von dem Geschauten heftig erregt, sprang in die Luft empor und jauchzte beifällig: „Oh, du Buschmann, du! Du Kind eines Buschmanns, du!“

„Ich habe einen Buschmann zwar niemals ‚danke‘ sagen hören“, bemerkte Ben hinterher, als wir zu den Fahrzeugen zurückgingen, „aber heute habt ihr einen gesehen, der es mit seinem Bauch gesagt hat, so großartig, wie nur ein Buschmann es kann.“

Noch interessanter war für mich jedoch die befreiende Wirkung, die der Bauchtanz auf Dabe ausübte. Der Tanz schien die letzten Spuren seiner finsteren Selbstbeschauung vom Morgen auszulöschen. Allmählich beobachtete er wieder aufmerksam die Landschaft und sprach während der ganzen Fahrt angeregt über alles, was er sah. Dank dieser in ihm vorgegangenen Veränderung bemerkte ich wenige Meilen weiter etwas, von dessen Vorhandensein in der Kalahari ich nichts gewußt hatte. Ohne ihn wäre es meiner Aufmerksamkeit entgangen. Zunächst ließ mich das für den Buschmann charakteristische flüsternde Pfeifen der Verwunderung aufhorchen. Ich brachte den Land-Rover zum Stehen und schaute mich um.

Der Streifen von Gestrüpp und stehengebliebenen Stoppeln vor uns geriet plötzlich in heftige Bewegung. Dann schoß ein Tier heraus wie ein Läufer beim Verfolgen des Fußballs. Es hatte ein glänzendes, kohlschwarzes Gesicht, eine spitze Nase und Augen wie Gagat zur mitternächtlichen Stunde. Die Schultern waren breit; den langen Körper bedeckte ein so locker sitzendes Fell, daß es sich hin- und herschob wie Gallert, und trotzdem war es dick und schwarz wie eine Ritterrüstung. Der Rücken war mit rostfarbenem Haar bedeckt, die kurzen Beine hatten die Form eines gespannten Bogens. Es blickte so außerordentlich entschlossen drein, daß es beinahe wie eine Karikatur wirkte. Als ich es in Richtung des Donners davonhuschen sah, war ich so verwundert, daß ich aus dem Land-Rover sprang, um besser sehen zu können und mir Gewißheit zu verschaffen. Bei dem Geräusch, das Dabe und ich machten, als wir uns aus dem Fahrzeug fallen ließen, blieb das Tier ungefähr fünfzig Meter von uns entfernt stehen und drehte sich um. Es starrte uns völlig furchtlos an, als wollte es uns auffordern, näherzukommen; da wir jedoch stillstanden, gab es uns nur durch einen halb pfeifenden, halb zischenden Laut zu verstehen, wir sollten uns um unsere eigenen Angelegenheiten kümmern. Dann machte es kehrt und trollte sich, wobei der Staub neben seinen Pfoten aufstob. Selbst jetzt war ich mir meiner Sache noch nicht sicher. Das Tier, für das ich es hielt, trug normalerweise einen hübschen grauen Pelz mit weißen Streifen über einer gediegen aussehenden schwarzen Weste nebst Hosen und nicht so einen rostfarbenen Fußball-Jersey, in dem der kleine, freche Bursche dem Regen entgegeneilte. Immerhin habe ich in der Kalahari Löwen mit flammend rotem Fell gesehen, warum also nicht auch er?

„Aber, Dabe!“ rief ich unsicher. „Das war doch ein Honigdachs*.“

„Ja, Moren. Das war ein Honigdachs!“ Er grinste mich an, und dann lachten wir laut. Für gewöhnlich habe ich vor einem Honigdachs zu viel Respekt, als daß ich

* Ratel – Honeybadger – Honigdachs.

über ihn lachen könnte. Ich kenne kein Geschöpf der Welt, das so furchtlos wäre, das so hingebungsvoll seine eigene Lebensweise führt und in dessen Geist der ganze Zauber der uralten Zeit haftengeblieben ist wie der Honigdachs. Heute lache ich jedoch, denn er wirkte in der weiträumigen kahlen Umgebung auf absurde Weise dünkelhaft. Dabe, wie ich gleich herausfinden sollte, lachte nicht über das Tier, sondern mit ihm zusammen: es regte ihn zu einigen bemerkenswerten Gedankengängen an.

„Puh! Moren.“ Er pfiff wieder und sagte merkwürdig neidisch: „Der da weiß, was gut für ihn ist. Der da kann besser für sich sorgen als jedes andere Tier in der Welt.“

„Aber, Dabe, wenn er es so gut versteht, niemals zu kurz zu kommen“, antwortete ich und schlug denselben Ton an, in dem er selber immer von Tieren sprach, als wären es Menschen, „dann hätte er sich doch einen besseren Platz ausgesucht als diesen. Was kann er hier schon Besonderes zu fressen finden?“

„Larven und Käfer, wie den In-die-Augen-Pisser dort“, sagte Dabe und zeigte auf ein Insekt mit langen Chippendale-Beinen und einem weißen Rand rund um den flachen Rücken. Dabe hatte den bei den Buschmännern üblichen Namen gewählt. Dieser Käfer, der sich verteidigt, indem er Säure in die Augen seiner Feinde spritzt, war dicht neben Dabes Füßen aufgetaucht. Als Dabe einen Zeh bewegte, hob der Käfer ein Bein, neigte sich seitwärts und schoß einen in der Sonne glitzernden Flüssigkeitsstrahl auf ihn ab. In Anbetracht der Kleinheit des Insekts waren Stärke und Länge des Strahls eine erstaunliche Leistung; aber Dabe ließ sich durch diese Heldentat nicht stören. Er fuhr in aller Ruhe fort: „Käfer, Tausendfüßler, Skorpione, Ameisen und Schlangen. Oh, der da frißt Schlangen gern! Es gibt keinen besseren Schlangentöter als den Honigdachs."

Das Fell des Honigdachses war so dick, erklärte er, daß die Fangzähne keiner einzigen Schlange, nicht einmal die der Mamba, es durchdringen konnten. Wenn der Honigdachs eine Schlange sieht, geht er sogleich auf sie los und läßt nicht locker, bis er sie getötet hat. Er folgt den Schlangen sogar bis in ihre Löcher und macht sie dort fertig, obwohl er in jeder Beziehung im Nachteil ist. Dabe schilderte mir den schlangenfressenden Honigdachs so anschaulich, daß ich ihn vor mir sah, wie er gierig ganze Knäuel von Schlangen hinunterschluckte als wären sie Spaghetti. Der Honigdachs kannte kein Aufgeben oder Unterliegen, erzählte mir Dabe. Alle Tiere wußten das, und so klein er auch war, sie gingen ihm lieber aus dem Wege. Dabe hatte von einem hungrigen Löwen gehört, der in den Tagen des frühen Geschlechts einmal einen Honigdachs angegriffen hatte; aber der Honigdachs war so erfolgreich zum Gegenangriff übergegangen, daß der Löwe, obwohl er den Honigdachs schließlich überwältigt hatte, selber so verstümmelt war, daß er sein Opfer nicht mehr fressen konnte. Seitdem ließ sogar der Löwe ihn in Ruhe. Aber der Honigdachs hatte einen großen Freund, Dabe machte eine dramatische Pause, bis ich ihn fragte, wer der Freund sei. Dann antwortete er mir mit einer Gegenfrage. Kannte ich den kleinen Vogel, der aus dem Busch herausgeflattert kam, um sich auf einem Zweig niederzulassen, auf dem man ihn sowohl sehen als auch deutlich rufen hören konnte: „Schnell! Schnell! Schnell! Honig! Schnell!"

Dieser Vogel war der große Freund des Honigdachses: Sie waren so innig befreundet, daß man hätte sagen können, sie steckten unter einer Decke. Dabe streckte seine beiden dicht und fest aneinandergelegten Zeigefinger aus, um die enge, freundschaftliche Beziehung zu veranschaulichen. Der Honigdachs, den wir gerade gesehen hatten, war deshalb in solcher Eile gewesen, weil er sich auf dem Wege zu seinem Freund befand. Er wußte, daß auch sein Freund dorthin kommen würde, wo der Regen fiel, um mit seinen beiden hellen Augen die Bienen zu bewachen, wenn sie aus jenen Blumen Honig machten, die, wie ich an den Saugquellen gesehen hatte, über Nacht aus der Wüste emporsprießen. Sobald die bernsteinfarbenen Waben im Bienenstock gefüllt waren, kam der Vogel seinen Freund holen. Womit der Honigdachs auch gerade beschäftigt sein mochte, er ließ alles stehen und liegen und folgte dem Ruf. Den leichtgekrümmten Schwanz über seinen Rücken streckend, schaute er nur auf, um seinen Freund nicht aus den Augen zu verlieren. Alle fünfzig Schritt oder so setzte sich der Vogel auf einen Busch und blickte zurück, um sich zu vergewissern, daß sein Freund auch folgte. Falls er ihn nicht sofort sah, wiederholte er seinen Ruf. Der Honigdachs antwortete dann in seiner eigenen Sprache. Mit einem leise pfeifenden Ton beruhigte er ihn: „Schau! Schau! Schau her! O Wesen mit Schwingen, schau her! Hier komme ich!“ Dabe ahmte den Ton so gut nach, daß ich schon glaubte, der Honigdachs, den wir gesehen hatten, hätte einen Haken geschlagen und wäre in der Nähe.

Von allen Klängen in der Welt, sagte Dabe, hörte sich dieser Ruf am schönsten an: der Freund rief den Freund. Wenn die Töne verstummten, wußte man, daß der Honigdachs den Honig herausholte; wenn man nahe genug herankommen konnte, hörte man den aufgeregten kleinen Vogel leise vor sich hin blubbern; die glucksenden Töne plätscherten aus seiner Kehle wie Wasser aus einer Quelle. Denn in der ganzen Welt liebte kein lebendes Wesen den Honig so sehr, wie diese beiden ihn liebten. Schnabulierend saßen sie nebeneinander wie Freunde, die sie ja auch waren, und jeder suchte sich das aus, was ihm am besten schmeckte.

Natürlich half das Vögelchen mitunter auch dem Menschen auf dieselbe Weisc, aber nur dann, wenn es den Honigdachs nicht finden konnte. Der Honigdachs war ihm lieber als die Menschen. Ich fragte, warum. Dabe sah unendlich weise und ein bißchen traurig aus, als er bemerkte: „Auck! Moren! Du weißt, wie die Menschen heute sind: sie wollen zu viel haben." Das war nicht immer so gewesen. Zur Zeit der Personen des frühen Geschlechts hatte der Vogel die Menschen dem Honigdachs vorgezogen; aber seitdem hatte er die Erfahrung gemacht, daß die Menschen in zunehmendem Maße das Beste und meiste für sich behielten und das wenigste und Schlechteste übrigließen. Nicht so der Honigdachs: er gibt seinem Freund das, was er sich selber gönnt, und deshalb gehören sie enger zusammen denn je.

Die Menschen hatten erkannt, daß der Honigweiser, wie ich ihn nannte, ihnen den Honigdachs vorzog. Deshalb wanderten sie nun in den von dem Vogel bevorzugten Gebieten umher und ahmten den Ruf des Honigdachses nach. Der Vogel kam eifrig herbeigeflogen und führte sie zu dem Honig; aber wenn er merkte, daß man ihn betrogen hatte, erzählte er es dem Honigdachs, wenn sie sich das nächste Mal trafen. Aus diesem Grunde mußten diese Männer ihre Gesichter sehr sorgfältig verdecken, und sie durften auf dem Wege zu ihren Hütten auch keine Spuren hinterlassen: sonst folgte ihnen der Honigdachs und biß ihnen nachts, während sie schliefen, die Hoden ab.

„Und, Moren!“ fügte Dabe hinzu, „der, wenn der erst einmal beißt, dann läßt er nicht nach, bis er richtig durchgebissen hat. Man mag ihm auf den Kopf schlagen, ihn mit Speeren durchbohren, aber er läßt nicht locker, bis er das, weswegen er gekommen ist, auch durchgeführt hat. Ich habe meinen Vater oft von Männern erzählen hören, die auf diese Weise vom Honigdachs bestraft worden waren.“

Ich dankte Dabe für seinen Bericht und meinte, der Honigdachs müsse wahrhaftig ein wunderbares Tier sein.

„Aber, Moren!“ widersprach Dabe mit dem Blick eines Wohltäters, der sich das größte Geschenk für den Schluß aufbewahrt hat. „Ich habe dir noch gar nicht erzählt, wobei er sich am schlausten anstellt. Hast du noch nicht darüber nachgedacht, auf welche Weise er den Honig von den Bienen wegholt?“

Darüber hatte ich tatsächlich noch nicht nachgedacht, stellte ich fest und kam mir neben dem Professional richtig wie ein Amateur vor.

„Na also“, sagte Dabe ernst. „Du kannst dir ja denken, daß das nicht leicht ist. Der Körper des Honigdachses steckt zwar in seinem dicken Fell; aber wie steht's um sein Gesicht, die Augen, die feine Nase und jene empfindliche Stelle unter dem Schwanz? Du weißt, was Bienen an solchen Stellen anrichten können. Wenn also der Honigdachs den Eingang zum Bienenstock ausfindig gemacht hat, nähert er sich ihm sehr vorsichtig von rückwärts. Den Schwanz hält er dabei ganz fest zwischen die Beine geklemmt. Sobald er spürt, daß er nahe herangekommen ist, läßt er den Schwanz hurtig emporschnellen, schiebt sein Hinterteil fest an den Eingang, und ehe die Bienen im Innern sich noch darüber wundern können, warum es plötzlich Nacht geworden ist, gibt er einen fürchterlichen Gestank nach dem anderen von sich und läßt ihn geradewegs in den Stock hineinströmen. Moren! Du kannst dir nicht vorstellen, wie scheußlich der Gestank ist, ehe du ihn nicht gerochen hast! Die Bienen können ihn nicht ertragen. Sie fallen wie tot um, alle die drinnen sind, und die anderen, die draußen sind und ihn von weitem riechen, halten sich wohlweislich fern. Dann dreht sich der Honigdachs um und holt fix den Honig für sich und seinen Freund heraus."

Ich blickte in Dabes erfahrene alte Augen; es waren strahlende und unschuldige Augen, erfüllt von dem Wunder dessen, was er mir socben erzählt hatte. Er schüttelte den Kopf, wie ein Mann kopfschüttelnd über Dinge staunt, für deren Größe er keine Worte findet. Er lächelte mich an, und ich lächelte zurück. Aber je mehr ich später über das Gehörte nachdachte, um so wunderbarer wurde es. Kein Tier gehört mehr der Erde an als der Honigdachs. Er ist in einem tieferen Sinne die zu Fleisch und Blut gewordene Erde. Kein Vogel gehört mehr der Luft an als der Honigweiser. Er ist ein lebendig gewordener Splitter des durchsonnten Himmels. Die beiden verkörpern große Gegensätze im Leben: der eine ist eine Art Caliban, der andere eine Art Ariel. Mir schien es nur recht und billig, daß eine solche Versöhnung von Gegensätzen, wie ihre Partnerschaft sie mit sich brachte, mit Honig belohnt wurde; denn in der ältesten Sprache der Dinge ist Honig das höchste Symbol der Weisheit; und Weisheit wiederum ist die Süßigkeit der Stärke, die dem Geist dessen verliehen wird, der um die Einigung der sich befehdenden Elemente des Lebens bemüht ist. Dabes Geschichte enthielt die Wahrheit einer Parabel, die sich in der Prüfung der Zeit bewährt hat. Der Bericht darüber, was den Männern zugestoßen war, die den Honigdachs und seinen Freund betrogen hatten, schien mir eine genaue Beschreibung dessen zu sein, was dem Menschengeist widerfährt, der einen Gegensatz gegen den anderen ausspielt: wie der vom Honigdachs aufgespürte Mensch selber, so wird auch sein Geist der Fähigkeit zu zeugen beraubt.

Am selben Abend noch erlebten wir ein neues denkwürdiges Schauspiel. Infolge der Begegnung mit dem Honigdachs war ich weit hinter meinen Gefährten zurückgeblieben. Als die tiefstehende Sonne die großen Wolken berührte, die vor uns in gerader Linie von Osten nach dem weit zurückliegenden Westen zogen, woher wir gekommen waren, befanden wir uns auf dem Rande einer riesengroßen Pfanne. Für mich gehören die Pfannen in der Kalahari zu dem Schönsten, was man in der Welt erblicken kann. Keine ist der anderen gleich, und niemand weiß genau, wann und wie sie entstanden sind. Sie bleiben eines der geheimsten Wunder der Wüste; aber an jenem Abend, so meinte ich, sah die Pfanne unter uns noch lieblicher und geheimnisvoller aus als jede andere, die ich bisher gesehen hatte. Sie war rund und tief. Der ebene, weiche Boden von reizvoll chromgelber Tönung lag unter einem blauen und rosa Himmel. Nichts wuchs dort: Sie sah aus, als wäre sie saubergeschrubbt wie ein riesengroßer emaillierter Wasserbehälter und in die Wüste gestellt, um das Regenwasser aufzufangen, das bald zu erwarten war. Unterhalb des sandigen Höhenrückens trat eine korallenrot leuchtende Kalkschicht zutage. Der Sand selber schimmerte scharlachrot aus der Holzkohlenschwärze des blattlosen Buschs, und dort, wo der Sandrücken den Himmel berührte, zeichnete sich ein Faden aus Purpur und Gold prächtig vor dem Blau ab. Meine Gefährten waren nicht mehr zu sehen; aber die Wagenspuren durchfurchten die Mitte der sauberen Oberfläche und verschwanden hinter dem fernen Sandrücken gegenüber.

Plötzlich stand unter uns ein einsamer männlicher Strauß in einem ausgefransten schwarzen Krepprock. Er hatte offenbar den Lärm unseres Motors überhaupt nicht gehört und streckte den Kopf zur östlichen Seite der Pfanne hinüber. Ich drosselte den Motor, und wir stiegen aus. Da wußten wir sofort, warum der Strauß so stillstand wie sein eigenes Wappenbild auf einem Helm. Die spannungsgeladene Luft, die schon vom fernen Donner erschüttert wurde, begann von einem neuen Ton zu erzittern. Ein merkwürdig polterndes Geräusch erscholl hinter dem Sandrücken, als trommelte dort ein großes Heer zum Rückzug. Während wir Ausschau hielten und lauschten, stieg unvermittelt ein feiner Staub auf und flackerte wie eine Flammenwand über dem Rande der Pfanne. Dann hoben sich vom Horizont die vergrößerten Umrisse eines Springbocks ab. Das abendliche Licht brannte auf seinem Fell. Gleich danach tauchten links und rechts noch mehr Springböcke auf, bis eine Viertelmeile des Sandrückens mit anmutigen Gestalten bedeckt war. Ebenso schnell waren alle wieder weg; denn sie hatten nur kurz innegehalten, um sich zu vergewissern, ob die Pfanne leer war, ehe sie die Abhänge hinuntereilten. Sobald ihre behenden Hufe den blanken Boden berührten, tanzten sie vor Freude.

Ihnen folgten ganze Kohorten glitzernder Springböcke. Sie rollten über den Rand wie eine sommerliche

Springflut über ein Kliff. Bald war der Boden der Pfanne ganz voll von ihnen. Ihre zierlichen, gehörnten Köpfe bildeten eine dichte Wand. Als der letzte Bock sicher unten gelandet war, wich der geheimnisvolle Trieb, der sie in Bewegung gehalten hatte, von ihnen. Plötzlich machte der ganze große Haufen halt, und alle Tiere standen stramm, als wäre ihnen das eingedrillt. So mochten jetzt, schätzte ich, etwa vierzigtausend Springböcke dort unter uns stehen. Dabe und ich mußten unwillkürlich über den erfahrenen alten Strauß lachen, der ob einer solchen Unzahl überraschender Gesellschaft blöde und verdattert dreinschaute. Ungefähr fünfzehn Minuten verharrten sie dort. Sie bewegten sich kaum, reckten nur ihre hübschen Köpfe nach oben, und die Nasen schnupperten unentwegt in der Luft. Aber so ruhig sie auch dastanden, ihre innere Erregung machte sich in der Luft über der Pfanne knisternd bemerkbar. Die geballte Spannung sprang wie ein elektrischer Funke auch auf den alten Strauß über; seine nackten Füße wurden ruhelos wie bei einem kleinen Jungen, der in der Kirche nicht stillsitzen kann. Sogar Dabe unterlag dem Zauber der gewaltigen Einmütigkeit des Geistes, die diese ungeheure Ansammlung ausstrahlte. Er reckte seinen grauen Kopf in die Höhe und schnupperte mehrmals in der Luft.

Ein letzter Sonnenstrahl drang durch die Wolken und leuchtete die Springböcke an, als wären sie Schauspieler im Rampenlicht einer großen Bühne. Wiederum flammten ihre goldenen Felle auf; und dann fiel der erste Schatten der Nacht auf sie herab wie Asche. Plötzlich durchbrach der weit entfernte Donner gebieterisch die Stille und rollte widerhallend von einem Sandrücken zum andern. Daraufhin brach ein großer Widder in unserer Nähe aus der Menge aus und schnellte sich hoch in die Luft empor. Auf der Höhe seines Sprunges wölbte er den Rücken und schüttelte die schneeweiße Spitzenkrause, die er dort trägt und nur entfaltet, wenn er sich im Frühling aufmacht, um den jungen zigeunernden Muttertieren mit seinem schönen Gewand zu imponieren. Er setzte zu dem weitausschreitenden, mühelosen Trab an, den seine Artgenossen für weite Reisen anschlagen. Die anderen folgten ihm schnell, und der ganze Trupp machte eine gewaltige Kehrtwendung. In Schwadronen stürmten sie dicht an uns vorbei, ohne uns eines Blickes zu würdigen. Sie sahen in der abendlichen Beleuchtung glänzend und wohlgenährt aus, obwohl sie in Wirklichkeit alle mager und verhungert waren. Aber so elend sie auch sein mochten, entmutigt waren sie offensichtlich nicht. Vom Rollen des Donners wurden sie dem Regen entgegengetrieben wie Stahlspäne, die auf ein magnetisches Feld zueilen. Als sie weg waren, ließen sie eine Leere zurück, die für den Strauß zu viel war. Er raffte den Rock um seine mageren Hüften und zog mit langen Schritten hinter ihnen her wie ein Prophet. Dabe und ich waren allein. Wir beobachteten die Dämmerung, die die leeren Räume füllte, bis die Pfanne von Dunkelheit überlief wie eine antike Schale von Met.

In dieser Nacht hörten wir zum erstenmal seit Wochen Löwen brüllen. Gegen zwei Uhr morgens forderte unser Lagerfeuer eine prächtige Löwenschar dazu heraus, uns eine ernste Warnung zukommen zu lassen. Ich dachte, es müßten ihrer fünf sein. Sie folgten eiligst der Spur des Springbocks, um die kühlen Nachtstunden noch nach Möglichkeit auszunutzen. Ihr Brüllen war so eindrucksvoll, daß mir, als ich mich weit vom Lager entfernt in meinen Bettlaken aufsetzte, die Entfernung zwischen meinen neben dem Feuer schlafenden Gefährten und mir größer erschien als am vergangenen Abend beim Bettmachen. Das Vertrauen der Löwen in ihre Herrschergewalt war so groß, daß sie nur ein einziges Mal brüllten. Für mich war der Klang eine Erinnerung daran, daß wir, während das ganze Leben in eine Richtung zu weisen schien, die entgegengesetzte Richtung einschlugen.

5

Der Mensch und die Wüste

Zwei Tage später kamen wir ein Uhr nachmittags zu einer Ortschaft namens Tsane. Bald nachdem wir „Bushman's Reprieve" verlassen hatten, stellte es sich heraus, daß wir nicht mehr genug Wasser und Treibstoff besaßen, um, wie es unsere Absicht gewesen war, geradenwegs aus der Wüste heraus nach Osten zu fahren. Deshalb bogen wir südwärts nach Tsane ab. Dort hatte ich für etwaige Notfälle einen Vorrat an Treibstoff bereitstellen lassen. Tsane eignete sich bestens als Nachschublager: Es lag nicht nur in der Mitte der südwestlichen Kalahari, sondern auch an der Kreuzung der beiden Hauptstraßen der Wüste, von denen die eine ungefähr in ost-westlicher Richtung verlief und die andere von Süden nach Norden führte. Tsane und die benachbarten Pfannen von Lehututu und Hukhuntsi besaßen Quellen, von denen man wußte, daß sie bisher niemals versiegt waren, und die den größten Sammelplatz der Bakhalagadi mit Wasser versorgten. Dieses Volk setzte sich aus all den rührenden Überresten von Rassen zusammen, die sich während der schrecklichen Zeit, als Südafrika im achtzehnten und neunzehnten Jahrhundert von Unruhen erschüttert wurde, in die Kalahari geflüchtet hatten. Tsane hatte einstmals einen District Commissioner gehabt, war dann aber zu einem abgelegenen Polizeivorposten herabgesunken. Das Personal bestand aus einem Suto-Korporal und einer Abteilung eingeborener Polizisten, die von Zeit zu Zeit im südlichen Distrikt auf Patrouille zogen. Dabei ritten sie auf Kamelen aus dem Sudan. Die Polizei stand in regelmäßiger Verbindung mit den Vorgesetzten, vorausgesetzt, daß der Wind stark genug wehte, um die Windmühlenflügel in Bewegung zu setzen, mit denen der Dynamo Strom für ihre Funkgeräte erzeugte. Schlimmstenfalls konnte man sie benutzen, um Hilfe per Flugzeug anzufordern. Die große Pfanne, nach der Tsane benannt war, hatte einen so ausgedehnten, ebenen und festen Boden, daß dort unserer Meinung nach das größte Flugzeug landen konnte. Ich selber hatte Tsane viele Male als Landeplatz benutzt, und Ben erinnerte mich jetzt daran, daß ich Tsane offensichtlich nur dann aufsuchte, wenn ich irgendwelche Schwierigkeiten hatte. Aber diesmal sah es so aus, als sollte Tsane uns im Stich lassen.

Aus der Entfernung sah Tsane noch genau so aus wie damals, als ich es zum erstenmal sah. Hinter einem Saum von Kameldornbäumen, wo der tiefe rote Sand plötzlich aufhörte, tauchten die Hütten der kleinen Polizeistation vor dem von Hitze verschmierten Himmel auf. Ihre Mauern waren so weiß, daß die Augen schmerzten. Neben dem Tor in einem Stacheldrahtzaun glänzten auf beiden Seiten die Reihen runder, gekalkter Steine wie blanke Schädel; und zwischen den Gebäuden und dem diamantenen Glitzern der großen Pfanne darunter stand eine Reihe erstaunlich dicht belaubter Bäume, deren Schatten sich eng zusammendrängten, um die glühendheißen Wurzeln zu schützen. Niemand rührte sich auf der Station, aber neben dem Brunnen standen geduldig mit gesenkten Köpfen lange Reihen von mageren, höckerigen Rindern, Ziegen und Eseln. Sie hoben abwechselnd einen Vorderhuf und dann den anderen und warteten neben einem hölzernen Trog, bis sie an der Reihe wären. Einige Schwarze füllten den Trog ständig mit Wasser, das sie eimerweise mit der Hand aus einem tiefen Brunnen schöpften. Sie gaben keinen Laut von sich, oder aber die Luft war zu ermattet vor Hitze, um einen Ton weiterzutragen.

Als wir in die Station einfuhren, bezogen wir einen Parkplatz im Schatten eines anderen großen Baumes hinter den Hütten. Die Station war makellos sauber – sie wurde jeden Tag mit peinlicher Sorgfalt gefegt. Genau dort, wo der Stacheldrahtzaun zu Ende war, übernahm die Wüste voller Verachtung für eine so kleine Insel der Ordnung sofort wieder die Oberherrschaft. Dicht neben unseren Fahrzeugen lagen hübsch aufgereiht einige Treibstoffässer. Charles Leonard ging hinüber, um sie hoffnungsfreudig zu untersuchen. Ein ungläubiger Ausdruck zeigte sich auf seinem Gesicht, und er rief: „Aber die sind ja alle leer!“

Ich ging schnell zum Polizeibüro am äußersten Ende der Hüttenreihe, versuchte die Tür zu öffnen, fand, daß sie nicht verschlossen war und trat ein. Ich kam gerade rechtzeitig, um zu sehen, wie der Polizeikorporal mit unendlich schicksalsergebener Miene seine Kopfhörer abnahm. Er sprang auf, erkannte mich und begrüßte mich mit einem herzlichen Lachen. Sein Büro war kühl und sauber, er selber trug eine saubere, gestärkte Uniform, so als erwartete er jeden Augenblick den Besuch seiner Vorgesetzten. Ich wußte jedoch, daß er immer so gekleidet war, weil er etwas auf sich hielt. Ich bin zu allen möglichen Zeiten unangemeldet nach Tsane gekommen und habe ihn und seine Station stets in demselben Zustand angetroffen. Er bestand darauf, daß ich in seinem besten Bürostuhl Platz nahm, und erklärte dann, er habe weder für mich noch für sonst jemanden Treibstoff. Außerdem seien die Batterien seines Radioapparats erschöpft, weil die Dürre auch den Wind von Tsane aussperrte. Er habe schon seit Tagen keine Verbindung mehr mit der Außenwelt. Die für Gespräche mit seinen Vorgesetzten festgesetzte Stunde war soeben abgelaufen. Nicht nur, daß er nicht mit ihnen sprechen konnte; es war ihm nicht einmal gelungen, eine Nachricht von ihnen zu empfangen, weil sich in der Wüstenluft gerade ein Ungewitter von Elektrizität entlud. Wir beschlossen deshalb, die Batterien der Polizeistation sogleich aus den unseren aufzuladen und zu versuchen, am Abend den nächsten D. C. in ungefähr hundertachtzig Meilen Entfernung anzupeilen. Aber selbst wenn das alles klappte, würde es noch Tage dauern, ehe man uns Treibstoff bringen könnte.

Ich vermochte nicht zu sagen, was in unseren Planungen schiefgegangen war. Bisher war alles reibungslos verlaufen. Ich wußte nur, daß alles so aussah, als sollten meine Gefährten, die sich schon mehr als genug verspätet hatten, noch länger aufgehalten werden. Mir war das um so peinlicher, als keiner von ihnen auch nur mit einem Blick oder Wort einen Vorwurf äußerte. Da fielen mir in meiner Verzweiflung zwei indische Händler in der Nachbarschaft ein. Beide besaßen Lastwagen, die ihnen Waren brachten und Tauschgüter wegfuhren: vielleicht konnten sie uns Treibstoff leihen, um aus der Wüste herauszukommen? Glücklicherweise stellte sich im Verlauf des Nachmittags heraus, daß sie es konnten. Der Lastwagen des einen war mit dem ganzen Treibstoff, den er besaß, in Mafeking, aber der andere lieh mir großzügig seinen ganzen Vorrat. Ich mußte ihm nur versprechen, so schnell wie möglich für Ersatz zu sorgen. So schwerwiegend diese kleine Krise auch für mich persönlich war, ich hätte sie und unseren kurzen Besuch in Tsane gar nicht erwähnt, wenn sich nicht zwei Ereignisse daraus ergeben hätten, die beide im Zusammenhang mit dem Hauptthema meiner Geschichte stehen.

Zunächst wurde Dabe plötzlich und auf höchst geheimnisvolle Weise krank. Den ganzen Vormittag über war er munter und fröhlich wie immer gewesen. Aber seitdem er sich auf der Polizeistation befand, war er plötzlich wie umgewandelt. Umgeben von den Polizisten und anderen Fremden, wurde er schweigsam. Er zog sich zurück und verfiel zusehends an Körper und Geist – in welch beunruhigendem Maße, das wurde mir inmitten meiner Treibstoffsorgen erst am Abend klar.

Das zweite Ereignis traf ein, als ich mich aufmachte, um die beiden indischen Händler um Treibstoff zu bitten. Ich mußte zu den benachbarten Pfannen Lehututu und Hukhuntsi fahren, wo sie wohnten. Während meine Gefährten badeten, sich ausruhten und die Batterien aufluden, fuhr ich zuerst nach Lehututu. Ich hatte diese Reise früher schon mehrmals gemacht und fast jedesmal von neuem gestaunt, was für eine merkwürdige Rolle die Wüste im Geist des Europäers spielt. Das war mir jedoch noch niemals so deutlich zum Bewußtsein gekommen wie an diesem Nachmittag, als ich allein in meinem

Land-Rover saß. So weit ich zurückdenken kann, hatten Wüsten auf mich immer eine besondere Anziehungskraft ausgeübt, die mir selber nicht ganz verständlich ist. Ich habe von jeher jene Landschaften über alles geliebt, die ich „Aschenputtelland" nenne. Durch nichts wird meine Phantasie mehr angeregt, als wenn ich in der Wüste, die von der wohlgeordneten Welt als häßlich und unfruchtbar verschrieen ist, eine Schönheit und die Verheißung einer seltenen Bereicherung entdecke, wie sie sonst nirgendwo im Leben geboten werden. Ich bin nicht der einzige, der sich auf seltsame Weise zur Wüste hingezogen fühlt. Das kam mir an diesem verschwenderischen Nachmittag in der Umgebung der drei großen Pfannen von Tsane, Lehututu und Hukhuntsi wieder in den Sinn. Viele andere, die noch mehr von der Wüste besessen waren als ich, hatten vor mir dieselbe Reise gemacht. Es war die Hauptzugangsstraße nicht nur für Europäer, sondern auch für die Bantus. Dort neben den flirrenden Pfannen von Tsane, Lehututu und Hukhuntsi bekam der Eindringling zum erstenmal die Pranke der Wüste in ihrer ganzen Kraft zu spüren, und im Gegensatz zum Buschmann, der ganz mit der Wüste verwachsen ist, kann der Eindringling den Schock nicht immer überwinden.

Da war zum Beispiel ein Mann, der viele Jahre lang sowohl in Hukhuntsi als auch in Lehututu lebte. Er war in Britannien geboren und von Beruf Seemann, bis er vom Burenkrieg in Südafrika an Land gespült wurde. Als der Krieg zu Ende war, fühlte er sich so stark zur Wüste hingezogen, daß er wie unter einem Zwang bis Hukhuntsi vordrang. Dort machte er einen kleinen Laden auf und verdiente seinen Lebensunterhalt als Händler; aber Kopf und Herz waren kaum jemals in seinem Geschäft, das von Anfang an offensichtlich nur Mittel zum Zweck war. Aber zu welchem Zweck? Im Verlauf der Jahre kümmerte er sich immer weniger um diesen Laden. In Wirklichkeit beschäftigte ihn, je länger er in der Wüste blieb, immer nur das Meer. Zwölf Jahre lang ging er überhaupt nicht aus der Wüste heraus und dann auch nur ein einziges Mal – nach Mafeking. Von dort kehrte er zurück und ward niemals wieder in der Stadt gesehen. Es war so, als böte ihm die Wüste mehr Möglichkeiten, wirklich ein Seemann zu sein, als das Meer selber es jemals vermocht hatte, und zwar nach seiner höchst persönlichen Vorstellung von diesem Beruf. Hier in der Wüste vergaß er keines seiner Schiffe und auch keinen Namen all der Menschen, mit denen zusammen er zur See gefahren war – nicht einmal die Namen der Offiziere und Soldaten der britischen Armee, die er während des hinter ihm liegenden Krieges von England zum Kap hinübergebracht hatte.

Manchmal, so erzählte mir der einzige Europäer, dem es gelungen war, seine Bekanntschaft zu machen, ging er nachts stundenlang immer und immer wieder um das kleine viereckige Gebäude mit den Mauern aus getrocknetem Dung und dem eisernen Dach herum, das für ihn die Heimat war. Dabei murmelte er etwas vor sich hin, was wie Beschwörungsformeln klang. Es war eine Litanei von Schiffsnamen und den Namen der Männer, die mit ihm zur See gefahren waren. Durch ständige Wiederholung war die Litanei weit mehr als nur eine Gedächtnisübung geworden. Begleitet von dem Ruf des nächtlichen Regenpfeifers, der ihn aus der Wüste ringsumher mit seinem unheimlichen Pfeifen aufs Meer hinauslockte, klang sein Gemurmel wie eine Zauberformel, mit der ein Merlin aus seiner Weißdornhecke erlöst werden sollte.

Das Meer hatte so völlig von ihm Besitz ergriffen, daß er alle seine Kräfte schließlich nur noch darauf konzentrierte, sich gegen jeden Zugriff der Außenwelt zu wehren. Ich bin überzeugt, daß er kaum jemals einer Frau ins Antlitz schaute und gewiß niemals mit einer Frau schlief. Er lebte so allein auf sich angewiesen wie der einzige Überlebende nach einem Schiffbruch, der auf einem Floß auf dem leeren Ozean treibt. Er konnte sich kaum noch dazu überwinden, für sich zu kochen. Als ihn jedoch die Nachricht vom ersten Weltkrieg erreichte, entdeckte er sofort wieder einen Lebenszweck außerhalb seines Ichs: Er erfand auf dem Papier eine Reihe Jules Verne'scher Kunststücke, mit denen er Britannien bei seinem Seekrieg helfen wollte. Er schrieb eine große Anzahl von Briefen an das Marineministerium und bot ihm seine Erfindungen an. Als sie abgelehnt wurden, bestärkte ihn das nur in seiner Verachtung und seinem Mißtrauen gegenüber der Außenwelt. Bei Ausbruch des zweiten Weltkrieges fühlte er sich zu einer letzten Entfaltung seiner erfinderischen Tätigkeit angetrieben. Er glaubte, die vollkommene Abwehrwaffe gegen U-Boote erfunden zu haben; von diesem Augenblick an lebte er in Angst vor feindlichen Spionen, die in die Wüste vordringen und ihm seine wundervolle Erfindung stehlen könnten. Jeder der wenigen Europäer, die durch die Wüste zogen, wurde für ihn verdächtig, und man erzählte sich, er habe einige Europäer verscheucht, indem er sein verrostetes Gewehr schon abfeuerte, als sie noch weit von ihm entfernt waren.

Ich selber hatte mich einmal der Gefahr ausgesetzt, von ihm beschossen zu werden, und es war ein Glück für mich, daß ich weiter nichts als eine eindeutige Absage erhielt, als ich ihn aufforderte, aus seinem verschlossenen Raum herauszukommen und mir Rede und Antwort zu stehen. Bald danach gab der Mann das Handelsgeschäft völlig auf; er lebte fortan in einem Wellblechschuppen neben seinem bisherigen Laden, den ein abenteuerlustiger Inder aus Bombay übernommen hatte. Auf meinem Wege zu ihm überlegte ich gespannt, ob ich beschossen werden würde, oder ob er mir friedlich entgegenkommen und mir gestatten würde, mit ihm zu reden. Der gastfreundliche Inder sagte mir, der Mann sei gestorben, und nachdem er mir dessen letzte Lebensjahre geschildert hatte, wußte ich, daß er bis an sein Ende zur See gefahren war. Seitdem habe ich ihn mir immer als eine durch den Tod des Ertrinkens verlorengegangene Seele vorgestellt.

Dann gab es da noch einen Mann anderer Art. Als Angehöriger einer Familie mit einer langen Liste hochangesehener Missionare in einer protestantischen Gemeinde Afrikas hatte er einst als Verwaltungsoffizier in der Wüste gedient. Im Laufe der Zeit kehrte er der Welt, aus der er gekommen war, den Rücken, weil er erkannt hatte, daß er mit alledem, was ihm die Wüste bedeutete, nur dadurch Frieden schließen konnte, daß er eine Art europäischer Buschmann wurde. Er begann, mit Buschmannfrauen zusammenzuleben; mit dem Eifer des Bekehrten wurde er beinahe mehr Buschmann als der Buschmann selber. Wie es Bekehrten oft ergeht, so neigte auch er mehr dazu, die negativen als die positiven Seiten seiner Bekehrung hervorzukehren. Er lebte, wie man mir sagte, in erschreckendem Schmutz. Die

Verbindung zwischen ihm und seiner Familie brach schnell ab.

In den seltenen Fällen, wenn er wieder einmal in einer mehr zivilisierten Gemeinschaft an den östlichen Zugangsstraßen zur Wüste erschien, sah er betäubt aus wie jemand, der gerade aus einem labyrinthischen Erdloch herausgekrochen ist, in dessen Tiefe er hineingefallen war. Er ging dann, als blendete ihn das Tageslicht, von einem sonnenverbrannten Lädchen zum anderen und machte seine bescheidenen Einkäufe. Einer meiner Freunde, der ihn und sein Wirken in der zivilisierten Welt von früherher kannte, gestand, er habe eine gewisse Ehrfurcht empfunden, als er ihn so sah. Ihm war zumute, als wäre er Zeuge der Rückkehr eines Orpheus des zwanzigsten Jahrhunderts, dem es nicht gelungen war, seine Eurydike zurückzuholen, und der auch seine Leier in einer Unterwelt verloren hatte, in die gewöhnliche Sterbliche sich nicht hineinwagten. Mein Freund betonte, man müsse ihm zugestehen, daß ein gewisser Mut dazu gehöre, so etwas in Südafrika zu wagen, selbst wenn man seine Lebensweise abscheulich finde. Mein Freund hätte gern einmal mit dem Mann gesprochen und versucht, ihm zu helfen, konnte sich jedoch niemals dazu entschließen. Er hatte stets unter dem Zwang gestanden, sich abwenden zu müssen, und hinterher schämte er sich der Hemmungen, die einen derart natürlichen Impuls im Keim erstickten.

Ich hatte mich immer danach gesehnt, diesem Mann zu begegnen; denn ich war überzeugt, er könnte wie kein anderer sonst und mehr noch als die Buschmänner selber etwas über den Buschmann aussagen. Er war in meinen Augen ein Pionier mit einer Erfahrung, die zu kostbar war, um sie ungenutzt zu lassen. Vielleicht war ich allzu naiv, wenn ich mir einbildete, er könnte einen allgemein gültigen Sinn in dem Leben, das er führte, entdecken, wenn er sich darüber erst einmal mit einem Angehörigen seiner eigenen Rasse aussprechen könnte, der das, was er zu sagen hatte, zu würdigen verstand. Eine solche Entdeckung könnte ihm vielleicht, um bei dem Gleichnis meines Freundes zu bleiben, seine Leier wiederersetzen, wenn sie ihm auch seine Eurydike nicht zurückgeben konnte. Aber es gelang mir nicht, ihn ausfindig zu machen; und an diesem strahlend hellen Tag in einer Umwelt, die ihm einst vertraut gewesen war, mußte ich daran denken, daß er alles von sich gewiesen hatte, was der Europäer in Südafrika am höchsten schätzt, und mir begann zu dämmern, warum einer der kultiviertesten modernen Dichter* schrieb:

> „Und was soll nun ohne Barbaren aus uns werden?
> Diese Menschen waren immerhin eine Lösung.“*

Ein anderer, der hierher verschlagen wurde, obwohl er sich später weiter nördlich in der Kalahari niederließ, war ein Freund von mir, Tom Hardbattle. Ich habe immer den Verdacht gehegt, daß gewisse Namen den Charakter derjenigen Person stark beeinflussen müssen, der solch ein Name verliehen wird. Tom Hardbattle zum Beispiel, glaube ich, trug seinen Namen zu Recht. Ich weiß nichts über seine Kindheit, wäre jedoch nicht überrascht, wenn ich erführe, daß er seit seiner frühesten Jugend im Kampf gestanden hat. In all den Jahren jedenfalls, in denen ich ihn kannte, befand er sich immer auf die eine oder andere Art in hartem Kampf. Als ehemaliger Londoner Polizist, der zu Beginn des Jahrhunderts mit einem Truppenkontingent aus der Haupt-

* K. Kavafis

stadt im südafrikanischen Krieg gekämpft hatte, konnte er sich nicht mit dem Gedanken befreunden, zu einer hauptstädtischen Lebensweise zurückzukehren. Er wollte nichts mehr wissen von Häusern, Schornsteinen und genau eingeteiltem Streifendienst in einer engen Straße. Er liebte die Weite der südafrikanischen Landschaft und suchte sich dort instinktiv die ausgedehnteste und verlassenste Gegend aus. Er begann mit einer Rinderfarm ganz in der Nähe von Gemsbok-Pan, wo wir unsere Basis für den letzten Vorstoß in die innere Wüste hatten und wo Cecil Rhodes in den neunziger Jahren an der einzigen Stelle mit ganzjährigem Wasser in der westlichen Kalahari ungefähr sieben afrikanische Familien angesiedelt hatte. Diese Siedlung sollte als Puffer gegen eine etwaige deutsche Expansion aus Südwestafrika dienen. Tom Hardbattle hatte sehr zu kämpfen, um seinen Lebensunterhalt zu verdienen. Es kostete ihn fünfundvierzig Jahre, bis er es zu einer gesicherten Existenz gebracht hatte und sich ein paar Annehmlichkeiten leisten konnte; aber niemals war er in Versuchung gekommen, den Kampf aufzugeben und nach England zurückzukehren.

„Ich habe hier alles gefunden, was ich brauche, und hier will ich bis an mein Ende bleiben", schrieb er mir in einem seiner letzten Briefe. Aber was hatte er gebraucht? Es ist leicht, diese Frage negativ zu beantworten – ganz offensichtlich etwas, was ihm die Welt draußen seiner Meinung nach nicht bieten konnte. Aber was dann? Eine persönliche Kampfansage und der Aufruf zum Kampf des einzelnen? Ich bin überzeugt, daß es damit sehr viel zu tun hatte. Ich vermute, es war auch die alte Geschichte von einem Mann, der das unwiderstehliche Bedürfnis hatte, vor sich selber in Ehren bestehen zu können. Ohne eine solche Ehre kann ein Mann nicht leben und sein Metall härten. Tief im Grunde seines Herzens empfindet er die Notwendigkeit nach heroischer Bewährung; und unsere moderne Lebensweise, die besonderen Wert auf Sicherheit legt, allem Unbekannten gegenüber mißtrauisch ist und abstrakte, kollektive Werte am höchsten schätzt, hat den Hang zum Heroischen in einem Maße unterdrückt, daß sich daraus die gefährlichsten Folgen ergeben können. Man braucht nur den großen Widerspruch unserer Zeit zu beobachten: wie inmitten der imposanten Schaustellung des öffentlichen Wohlstandes bei jedem Einzelwesen das Gefühl zugenommen hat, vernachlässigt und ungesichert dazustehen. So glaube ich denn auch, daß Tom von dem Bewußtsein einer solchen ihn bedrohenden Gefahr in die Wüste hinausgetrieben wurde, um dort allein den Kampf zu bestehen. Aber wenn dem so war, warum in die Wüste? War nicht gerade das ein Davonlaufen, ein Mangel an Heldenhaftigkeit? Ist man heute nicht eher dann ein Held, wenn man als Individuum den Weg der Masse beschreitet und am Ende der gemeinsamen Wanderung als ein Mensch hervorgeht, der nicht nur unversehrt geblieben, sondern gewachsen ist? Es wird am besten sein, die Frage offenzulassen, bis ich alle Beispiele überprüft und meine Beschreibung eines bemerkenswerten Lebens beendet habe.

Als wäre der Kampf mit der Wüste als solcher noch nicht genug, wurde Tom bald in eine Schlacht anderer Art verwickelt. Er begann, in aller Offenheit mit Buschmannfrauen zusammenzuleben. Die öffentliche Meinung, soweit es sie in jener entlegenen Welt bei seinen kalvinistischen Pioniernachbarn überhaupt gab, war tief empört. So etwas war schon schlimm genug, wenn man es heimlich betrieb, aber es in aller Öffentlichkeit zu tun, war unverzeihlich. Tom lehnte es ab, sich wegen einer für ihn völlig natürlichen Sache zu schämen, nur weil die öffentliche Meinung es verlangte.

Die Frage des Schamgefühls bildete den Kernpunkt dabei. Hätte er sich von der öffentlichen Meinung überzeugen lassen, daß er sich schämen müsse, dann wäre er – glaube ich – ebenso gewiß aus dem täglichen Leben seiner Mitmenschen verschwunden wie jener erwähnte Nachfahr von Missionaren. Man wartete vergeblich darauf, daß er die Nerven verlöre. Er genoß auch weiterhin sein hartes Leben, und er hatte auch weiterhin in einer Welt Erfolg, in der nicht viel Erfolg zu holen war: seine überquellende Lebensfreude erschien seinen Nachbarn einer beinahe verräterischen Zusammenarbeit mit der Vorsehung zu entspringen. Bei einer kleinen Zusammenkunft in Gemsbok-Pan, als beinahe jeder einen Branntwein-Soda zuviel zu sich genommen hatte und man in der schleppenden Unterhaltung schließlich auch auf Sex zu sprechen kam, wurde Tom in meiner Gegenwart gefragt: „Trifft es zu, daß ein Mann, wenn er einmal mit einer Buschmannfrau geschlafen hat, niemals mehr mit einer weißen Frau schlafen kann?“ „Das kann ich nicht beurteilen“, antwortete Tom ganz harmlos: „Ich habe niemals mit einer weißen Frau geschlafen.“

Tom sorgte stets für die Kinder, die solchen Verbindungen entsprossen. Er ließ ihnen eine richtige Erziehung angedeihen und bereitete sie, so gut er konnte, auf ihre Zukunft in der Wüste vor. Überdies war er der einzige in jenem Teil der Welt, der offen für den Buschmann eintrat und die Gesetze und Einschränkungen bekämpfte, die er als ungerecht empfand. Als er alt wurde und seine Gesundheit nachließ*, blieb er geistig ungebrochen und stets ein zuverlässiger Verbündeter im Kampf um die Anerkennung der Lebensberechtigung des Buschmanns. Wenn er sagte, er habe in der Wüste alles gefunden, was er brauchte, so vermutlich deshalb, weil er dort ein besserer Polizist sein konnte als in der Welt draußen. Hier war sein Streifendienst sechzig Jahre lang immer gleichbleibend und einzig in seiner Art, und hier konnte er ein paar von den grausam vernachlässigten Kindern des Lebens unter seine Fittiche nehmen.

Noch ein weiteres Beispiel soll angeführt werden, um aufzuzeigen, wie unterschiedlich die Charaktere aller jener Menschen sind, die sich von der Wüste angezogen fühlen. So kam nach dem Krieg am Anfang des Jahrhunderts ein Australier des Wegs gezogen, der geistig und körperlich das zäheste menschliche Wesen war, dem ich jemals begegnet bin. Seine Laufbahn begann im südlichen Teil der Wüste, wo er, um seinen Lebensunterhalt zu verdienen, nach Wasser bohrte. Auf einer seiner Exkursionen wäre er umgekommen, wenn nicht eine alte Buschmannfrau ihn halb verdurstet gefunden und zu einer Saugquelle geschleppt hätte. Sie belebte ihn wieder mit Wasser, das sie durch ein Rohr aus dem Sand sog, behielt ihn eine Woche bei sich, bis er sich kräftig genug fühlte, um weiterzuarbeiten.

* Er starb vor einigen Monaten. Als er schließlich krank wurde, reiste er nach Johannesburg, um einige der bedeutendsten Spezialisten Südafrikas aufzusuchen, aber er hatte kein Vertrauen zu ihnen und konnte das Leben in der Stadt nicht ertragen. Bald war er wieder in der Wüste, und als er den ersten Tag zu Hause war, rieb er seinen schmerzenden Kopf und das Gesicht mit einer Buschmann-Salbe ein. „Ich habe, seitdem ich wegging, die erste gute Nacht verbracht", sagte er am nächsten Tag. Nicht lange danach starb er mit einem Lächeln.

Im Laufe der Zeit führte ihn seine unermüdliche mühselige Arbeit durch die ganze Wüste. Vielleicht lernte er sie besser kennen als jeder andere Europäer. Schließlich war sie ihm so vertraut, daß er all ihre Gefahren ungeheuer geringschätzte. Einmal durchzog er ein wasserloses Gebiet von mehreren hundert Meilen. Er hatte nur eine Dose Ölsardinen und eine Dose Kondensmilch in seinen Taschen. Ein solches Wagnis konnte er sich nur leisten, weil er über eine beachtliche Kenntnis der Pflanzen verfügte, die den Buschmann und die Tiere während der langen trockenen Jahreszeiten mit Feuchtigkeit und Nahrung versorgen. Viel von diesem ungewöhnlichen Wissen verdankte er seiner Passion, überall mit den Frauen der Buschmänner, Hottentotten, Tschuanas, Khalagadis und Hereros zu schlafen. Immer wenn er zu einer Wasserstelle kam, die ergiebig genug war, um menschlichen Wesen als Aufenthaltsort zu dienen, suchte er sich eine Frau, die mit ihm für die Dauer seines Dortseins zusammenlebte. Ich selbst wüßte bis heute keine einzige Wasserstelle zu nennen, die nicht mit einem oder mehreren seiner einzigartigen Abenteuer mit diesen Frauen der Kalahari in Verbindung stünde.

Die Wüste kann für den Menschen alles bedeuten; aber in der Hauptsache ist sie ein Symbol für all das, was ihm versagt wurde: er sieht in ihr wie in einem klaren Spiegel das Ebenbild seines ausgedörrten, verstoßenen und vernachlässigten Ichs. Für diesen Australier war die Wüste gleichbedeutend mit Sex. Er meinte, seine frühere Umwelt hätte, so wie sie war, das Geschlechtsleben verdorren lassen und dieses dürre Wüstengebiet des Lebens dann Moral genannt. Nur durch bedingungslose Hingabe an seine Impulse glaubte er die Wildnis in seinem Inneren wieder zum Blühen bringen zu können. In der ganzen Wüste stieß man auf die Spuren seines rücksichtslosen Treibens. Man kann sich also leicht vorstellen, was für eine erstaunliche Anzahl von Affären er gehabt hatte und was für skrupellose Methoden er anwandte, um Frauen zu bekommen. Er hinterließ zahlreiche Mischlingskinder, ohne ihnen oder ihren Müttern anscheinend je einen besonderen Gedanken zu schenken oder ihnen Hilfe zukommen zu lassen. Einige dieser Kinder, die ich gesehen habe, waren aufreizend hübsch, die Augen eine merkwürdig unentschiedene Mischung von Blau und Schwarz, und tief auf ihrem Grunde eine Art Sehnsucht nach einem eigenen Reich am Ufer des Meeres.

Als Frank Debenham und ich zusammen in der Kalahari waren, bekam er eine der Töchter dieses Australiers und einer Hottentottenfrau zu Gesicht. Es war in Hukhuntsi, wohin ich mich jetzt auch begab. Debenham wollte dort eine Hottentotten-Niederlassung aufsuchen, von der gesagt wird, sie sei die letzte freie Gemeinschaft von Hottentotten auf der Welt. Es gab fünfhundert Angehörige dieser einzigartigen und unersetzlichen kupferhäutigen Rasse, die einstmals einen großen Teil Südafrikas bevölkerte. Sie hausten in der Nähe der Pfanne; aber selbst diese kleine Anzahl ist für das habgierige Leben unserer Zeit anscheinend noch zu groß; denn sie vermindert sich schnell. Die Hottentotten haben wenig Kinder und eine hohe Sterblichkeitsziffer. Außerdem will die Gemeinschaft einen jungen Mann, der sich beispielsweise in die Außenwelt hinauswagt, nicht wieder aufnehmen. Ein solcher Mensch, so erzählte man mir, ist für sie mehr tot als ihre Toten, und niemand will seinen Namen jemals wieder aussprechen. Nur durch solches Verhalten, behauptet die Gemeinschaft, kann sie den von ihrem großen Erzeuger, Heitse-Eibib, ererbten Geist lebendig erhalten.

Mit Frauen und Kindern müssen sie jedoch eine Ausnahme gemacht haben; denn Debenham blickte, als sie sich um ihn scharten, in ein Paar der blauesten aller blauen australischen Augen: schrägstehende Mongolenaugen im Gesicht eines blühenden jungen Mädchens mit zarter lohfarbener Haut, vorstehenden Backenknochen, arischer Nase und dem Mund und Gebaren einer Prinzessin. Sie war eines der Kinder seines Landsmanns und, so versicherte er mir, eines der schönsten Mädchen, die er jemals gesehen hatte. Die Begegnung machte tiefen Eindruck auf ihn; viele Tage danach sprachen wir über das Mädchen und fragten uns, wie sich seine Zukunft wohl gestalten würde. Ich selber habe immer bedauert, daß ich an dem Tage, an dem Debenham dem Mädchen begegnete, weitweg im Westen der Wüste auf Erkundungsfahrt war. Obwohl ich Hukhuntsi später noch mehrmals aufsuchte, begegnete ich ihm niemals. Keiner wollte etwas von ihm oder seinem Verbleib wissen. Der junge indische Händler, den ich diesmal aufsuchte und der ein Neuling in der Pfanne war, sagte, und ich glaube, er sagte die Wahrheit, auch er habe niemals etwas von dem Mädchen gehört.

Während die Tschuana-Arbeiter meinen Treibstoff einfüllten, fuhr ich in der Hoffnung zu der Hottentottensiedlung, diesmal vielleicht mehr Glück zu haben und das Mädchen dort anzutreffen. Die rohen Hütten waren fast alle ohne ein Zeichen von Leben, Matten hingen vor den Eingängen und verschlossen sie. In der Nähe beaufsichtigten ein paar runzlige und kleinlaute alte Frauen einige Kinder, die ihre fetten Bäuche würdevoll vor sich hertrugen; aber sie konnten oder wollten mir nichts sagen. Alle anderen waren auf Jagd ausgezogen, um das Wild zu erlegen, das sie zum Leben brauchten und das sich wegen der Dürre tiefer ins Innere der Wüste verzogen hatte. Da war nichts zu machen. Ich sollte das Mädchen wohl nicht zu sehen bekommen; es schien unwiderruflich ins Blau der südlichen Wüste entschwunden zu sein. Ich bedauerte das um so mehr, als ich glaube, daß ihre Schönheit eben gerade von der Art war, in der die Zukunft eines ganzen Kontinents singt und seine Kinder dazu ermahnt, alles von sich zu weisen, was nicht in den großartigen Plan ihres Lebens hineinpaßt. Aber wer kann Genaues wissen? Der hilfsbereite junge Inder konnte bei meiner Rückkehr auch nichts weiter dazu sagen. Mit einer bei einem sonst so sanftmütigen Menschen völlig unerwarteten Leidenschaft rief er: „Aber warum sich abmühen, Sir? Sie sind alle schreckliche, ganz schreckliche Menschen, diese Hottentotten. Sie sind, ich versichere es Ihnen, Sir, nutzlose, völlig nutzlose Menschen! Sie wollen nicht stillsitzen und ehrlich arbeiten wie andere Menschen. Sie verbringen ihr ganzes Leben damit, Tiere zu jagen und zu töten, und dann essen sie und tanzen und schlafen neben dem erlegten Wild, und ihre Bäuche sind prall gefüllt.“

Die Trennung ist natürlich tief und gilt für alle Zeiten. Kain und Abel, Jakob und Esau, Siedler und Buschmann, Bauer und Jäger stehen sich in jedem von uns gegenüber, und dazwischen klafft ein Abgrund von Lug und Trug und Mord. Wer und was vermag den Abgrund zu überbrücken? Ich hatte in meinem Innern keine Antwort bereit, als ich in dem langen, schrägen Licht eines Abends, der dem Tage seine Hitze völlig verziehen hatte, nach Tsane fuhr. Ich wußte nur, daß für mich der Sinn des Lebens in der Suche nach der Antwort lag und daß diese Suche mich dorthin geführt hatte.

Ich kam gerade wieder nach Tsane zurück, als der Sutokorporal zwei seiner Polizisten abkommandierte, um die Flagge vom Stationsmast einzuziehen. Alle drei steckten für diese Zeremonie in makellosen Uniformen und vollzogen die vorgeschriebene feierliche Handlung mit der Präzision einer königlichen Wachparade. Auch dies, das wußte ich aus langer Erfahrung, geschah nicht mit Rücksicht auf uns. Der Korporal hißte die Fahne bei Sonnenaufgang und holte sie bei Sonnenuntergang ein, immer unter derselben genauesten Wahrung der Form, – das ganze Jahr hindurch, ob jemand dem Akt beiwohnte oder nicht. Es war für ihn dasselbe, was für den einsamen Engländer Maughams auf seiner Südseeinsel das allabendliche Ankleiden zum Dinner bedeutete; es hielt die Wüste und die gelegentlichen Übergriffe ihrer Kinder davon ab, in seinen Geist einzudringen, wirksamer noch als der Stacheldrahtzaun den schleichenden Sand und die Ranken davon abhielt, sich in sein Reich hineinzufressen. Und es war wirklich merkwürdig: das Verschwinden einer kleinen Flagge am weiten Himmel, die über einer Reihe winziger Hütten undeutlich flatterte, ließ den ganzen Abend einen Augenblick lang verlassen und verloren wirken.

„Du solltest schnell mal nach Dabe schauen; es geht ihm gar nicht gut", sagte Ben, der mir gleich nach Beendigung der Flaggenzeremonie entgegenkam .

Ich begleitete ihn besorgt zu einer der Hütten, die abseits für uns bereitstanden. Dabe lag mit festgeschlossenen Augen auf dem Fußboden aus gepreßtem Dung. Sein Atem ging schnell und rasselte, als hätte die Luftröhre sich verengt. Ich fühlte ihm den Puls, der beängstigend schnell schlug. Ich maß Fieber: die Temperatur war normal. Trotz seiner schrecklichen Mühe, Luft zu bekommen und trotz der auf ihn gehäuften Decken schwitzte er nicht. Er öffnete nur weit die Augen und schenkte mir einen Blick, durch den seine eigene Verdüsterung in mich überströmte. Plötzlich fühlte ich mich viele Jahre zurückversetzt in ein umzäuntes Gelände, das von den Japanern in Java in ein Lager für Kriegsgefangene umgewandelt worden war. Dort hatte man mich an dem Abend, an dem ich aus der Zelle der zum Tode Verurteilten befreit worden war, gebeten, mir einen australischen Offizier anzusehen. Er war krank, von derselben Krankheit befallen wie Dabe jetzt hier, und er hatte mich auch genau so angeblickt. Monate danach, als wir endlich in ein Gefängnis mit ärztlicher Betreuung kamen, sagte man, der Offizier sei ein schwerer Fall von Asthma. Zweieinhalb Jahre lang hatten sie ständig Scherereien, um genügend Adrenalin zu bekommen, das seine Anfälle, die immer heftiger und häufiger auftraten, erleichterte. Das Merkwürdige dabei war, daß der Offizier niemals zuvor im Leben einen Asthmaanfall gehabt hatte. Der Abend, an dem er mir vorgeführt wurde, war sein erster Abend in einem japanischen Gefängnis. Noch merkwürdiger war es, daß von dem Augenblick an, als er bei Kriegsende befreit wurde, die Anfälle verschwanden und bis heute nicht wieder aufgetreten sind.

Ich bin immer bestrebt gewesen, alles ernstzunehmen, was unaufgefordert vor meinem Geist auftaucht. Ich hatte keinen Zweifel, daß diese Erinnerung nicht aus dem Wirrwar meiner weit zurückliegenden Gefängniszeit aufgetaucht wäre, wenn Dabe und der Offizier nicht zwei gleichgelagerte Fälle gewesen wären. Ich habe Dabes Angst vor der fremden Welt draußen bereits erwähnt. Hier in Tsane hatte er einen leichten Vorgeschmack jener Außenwelt bekommen. Dadurch war die alte Angst vor dem Gefangensein wieder in ihm wachgeworden, eine Angst, die er um so drückender empfinden mußte, als sie tief verwurzelt war in der grauenvollen Geschichte von der Ausrottung seines Volkes. Sein Leben, sein Atem, so glaubte er, sollten ihm genommen werden. Ich besaß kein Adrenalin, aber ich wußte, er würde bestimmt wieder frei atmen können, wenn ich nur seine Seele erlöste, wie damals die Seele des Offiziers erlöst worden war, sobald er aus dem Gefängnis herauskam. Alles hing jetzt davon ab, wie weit er mir in der Zwischenzeit vertrauen gelernt hatte.

So sagte ich ihm denn in der einzigen Sprache, in der er mich meiner Meinung nach verstehen konnte, ein fremder Geist habe von ihm Besitz ergriffen und versuche, ihm Schaden zuzufügen. Daraufhin machte Dabe eine rührende Anstrengung, den Kopf zu heben und zu nicken. Ich sagte ihm, wir wollten ihm eine wirksame Medizin geben, um den Geist aus ihm auszutreiben. Die Medizin bestünde aus zwei Teilen: die erste Hälfte sollte seine Seele aufrichten, damit sie den Feind bekämpfe, bis er davonliefe, die zweite Hälfte sollte seine Seele zur Ruhe bringen, so daß sie am nächsten Morgen so gestärkt aufwachen würde, daß kein böser Geist sich mehr in ihre Nähe wagte. Wir gaben ihm einen beinahe halbvollen Becher alten Cognacs, Zucker und heißes Wasser und drei „Anadins“. Er schluckte die Mischung gierig, wenn auch unter Schwierigkeiten, hinunter. Nach einer halben Stunde wurde ihm das Atmen leichter, und sein runzliges altes Gesicht entspannte sich. Etwa zwei Stunden später verlangte er zu essen. Nach dem Essen verabreichte ich ihm zwei Schlaftabletten mit dem Namen „Nembutal“. Er hielt die beiden kleinen Kapseln vor das Licht einer Sturmlampe und sah, daß eine Hälfte jeder Kapsel gelb war und die andere weiß. Sein Finger befühlte zuerst die gelbe Hälfte und dann die weiße. Als er versuchte, mit dem Fingernagel die beiden Hälften zu teilen und ihm das nicht gelang, sah er außerordentlich beglückt aus. Er lächelte und warf mir von der Seite einen schrägen Blick zu, was immer ein Zeichen war, daß er mich hänseln wollte.

„Moren!“ sagte er heiser, „du bist ein größerer ‚skelm‘ als jeder andere Geist.“

Am nächsten Morgen begab ich mich gleich bei Sonnenaufgang zu ihm in der Hoffnung, es ginge ihm wieder so gut, daß wir sofort nach dem Frühstück mit ihm zusammen aufbrechen könnten. Sein Bett auf dem Fußboden war leer, aber hinter der Hütte machte sich ein ungewöhnliches Geräusch vernehmbar. In der Rückwand befand sich eine viereckige Öffnung, die als Fenster diente. Ich ging unverzüglich nachsehen, woher das Geräusch kam. Da stand völlig angekleidet mit dem Hut in der Hand Dabe. Seitlich vorgebeugt drehte er den Kopf über die Schulter, und so blickte er auf seinen Schatten hinab, der in dieser Beleuchtung wie Tinte auf dem karmesinroten Sand lag und genau bis an das äußerste Ende des umzäunten Geländes reichte. Das ungewöhnliche Geräusch war Dabes Stimme, aber nicht seine vertraute, normale Stimme, nein, sie klang heiser, merkwürdig gebieterisch und so tief, als käme sie im Rhythmus einer Beschwörungsformel aus seinem Bauch.

„Wer ist jener“, sang die Stimme, „der hier in der Morgensonne steht?“

„Wer ist jener mit dem langen Schatten neben sich?“

„Wessen Schatten ist das, der bei Sonnenaufgang beginnt und bei Sonnenuntergang endet?"

„Wer ist jener, der weit entfernt von seiner Heimstätte und seiner Familie umherreist?"

„Wer ist jener, der weder Polizei noch Kaffer, noch den roten Fremden fürchtet?"

„Wer ist jener mit einer Straußenfeder am Hut?"

„Wer ist jener, der den Hut auf den kahlen Kopf des Schattens stülpt?"

Die Stimme setzte aus, während Dabe den lächerlichen europäischen Hut, den er unentwegt trug, fest auf seinen Kopf drückte. Dann sprach er mit tieferer Stimme, die wie eine große, dumpfe Trommel dröhnte, weiter:

„Nun, Dabe, du Kind eines Buschmanns, du! Du bist es!"

Bei diesen Worten stolzierte er mit ein oder zwei hüpfenden Schritten über den Sand wie ein Kind, wenn es nach Stunden des Angebundenseins in der Schule wieder spielen darf.

Er konnte nicht ahnen, wie tief mich dieses kleine Schattenspiel bei Sonnenaufgang bewegte. Noch eine andere Erinnerung war mir unaufgefordert in den Sinn gekommen, als ich dort neben ihm und seinem Schatten stand. Ich mußte an meine Mutter denken, wie sie mir etwas von dem kleinen alten Buschmann auf der Farm meines Großvaters erzählte. Er saß immer neben dem Kutscher auf dem Bock des Wagens, in dem mein Großvater seine Familie sonntags zur Kirche fuhr. Er war dann ganz vertieft in die Beobachtung des Schattens von dem Wagen mit seinen vier feurigen Pferden, der neben der Wagenspur im Staub mitfuhr. Von Zeit zu Zeit grüßte er sein eigenes kleines Schattenbild auf dem

Wege genau so, wie Dabe es soeben getan hatte, und auch er sprach mit derselben tiefen Bauchrednerstimme, die meine Mutter in vollkommenster Weise nachahmte. Er endete jedesmal mit dem Ruf:

„Wessen Feder flattert dort im Winde über all jenen Schatten im Staub?"

„Nun, kleiner Buschmann, deine Feder ist's!"

Diese Erinnerung, davon bin ich überzeugt, fiel mir ein, um mir die Gewißheit zu bringen, daß Dabe sich im Augenblick wieder in der sicheren Obhut seines gesunden Geistes befand. Aber von nun an kam er jeden Abend zu mir, um sich eine der gelbweißen Schlaftabletten zu holen, und jedesmal gab ich ihm eine.

6

Pracht und Tapferkeit der Vögel

Schnell fuhren wir von Tsane aus auf einer der ältesten Wüstenstraßen in östlicher Richtung zu den großen Pfannen Kukong und Kakia. An einer Stelle, wo wir unerwartet guten Schatten antrafen, legten wir uns zur Mittagsruhe nieder. Da sagte Ben: „Hier bin ich zum erstenmal als achtjähriger Junge vorbeigekommen. Ich lenkte Ochsen vor meines Vaters Planwagen, und wir schlugen hier unser Lager auf. Sogleich kamen Buschmänner uns besuchen, deren Schutzdächer nur hundert Yards von hier entfernt standen. Sie kamen uns Tierhäute anbieten, um sie gegen Tabak zu tauschen. Ich bin dann später noch oftmals hier vorbeigekommen, und sie erschienen immer wieder in derselben Absicht. Sie waren freundlich, heiter und lebhaft. Vor zehn Jahren kam ich dann noch einmal hierher, aber da waren sie verschwunden. Ich fürchtete schon, sie wären an der Pest gestorben, die damals gerade in der Kalahari wütete, als ich einen alten Buschmann traf, der mir von der Kukong-Quelle her bekannt war. Ich erkundigte mich bei ihm, wo jene Buschmänner geblieben waren; denn du weißt ja, auf wie erstaunliche Weise sie von einem Ende der Wüste zum andern Nachrichten weitergeben. Er schien verwundert, daß ich von einem so empörenden Vorfall noch nichts gehört hatte. Wußte ich denn nicht, fragte er, daß sie eines Tages Kunde bekommen hatten, es kämen wieder Menschen über diese Wegstrecke, und da seien sie wie immer hinausgeeilt, um ihre Felle einzutauschen. Nun, diesmal war es die Regierung, die sich auf der Reise befand, und als die Polizei der Regierung sah, daß sich unter den Fellen auch das eines Gemsbocks befand, nahm sie die beiden besten jungen Jäger einfach mit. Die zurückbleibenden Familien zogen daraufhin sofort in weitentlegene Gebiete. Es ging ihnen gut, ja, aber ihre Herzen waren betrübt, weil die beiden jungen Männer nicht zurückgekommen waren; denn alle Herzen waren den jungen Männern sehr zugetan. Nun siehst du also, die Buschmänner sind nicht an ihre ehemalige Wohnstätte zurückgekehrt und werden, so fürchte ich, niemals wieder herkommen."

„Aber warum hat die Polizei das getan?" fragte jemand.

„Weil der Gemsbock hier königliches Wild ist und unter Schutz steht", sagte Ben, und seine Stimme klang leicht ironisch, als er fortfuhr: „Und der Buschmann steht nicht unter Schutz."

„Was ist aus den beiden jungen Jägern geworden? Weißt du das?“ fragte ich.

Er schüttelte traurig den Kopf und sagte, er könne nur annehmen, daß sie niemals zurückgekehrt seien. Wenn nämlich solche ihrem ganzen Wesen nach harmlose Menschen bestraft und eingesperrt wurden, waren sie völlig verwirrt, so daß sie selten den Weg zurück fanden.

Am selben Abend noch ergriffen Ben und ich unsere Gewehre. Wir hatten unser Lager früher als sonst hergerichtet, weil wir an diesem Tage gut vorangekommen waren. Jetzt wollten wir nachsehen, ob wir nicht zum Abendessen und Frühstück einen Springbock schießen könnten. In einer nahegelegenen Pfanne fanden wir welche, aber sie standen auf der anderen Seite – zu weit von uns entfernt, um uns noch vor Einbruch der Dunkelheit mit Erfolg an sie heranzuschleichen. Kaum hatten wir den Fuß auf den Boden der Pfanne gesetzt, als sie uns auch schon bemerkten, zu grasen aufhörten, mit erhobenen Köpfen dastanden und uns aufmerksam beäugten. Wir kletterten also wieder auf den Rand zurück, von wo aus wir einen Blick über die ganze Pfanne hatten. Wir wollten uns dort ein Weilchen niedersetzen, um die Stille und Schönheit des Abends zu genießen.

Das Ende der Reise stand jetzt nahe bevor. Man wird immer wieder beobachten, daß Abschiedsstimmung das Bewußtsein für die Schönheit der Welt vertieft: wahrscheinlich deshalb, weil Schönheit zum Reisen verlockt: sie begrüßt uns zu Beginn der Reise jubelnd, und am Ende nehmen wir traurig von ihr Abschied; und da unser ganzes Leben in dem ewigen Wechsel von Aufbruch und Rückkehr seine Erfüllung findet, kommt uns die Schönheit niemals stärker zum Bewußtsein als am Anfang und am Ende unserer Reisen. Alles, was wir während der Reise tun und treiben, alle Mühen und Anstrengungen dienen wahrscheinlich auch nur diesem einen Zweck. Außerdem kommt man, wenn man so lange in enger Verbundenheit mit der Natur gelebt hat wie wir, gar nicht in Versuchung, dem Irrtum der Großstädter zu verfallen, die da meinen, es sei eine andere Welt außerhalb unseres Seins, in der die Sonne aufgeht und wieder am Horizont versinkt, in der der Tag erlischt und die Nacht hereinbricht. Diese bedeutsamen und großartigen Vorgänge in der Natur haben ihre Entsprechungen in uns selber. In dem Augenblick erhöhter Empfänglichkeit dort auf dem Rande der Pfanne vernahm ich von den Lippen der Sandwüste wie niemals zuvor ausgesprochene Worte die Bestätigung, daß auch wir, da der Abend sich in uns vollzog, gleicherweise in ihm enthalten waren, und die Musik unserer Teilhaftigkeit an einem einmaligen überwältigenden Geschehen durchrauschte uns.

Das Bewußtsein unserer Teilhaftigkeit, das in einem einzigen Augenblick der Zeit beschlossen lag, wurde durch das Vorhandensein der Pfanne als solcher noch gesteigert. Vor dem Sandrücken, auf dem wir uns niederließen, lag die Wüste in ihrer ganzen Weite vor unseren Augen ausgebreitet. In jener Beleuchtung war der Wüstensand genau dasselbe wie das Meer, nur von anderer Substanz: – ohne feste Form und ohne Ende. Dann plötzlich zu unseren Füßen die Pfanne: eine Form, die endgültig und wirklich vorhanden war. Ihr Rand beschrieb einen beinahe vollkommenen Kreis vor dem Himmel, so daß die Wüste ringsumher ein makelloses Gefäß umschloß. Der Kreis war ein geometrisches Musterbeispiel dafür, daß das Leben Form braucht, ein sichtbarer Beweis für die Behauptung, daß es kein Leben geben kann, wenn es nicht in eine Form gefaßt wird. Ich erinnerte mich daran, wie erregt ich gewesen war, als ich zum erstenmal eine etruskische Vase erblickte. Ich begriff, warum das Ringen um eine Erneuerung des europäischen Geistes aus der Phantasie des Menschen als Vision eines größeren Gefäßes in Form des Heiligen Gral aufsteigen mußte. Aber ich kam nicht weiter; denn gerade jetzt unterbrach mich Ben. Er fragte mit einer von der Feierlichkeit des Augenblicks bewegten Stimme, die kaum mehr als ein Flüstern war: „Erkennst du diese Stelle wieder?“

„Ja, Ben.“ Ich erkannte sie wieder, wir waren schon mehrmals hier vorbeigekommen; an mehr erinnerte ich mich nicht. Da ich an seinem Tonfall merkte, daß er etwas Besonderes im Sinne hatte, fragte ich: „Warum hast du das gefragt?“

„Wegen der Strauße. Wir entdeckten sie zuerst dort neben diesen Büschen. Du erinnerst dich doch sicher an sie?“ Es klang, als wäre er etwas enttäuscht über meine unbestimmte Antwort.

Aber nun fiel es mir wieder ein. Die Pfanne war der Schauplatz einer der rührendsten Heldentaten gewesen, die ich je erlebt hatte. Vor beinahe zehn Jahren waren Ben und ich eines Abends in unserem Wagen schnell über den Sandrücken am Rand der Pfanne gefahren und ohne anzuhalten schweigend den Abhang hinuntergerollt. Dabei überraschten wir am Rande des Pfannenbodens etwas, was aussah wie ein einsames Straußenpaar. Die Vögel wurden von panischem Schrecken ergriffen; sie rannten wild im Kreise umeinander, bis in ihrem Verhalten eine deutliche Absicht erkennbar wurde. Zu unserer Verwunderung riß sich die Straußin von dem Männchen los und kam entschlossen auf uns zugelaufen. Ben, der am Lenkrad saß, brachte den Wagen sofort zum Stehen und sagte: „Bitte, sitz ganz still! Schau dir das an.“

Ich wußte genau, wie sehr Strauße die Menschen hassen und fürchten. Eine solche Tapferkeit hatte ich bei ihnen noch niemals erlebt. Diese Straußin war in verzweifelter Angst. Das Herz schlug ihr sichtbar bis zum Halse hinauf. Sie rückte gegen uns vor wie ein Soldat gegen einen Maschinengewehrposten. Die späte Nachmittagssonne bildete einen Heiligenschein um das Federkleid. Infolge der fürchterlichen inneren Spannung hatten sich die Federn steil aufgerichtet, sie kam näher, als wäre sie tödlich verletzt, hinkte gewaltig und schleppte einen großen Flügel wie gebrochen neben sich her. Dann versuchte sie den Eindruck zu erwecken, als hätte sie uns erst jetzt gesehen, blieb stehen, drehte sich ruckartig um und schwankte mit stolpernden Schritten seitwärts ins Gebüsch hinein. Sie war jedoch noch nicht weit gekommen, als sie auch schon wieder haltmachte. Der eine große Flügel hing schlaffer als zuvor herab, so daß sie Schlagseite bekam wie ein untergehendes Schiff. Sie blickte angstvoll über die Schulter zurück, um zu sehen, ob wir ihr folgten. Als sie feststellte, daß wir ihr nicht gefolgt waren, schien sie enttäuscht und bestürzt und kehrte noch einmal zu uns zurück, um die Vorstellung zu wiederholen. Diesmal kam sie uns so nahe, daß der nachschleifende Flügel beinahe die Stoßdämpfer unseres Wagens berührte.

Inzwischen eilte der männliche Strauß in dem glänzenden schwarzen Gewand eines freigebigen Sommers im Zickzack in entgegengesetzter Richtung davon wie ein Schiff, das im Winde laviert. Er stürzte mit wenigen

Riesenschritten weiter, blieb stehen, senkte den Kopf, flatterte mit den Flügeln, blickte auf, um zu sehen, wie es der Straußin inzwischen erging, und rannte dann wieder in anderer Richtung davon. Als er schließlich auf Umwegen zu einer kahlen Stelle weiter oben auf dem Sandrücken gelangt war, sahen wir, was die Ursache von allem war: der Strauß hatte versucht, neunzehn kleine Straußenküken aus der Gefahrenzone zu drängen, während die Straußin mit allen ihr zur Verfügung stehenden Mitteln unsere Aufmerksamkeit auf sich selber zu lenken bemüht war. Wir sollten die Mutter einfangen, damit die Küken verschont blieben. Die Kleinen waren noch ganz jung. Das glänzende Dotter der Eier, aus denen sie soeben geschlüpft waren, lag noch wie Seide auf ihnen. Solange sie in Sichtweite waren, wurde ihre Mutter bei ihren Anstrengungen, uns wegzulocken, immer unvorsichtiger, und einmal sah sie völlig verzweifelt und unglücklich aus, weil wir ihr nicht folgen wollten. Erst als nichts mehr von ihren Kindern zu sehen war, gab sie ihr Bemühen auf; aber selbst dann eilte sie nicht gleich zu ihnen, sondern entfernte sich mit immer noch herabhängendem Flügel in entgegengesetzter Richtung. Wie hätte ich mich daran nicht erinnern sollen?

Ich blickte auf die Stelle, wo dies alles sich abgespielt hatte, und im Glanz der Erinnerung sah sie wie geweihter Boden aus. Ich glaube, Ben empfand Ähnliches, denn er begann mit ungezügelter Erregung zu sprechen, was er sich nur selten erlaubte. Und ich gebe seine Rede hier im vollen Wortlaut wieder, weil sie mir später weitgehend dazu verhalf, die Bilderwelt der Vögel im Urgeist aller Dinge zu verstehen.

Er wurde oft gefragt, sagte er, welches von all den

Geschöpfen, denen er in Afrika während der vielen Jahre als Jäger und Bewohner weitabgelegener Gegenden begegnet war, ihm den größten Eindruck gemacht habe. Er antwortete stets, es müsse zur Gattung der Vögel gehören. Diese Antwort verblüffte die Menschen immer; denn im allgemeinen neigt man dazu, sich von Körperkraft, Größe und Gefährlichkeit blenden zu lassen, und deshalb erwartete man, er würde den Elefanten, Löwen, Büffel oder ein anderes imposantes Tier nennen. Aber er blieb bei der Antwort, daß es in Afrika nichts Wunderbareres gebe als die Vogelwelt. Ich bat ihn um eine genaue Begründung. Er schwieg und zeichnete mit dem Finger einen Kreis in den roten Sand, ehe er antwortete, es gebe viele Gründe dafür, aber in erster Linie sei es deshalb, weil die Vögel flögen. Er sagte das auf eine Art, die mir sofort zum Bewußtsein brachte, daß ich eigentlich noch niemals völlig begriffen hatte, was für ein Wunder es ist, daß Vögel fliegen.

Ich wartete schweigend auf das nächste Glied seiner Gedankenkette. Zweitens deshalb, bemerkte er, weil die Vögel sängen. Er persönlich liebe alle Geräusche der Natur im Busch und in der Wüste, aber er müsse gestehen, nichts komme den Vogelstimmen gleich. Es war, als ob der Himmel in ihren Kehlen musizierte. Man konnte die Sonne aufgehen und wieder untergehen hören; man konnte hören, wie die Nacht sich herabsenkte und die ersten Sterne am Himmel erschienen. Andere Tiere waren verurteilt, nur solche Geräusche von sich zu geben, wie sie notgedrungen mußten; aber Vögel schienen die Freiheit zu haben, Töne willkürlich zu äußern, sie nach ihrem Willen zu formen und neue zu erfinden, um alle Gefühle jenes lebendigen Wesens zum Ausdruck zu bringen, das sich auf Flügeln, erlöst von seinem Eigengewicht, in die Lüfte emporschwingt. Er kenne nichts Schöneres als den Anblick eines Vogels, der völlig in seinem Gesang aufgeht; jedes Stückchen seines Seins ist der Musik hingegeben, die Spitze jeder zartesten Feder zittert wie eine zum Tönen angeschlagene Stimmgabel. Und manchmal tanzten sie sogar zu ihrer Musik. Aber sie sangen nicht nur, sie sprachen auch miteinander. Es schien weniges zu geben, was sie einander nicht durch Töne mitteilen konnten. Er selber hatte immer mit größter Aufmerksamkeit auf Vogelstimmen gelauscht, und immer wieder von neuem über die Mannigfaltigkeit der Botschaften gestaunt, die sie ihm überbrachten.

Noch merkwürdiger war die Fähigkeit der Vögel, Ereignisse wahrzunehmen, ehe sie eintraten. Es war wirklich erstaunlich. Als vor einigen Jahren das große Erdbeben die nördliche Kalahari erschütterte, zog Ben mit einer Rinderherde an den Rändern des Okowango-Sumpfes entlang. Eines Tages beobachtete er ein paar altmodische Störche, heilige Ibisse und Riesenreiher an den Flußufern. Plötzlich hörten die Vögel zu fressen auf, blickten unbehaglich um sich, und dann nahmen alle auf einmal Zuflucht zu ihren Flügeln, als gehorchten sie einem Befehl. Sie stiegen schnell in die Luft empor, begannen über dem Fluß zu kreisen und stießen dabei die seltsamsten Laute aus. Der Klang ihrer Stimmen war noch nicht lange auf die stille Luft herniedergefallen, als der Boden unter seinen Füßen auch schon zu schwanken begann und das Vieh brüllend davonlief. So weit seine Blicke reichten, sah er die Flußufer aus dem Busch herausbrechen, als würden sie von einem Messer zerschnitten, und ins Wasser sinken. Er zweifelte nicht, daß die Vögel wußten, was bevorstand, und er machte genaue Aufzeichnungen über ihr Verhalten und die Klangfarbe ihrer Stimmen.

Noch wundervoller war jedoch ihre Schönheit. Die Farbe zum Beispiel, so hübsch sie auch bei den meisten Tieren war, diente den Vierfüßern nur zur Tarnung. Aber bei den Vögeln bedeutete sie weit mehr. Von allen Geschöpfen war keines so gut gekleidet wie die Vögel Afrikas. Sie hatten Sommer- und Winterkleider, besondere Seidengewänder zum Liebesspiel, Mäntel und Röcke für die Reise und auch praktische Kleider, auf denen Staub und Abnutzung durch den Hausgebrauch nicht zu sehen waren. Selbst die Schlichtesten unter ihnen, die ernst wie die Kirchenältesten der Holländisch-Reformierten Kirche am Sonntagmorgen beim Spendensammeln durchs Land spazieren – die altmodischen schwarz-weißen Störche oder die Sekretärsvögel mit gestärkter Hemdenbrust und Rockschößen – immer war ihre Kleidung von einwandfreiem Geschmack.

Der Sinn für Schönheit und guten Geschmack beschränkte sich nicht auf die Kleidung. Er zeigte sich auch im Bau ihrer Nester: kein Tier hatte Wohnstätten von solcher Mannigfaltigkeit und Anmut, wie sie sich die Vögel bauten. Die schlechtesten Baumeister waren die fleischfressenden Vögel – wie beispielsweise die Lämmergeier mit den derben Hosen, die armen Studenten und die weißbrüstigen Schakalvögel. Genauso wie die kriegerischen Menschenrassen in Afrika die schlechtesten Hütten bauten, machten die Raubvögel sich die häßlichsten Nester; aber im großen ganzen waren die Nester der Vögel Dinge der Schönheit und Freude.

Am wunderbarsten zeigte sich diese Schönheit auf ihren Eiern – wie von einem Künstler geformt und gezeichnet. Hatte ich jemals ein Vogelei gesehen, das häßlich war? Man vergleiche einmal diese lieblich gefleckten, gesprenkelten oder himmelblauen Schalen, ein wenig milchig wie von einer fernen Zirruswolke verschleiert, mit den von Schlangen, Schildkröten und Krokodilen gelegten Eiern. Im Vergleich mit ihnen war auch noch das unansehnlichste Ei, das ein Vogel legte, wunderschön. Ben selber war immer ganz aufgeregt, wenn ein gewöhnliches Haushuhn Eier von zigeunerbrauner Tönung und mit winzigen Sommersprossen auf der Schale hervorbrachte. Darüberhinaus arbeiteten die Vögel mit Vorbedacht und zweckbestimmt mit anderen lebenden Geschöpfen zusammen. Da war zum Beispiel der Vogel, der dem Krokodil die Zähne sauber pickte; der Vogel, der auf dem Rhinozeros ritt und sich von den Parasiten ernährte, die es belästigten, und zum Dank für dessen Gastlichkeit machte der Vogel das große Tier auf drohende Gefahren aufmerksam; da war der kleine weiße Reiher, der ebenso mit Rindern und Büffeln verfuhr; vielleicht der wichtigste von allen war der Honigweiser, der, wie ich selber gesehen hatte, sogar mit dem allgemein gefürchteten und verdächtigen Menschen zusammenarbeitete.

Schließlich waren die Vögel auch noch mutig. Ein Beispiel dafür hatte ich an jenem um Jahre zurückliegenden Tag bei einer Straußenhenne erlebt; aber *alle* Vögel bewiesen Mut. Wenn man bedachte, was für zarte, kleine, empfindliche und schutzlose Wesen die meisten Vögel waren, dann mußten sie eigentlich für die tapfersten Geschöpfe der Welt gelten. Er hatte noch viel rührendere Beispiele für den Mut der Vögel Afrikas erlebt. Er konnte sie gar nicht alle aufzählen; aber eines der bekanntesten wollte er wenigstens erwähnen – Vögel, die ihre Nester gegen Schlangen verteidigten.

Bei solchen Gelegenheiten stießen sie einen Sammelruf aus, der eine Mischung von Zuversicht und Mut war und Verzweiflung und Furcht knapp übertönte. Dieser Ruf zog alle Vögel ringsumher zum Gefahrenpunkt hin, und die Unbekümmertheit, mit der ein kleiner gefiederter Körper nach dem andern sich auf den Kopf der Schlange stürzte, mit den Flügeln schlug und seinen Walkürenruf hinausschmetterte, das mußte man gesehen haben, um es zu glauben. Ben hatte einmal eine schwarze Mamba gesehen, die, vom Licht geblendet, von nur etwa zwanzig resoluten Vögelchen aus einem Baum hinausgejagt wurde. Die Mamba, die er später tötete, maß beinahe zehn Fuß, und dabei ist diese Schlange selber ein sehr kühnes und entschlossenes Geschöpf. Nein, alles in allem zweifelte er nicht daran, daß Vögel die wunderbarsten aller lebenden Wesen waren.

Ben machte eine Pause und gab mir ein Zeichen, ich solle lauschen. Vom äußersten Ende der Pfanne herüber schickte der erste nächtliche Regenpfeifer seinen Ruf aus, eine Art von langgezogenem Klagelaut wie von der Pfeife eines Schiffs, das seine Mannschaft zusammenruft, um sich aufs Meer hinausfahren zu lassen. Es war beinahe dunkel. Ich hatte gar nicht bemerkt, wie schnell die Zeit entfloh, so versunken hatte ich zugehört. Als der Ruf des Regenpfeifers verklungen war, sprang Ben mit katzenartiger Behendigkeit auf die Füße, was mich bei dem großen Mann immer wieder in Erstaunen versetzte, und fragte mit einem bei ihm seltenen Lächeln, ob ich nicht das Pfeifen des Schiedsrichters gehört hätte? Das Tageslicht, sagte er, habe das Spiel abgebrochen. Das Wild hatte sich verzogen, und es war Zeit, zum Lager zurückzukehren.

7

„Ziehe hin in Frieden, Moren"

Am nächsten Morgen erinnerte mich Ben an mein Versprechen, ihn als ersten aufbrechen zu lassen, sobald der richtige Augenblick gekommen sei. Es tue ihm leid, aber er spüre, daß seine Stunde jetzt geschlagen habe. Der Regen folge uns schnell auf den Fersen, und er müsse heimkehren, um seine schon lange schmachtende Erde zu pflügen. So schlugen wir denn noch am selben Nachmittag ungefähr eine Meile jenseits der ersten Pfanne hinter Kakia unser bisher frühestes Lager auf. Während Ben und die anderen sein Fahrzeug entluden, damit er die ganze Nacht hindurch mit voller Geschwindigkeit weiterfahren könne, nahm ich mein Gewehr und ging mit Dabe zur Pfanne zurück. Im Vorbeifahren hatte ich dort einen Springbock aufblitzen sehen. Es war mein sehnlicher Wunsch, Ben jetzt noch hier etwas zu schenken als Zeichen der Dankbarkeit für alles, was seine Hilfe und sein gutes Beispiel mir bedeutet hatten. Ich wünschte das um so mehr, als mich ein Gefühl beschlich, dies könnte der letzte Augenblick sein, den wir zusammen in der Wüste verbrachten: ich selber würde zurückkommen, daran zweifelte ich nicht, aber ich war mir nicht sicher, ob ich recht daran täte, wenn ich später zur gegebenen Zeit Ben bäte, mich noch einmal zu begleiten. Er war sehr viel älter als ich. Wenn er auch gut in Form war, so hatte ich doch während der hinter uns liegenden Reise mit Sorge Anzeichen körperlicher Erschöpfung bei ihm wahrgenommen. Er, Vyan und ich hatten

mehrere Expeditionen in unbekannte Gegenden der Wüste unternommen. Mit dem Gedanken, daß wir drei niemals wieder zusammen eine Kalahari-Reise machen würden, konnte ich mich nur schwer abfinden; aber es hatte etwas Tröstliches für mich, wenn ich ihm jetzt ein Abschiedsgeschenk machen konnte, und hier, wo wir waren, hätte nach meinem Empfinden nichts passender sein können, als wenn ein Jäger eine Antilope schenkt; denn sie ist eine der größten Köstlichkeiten in der Natur Afrikas.
Glücklicherweise waren die munteren Springböcke noch in der Pfanne, wenn auch weit entfernt und im offenen Gelände, wo man sich unmöglich an sie heranpirschen konnte; aber die Sonne schien hinter mir, und im Augenblick standen die Tiere ganz ruhig, golden und braun in der Pfanne, nur ihre Umrisse zitterten schwach, als sähe man sie durch das stille Wasser einer Korallenlagune hindurch. Ich legte mich auf dem Sandrücken nieder, Dabe neben mir schüttelte angesichts des langen, leuchtenden und wabernden Zwischenraums zweifelnd den Kopf. Ich legte mein Gewehr an und schoß rasch. Es ist merkwürdig, wieviel besser man schießt, wenn man nicht für sich selber schießt. Der Leitbock fiel sofort seitlich um und lag still. 450 Schritte betrug die Entfernung zwischen der Stelle, von der aus ich geschossen hatte und der, wo wir ihn aufhoben. Die Kugel hatte sein Herz durchbohrt. Er war so schwer, daß Dabe und ich ihn nur unter größten Schwierigkeiten zum Lager bringen konnten. Völlig erschöpft kamen wir gerade noch rechtzeitig an; denn Ben wartete nur noch auf meine Rückkehr. An seinem Blick glaubte ich zu erkennen, daß meine Gabe ihm das bedeutete, was ich erhofft hatte.

In jener Nacht hörten wir auch zum letztenmal einen

Löwen. Er befand sich gerade in der Entfernung, um sein Brüllen voll zur Geltung zu bringen. Ich bin immer dankbar dafür gewesen, daß ich in einer Welt geboren worden war und auch in einer Welt sterben würde, in welcher der Löwe, wenn auch an Zahl vermindert, noch brüllt. In der Szenerie seines und meines Geburtslandes hat sein Brüllen für mich den schönsten Klang auf der Welt. Für die Stille ist er dasselbe, was eine Sternschnuppe für das Dunkel der Nacht ist. Die ganze schwarze Nacht hindurch erscholl und verstummte das Brüllen um unser Lager und hörte erst in der Morgendämmerung völlig auf. Die Spur des Löwen im ersten Sonnenschein erwies sich als eine der größten, die wir alle jemals gesehen hatten. Sie verlief in vollendeter Kreislinie um unser Feuer.

Am Abend desselben Tages erreichten wir die Ränder des ständig besiedelten Teils der südöstlichen Kalahari. Zwei Tage später waren wir wieder an unserem Ausgangspunkt, dem Dorf Lobatsi, angelangt, das dicht neben der Stelle liegt, wo das große Zentralplateau Afrikas und die äußerste östliche Grenze der Kalahari am Fuße der Berge zusammentreffen. Dort begannen wir sofort mit der trübseligen Arbeit, die Expedition aufzulösen. Was an Vorräten übriggeblieben war, verteilten wir unter unsere afrikanischen Gefährten. Wir ließen schleunigst Plätze im ersten Zug nach den Viktoriafällen für Vyan und seinen Knipsigis-Träger Cheruyiot — oder besser Jambo, wie ihn alle liebevoll nannten — reservieren. Von dort aus hatten sie immer noch eine Reise von einigen tausend Meilen im Lastwagen zurückzulegen, bis sie wieder in Ostafrika waren, wo Vyan schon längst hätte sein müssen. Ich gab allen, die gegen Lohn eingestellt waren, ihr Geld und darüber hinaus eine so reichliche Prämie, wie ich es mir irgend leisten konnte; denn sie hatten uns alle treu gedient, und viele waren länger geblieben, als vorher ausgemacht worden war.

Nachdem die Einzelheiten, die zu einem solchen Unternehmen gehören, geregelt waren und jeder nach Belieben seines Weges ziehen konnte, empfand ich wie schon oft das deutliche Widerstreben, das am Ende einer Reise jedes Gemüt befällt. Es ist, als mache ein Instinkt warnend darauf aufmerksam, daß der Alltag ein Erlebnis auszulöschen vermag, an dem er nicht teilgehabt hat. Ich mußte an die Menschen denken, die mit mir zusammen in Kriegsgefangenschaft gewesen waren und sich dreieinhalb Jahre lang nach dem Tag ihrer Heimkehr gesehnt hatten. Aber als der Augenblick der Befreiung eintrat, waren sie von Widerstreben fast gelähmt. Viele von ihnen schrieben mir nach Java zurück, daß sie, nachdem sie erst einmal in London in Sicherheit waren, sich nicht dazu überwinden konnten, auseinanderzugehen. Sie trieben sich in Gruppen in der Stadt umher, sie saßen zusammen in denselben Restaurants und schliefen, wenn irgend möglich, in denselben Unterkünften. Ein Freund hatte in seiner Verzweiflung sogar, nachdem er vierzehn Tage auf diese Weise umhergeirrt war, einen Polizisten angesprochen. Er gab die Adresse seiner Eltern in Sussex an und bat den Mann, ihn nach Hause zu bringen, weil er selber es nicht fertigbrachte. Eine ähnlich geartete geheime Angst verbreitete sich jetzt unter meinen Gefährten. Ich mußte Charles und Duncan holen, und sie fuhren dann, beinahe mit Gewalt, zuerst John nach Hause zurück und dann Jeremiah zu seiner Frau und seinem sehr „cleveren“ Sohn, dessen Photographie ich in all ihren verblichenen und abgegriffenen Einzelheiten ganz genau kannte.

Die einzige Ausnahme bildete Dabe, der in fieberhafter Eile aufbrechen wollte. Mir selber fiel die nahe bevorstehende Trennung schwer, und der Egoist in mir wurde fast ein wenig ärgerlich, weil Dabe so begierig war, in seine Wüstenheimat zurückzukehren. Aber dann mußte ich zugeben, daß unserer beider Lage sich gar nicht vergleichen ließ: wir standen am Ende unserer Reise durch die Wüste, wir blickten einer Welt entgegen, der es völlig gleichgültig war, was wir einander bedeutet hatten. Dabe befand sich in einer Umgebung, die ihn seinem innersten Wesen nach verachtete, und er hatte auch erst die Hälfte seiner Rückreise zurückgelegt. Außerdem war er aufgeregt wie ein Kind, weil er die längste Strecke der Rückreise mit der Eisenbahn fahren sollte.

Er hatte niemals zuvor einen Zug gesehen, geschweige denn in einem gesessen, und nun stand er, wenn er nichts für uns zu erledigen hatte, stundenlang am Eingang des Hauses, in dem der Provincial Commissioner wohnte und auch wir uns aufhielten. Er wartete darauf, daß ein Zug vorbeikäme. Die Hauptstrecke nach Rhodesien, die einige fünfhundert Meilen an der Kalahari entlangführt, lag knapp achtzig Yards vom Tor entfernt. Sobald der Zug im Gebirgspaß erschien, sich nach dem mühevollen Erklettern der Steigung qualmend und rauchend durch den Sattel der Schlucht zwängte und laut pfeifend in die kleine Station Lobatsi einfuhr, begann Dabe zu zittern wie ein kleiner Junge, der zum erstenmal in seinem Leben die Lokomotive eines Expreßzuges auf einen ländlichen Bahnsteig losbrausen sieht. Als sich der Zug unmittelbar dem Tor gegenüber befand, konnte Dabe seine Erregung nicht länger ertragen. Er warf sich flach auf den Rasen hinter der schmucken Hecke, die das hübsche Gärtchen vor Staub schützte. Aber bald hatte er sich wieder so weit in der Gewalt, daß er die Eisenbahn anstaunen konnte, bis sie quietschend in der Station zum Halten kam. Als das geschah, trippelte Dabe mit aufgeregten Schrittchen hin und her, wie ich es bei ihm zum erstenmal in Tsane gesehen hatte, und sang mit seiner Bauchredner-Stimme:

„Wer ist jener, der furchtlos dasteht und das eiserne Ochsengespann beobachtet, das brüllend vorbeizieht?"

„Wer ist jener, dessen ‚Hokai'* den davongelaufenen Wagen zum Halten bringt?"

„Nun, Dabe, du Kind eines Buschmanns, du! Du bist es."

Dem Schicksal zum Hohn war nun nicht mehr er ängstlich, sondern in mir war Besorgnis um ihn zurückgeblieben, und schon nach wenigen Stunden wurde mir deutlich vor Augen geführt, wie berechtigt meine Sorge war. Ich war zum Bahnhof von Lobatsi gegangen und hatte beide, Cheruyiot und Dabe, mitgenommen. Infolge der besonderen Umstände der auf so verrückte Weise verwickelten Geschichte Afrikas gehörte die Eisenbahn selber, obwohl Lobatsi im Britischen Protektorat lag, zu Süd-Rhodesien und wurde trotzdem von der Regierung der Südafrikanischen Union betrieben. Das Personal der Eisenbahnstation Lobatsi war deshalb südafrikanisch. Bei unserer Ankunft ließ ich Dabe und Cheruyiot auf dem Bahnsteig zurück. Sie gingen auf und ab, hatten ihre kleinen Finger zusammengehakt und unterhielten sich in einer Sprache, die sie im Verlauf unserer Reise aus ein wenig Suaheli, etwas Setchuana und sehr viel Lautmalerei entwickelt hatten. Ich befand mich im Bahnhofsbüro und wollte gerade ein langes Gespräch über

* Der Ruf des afrikanischen Fuhrmanns, wenn er sein Ochsengespann zum Halten bringen will.

ein wertvolles Paket beenden, das vor Monaten verlorengegangen war, als ich eine Stimme auf Englisch mit auffallend südafrikanischem Akzent laut sagen hörte: „Ich hoffe, die beiden Herren fühlen sich wohl. Könnte ich vielleicht eine Kleinigkeit für die Herren tun, damit sie sich noch ein bißchen wohler fühlen? Möchten die Herren vielleicht gern ein Glas Wein und ein oder zwei Zigarren?"

Die Worte an sich hätten nicht leutseliger sein können, aber der Ton, in dem sie geäußert wurden, war genauso freundlich wie das Zischen einer Kobra. Ich brach mein Gespräch ab und eilte hinaus. Ich sah Dabe und Cheruyiot auf einer der Bahnhofsbänke sitzen. Der Stationsvorsteher, weiß vor Wut, verneigte sich mit geheuchelter Unterwürfigkeit vor den beiden völlig fassungslosen kleinen Männern. Vom Umherwandern müde geworden, hatten sie das Natürlichste auf der Welt getan, — sie hatten sich auf eine leere Bank auf einem leeren Bahnsteig gesetzt. Sie konnten nicht ahnen, daß sie gegen ein strenges, wenn auch ungeschriebenes Gesetz des Bahnhofs verstoßen und etwas getan hatten, was kein anderer Schwarzer oder Farbiger zu tun gewagt hätte. Die Bank war für Europäer reserviert.

Der Stationsvorsteher war umso zorniger, als das Gesetz, gegen das sie verstoßen hatten, ein ungeschriebenes Gesetz war: es war einfach durch die im verborgenen wirkende Macht der Gewohnheit in Kraft getreten, durch die der entsetzliche Ballast des Rassenvorurteils aus Südafrika bis in alle benachbarten Gebiete eingedrungen ist und die Atmosphäre verpestet. Obwohl Lobatsi auf britischem Gebiet lag, wo die Rassentrennung nicht Gesetz ist und die Bahnhofsbänke — im Gegensatz zur Südafrikanischen Union — nicht mit „Für Europäer" oder

„Für Nichteuropäer“ beschriftet sind, hatte die Anwesenheit südafrikanischer Beamter in nächster Nähe ihres eigenen Verwaltungsbezirks genügt, um die Rassentrennung sogar auf dieser abgelegenen kleinen Bahnstation zum ehernen Gesetz des täglichen Lebens werden zu lassen. Weder Dabe noch Cheruyiot verstanden ein einziges Wort Englisch; sie blieben sitzen und gafften den Beamten an. Er wurde immer wütender über eine solche in seinen Augen ganz offensichtliche, stumme Dreistigkeit; wie die Sache hätte ausgehen sollen, weiß ich nicht, denn ich machte ihr sofort ein Ende. Gleiches mit Gleichem vergeltend, sagte ich: „Wie reizend von Ihnen! Diese Männer haben einen weiten Weg durch die Wüste hinter sich, und ich bin überzeugt, ein Glas Wein und eine Zigarre wären ihnen sehr willkommen.“

Er fuhr herum wie von der Tarantel gestochen und rief: „Mein Gott! Mein Gott!“ Er schüttelte sich ebenso ungläubig wie zornig, musterte mich von oben bis unten und sprudelte dann hervor: „Gehören die Ihnen?“

„Sie arbeiten für mich, falls Sie das meinen“, erwiderte ich.

„Mein Gott!“ sagte er wieder und faßte sich in dramatischer Verzweiflung an den Kopf. „Mein Gott! Das ist also einer von denen!“ Mit diesen Worten ging er die Strecke entlang bis zu einigen Weichen, wo er den Hebel mit solcher Gewalt umstellte, daß das Gleis wie durch ein Wunder nicht aus den Fugen sprang. Währenddessen klang das Pfeifen der Lokomotive, das ihn aus seinem Büro hervorgeholt hatte, vom Gebirgspaß herüber, und ein riesiger schwarzer Güterzug brauste donnernd heran. Das war also Dabes erster Zug. Ich überlegte gerade noch, wie ich ihm und Cheruyiot den Zwischenfall erklären sollte, aber der Anblick der Eisenbahn war schon zuviel für ihn gewesen. Er stob mit unglaublicher Schnelligkeit davon, stürzte zum Bahnhofsausgang und verschwand hundert Yards weiter entfernt im Garten des Provincial Commissioner. Ein Schleier roten Staubes hing über seinem Fluchtweg bis zum Versteck hin.

Von diesem Augenblick an hatte ich ernste Bedenken, Dabe allein mit der Bahn weiterreisen zu lassen. Das bedeutete, daß er von Lobatsi tief hinein in die südafrikanische Union bis zu einem Ort, namens Die Aar (die Arterie), zu reisen hatte. Dort mußte er mitten in der Nacht umsteigen, noch mehrere weitere Tage in einem südafrikanischen Zug nach Windhuk verbringen, wieder nach Gobabis umsteigen, um dort den alle vierzehn Tage verkehrenden Postzug nach Ghanzis zu erreichen, bis er allmählich zu seinem Wohnort in der Nähe von Gemsbok Pan gelangte. Der Zwischenfall auf dem Bahnhof von Lobatsi hatte mir die Gefahr vor Augen geführt, der er für den größten Teil der Reise ausgesetzt sein würde, und mich quälte die Vorstellung, daß er ins Gefängnis geworfen würde, weil er in all seiner Unschuld eines der Gesetze der südafrikanischen Moral bezüglich der Farbigen verletzt hatte. Wenn das geschah, konnte der Schock, davon war ich überzeugt, für ihn leicht das Ende bedeuten: er könnte in einem Anfall von akuter Atemnot, wie er uns in Tsane so sehr erschreckt hatte, sterben.

Wir hatten niemals beabsichtigt, ihn auf diesem umständlichen und langen Eisenbahnweg nach Hause zu schicken. Wir wußten, daß einer der entferntesten Farmer nahe der Gemsbok Pan sich in der Union befand und mit dem Lastwagen durch die Wüste heimfahren wollte. Da er ein alter Freund von uns war, rechneten wir damit, daß er Dabe mitnehmen würde. Unglücklicherweise hatte nun unsere Reise länger als erwartet gedauert, und so verfehlten wir ihn um drei Tage. Dabe weigerte sich, auf eine andere Gelegenheit zu warten, die sich unter Umständen wochenlang nicht bieten konnte. Er bestand darauf, mit der Eisenbahn zu reisen; und nachdem er erst einmal seine Angst vor vorbeifahrenden Zügen überwunden hatte, war er entschlossener denn je, einen zu besteigen.

Ich besprach das Problem mit dem Provincial Commissioner, dessen Rat und Freundschaft wir schon viel verdankten. Er war höchst empört über den Zwischenfall auf dem Bahnhof und keineswegs geneigt, ihn leicht zu nehmen. Er sagte, er wolle den Stationsvorsteher holen lassen und einen schriftlichen Erlaß herausgeben, daß die Station sowohl dem Geist als auch dem Buchstaben nach dem Gesetz des Protektorats entsprechend verwaltet werde. Aber abgesehen davon, meinte er, ließe sich Dabes Reise so organisieren, daß er keine Gefahr liefe. Zu diesem Zweck verfaßte er ein Empfehlungsschreiben an alle Beamten, denen Dabe auf seinem Wege begegnen könnte. Er benutzte dazu das Briefpapier der Regierung und setzte sein eindrucksvollstes Amtssiegel darunter. In diesem Schreiben wurde bescheinigt, daß Dabe im Dienste der Protektoratsverwaltung reiste, und es enthielt ferner die Anweisung, man solle ihm behilflich sein, bis er seinen Bestimmungsort erreicht habe. Der Provincial Commissioner war überzeugt, Dabe brauche nur diesen Brief vorzuzeigen, sobald er irgendwo in Ungewißheit wäre oder Schwierigkeiten hätte. Man würde ihm bestimmt alle notwendige Hilfe angedeihen lassen. Dann setzte er persönlich Dabe in den richtigen Zug und befahl dem Schaffner, Dabe am gefährlichsten Punkt seiner Reise, nämlich beim Umsteigen in Die Aar, zu begleiten. Ich selber gab Dabe einen Brief an einen Bekannten von mir in der Grenzstadt Gobabis mit, worin ich ihn bat, auf Dabe aufzupassen, bis der Lastwagen nach Ghanzis abfuhr. Ich fügte noch einen reichlich bemessenen Scheck für etwaige Auslagen bei: man sollte mir ein Telegramm schicken, sobald Dabe angekommen war, und ein weiteres, sobald er sich auf dem letzten Teil seiner Heimreise befand. Danach prägten wir Dabe noch genauestens ein, wie er sich zu verhalten hatte. Da er mit natürlichem Verstand begabt war, machte das weiter keine Schwierigkeiten.

Die Tage in Lobatsi vergingen mit erschreckender Schnelligkeit. Ich trennte mich von Menschen, die mir viel bedeuteten, und mit einigen von ihnen, wie beispielsweise Vyan, verknüpften mich freundschaftliche Bande, die bis zu weit zurückliegenden, gemeinsamen Erlebnissen führten. Trotzdem traf mich die bevorstehende Trennung von ihnen nicht so tief wie der Abschied von Dabe. Der Aufruhr meiner Gefühle war so heftig, daß ich mir die Ursache gar nicht erklären konnte. Es war gewiß nicht die lange Dauer unserer Bekanntschaft; denn im Vergleich mit meinen Beziehungen zu anderen Teilnehmern unserer Expedition währte unsere Freundschaft am kürzesten. Es war auch nicht deshalb, weil ich ihn gut kannte: mir war klar, daß ich nur bis an die Oberfläche seiner Persönlichkeit vorgedrungen war. Aber so gering auch meine auf Wissen beruhende Bekanntschaft mit ihm war, so hatte sich doch daraus intuitiv eine starke Bindung ergeben. Aus ihr entsprang wohl hauptsächlich meine Ergriffenheit, und sie wurde gewiß noch von dem Gefühl gesteigert, daß wir bei unserer kurzen Begegnung mit seinen Leuten in der Wüste für einen Augenblick aus unserer bisherigen Abwehrstellung erlöst gewesen waren und in uns selber eine kindliche Unschuld wiedergefunden hatten. Wir hatten gemeinsam einen flüchtigen Blick in die Vergangenheit geworfen, wie sie, das wußte ich im tiefsten Grunde meines Herzens, gewesen sein konnte und mußte, und mit unserer jetzigen Trennung sagten wir nicht nur einer neu entdeckten Kindheit Lebewohl, sondern allem jungen Leben.

Wie weit er selber sich dessen bewußt war, konnte ich nicht sagen und gab mir auch keine Mühe, es herauszufinden. Ich halte es für unehrenhaft, anderen Gefühle zuzuschreiben, die sie unmöglich verstehen können. Ich konnte nur hoffen, Dabe würde, sobald er nicht mehr wie ein kleiner Junge am Weihnachtstag im Kinderzimmer von der ihn umgebenden Welt des zwanzigsten Jahrhunderts abgelenkt wurde, beim Rückblick auf unsere Reise ein wenig Wärme und Helligkeit finden. Ich konnte nur hoffen, daß eine solche Rückerinnerung ihn aufmuntern würde, wenn er in die kalte und ablehnende Welt der Herrenmenschen zurückkehrte, die den Buschmann und seine Lebensweise verachteten. Aber mehr noch als meine eigenen Gefühle interessierten mich die Anzeichen dafür, daß auch alle anderen sie in gewissem Maße teilten. Sie wetteiferten miteinander, Dabe Geschenke aufzudrängen. Sogar Jeremiah, der sich am meisten von ihm ferngehalten hatte, schenkte ihm eine Pfeife und Tabak, und anstatt ihn mit „Sie“ anzureden, wie er es immer getan hatte, seitdem ich ihm die aufreizende Bezeichnung „Massarwa“ untersagt hatte, ergriff er ihn beim Handgelenk und nannte ihn zum erstenmal, seitdem sie sich begegnet waren, bei seinem Namen: „Lebewohl, Dabe.“ Schließlich war der Koffer und der Brotbeutel, die wir Dabe überlassen hatten, zum Bersten voll von Geschenken, und in seinen Taschen knisterten die Geldscheine.

Am Morgen des Tages, an dem er abends abreisen sollte, begleitete er mich zum letztenmal zum Bahnhof. Er trug Reisekleidung, die er sich selber zusammengestellt hatte. Seine Füße steckten in einem Paar eleganter brauner Wildleder-Halbschuhe, dazu weiße Tennissokken, die bis zu den Waden reichten. Seine ein wenig zu langen khakifarbenen Shorts wurden von einem Boy-Scout-Gürtel festgehalten, dessen Schnalle über seinem Nabel prangte und das Motto trug: „Allzeit bereit". Er hatte ein fleckenloses weißes Hemd an, das am Hals offen stand, und trug auf dem Kopf einen kleinen, grünen runden Hut, in dem seitlich seine imposante Straußenfeder steckte. Von hinten sah seine Gestalt wie die eines noch nicht ganz ausgewachsenen Jungen aus — ein Waisenknabe vielleicht, den man in aller Eile aus Mitleid mit Kleidern aus einem Wohltätigkeitsbasar ausgestattet hatte. Nur wenn man ihn von vorn betrachtete und in sein fein gefälteltes altes Gesicht und tief in seine Augen blickte, bekam man einen Begriff von seinem Alter und dem Feuer, in welchem sein Geist gehärtet war. Als ich ihm seinen Fahrschein gab, bemerkte er finster, ich hätte etwas sehr Wichtiges vergessen: seine Medizin, die kleinen weißen und gelben Pillen. Ich gab ihm acht. Ich hätte ihm gern mehr gegeben, aber ich fürchtete, daß er in einem Augenblick panischer Angst, wenn er von einer Invasion fremder Geister bedroht zu sein glaubte, alle auf einmal verschlucken könnte. Er versprach mir, niemals mehr als nur eine am Abend einzunehmen und bat um mehr, was ich jedoch ablehnte. Ich machte ihm klar, daß acht Pillen, wenn er jeweils eine nähme, bis Gobabis ausreichten. Dort sei er außerhalb jeder Gefahr

eines Überfalls von Geistern. Daraufhin schüttete er die Kapseln in einen leeren, leinenen Tabakbeutel, den er wohlverwahrt an seinen Boy-Scout-Gürtel knüpfte.
Ich hätte ihn gern selber in den Zug gebracht; aber wenn ich rechtzeitig mein Schiff in der Tafelbucht erreichen wollte, konnte ich mir keine neue Verzögerung leisten. Deshalb sagte ich ihm mittags im Hof neben dem Gebäude des Provincial-Commissioner Lebewohl. Dieses Haus hatte mich so häufig gastlich aufgenommen, als wäre es meine eigene Heimstätte. Als ich durchs Tor fuhr, lief Dabe noch einmal am Wagenfenster neben mir vorbei. Ich hielt sofort an.

„Nun, Dabe?“ fragte ich.

„Moren. Bitte, wie spät ist es?“ antwortete er besorgt.

Ich kann nicht genau sagen, was ich erwartet hatte, aber bestimmt nicht diese Frage.

„Es ist fünf Minuten nach zwölf“, sagte ich zu ihm. „Du brauchst dir keine Sorge zu machen. Es dauert noch Stunden, bis dein Zug kommt.“

„Auck! Moren“, rief er, sofort wieder beruhigt. „Du bist wirklich ein großer skelm.“

Er machte eine Pause, wandte den Kopf, um tief in den weiten Sommertag hineinzuschauen, und sagte dann ruhig wie zu sich selber: „Was soll ich ohne dich anfangen, um die Dinge zu wissen, die ich denke, ehe ich sie selber weiß? Ziehe hin in Frieden, Moren!“
Er stand immer noch in Sonne getaucht am Tor, als ich ein wenig weiter unten am Weg anhielt, um eine Plane zu befestigen, die man übersehen hatte. Ich war zu weit entfernt, um sagen zu können, ob er mir nachblickte, bis ich außer Sichtweite wäre, oder ob er auf den nächsten Zug wartete. Es ist erschreckend, wie schnell eine Trennung ihren Zweck erreicht. Die Reise, so sagte ich mir,

war endgültig und unwiderruflich zu Ende, und dennoch sollte ich erkennen, daß sie in einem gewissen Sinne kaum begonnen hatte.

TEIL II

DIE WELT DAZWISCHEN

„Habt Erbarmen mit uns, die wir immer an den Grenzen des Unbegrenzten und der Zukunft kämpfen."

Guillaume Apollinaire

8

Die Zeit der Hyäne

Ich hielt mein Versprechen, das ich Dabe gegeben hatte, und sprach mit der Regierung in Mafeking. Sie war natürlich nicht, wie er mir erklärt hatte, ein alter Herr mit weißem Bart. Selbst ihr oberster Repräsentant, der für die Verwaltung des Protektorats verantwortlich ist, war nicht alt, sondern jung und noch neu auf seinem Posten. Ich war ihm zuvor schon in anderen Stellungen gelegentlich anderer Aufgaben in Südafrika begegnet und brauchte nicht zu befürchten, daß er von vornherein meinem Anliegen gegenüber verschlossen wäre.

Er hörte geduldig, aufmerksam und mit wachsender Anteilnahme zu, als ich ihm einige Ausführungen über die Geschichte des Buschmanns machte, wie ich sie in dem Buch „Die verlorene Welt der Kalahari" berichtet habe. Ich betonte, daß es ein schrecklicher Irrtum sei, wenn man annehme, der dort geschilderte Jahrtausende alte Prozeß der Ausrottung des Buschmanns sei beendet. Er verlaufe vielleicht nicht ganz so augenfällig und brutal, aber er nehme auf verborgenen Pfaden immer noch seinen Fortgang. In Wirklichkeit würden von Zeit zu Zeit sogar noch einige der veralteten Methoden gegen den Buschmann angewandt. Wußte er beispielsweise, daß die herrschsüchtigen Bamangwato, die für ihre eigenen Angelegenheiten stets mit Erfolg Britannien um Verständnis baten, seit Jahren regelmäßig Impis aufgestellt hatten und sie über die nordwestlichen Grenzen ihres Reservats in der Kalahari hinaus unter dem

Vorwand gegen den Buschmann vorschickten, er habe ihre Rinderfarmen geplündert? Wußte er, daß die Bamangwato und andere Betschuana-Stämme sich willkürlich Buschmannfrauen holten und sie und ihre Kinder zu Sklaven machten? Wenn er sich einen tieferen Einblick in diese Dinge verschaffte, würde er in ganz Betschuana-Land auf dieselben, schon historisch gewordenen Methoden der Ausrottung stoßen, die den Buschmann allmählich an den immer länger werdenden Grenzen der schwarzen Hoheitsgebiete im Norden und der weißen Kolonie in Südafrika vernichtet hatten.

Aber für mich war eine andere Tatsache von weit größerer Bedeutung, daß nämlich schon die bloße Berührung mit dem Lebensstil des zwanzigsten Jahrhunderts für den Buschmann verderblich zu sein schien. Er war in seinem innersten Wesen ein so unschuldiger und natürlicher Mensch, daß er nur in unsere Nähe zu kommen brauchte, und schon fiel sozusagen ein radioaktiver Regen aus unserer unnatürlichen Welt auf ihn herab und ließ seinen Geist an einer gefährlichen Leukämie erkranken. Der Buschmann spürte die Gefahr instinktiv und versuchte ihr aus dem Wege zu gehen, aber das wurde allmählich immer schwieriger. Wie stets suchte er Schutz in der Wüste, dort gab es jedoch kein Gebiet mehr, das er völlig sein eigen nennen konnte. Jeder, der in sein Gebiet der Kalahari eindrang, hatte Reservate – weite Gebiete, die gesetzlich anerkannt und geschützt wurden, verbriefte Rechte und eine amtliche Vertretung, nur der Buschmann hatte nichts dergleichen. Er, der einstmals Herr und Gebieter über alles gewesen war, besaß heute dort gar nichts, nicht einmal eine Lizenz, nach Belieben jagen zu dürfen, um in der Wüste nicht zu verhungern. Ich zählte alle die Beispiele auf, die Dabe mir genannt hatte, fügte andere hinzu, die Tom Hardbattle geliefert hatte, und schließlich noch viele andere aus meiner persönlichen Erfahrung. Ich erzählte ihm von der Buschmanngemeinschaft, die sich von der Straße nach Kakia zurückgezogen hatte, nachdem die Polizei zur Strafe für das Schießen eines Gemsbocks zwei der Jäger abgeführt hatte.

Wenn er immer noch daran zweifelte, daß der Buschmann unsere Welt und unsere Gesetze fürchtete, so solle er sich doch bitte einmal an die Männer von der RAF erinnern, die in der nördlichen Kalahari vor einigen Jahren ermordet worden waren. Sie hatten in der Wüste notlanden müssen und versuchten nun, Francistown zu Fuß zu erreichen, als sie im Busch einer Gruppe von Buschmännern begegneten. Diese Buschmänner gaben ihnen zu essen und nahmen sie nachts gastlich bei sich auf.

Das Ereignis war der ganzen Welt als ein typisches Beispiel für die Falschheit und Grausamkeit des Buschmanns hingestellt worden. Aber ich hatte es von seiten des Buschmanns gehört. Eine ihrer geheimsten Ängste hatte sie dazu getrieben. Sie hatten eine Giraffe erlegt, um sie zu essen — und die Giraffe war in jenem Gebiet ein Tier, das unter Schutz stand. Als die Männer der RAF plötzlich in Uniformen in ihrer Mitte standen, schlossen sie daraus – denn die ihnen bekannten Uniformen hatten immer nur zur Polizei gehört –, diese Männer wären Polizisten und wollten erkunden, wer die Giraffe erschossen hatte. Sie fürchteten, daß einige ihrer Männer deswegen abgeholt werden sollten, um niemals wieder zurückzukommen. Die ganze Nacht hindurch berieten sie, während ihre Gäste schliefen, was sie tun sollten. Schließlich einigten sie sich dahingehend, daß sie, um selber am Leben zu bleiben, die Männer töten mußten. Wir und das Gesetz selber waren vor der tatsächlichen Ermordung die Hauptschuldigen.

Es nützte nichts, daß solche Gesetze in guter Absicht erlassen wurden. Vor nicht langer Zeit hatte ich mit einem wohlmeinenden und gewissenhaften District-Commissioner über den Buschmann gesprochen. Der D.C. war stolz darauf, daß es ihm gelungen war, von allen in seinem Bezirk lebenden Buschmännern eine Steuer zu erheben. Diese Steuer sollte seiner Überzeugung nach aus den Buschmännern „nützliche Staatsbürger" machen, weil sie auf diese Weise gezwungen sein würden, für die Siedler seines Gebiets zu arbeiten, um das zur Bezahlung der Steuer erforderliche Geld zu verdienen. „Ich will ihnen beibringen", so sagte er zu mir, ganz begeistert im Vertrauen auf die Wirksamkeit seines Erlasses, „nicht so nutzlos und ohne Sinn dahinzuleben". Aber es war schrecklich unmenschlich, so etwas einem Wesen, wie der Buschmann es war, anzutun, der keine Vorstellung davon hat, was Geld, Steuern, Besitz und alles, was wir Arbeit nennen, bedeuten und den man niemals um Rat gefragt hatte, ehe man ein Gesetz erließ. Im Gefängnis eines Kalahari-Vorpostens hatte ich einige der Buschmänner gesehen, die wegen Versäumnis der Steuerzahlung bestraft worden waren. Sie begriffen gar nicht, welches Unrecht sie begangen haben sollten. Sie sahen nur gerade so aus, als wäre das letzte Licht in ihren Herzen ausgeblasen und als würden sie bald nicht nützliche Staatsbürger, sondern tote Staatsbürger werden.

Als der Verwaltungsbeamte bei dem Ausdruck „tote Staatsbürger" eine Augenbraue hochzog, versicherte ich ihm, daß das keine Übertreibung sei. Für den Buschmann war Leben gleichbedeutend mit Bewegung; wenn er der

Freiheit, sich zu bewegen, beraubt wurde, neigte sich sein Leben dem Ende zu. Ich wußte von einem Buschmann, der, nachdem er wegen eines Verstoßes gegen ein Jagdgesetz ins Gefängnis geworfen worden war, aus keinem anderen Grunde, einfach infolge Freiheitsberaubung gestorben war. Nein, ich konnte mich bestimmt nicht damit einverstanden erklären, daß der Blick in den Augen der Buschmannsträflinge, die ich gerade auf meinem Wege durch die Wüste gesehen hatte, das Beste war, was eine britische Verwaltung erreichen konnte.

Und was wurde in der Zwischenzeit aus den Frauen und Kindern, deren Ernährer plötzlich in Sträflingskleider gesteckt worden waren? Das Leben für sie war schon schwer genug, wenn der Jäger in Freiheit für sie Nahrung herbeischaffen konnte, aber ohne ihn wurde es beinahe unmöglich weiterzuleben. Tom Hardbattle wußte am besten über die Buschmänner Bescheid, die an den Rändern der von Bantus und Europäern in Besitz genommenen Kalahari-Gebiete eingefangen worden waren, und er hatte mir grausame Berichte über ihre Notlage gegeben, die ich nun vor dem D.C. wiederholte. Da sah ich im Geist plötzlich wieder eine Frau vor mir, die auf diese Weise ihres Jägers beraubt worden war.

Sie war ihrem Mann bis zum Gefängnis in Gemsbok Pan gefolgt. Dort war sie dann darauf angewiesen, von den milden Gaben zu leben, wie sie ein solcher Vorposten gewähren kann. Die schwarzen Farbigen, die als Chauffeure, Zugpersonal und Bedienstete weißer Einkäufer und Händler kamen und gingen, nahmen sie sich ganz willkürlich und warfen ihr zum Dank ein bißchen Tabak oder etwas zum Essen hin. Wie lange das schon so gegangen war, konnte ich nicht sagen; denn als ich sie zum erstenmal sah, hatte das Leben in seiner letzten Barmherzigkeit sie bereits ihrer Sinne beraubt. An einem weißen Morgen ging sie splitternackt an meinem Lager in Gemsbok Pan vorbei, schlug sich gegen die Brust und stöhnte jammervoll. Buschmannfrauen sind kaum bekleidet, aber wenn sie das wenige noch ablegen, so ist das ein sicheres Zeichen, daß sie überhaupt keine Beziehung mehr zur Außenwelt haben. Es ist genau dasselbe, als wenn sich eine Frau am hellichten Tage in Piccadilly die Kleidung vom Leibe risse.

Ich hatte damals Dabe herbeigerufen und ihn gefragt, was mit der Frau los sei. Er antwortete mit einem formelhaften Ausdruck, der von den Buschmännern gebraucht wird, wenn sie sagen wollen, eine Seele habe Schaden genommen: „Die Zeit der Hyäne ist über sie gekommen.“ Wir folgten der Frau. Als wir sie einholten, drehte sie sich zu uns um, sah uns blicklos an und winselte wie ein verlassener junger Hund. Wir ergriffen sie bei den Handgelenken, sprachen freundlich mit wiegenliedähnlichem Summen auf sie ein, um sie zu beruhigen, und führten sie zum Lager. Die wenigen Nichtstuer in dem Vorposten, die uns zuschauten, lachten – nicht, davon bin ich überzeugt, aus Grausamkeit, sondern weil sie nur so die Anklage ertragen konnten, die sich bei einem solchen Anblick gegen uns alle erhebt. Wir gaben ihr einen Becher süßen Tee und etwas zu essen. Der erste Schluck Tee beruhigte sie, als wäre er ein Beweis dafür, daß bei aller Verbitterung ihres Herzens noch ein Empfinden für Süßigkeit in ihr verblieben war. Dann zogen wir ihr eine Unterhose an und ein Hemd von mir, das ihr bis zu den Knien reichte. Einige Stunden später, als wir abfuhren, stand sie noch dort und befühlte die Kleider ungläubig und verwundert. Hinterher war ich mir nicht sicher, ob das, was ich getan hatte, eine Wohltat für sie war. Vermochte ein einziger Augenblick der Sühne gegenüber einer langen und bitteren Vergangenheit und in Erwartung einer hoffnungslosen Zukunft etwas anderes erreichen, als beides nur umso krasser in Erscheinung treten zu lassen? Ob ich nun damals richtig gehandelt hatte oder nicht, die Vergegenwärtigung ihres Unglücks veranlaßte mich weiterzureden.

Ich wandte mich wieder dem Thema der Gefahren zu, die jedes amtliche Vorgehen, aus dem Buschmann einen „nützlichen Staatsbürger“ zu machen, in sich schließt. Unsere europäische Kultur war bereits selber gefährdet, weil wir die Menschen mehr danach einschätzten, welchen Nutzen wir aus ihnen ziehen konnten, als danach, was sie in sich selber waren. Wenn mein Freund heute früh die Zeitung gelesen hätte, so wäre er auf einen Bericht über einen Plan gestoßen, den man in Johannesburg gefaßt hatte und der, wie ich fürchtete, auf eine Veröffentlichung von mir zurückging. Ich hatte einmal über die erstaunliche Sehschärfe der Buschmänner geschrieben – und nun wollte man einige von ihnen aus der Kalahari ausfliegen und sie als Sortierer von Erz in den Goldminen ausprobieren.* Das war typisch: niemand schien sich zu fragen, was für eine Art Mensch der Buschmann war und wie sich eine derart spezialisierte Beschäftigung bei ihm auswirken würde.

Mein Freund unterbrach mich, um zu fragen – nicht aus Widerspruchsgeist, glaube ich, sondern weil er ehrlich nach einer Antwort suchte – wenn der Buschmann in unserer heutigen Welt nicht von Nutzen war, wenn er nichts zum Bestand der menschlichen Gesellschaft bei-

* Das Bergwerksministerium in Johannesburg hat seitdem, und das sei ihm auf ewige Zeiten hoch angerechnet, jede Anwerbung von Buschmännern untersagt.

trug, wenn er keine Steuern zahlte und nicht arbeitete, wodurch sollten dann die großen Kosten und Mühen gerechtfertigt werden, die zu seiner Erhaltung erforderlich wären. Ich sagte, daß wir bereits überall in ganz Afrika zu erkennen begännen, daß alles natürliche Leben auf dem Kontinent bald verschwinden würde, wenn wir es nicht schützten. Selbst hier in der Kalahari hatten seine Vorgänger es bereits für nötig gehalten, die Elenantilope, die Giraffe, den Gemsbock, den Riesenbussard und andere Vierfüßer und Vögel zu schützen, weil sie auszusterben drohten. Niemand fragte danach, welchen Nutzen sie für die menschliche Gesellschaft hätten, und das ganz zu Recht. Die Antwort ergab sich von selber. Sie bildeten einen Teil des natürlichen Lebensreichtums unseres Kontinents; obwohl wir ihnen kein Preisschildchen umhängen konnten, wußten wir doch, daß unser Leben ohne sie unendlich viel ärmer wäre. Das galt sogar für die schädlichsten unserer Tiere. Man nehme zum Beispiel den wilden Hund, den selbst der großmütige Ben nicht leiden konnte, weil dieses Tier mit den friedlichen Vierfüßern des Landes so ruchlos verfährt; ich persönlich würde sein Aussterben beklagen, weil mit ihm eine Schönheit der Bewegung verschwände, wie sie kein anderes Geschöpf auf Erden erreicht.

Wie konnten wir dann dem Buschmann verwehren, was wir der Tierwelt des Landes zugestanden? Er war vielleicht die älteste Form menschlichen Lebens, die auf der Erde übriggeblieben war, und ohne ihn würde unser Leben ärmer sein. Ich fragte meinen Gefährten, ob er von dem Wiederaufleben der Theorie gelesen hätte, derzufolge in der Kalahari eine große untergegangene steinerne Stadt begraben liege, und von den neuesten Expeditionen, die nach ihr suchen sollten. Ja, er hatte davon gelesen und wollte wissen, ob ich daran glaubte. Ich sagte, ja und nein: ich war nicht so sehr an der untergegangenen Stadt als solcher interessiert. Mich interessierte vielmehr, warum es für die Menschen, die nahe der Wüste wohnten, notwendig war zu glauben, dort hätte sich einstmals eine Stadt befunden. Für mich war das beinahe dasselbe wie die Sache mit den fliegenden Untertassen: ich glaubte, daß es sie gebe, nicht als greifbare Gegenstände, die aus einer jenseitigen Welt ausgeschickt waren, um uns zu beobachten, sondern als bezeichnende Vorgänge im Geist des heutigen Menschen — beinahe prophetische Vorzeichen. Aber davon ganz abgesehen, fand er es denn nicht merkwürdig, daß so viel Energie darauf verwandt werden sollte, fragwürdige Ruinen freizulegen, um zu erfahren, wie der Mensch der Frühzeit beschaffen war, wenn doch die allerältesten Menschen, die älter waren als jede steinerne Ruine, noch verhältnismäßig unversehrt in der Kalahari lebten?

Ich erzählte ihm von den Gelehrten, die darum gebeten hatten, mich zu begleiten, einige, weil sie den Kopf und das Hinterteil des Buschmanns messen wollten, andere, um die Geschlechtsteile zu messen, noch andere, um sein Familienleben zu studieren, und einer, um seinen Speichel zu analysieren; aber als ich sie fragte, ob sie nicht an Seele und Geist des Buschmanns interessiert wären, an dem Menschen als lebendigem Ganzen, da gaben sie zur Antwort: „Das gehört nicht zu unserem Fachgebiet." Wir schienen den Buschmann zugrunde gerichtet zu haben, ohne uns jemals darum zu kümmern, welche Art Mensch er wirklich war. Ich fragte meinen Freund, ob er sich klar darüber sei, daß sich in seinem ganzen Beamtenstab, der dieses weiträumige Protektorat verwaltete, nicht ein einziger Mann befand, der die Buschmannsprache sprach?

Was, fragte er daraufhin, könnte ich ihm raten zu tun? Sofort, so bat ich ihn, jedes weitere Vordringen von Europäern in die Teile der Kalahari unterbinden, in denen der Buschmann noch ein Eigenleben führen konnte; denn der Druck, die großen Kronländer der Kalahari für europäische Ansiedlung freizugeben, würde gewiß noch verschärft werden. Ich selber hatte dem unwissentlich noch Vorschub geleistet, indem ich zwecks wirtschaftlicher Erschließung Betschuanaland vermessen ließ, was ich heute bedauerte. Ich bat ihn, sich jedem derartigen Druck zu widersetzen und inzwischen einen Beamten mit der Aufgabe zu betrauen, die Sprache des Buschmanns zu erlernen und sich mit ihm und seinen Problemen eingehend zu beschäftigen. Mit zunehmender Kenntnis der Materie würde er dann auch klarer sehen als wir, was getan werden mußte. Alles, was von der früheren Lebensweise des Buschmanns in der Kalahari übriggeblieben war, durfte nicht länger gefährdet werden; im Gegenteil, man überlasse dem Buschmann in dem Afrika, das ihm einst ganz gehört hatte, endlich einen Winkel völlig für sich allein. Vorausgesetzt, daß diese Vorbedingungen sofort geschaffen würden, wäre dann immer noch Zeit, eine richtige Lösung für die Zukunft vorzubereiten.

In der Zwischenzeit wollte ich nach England gehen, um den Film zu vervollständigen, den wir zuletzt in der Kalahari gedreht hatten. Ich hoffte, daß der Film eine Hilfe wäre. In meinem Kopf hatte er bereits ganz von selber seine natürliche Gestaltung gefunden. Ich wollte die Geschichte des Buschmanns so erzählen, wie ich sie meinem Freunde soeben erzählt hatte, und mit demselben Vorschlag schließen, den ich ihm gegenüber gemacht hatte. Ich setzte unendliches Vertrauen ins britische Volk und in die Fähigkeit der meisten Männer, die in seiner Verwaltung dienten. Kein anderes Volk in der Weltgeschichte ist durch das Bewußtsein, eine Großmacht zu sein, weniger verdorben worden als die Briten, trotz der geringen Aufmerksamkeit, die sie ihrer imperialen Vergangenheit schenken. Sie besitzen eine Fähigkeit zur Selbstkritik, wie sie von keiner anderen Nation erreicht wird, dazu einen Sinn für Anstand, der so erfindungsreich und tiefschürfend ist, daß weniger gewissenhafte Gegner in der modernen Welt diese Anständigkeit häufig als Waffe gegen sie benutzt haben. Ich war überzeugt, daß solche Dinge, wie ich sie beschrieben hatte, nur deshalb geschehen konnten, weil weder das englische Volk noch die Verwaltung des Protektorats ihr Augenmerk darauf gerichtet hatten. Was den Weißen daran gehindert hatte, die entsetzliche Elendslage zu sehen, in der sich der Buschmann befand, konnte ich nur als ein merkwürdiges Versagen seines Verstandes bezeichnen. Das Problem wurde noch schwieriger, weil in dieser Beziehung das Vorstellungsvermögen des Schwarzen noch umwölkter war als das des Weißen. Aber ich vertraute darauf, daß die Menschen in Britannien, wenn sie all diese Tatsachen erst einmal klar erkannt hätten, auch etwas für den Buschmann unternehmen würden. Ich wollte alles tun, was in meiner Macht stand: meinen Film vorführen, über den Buschmann schreiben und mit meinen Freunden im Parlament reden.

Ich werde meinem Freund immer zutiefst dankbar sein, denn er bewies durch Taten, daß er von der Richtigkeit meiner Darlegungen überzeugt war. Eine seiner ersten Amtshandlungen in seiner neuen Stellung war, daß er tatsächlich einen Beamten bestimmte, der die Buschmannsprache erlernen und sich um die Buschmänner des Protektorats und ihre Nöte kümmern mußte. Die Reaktion in der britischen Öffentlichkeit war überwältigend; die letzte Folge der aus sechs Teilen bestehenden Bilderserie im Fernsehen der BBC hatte eine solche Anziehungskraft, daß ihre Zuschauerzahl, wie ich glaube, nur von den Volksmengen übertroffen wurde, die der Krönung ihrer Königin vor den Fernsehapparaten beiwohnten. Hätte es sich um Geld gehandelt, das ich für den Buschmann brauchte, dann hätte ich bestimmt viele Tausende zusammenbekommen können. Es kostete mich beinahe ein ganzes Jahr, ehe ich all denen geantwortet hatte, die mir schrieben. Der ganze Film wurde dann noch ein zweites Mal gezeigt und wird in verkürzter Fassung immer wieder in Schulen vorgeführt. Sogar in Kanada und Australien fand er ein ähnliches Echo. Im Lauf der Zeit wurden auch im Parlament die entsprechenden Fragen aufgeworfen, und die behördliche Maschinerie wurde schließlich zugunsten des Buschmanns in Gang gesetzt.

Ich war trotzdem nicht naiv genug zu glauben, daß man es dabei bewenden lassen könne. Ich wußte, daß dem Buschmann nicht geholfen war, solange er nicht in unser Herz und unsere Phantasie Einzug gehalten hatte und somit auch in unser Zukunftsbild hineingehörte. Das bedeutete darüber hinaus noch methodische Arbeit ganz anderer Art; aber an jenem Sommernachmittag in Mafeking wußte ich das alles noch nicht so genau. Ich war nur einfach überzeugt, daß etwas in dieser Richtung unternommen werden mußte und konnte. Andererseits wußte ich aber auch, daß eine große Menge offensichtlich negativer Faktoren in entgegengesetzter Richtung am Werke waren, so zum Beispiel die hartnäckig beibehaltene Ablehnung des Buschmanns in ganz Südafrika, von Schwarzen und Weißen gleicherweise, ferner die Schwierigkeit, eine moderne Regierung dazu zu bewegen, spezifische Maßnahmen zu treffen. Wie schwer das ist, kann sich nur der vorstellen, der sich jemals selber an ein solches Unterfangen herangewagt hat.

Auch mein eigenes Handwerkszeug schien gerade zu jenem Zeitpunkt kaum dem Zweck zu entsprechen. Ich wußte nur zu gut, wie unzulänglich mein Filmmaterial war. Es war keineswegs das geworden, was ich mitzubringen gehofft hatte. Beinahe alles, was fehlgehen konnte, war auf der hinter mir liegenden Reise fehlgegangen. Einmal sah es so aus, als müßte ich überhaupt ganz ohne einen Film über den Buschmann nach England zurückkehren. Als wir zum Schluß wirklich noch einer kleinen Buschmanngruppe begegneten, hatten wir mit Zeitnot zu kämpfen. Hast und Eile führen nun aber gerade in Afrika am sichersten zu Mißerfolg und Unheil. Ich war nicht überrascht gewesen, daß die von den BBC-Experten gekabelten Berichte über den Film, die mich in Lobatsi erwarteten, sehr entmutigend waren. Später erfuhr ich denn auch, daß mit wenigen bemerkenswerten Ausnahmen jeder einzelne in der BBC die Aussichten für den Film außerordentlich düster beurteilte. Kein Produzent schien scharf darauf zu sein, mir meinen Film abzunehmen. Ich sollte noch alles, was ich an Glauben, Entschlossenheit und Hilfsquellen besaß, nötig brauchen, um das Filmunternehmen zu seinem gewünschten Ziel zu führen. Wie problematisch alles an jenem Tage in Mafeking zu sein schien, so war mir doch nach der Unterredung leichter ums Herz als vorher. Ein Grund dafür war meiner Überzeugung nach auch der, daß ich mein Dabe gegebenes Versprechen bereits erfüllt hatte. Erst vor wenigen Stunden hatte ich ihn verlassen, und er stand wahrscheinlich immer noch am Tor und wartete in fieberhafter Erregung auf das Eintreffen seines Zuges.

9

Das Versagen

Bis zu diesem Augenblick hatte ich mir noch gar nicht klargemacht, daß ich in das Land meiner Geburt zurückgekehrt war. In Gedanken steckte ich immer noch tief in einer Wüstenwelt eigener Prägung. Außerdem sind die Grenzen in Afrika so willkürlich gezogen, beinahe nur abstrakt vorhanden, daß man sie überschreitet, ohne es zu merken. Aber bald nachdem ich das „Imperial Reserve" (so nennen die Bewohner von Mafeking die Enklave am Stadtrand, in der Dienststellen der Verwaltung des Betschuana-Landes sind) verlassen hatte, wurde ich sehr unsanft daran erinnert, daß ich sowohl im Herzen der Menschen als auch auf der Landkarte eine Grenze überschritten hatte und wirklich wieder zu Hause war.

Als ich an einer Schule vorbeifuhr, sah ich eine Gruppe kleiner Jungen, die im Kreise tanzten und aufgeregt schrien. Sie trugen alle Hüte mit den Farben ihrer Schule und sahen in ihren gestreiften Blazern aus wie kleine Zebras. Auf den Abzeichen über den Brusttaschen der Blazer prangte das stolze Motto Baden-Powells „Niemals unterliegen“. Im freien Raum des Kreises stampfte ein anderer Junge umher. Er war viel größer als die Zuschauer und trug keine Kopfbedeckung. Mit glühendem, gespannten Gesicht hieb er, wie ich vermutete, auf einen anderen kleineren Jungen ein. Mit Sicherheit konnte ich das allerdings nicht sagen; denn er blieb in dem dichtgeschlossenen Ring der Zuschauer unsichtbar. Hinter den Jungen an der Ecke des Schulgebäudes stand, auf einen Stock gestützt, ein in Lumpen gekleideter, ältlicher Farbiger. Das abgewandte Gesicht zeigte den Ausdruck tiefster Hoffnungslosigkeit und Beschämung.

Es sah alles sehr verdächtig aus und erweckte in mir ein Gefühl des Unbehagens. Trotzdem wäre ich vielleicht weitergefahren, wäre der größere Junge nicht gegen die Zuschauer gestolpert und dabei aus dem Ring geraten. Er hielt einen mageren, sehr kleinen farbigen Jungen fest beim Genick gepackt an seine Schulter gepreßt und schlug ihm, so heftig er konnte, mit der rechten Faust ins Gesicht. Der kleine Junge gab sich keine Mühe zurückzuschlagen; keinen Ton von sich gebend und mit geschlossenen Augen ließ er es über sich ergehen, daß der große Junge auf ihn einschlug und ihn über den Boden schleifte, während seine Mitschüler auf Afrikaans grölten: „Das ist einer von der Apie*-Sorte. Moker** ihn tüchtig: Moker ihn.“ Es waren alles noch Buben, aber solch ein Gebrüll und diesen Gesichtsausdruck traf man heute nur noch selten an, höchstens bei Geisteskranken.

Neben mir in meinem Land-Rover hatte ich einen Stock aus gutem Kalahariholz. Ich ergriff ihn, bremste gleichzeitig und sprang aus dem Wagen. Ich erinnere mich

* Apie ist ein Kosename für Abraham.

** Moker ist ein gemeiner Afrikaans-Ausdruck für verprügeln.

nicht mehr genau, was ich der Knabenhorde auf Afrikaans zurief; aber ich gab meine Absicht klar zu verstehen, indem ich sie mir einzeln vornahm und jede Schulter und jedes Hinterteil, das ich erreichen konnte, durchprügelte. Die Horde stob in panischem Schrecken davon und flüchtete in das Schulgebäude, der Raufbold an der Spitze der Herde. Nun stand ich allein da, und der kleine Junge lag mit dem Gesicht auf dem Boden neben mir. Er war zu zerschlagen, um zu weinen, aber trotz der hochsommerlichen Hitze zitterte er am ganzen Körper. Der ältliche Mann kam zögernd auf mich zu und sagte mehrmals: „Ich danke Ihnen, Master, ich danke Ihnen."

„Aber was war denn eigentlich los?" fragte ich, während wir den kleinen Jungen aufhoben und in den Land-Rover setzten.

Er blickte mich an, als wäre er erstaunt, daß jemand glauben konnte, solch ein Vorfall bedürfe eines Grundes. Dann schüttelte er den Kopf und sagte wie jemand, der es gewohnt ist, vor Gericht stets der Angeklagte zu sein: „Gott helfe mir; ich weiß es nicht, Master. Wir gingen nur gerade hier vorbei, Master, als ein kleiner Master hervorsprang, meinen Enkel beim Arm packte, ihn beschimpfte und dann zu schlagen begann. Das war alles, Master, so wahr mir Gott helfe."

Ich unterhielt mich noch länger mit ihm, während ich die beiden nach Hause fuhr, und es war mir klar, daß sie die Schuljungen in keiner Weise herausgefordert hatten. Der Überfall auf den kleinen Farbigen war durch nichts verursacht, was er und sein Großvater verbrochen hatten, sondern einfach durch das, was sie waren. Ich hätte nur zu gern diesen Zwischenfall als die südafrikanische Version einer Schlägerei ausgelegt, wie sie gelegentlich in den besten Schulen vorkommt; aber in welcher anderen Schule der Welt hätte eine solch ungleiche Keilerei derart begeisterten Beifall gefunden?

Als ein Zeichen der Gewalttätigkeit, die sich dicht unter der Oberfläche des Lebens in Südafrika zusammenballt, verfolgte mich die Erinnerung an diesen Zwischenfall länger, als ich für möglich gehalten hätte. Ich bin mir zwar fast immer im Leben bewußt gewesen, daß in der Zukunft meines Geburtslandes solche finsteren Kräfte schlummern; aber niemals kam mir das deutlicher zum Bewußtsein als jetzt bei meiner Rückkehr aus der Wüste. Es war höchst merkwürdig. Ich hätte meinen sollen, mein Geist wäre viel zu sehr mit anderen Dingen beschäftigt gewesen, um mit solcher Heftigkeit zu reagieren; aber nein, dem war nicht so. Jedenfalls konnte ich nach dem Zwischenfall vor der Schule den Prozeß, durch den der Buschmann ausgerottet worden war, nicht von dem anderen trennen, demzufolge Weiße und Schwarze einander an die Kehle springen. Der Buschmann mag aus dem Lande verschwunden sein, aber der Krieg gegen seinen schwarzen Stellvertreter geht weiter. Es ist eine Ironie des Schicksals, daß der Schwarze, der den Buschmann so bedenkenlos vernichtete, jetzt dessen Erbe angetreten hat. Er ist als ältester lebender Vertreter des natürlichen Lebens und als getreueste Entsprechung des Buschmanns auf dem Schauplatz verblieben.

Wohin ich auch kam, überall spürte ich in zunehmendem Maße das Aufeinanderprallen feindlicher Elemente, immer schmerzlicher glaubte ich, etwas Wesentliches zu vermissen. Das trat umso deutlicher in Erscheinung, als ein schönes Land niemals lieblicher ausgesehen hatte: der Regen war rechtzeitig und reichlich gefallen. Als ich aus der Niederung der Kalahari auf das hohe Veld kam, war die Erde plötzlich jung wie der Sommer, früh erwacht und munter in Seide gekleidet. Der Himmel war reingewaschen von Staub und die Sicht weit. Mühelos konnte man den blaustiftfarbenen Schatten eines Felsens in vierzig Meilen Entfernung erkennen, wie ein scharf gezeichnetes Dreieck auf einer leuchtenden Grasfläche, oder den vulkanischen Rauch eines Sturms, der erst in zwei Tagen losbrechen sollte. Erde und Himmel, Sonne und Wolke, Wind und Regen, alles schien sich in überwältigender Harmonie zusammenzufinden. Inmitten solch hingebungsvoller Friedfertigkeit der Natur wirkte die feindliche Zwietracht der Menschen unter sich wie eine Entheiligung jeder einträchtigen Verbundenheit. Immer, wenn ich an den Buschmann dachte, wie ich ihn in der Kalahari angetroffen hatte, sahen die grüngoldenen Ebenen des hohen Veldes, die einsamen blauen Kopjes des Freistaates und der Karru und die purpurfarbenen Berge des Kaps grausam verwaist und verlassen aus wie große Häuser, in denen der letzte Mensch aus dem alten und hingebungsvollen Geschlecht ihrer Erbauer ermordet worden war. Am schlimmsten war, daß so wenige meiner Landsleute sich eines Zustandes bewußt zu sein schienen, der für mich ganz offen zutage lag: wie sehr nämlich unsere unbarmherzige Vergangenheit unsere Gegenwart hatte verarmen lassen. Keiner von ihnen schien um die Gegenwart, geschweige denn um die Zukunft besorgt zu sein.

Es war erstaunlich, wie die meisten Menschen die furchtbaren Spannungen in ihrem Dasein und die Gewalttätigkeit, die sich in ihnen und um sie herum breit machte, als selbstverständlich hinnahmen. Sie schienen es für völlig normal zu halten, daß sie in Johannesburg mit geladenen Pistolen unterm Kopfkissen schliefen, daß ihre Häuser durch fein ausgeklügelte elektrische

Alarmanlagen mit der nächsten Polizeistation verbunden waren, daß mit Knüppeln bewaffnete Nachtwächter bis zum Morgen in ihren Grundstücken patrouillierten und daß sie aus Furcht vor den Schwarzen abends im geschlossenen Wagen zum Essen zu einem kaum hundert Yards entfernt wohnenden Freunde fuhren. Allein in meinem afrikanischen Busch oder in Gesellschaft der Buschmänner im Innern der Wüste fühlte ich mich sicherer als am Tage in den Hauptstraßen der größten Stadt Südafrikas. Der Durchschnittsbürger schien sich gar nicht klarzumachen, was für einen Schaden sein Nationalismus bei Schwarzen und Farbigen anrichtete — wie sehr ein solches Verhalten auch die Ehre und Lauterkeit seines eigenen individuellen Seins erschüttern mußte. Alle verhielten sich so, als gäbe es keine anderen Gefahren als nur die allgemein üblichen und als könnten sie ihre negative Einstellung uneingeschränkt beibehalten.

Sie sprachen tatsächlich kaum mehr über etwas anderes als über ihre nationalen Probleme. Sie waren zu einem der subjektivsten Völker auf Erden geworden. Es war beunruhigend, wie weitgehend die objektiven Verständigungsmöglichkeiten zwischen ihnen und der Umwelt ausgeschaltet waren. Kurz nachdem man sich begrüßt hatte, konnten selbst alte Freunde nichts weiter über die Lippen bringen als eine gewohnheitsmäßige Erkundigung nach dem beiderseitigen Befinden, um dann sofort eifrigst über ihre öffentlichen Angelegenheiten zu diskutieren. Ein älterer Politiker, den ich seit meiner Kindheit kannte, saß beispielsweise auf demselben Stuhl und an demselben Tisch wie vor fünf Jahren, als ich ihm Lebewohl gesagt hatte. Er nahm sich jetzt gar nicht erst die Zeit, um zu fragen, wie es mir gehe, sondern forderte mich dringend auf, ich solle neben ihm Platz nehmen, und dann stellte er mir sofort dieselbe Frage wie bei meinem letzten Besuch vor fünf Jahren: „Was hältst du von unserer jetzigen Eingeborenen-Politik?“ Die zwischen meinen beiden Besuchen verflossenen Jahre schienen nicht vorhanden zu sein: wie alle im Lande war er ständig an demselben Punkt stehengeblieben.

Das ist der Prägestempel der Besessenen: die Zeit, die ihre wahre Bedeutung als Weg zur Erfüllung verliert, steht für sie still. Von dem heilsamen stetigen Wechsel der Jahreszeiten sind sie ausgeschlossen. Nachdem dieser Politiker mit mir über seine Vorstellungen von der Eingeborenenpolitik diskutiert – oder besser: geplaudert – hatte, ging er zu angespannten Lagen auf anderen Gebieten über. An Themen fehlte es da nicht. In Südafrika herrscht unter den Menschen eine größere Vielfalt von Spannungsmomenten als in irgendeinem anderen Lande der Welt: es bestehen Spannungen zwischen Weißen und Asiaten, zwischen Schwarzen und Asiaten, zwischen Weißen und Farbigen des Kaplandes und zwischen Afrikanern und Briten einerseits und Schwarzen andererseits. Er aber sprach von diesen Spannungen so, als handele es sich insgesamt um Vorgänge auf einem weiten Felde äußerlicher sozialer Gegebenheiten. Nichts deutete darauf hin, daß er den Ursprung solcher Spannungen vielleicht auch einmal in sich selber suchte oder daß er die Bewohner Afrikas trotz der Unterschiedlichkeit in der äußeren Erscheinung als Mitglieder einer einzigen Familie betrachtete. Auf solche Weise war er selber ebenso wie die meisten unserer Landsleute mit Blindheit geschlagen.

Später sprach ich darüber mit einem der Richter des Obersten Appellationsgerichts. Er hatte sich als sehr mutig und unbestechlich erwiesen, als an den Gerichtshöfen der Kampf um die Abschaffung einer in der Südafrikanischen Verfassung verankerten Klausel ausgefochten wurde, die der farbigen Bevölkerung des Kaplandes das Wahlrecht garantierte. Ich erklärte ihm, meiner Meinung nach sei der Umstand besonders verhängnisvoll, daß in psychologischer Hinsicht die Schwarzen und die Farbigen in Afrika für uns überhaupt nicht vorhanden seien. Ich sagte, daß man sich nur dann ein vollständiges Bild machen könne, wenn man die Wirklichkeit sowohl mit dem äußeren als auch mit dem inneren Auge sehe. Wenn wir das nicht täten, begingen wir den Fehler der einseitigen Anschauung, die Blake dem Wissenschaftler zum Vorwurf machte. Schuld an allem sei, daß wir den Afrikaner nur mit dem Auge und nicht auch mit dem Herzen sähen. Ich glaubte, man könne menschliche Wesen überhaupt nicht richtig kennenlernen, wenn man sie nicht auch auf diese Weise betrachtete – mit anderen Worten, wenn man sie nicht auch auf dem Umwege über ein gewisses Erstaunen kennenlernte, das sie in einem erweckten. Wenn man den Afrikaner nicht auf diese Weise sehe, sei man ihm gegenüber psychologisch blind.

Er dachte einen Augenblick darüber nach, ehe er mit einem Anflug von Demut, die mich tief rührte, sagte, durch diese Bemerkung habe er plötzlich etwas über sich selber erfahren. Er erzählte mir, daß er jeden Tag nach Stunden konzentrierter Arbeit Entspannung finde, indem er mit sich selber ein kindliches Spiel spielte. Er ging vom Gericht nach Hause und tat so, als wäre er eine Art Sherlock Holmes. Vom Aussehen der Vorübergehenden suchte er abzuleiten, was für einen Beruf sie hätten. So sagte er sich zum Beispiel, dieses junge Mädchen müsse der Kleidung nach zu schließen eine

Stenotypistin sein, jener junge Mann ein Lehrling, jene Frau eine Hebamme, und der Kerl hinter ihr sehe ganz offensichtlich so aus wie ein Anwalt. Bevor ich meine Bemerkung über unser einäugiges Sehen gemacht hatte, war ihm noch niemals aufgegangen, daß er dieses Spiel nicht auf Schwarze oder Farbige ausgedehnt hatte, obwohl sie ihm natürlich in viel größerer Zahl begegneten als Weiße.

Dankbar für das Echo, das meine Worte bei ihm gefunden hatten, erzählte ich ihm eine Episode, die zu unserem Thema paßte. In der Schweiz hatte ich einmal an einer Konferenz westeuropäischer Schriftsteller und von Schriftstellern jenseits des Eisernen Vorhangs teilgenommen. Eines Abends sprach jemand sehr abfällig über Rider Haggard*. Ich fühlte mich veranlaßt, Einspruch zu erheben; denn die moderne afrikanische Literatur beginnt eigentlich erst mit Rider Haggard. Die Intellektuellen, besonders die Franzosen, waren über meinen Protest entsetzt. Aber in Wirklichkeit galt für uns in Afrika Rider Haggard gerade deshalb als bedeutender Pionier, weil er mit den Afrikanern ein Spiel von der Art gespielt hatte, wie es dem Richter nicht möglich gewesen war. Er war der erste, der den Afrikaner als einen Bruder in seine Vorstellungswelt miteinbezog. Andere hatten Mitleid, oder sie verhöhnten ihn, er war für sie eine zum Christentum bekehrbare Seele, ein soziales Problem, jemand, den man zu schweren Arbeiten heranziehen konnte, ein Bauer, der im Schachspiel des Klassenkampfes einzusetzen war, neues Material für soziale Reformen. Man projizierte die eigenen subjektiven Mutmaßungen in ihn hinein; aber bei Rider Haggard findet

* Englischer Erzähler, 1856—1925. Schauplatz seiner Romane ist meist Afrika (Anmerkung des Übersetzers).

der Afrikaner in vielen Herrenhäusern eine Heimstätte, ist er endlich rechtmäßiger Bewohner der menschlichen Vorstellungswelt. Wir konnten den Dienst, den Rider Haggard auf diese Weise der Zukunft geleistet hatte, gar nicht hoch genug einschätzen; denn diesen Weg zur Bekanntschaft nicht nur mit dem Afrikaner, sondern dem Menschen überhaupt, müßte die lieblose, unpersönliche Welt unserer Zeit, die sich an Statistiken und Zahlen berauscht, wieder beschreiten, wenn sie nicht untergehen soll. Solange wir dem Menschen auf seiner Reise von der Wiege bis zum Grabe nicht mit denselben Gefühlen gegenübertreten, von denen wir beim Anblick eines Sterns ergriffen werden, wenn er aus dem Dunkel emporschießt und wieder im Dunkel versinkt, haben wir von ihm — und ebenso von uns selber — nur sehr beschränkte und dürftige Teilerkenntnisse. Das mochte meinem Freund reichlich undurchsichtig vorkommen; mir jedoch war klar, daß wir wieder auf den kleinen, uns verbliebenen Rest der Fähigkeit zu staunen zurückgreifen mußten. Das war meiner Meinung nach auch praktisch gesehen ein dringendes Erfordernis. Nur Ehrfurcht vor dem Leben könnte uns von unserer Unmenschlichkeit in Afrika erlösen und vor der Sündflut der Gewalt bewahren, die uns am Ende unseres jetzigen Weges erwartet.

Aber, so fragte der Richter traurig, wenn man diese Fähigkeit des Staunens verloren habe, wie könne man sie dann wieder erwerben? Ich sagte, das habe er mir doch gerade erst vor wenigen Minuten gezeigt: durch Demut, die ihn sofort hatte erkennen lassen, woran es dem Spiel fehlte, das er am Ende seines Tagewerks für sich allein spielte. Ihm mochte es als ein Nichts erscheinen, aber ich sah darin das Keimen des Senfkorns, eine

Kraft, die Berge versetzen konnte. Das Erkennen dessen, was ihm fehlt, ist eine der dynamischen Kräfte des menschlichen Geistes. Wir können unser größeres Ich erst dann zur Geltung bringen, wenn wir zuvor erkannt haben, was wir nicht sind. So legte ich mir jedenfalls die rätselhaften Worte der Bergpredigt aus: „Selig sind, die da geistig arm sind." Nur einem Geist, der sich selber als arm erkennt, der einsichtig genug ist, um zu wissen, was er nicht ist, kann es beschieden sein, „an Weisheit zuzunehmen". Im Vergleich zu dem, was zu sein uns bestimmt war, sind wir immer Bettler. Dieses nicht einzusehen, versperrt uns den Weg und kreuzigt den neuen Menschen in uns. Das ist der Sinn des Schreies: „Vater, vergib ihnen, denn sie wissen nicht, was sie tun." Wir sind ein Volk, ja, ein ganzes Zeitalter, das verhüllt ist von einer dunklen Wolke des Nichtwissens um diese Dinge.

Der Weg zur Erkenntnis ist uns im besonderen auch deshalb verschlossen, weil die Welt den Sinn für die Wichtigkeit der kleinen Dinge des Lebens verloren zu haben scheint. Berauscht von äußerer Größe und Zahlenwerten, haben wir kein Empfinden mehr für die ungeheure Bedeutung der zarten, tastenden ersten Regungen im Gemüt und in der Einbildungskraft des einzelnen. Obwohl wir durch Nichtbeachtung solcher Impulse ein System nach dem anderen um uns herum zerstört haben, wandern wir verbissen weiter, gehorsame Untertanen der großen, allgemein herrschenden Ordnung, als wäre ihr Bestand auf ewig gesichert. Ein Blick auf die einander völlig gleichenden Städte, die wir in der ganzen Welt aufbauen, sollte uns zur Genüge zeigen, daß diese Art Fortschritt dem Wuchern einer einzelnen Zelle auf

Kosten der übrigen gleicht und den Krebs erzeugt, der den ganzen Körper zerstört.

Noch einmal: wo werden wir in der modernen Welt eine Regierung oder einen Ausschuß finden, und sei es selbst ein Sonderausschuß, die fähig wären, sich mit Vorgängen bereits an deren Ausgangspunkten zu befassen. Die ernsteste Bedrohung der Demokratie beruht zum Beispiel gerade auf der Unfähigkeit, sich mit den Anfängen zu beschäftigen. Das ist ein Unglück, weil selbst das schwerwiegendste Geschehen an seinem Ausgangspunkt eine gewisse Wandelbarkeit besitzt, die es für uns noch beeinflußbar macht. Bald verkrampft es sich jedoch infolge Nichtbeachtung und bekundet einen rachsüchtigen Eigenwillen, als hätte es entdeckt, daß die Welt es nur dann ernstzunehmen gesonnen ist, wenn es sich zu einem beträchtlichen Druckmittel entwickelt.
Auf diese Weise bekommen Geschehnisse Explosivkraft. In Europa, dem fernen Osten und Afrika habe ich in meinem kurzen Leben mitansehen müssen, wie an der Schwelle des Lebens so manche wunderbaren brachliegenden Gelegenheiten ungenutzt vorübergingen und sich infolgedessen zu häßlichen, verbrecherischen Kindern der Geschichte auswuchsen, bloß weil wir nicht fähig waren, ihr Vorhandensein zur Kenntnis zu nehmen, geschweige denn ihre Tragweite gleich von Anfang an zu ermessen. Der Zeitpunkt ist längst verpaßt, an dem man eine Antwort noch gemeinschaftlich hätte finden können. Heute gibt es keine Antwort, Zahlen bieten keine Sicherheit, nur die immer gleiche Gefahr wuchert in Todesnähe weiter. Die Antwort muß zuerst von jedem einzelnen allein gefunden werden, so wie es bei jedem von uns in der Wüste geschah. Wir dürfen uns der Einsicht nicht verschließen, daß es uns an etwas fehlt,

das uns, so unwahrscheinlich und unwichtig das auch scheinen mag, hinführen könnte zu fernen, lebenspendenden Wassern.

10

Liebe, der eingeborene Aufspürer

Als ich später an all dies dachte, fiel mir wieder etwas ein, was ich vor vielen Jahren geschrieben hatte: „Liebe ist der eingeborene Aufspürer, der Buschmann auf der verwischten Wüstenfährte unseres verlorenen Ichs." Eine große, verlorene Welt mußte neu entdeckt und wieder aufgebaut werden, nicht in der Kalahari, wohl aber in der Wüste unseres Geistes, aus der wir die frühesten Dinge des Lebens vertrieben hatten, so wie wir den kleinen Buschmann in die Wüste Südafrikas getrieben hatten. Es lebte ja in jedem von uns ein unbarmherzig verleugnetes und vernachlässigtes erstes Kind des Lebens, in jedem von uns ein Buschmann. Ich erinnerte mich daran, wie Zuhörer in aller Welt sich verhalten hatten, wenn ich über den Buschmann sprach. Ihre Einbildungskraft wurde ausnahmslos schon bei der Beschreibung seiner Persönlichkeit hellwach. Es waren Zuhörer verschiedenster Herkunft, Kulturen und Rassen: Spanier, Schweizer, Italiener, Inder, Franzosen, Japaner, Finnen, Deutsche, Skandinavier, Amerikaner und eine bestimmte Art von Briten. Meinem Empfinden nach hätte der Buschmann nicht ihr Interesse wecken können, wenn er nicht für Menschen von derart unterschiedlicher Mentalität einen elementaren gemeinsamen Nenner darstellte. Am bezeichnendsten war vielleicht, daß sehr viele

Menschen mir schrieben, sie hätten vom Buschmann geträumt, nachdem sie mich zum erstenmal über ihn hatten reden hören. Viele Briefe begannen mit denselben Worten: „Ich muß Ihnen etwas sagen: es ist höchst merkwürdig. Ich träume kaum jemals, aber in der Nacht nach Ihrem Vortrag hatte ich einen Traum von einem Buschmann."

Ein Traum beschäftigte mich so stark, daß er mir ziemlich genau in Erinnerung geblieben ist. Ein Spanier berichtete mir: „Ich habe seit Jahren keinen Traum gehabt, aber in der letzten Nacht nach unserem Gespräch träumte ich, ich befände mich in einem großen zerstörten Gebäude, ähnlich einem verfallenen Schloß, das ich von früher her kannte. Irgendwo im Innern weinte eine Frau herzzerreißend. Ich eilte von Raum zu Raum, von einem Flur zum anderen und viele Treppen hinab. Ich versuchte sie zu finden, weil ich sie trösten wollte. Wohin ich auch kam, alles war leer; dicker Staub lag auf den Fußböden, und Spinngewebe bedeckten die Wände. Ich zweifelte, sie jemals zu finden, obwohl mir ihr Weinen immer lauter und jämmerlicher in den Ohren klang. Plötzlich erschien einer Ihrer kleinen Buschmänner in einem Fenster. Er winkte eifrig mit seinem Bogen und gab mir zu verstehen, er wolle mich zu der Frau führen. Ich machte mich auf, um ihm zu folgen, aber da vernahm ich ein Knurren hinter mir. Zu meinem Entsetzen stürzte einer der schärfsten der Wolfshunde, die ich jede Nacht als Wachhunde auf meinem Grundstück frei umherlaufen lasse, hervor und schoß geradewegs auf den Buschmann zu. Ich wollte den Hund zurückrufen, brachte aber keinen Ton hervor. Bei dem Bemühen, meine Stimme wiederzufinden, wachte ich tief betrübt auf und konnte nicht mehr einschlafen. Ich war dann auch wirklich den ganzen Tag über völlig niedergeschlagen. Was sagen Sie dazu?“

Was sollte man dazu sagen? Ich wüßte es heute noch nicht. Aber als ich auf meiner Reise zum Meer durch die weiten Ebenen und die Gebirge Südafrikas kam, die den Buschmann vielleicht gar nicht mehr kennen, fiel mir als Antwort ein Shakespeare-Zitat ein; daß nämlich „die prophetische Seele der weiten Welt, die von kommenden Dingen träumt“, ihn noch kannte und froh war, ihm auf den Lippen lebender Menschen wieder zu begegnen. Alles, was ein traumloses Herz wieder träumen ließ, durfte nicht geringgeschätzt werden. Denn der Traum ist der Bewahrer des Staunens, von dem ich gesprochen habe. Zu ihm müssen wir uns hinwenden, um das „Geheimnis der Dinge auf uns zu nehmen, als wären wir die Späher Gottes.“ Als ich zum erstenmal den lauten Schrei vernahm, der König Lear aus der Gefangenschaft seiner Qual befreien sollte, nicht indem er seine Leiden aus der Welt schaffte, sondern indem er ihnen einen Sinn verlieh, beunruhigte mich das Wort Späher zutiefst. Nach dem Fanfarenstoß des einführenden Satzes klang es für mich unangenehm meineidig. Jetzt wurde mir klar, daß es nicht passender hätte sein können. Die Kunde vom neuen Sinngehalt, demzufolge man leben muß, wird niemals von Heerscharen überbracht, sondern von einzelnen Spähern. Sie meldet sich als unglaubhafte Mahnung im einsamen, scheinbar schlecht gerüsteten und oft leidenden Herzen eines einzelnen und entfaltet ihre Wirksamkeit schon lange vor der Ankunft der Heerscharen des neuen Lebens wie ein Späher hinter den Linien des totalitären Zeitgeistes. Das Geheimnis, das wir auf uns nehmen müssen, um unser gefangenes Ich zu befreien, ist das Geheimnis von den ersten Dingen des Lebens, die von unserem zivilisierten zwanzigsten Jahrhundert auf den letzten Platz verwiesen werden. Der Buschmann jedoch stellt sie uns in einem vollständigen Bild dar; er symbolisiert das Kind, vor dem wir uns demütigen und dem wir gleichen müssen, wenn wir ins Himmelreich eingehen sollen.

Deshalb gedachte ich damit zu beginnen, daß ich versuchte, den ersten Dingen in mir selber zu dienen, mich dem Ausgangspunkt in meinem Innern zuzuwenden, der Zeit meiner Unschuld, als die ersten Dinge Afrikas am Rande der Einbildungskraft auftauchten wie Sternenschimmer, den der Erdteil meiner Geburt innig liebt, aus der Nacht. Mir wurde klar, daß Frühestes und Spätestes, Altes und Neues, Primitives und Zivilisiertes sich in meinem Leben auf eine vielleicht einmalige Weise begegnet waren. Ich war mit dem primitiven Afrika, mit seinem frühesten Leben in Berührung gekommen. Wenn es mir gelang, meine erste Erfahrung mit den frühesten Dingen Afrikas neu zu entdecken, wenn ich sie in meinem Inneren zu Ehren brachte, dann könnte ich anderen dazu verhelfen, dieselben Dinge in ihrem Innern neu zu entdecken und zu ehren. Es schadete nichts, daß ich weder fachmännische Ausbildung noch Spezialkenntnisse besaß. Bewußt oder unbewußt leben wir nicht nur unser persönliches Leben, sondern auch das Leben unserer Zeit. Was in meiner Erfahrung Gültigkeit hatte, würde bis zu einem gewissen Grade auch für meine Zeit Gültigkeit haben. Ich konnte mein Erleben des primitiven Schöpfungsvorganges für mich sprechen lassen; denn ich hatte an dem frühesten Wirken des menschlichen Geistes teilgenommen, wie es durch das Leben der Ureinwohner Afrikas weitergegeben worden war. Ich wollte weiter nichts sein als die Brücke zwischen den frühesten Erscheinungsformen der Dinge und meiner jetzigen Zeit. Ich wollte mein Wissen über das ursprüngliche Afrika, im besonderen das wenige, was ich jetzt über den Buschmann, seine Seele und seine Lebensweise in der Wüste hinzugelernt hatte, nur dazu benutzen, das Erfahrene in eine zeitgenössische Sprache zu übertragen, um auf diese Weise zu versuchen, es der modernen Einbildungskraft zugänglich zu machen. So dilettantisch und dürftig das auch erscheinen mag, es könnte der Anfang zu Besserem sein; denn der Welt fehlt es heute nicht an Kenntnis dieser frühesten Dinge; aber man muß sie nicht nur kennen, sondern auch erlebt haben.

Wir wissen verstandesmäßig so viel, daß wir in Gefahr sind, Gefangene unseres Wissens zu werden. Wir leiden an geistiger Überheblichkeit. Wir haben den Aberglauben des Herzens abgeschafft, um ihn durch einen Aberglauben des Verstandes zu ersetzen. Wir verhalten uns so, als besäße das bloße Denken eine Zauberkraft, und wenden es für Zwecke an, für die es niemals bestimmt war. Infolgedessen sind wir uns nicht mehr genügend der Bedeutung dessen bewußt, was wir mit dem Verstand nicht erfassen können, was wir auf andere Weise kennenlernen müssen, und zwar durch die lebendige Erfahrung, die weiter zurückreicht und auch von größerer Tragweite ist als unser vergängliches Wissen. Die Leidenschaftlichkeit des Geistes, die den Menschen einst anfeuerte, seine vornehmste Stunde gefahrvoll auf der ungeschützten Grenze seines Wissens zu verbringen, schien mir zu einer unbestimmten und unfruchtbaren Ruhelosigkeit herabgesunken zu sein, die sich hinter einem dünkelhaften Intellektualismus verbirgt wie ein gehemmtes Kind hinter den Röcken seiner Mutter.

Der moderne Mensch weiß verstandesmäßig beinahe alles, was es über die Vorgänge seiner schöpferischen Fähigkeit zu wissen gibt, über die Formen, die sie annimmt, über das Oberflächenmuster, das sie zeichnet. Er hat nachgewiesen, in welchem Rhythmus sie sich betätigt, und den ganzen praktischen Mechanismus sorgfältig aufgezeichnet. Von außen her sieht er das begehrenswerte erste Objekt des Lebens vielleicht deutlicher als je ein Mensch zuvor. Aber seine Erfahrungen über den inneren Prozeß werden immer geringer. Immer weniger ist er imstande, sich mit Leib und Seele in das schöpferische Wagnis hineinzustürzen, das ständig auf der Lauer liegt, ihn anzufeuern und sein dürftiges Leben mit großer, objektiver Bedeutung zu erfüllen. Durch angehäuftes Wissen vom Kernpunkt seiner lebendigen Erfahrung abgeschnitten, bewegt er sich zwischen dem bequemen Plunder materiellen Besitzes, allein und nirgends beheimatet, krank, arm und schmachtend nach Sinngebung. Wie anders der nackte kleine Buschmann, der alles, was er besaß, in einer Hand tragen konnte. Was seinem Leben auch fehlen mochte, meinem Empfinden nach war es niemals die Sinngebung. Die Sinngebung schwand für ihn erst, als wir ihn dem kalten Willen unseres zwanzigsten Jahrhunderts unterwarfen. Sonst war er reich, wo wir arm waren. Scharf umrissen sah ich ihn vor mir im Mantel der strahlenden Offenbarung vom Traum des Lebens in seinem Innern. Im Gegensatz zu ihm waren die meisten Menschen, die ich auf meiner Reise zum Meer sah, nicht scharf umrissen, sondern verschwommen; sie taumelten wie der waffenstarrende Ritter in Keats' erschreckender Allegorie „als bleiche Schatten durchs Leben."

Was an alledem wesentlich war, hat mir einmal ein

großer Jäger veranschaulicht, der in Afrika geboren war und dort auch starb, nachdem er den Erdteil siebzig Jahre lang durchwandert hatte, vom zitternden Buschveld in Transvaal bis dorthin, wo die barocken Gebirge Abessiniens in verödeten Bergen zum Roten Meer abfallen. Afrika sei, so sagte er mir, wahrlich Gottes Land – vielleicht das letzte in der Welt mit einer eigenen Seele. Und der Unterschied zwischen denen, die aus seinem großen Erdenschoß geboren waren und den anderen, die aus Europa und Asien eindrangen, war einfach der Unterschied zwischen *sein* und *haben.* Er sagte, das natürliche Kind Afrikas *ist*; der Europäer oder Asiate *hat.* Mit dieser Auslegung des Konflikts stand er nicht allein da: die primitiven Bewahrer der Seele Afrikas waren sich seiner Gefahren für das Sein des Menschen deutlich bewußt. Ich könnte viele Beispiele für dieses Bewußtsein anführen, das sich in der Geschichte Afrikas seit der Zeit, als meine Vorfahren vor dreihundert Jahren am Kap der Guten Hoffnung landeten, bis zu den Mau-Maus in Kenya und den letzten Ritualmorden immer wieder auf tragische Weise offenbart hat, aber ich möchte lieber eine Erläuterung aus meinem persönlichen Leben geben.

Bald nachdem ich die Schule verlassen hatte, hörte ich, ein neuer Prophet sei bei dem großen Zulu-Volk in Südafrika erschienen. Diese Nachricht regte mich ungeheuer auf. Afrika war im tiefsten Grunde noch ein alttestamentarisches Land, und das Auftreten eines Propheten wirkte dort nicht nur natürlich und berechtigt, sondern es war auch ein Ereignis, das eine gewisse kosmische Tragweite haben konnte. Sobald es mir möglich war, suchte ich ihn auf. Er wohnte in einem runden Kral aus grasgedeckten Bienenstockhütten auf einem Berg, der zwischen vielen Abgründen und Schluchten aus einem tiefen und verschlungenen Tal in Natal aufragte. Es war im frühen Sommer – an einem jener Tage, die inhaltsschwer die Grenze der Zeit überschreiten. Das Tal war von Licht überflutet, verletzbar und zitternd wie ein Herz in seinem ersten Liebesahnen. Am Abhang des Berges häufelten Frauen in einer langen Reihe die magentarote Erde. Sie waren bis zur Taille nackt; ihre kräftigen Körper und vollen Brüste leuchteten auberginefarben in der Sonne. Bei der Arbeit sangen sie gemeinsam mit sanften Stimmen ein Lied von der Erde. Sein Rhythmus stimmte so vollkommen mit dem Pulsen des Lichtes und dem Umlauf des Tages, der sich mit der Regelmäßigkeit eines Wassermühlenrades unterm blauen Himmel vollzog, überein, daß alles zusammen einen großen Rundgesang von Sommermelodien ergab. Von den jenseitigen Hängen klangen die klaren, hellen Stimmen der jungen Männer herüber, die das Vieh hüteten und sich, stellenweise eine Meile voneinander entfernt, mühelos unterhielten. Mitunter hörte man auch eine Kuh nach ihrem Kalb brüllen, das helle Meckern einer Ziege oder die Mitleid heischende, brüchige Klage eines Esels, aber der Klang des auf den Rhythmus des Tages abgestimmten Gesanges beherrschte das Tal.

Als der Gesang jäh abbrach, wußte ich sofort, daß der Prophet nahte. Die Frauen hörten auf zu hacken, drehten sich um und blickten den Berg hinab. Aus dem Flußbett unten tauchte ein Mann auf. Er war groß, in ein bis auf die Füße herabfallendes weißes Gewand gekleidet und klomm mit einem langen Stab in der Hand langsam, als wäre er tief in Gedanken versunken, den Berg hinauf. Die Frauen beobachteten ihn mit so gespannter Aufmerksamkeit, daß man spürte, jeder seiner Schritte war schicksalhaft. Einen Augenblick glaubte ich, die Frauen würden überhaupt zu arbeiten aufhören und ihn als sein Gefolge zum Kral zurückführen, aber er gab ihnen würdevoll und gebieterisch mit seinem langen Arm ein Zeichen, sie sollten weiterarbeiten, woraufhin sie sofort mit solcher Emsigkeit auf die Erde einhackten, daß der Staub um ihre Füße wie Feuer aufflackerte. Mein Begleiter, der selbst Zuluhäuptling war, lächelte mit finsterer Befriedigung und sagte: „Nicht an den Männern, sondern an den Frauen, die sich um ihn scharen und ihm gehorchen, erkennst du zuerst den wahren Propheten."

Als der Seher schließlich vor uns stand und seine Hand mit nach außen geöffneter Innenfläche zum alten Zulugruß emporhob, glaubte ich, niemals einen schöneren Menschen gesehen zu haben. Sein Kopf war rund und ebenmäßig, die Stirn breit, das Mienenspiel empfindsam, das Gesicht auf natürliche Weise asketisch, ohne streng oder fanatisch zu wirken. Die Augen waren groß und in gemessenem Abstand und zeigten den Ausdruck einer Persönlichkeit, die nichts zu verbergen hatte. Die Hände waren die eines Künstlers, und er bewegte sie anmutig, um seine Worte zu veranschaulichen. Auf dem Kopf trug er den runden Reif, der bei seinem Volk ein Zeichen der Vollkommenheit ist. Er trug ihn auf so natürliche Weise, daß er nicht wie aufgesetzt, sondern von ihm auszustrahlen schien wie der Heiligenschein eines Heiligen.

Draußen vor seinem Kral stand ein großer wilder Feigenbaum, dessen dunkelgrüne Blätter vor Licht trieften. Wir setzten uns in seinen Schatten, bis die Sonne rotglühend hinter dem blauen Saum des mit abendlichen Dunst gefüllten Tales unterging. Je länger wir sprachen, um so deutlicher empfand ich, daß ich hier nicht im zwanzigsten Jahrhundert weilte, sondern in einer frühen biblischen Stunde. Wir sprachen von sehr vielen, ungeheuer interessanten Dingen — ich werde später darauf zurückkommen – aber in einem Punkt, der mir am meisten am Herzen lag, wurde ich enttäuscht. Als ich den Propheten bat, mir etwas vom Urgeist des Zulu-Volkes, Umkulunkulu, dem Großen, zu erzählen, schüttelte er sein schönes altes Haupt und sagte mit unendlicher Trauer: „Wir sprechen nicht mehr von Umkulunkulu. Seine Ehrennamen sind vergessen. Die Menschen reden jetzt nur von Dingen, die für sie nützlich sind."

Als ich mich an dieses Gespräch erinnerte, das vor beinahe fünfunddreißig Jahren stattgefunden hatte, wurde mir klar, daß die Situation, der wir meiner Überzeugung nach heute in der ganzen Welt ausgesetzt sind, die gleiche ist, wie sie die primitive Welt, das vergangene Leben Afrikas nur zu gut kannte. Es handelt sich um den Verlust des Urgeistes, oder, um es altmodisch auszudrücken, um den Verlust der Seele. Noch ehe der Tag zu Ende gegangen war, an dem ich dem Zulu-Propheten begegnete, wußte ich, daß er diesen Zustand für das größte Unglück hielt, das den Menschen widerfahren konnte. Eine Fülle von Beispielen kam mir in den Sinn, wie die Bewahrer des Urgeistes den Menschen in Afrika ständig vor dieser Gefahr warnten. Die primitive Welt betrachtete die Erhaltung des Urgeistes als die größte, die dringlichste aller ihrer Pflichten. Sie arbeitete ein fein erklügeltes Ritual aus, sie erdachte unaufhörlich Mythen, Legenden, Märchen und Lieder, um den Sinn zu bewahren und das Feuer der schöpferischen Seele zu schüren.

Hier gesellte sich aus meiner weit zurückliegenden

Kindheit die Erinnerung an eine der Mägde in unserem großen patriarchalischen Haus zu dem Bild des Zulu-Sehers. Sie war die niedrigste in der langen Reihe schwarzer und farbiger Dienerinnen; trotzdem suchten wir, wenn wir uns verletzt hatten oder traurig waren, gerade bei ihr Trost. An einem kalten Winterabend, als ich nicht schlafen konnte, erzählte sie mir folgendes Märchen.

Es war einmal, so sagte sie, eine Person des frühen Geschlechts, die besaß eine wunderschöne Viehherde. In der Herde schwarz- und weißgefleckter Rinder war ein Tier immer schöner als das andere. Die Magd sprach immer wieder mit besonderem Nachdruck von der Farbe des Viehs. Selbst damals, jung wie ich war, bekam ich eine Vorstellung davon, wie wichtig die Farbe war. Für die primitiven Menschen waren Rinder nicht einfach Rinder, sondern Geschöpfe, reich an kostbaren und altüberlieferten Geistesgaben. Wenn sie sie in ihren Krals nach dem Brüllen des Löwen oder dem Kläffen des Leoparden muhen hörten, vernahmen sie die Sprache ihrer Vorfahren. Wenn ein Rind zur Welt kam, prüften sie genauestens die Farbe des Fells, weil sie von besonderer Bedeutung war; sie verriet, in welchem Maße der oberste aller großen Geister dem neugeborenen günstig oder ungünstig gesonnen war. Sie hatten für jede Farbzusammenstellung besondere Adjektive und brauchten sich niemals mit einem Ausdruck wie „eine Art Erdbeerrot" zu behelfen, um ein Tier zu bezeichnen; es gab ein genau zutreffendes Wort, dessen sie sich bedienen konnten. Als Kind kannte ich acht solcher Adjektive, für die wir in keiner europäischen Sprache eine Entsprechung besitzen.

Die Verbindung von schwarz und weiß war die großartigste und bedeutungsvollste Farbzusammenstellung von allen, und das Wort dafür enthielt tiefe mystische Assoziationen. So war ich beispielsweise einmal mit unserem schwarzen Viehhüter zusammen, als eine Kuh ohne Schwierigkeiten ein schwarz- und weißgeflecktes Kälbchen zur Welt brachte. Der Freudenschrei, untermischt mit Ehrfurcht und Dankbarkeit gegenüber der Schöpfung angesichts einer so großen Gnade, der aus den tiefen Kehlen der Hirten aufstieg, war für mich einer der wunderbarsten Töne, die ich jemals vernommen habe.

Ich kannte auch einen Stamm, der, wenn einer seiner Männer starb, die schönste weiß- und schwarzgefleckte Kuh aus seinem Viebestand an das offene Grab führte. Dort mußte sie den Kopf senken, so daß sie ihrem toten Herrn noch einmal ins Antlitz schauen konnte. Danach gehörte sie völlig der Geisterwelt an, und niemand aus der Familie des Toten würde auch nur im Traume daran gedacht haben, sie zu schlachten oder zu verkaufen.

Für die Urbevölkerung war alles voller Bedeutung: von der Geburt eines Kalbes bis zum Tod eines Menschen und noch darüber hinaus; diese Vielfalt von Bedeutungen wurde von der überwältigenden Vorstellung beherrscht, daß alles Lebendige am Schöpfungsakt beteiligt sei. Als mir unsere Magd erzählte, daß diese Person des frühen Geschlechts Vieh mit so gedankenträchtigen Fellen besaß, ahnte meine kindliche Phantasie eine Geschichte von mehr als gewöhnlicher Bedeutsamkeit, und ich konnte vor Aufregung nicht still im Bett liegen.

Dieser Mann des frühen Geschlechts, so erzählte sie mir, liebte also seine schwarz-weißen Tiere innig. Er führte sie immer selber aufs Veld hinaus, wählte das beste Weideland und sorgte für sie wie eine Mutter für ihre Kinder. Er wachte darüber, daß keine wilden Tiere der Herde nahekamen und sie verletzten oder beunruhigten. Am Abend geleitete er sie zu seinem Kral zurück, verschloß den Eingang sorgfältig mit Zweigen stachligen Gestrüpps, sah ihnen zufrieden beim Wiederkäuen zu und dachte: „Morgen früh, wenn ich sie melke, werde ich eine schöne Menge Milch bekommen."

Eines Morgens jedoch, als er in seinen Kral ging, in der Erwartung, die Kuheuter prall mit Milch gefüllt vorzufinden, war er erstaunt zu sehen, daß sie schlaff, runzelig und leer waren. Er suchte sofort die Schuld bei sich selber und meinte, er habe wahrscheinlich schlechtes Weideland ausgesucht, und führte die Rinder zu noch besserem Gras. Abends brachte er sie nach Hause und dachte wieder: „Morgen werde ich ganz gewiß mehr Milch bekommen denn je zuvor"; aber wiederum waren die Euter am Morgen schlaff und trocken. Zum zweitenmal wechselte er das Weideland, und trotzdem hatten die Kühe wieder keine Milch. Verstört und mißtrauisch beschloß er, bei den Tieren Wache zu halten, solange es dunkel war.

Mitten in der Nacht sah er voller Erstaunen ein Seil aus feingesponnenen Fäden von den Sternen herunterkommen, und über dieses Seil ließen sich einige junge Frauen des Himmelsvolkes eine nach der anderen Hand über Hand hinabgleiten. Schön und fröhlich, wispernd und leise lachend, stahlen sie sich in den Kral hinein. Dort molken sie mit Flaschenkürbissen seine Kühe leer. Empört sprang er auf, um sie zu fangen, aber sie stoben behende auseinander, so daß er nicht wußte, in welche Richtung er laufen sollte. Schließlich gelang es ihm, eine zu fangen; aber während er hinter ihr herjagte, entflohen die übrigen mit den Kürbissen voll Milch zum

Himmel hinauf, das Seil hinter der letzten von ihnen herziehend, so daß er nicht folgen konnte. Er war aber nicht traurig; denn die junge Frau, die er gefangen hatte, war die lieblichste von allen. Er machte sie zu seiner Frau, und das Himmelsvolk ließ ihn fortan ungeschoren.

Seine neue Frau ging jetzt jeden Tag für ihn auf die Felder arbeiten, während er sein Vieh hütete. Sie waren glücklich, und es ging ihnen gut. Nur eines behagte ihm nicht. Als er seine Frau einfing, hatte sie einen Korb bei sich. Der war kunstvoll geflochten und so dicht, daß man nicht hindurchschauen konnte. Oben war der Korb immer fest mit einem Deckel verschlossen, der genau in die Öffnung hineinpaßte. Ehe sie einwilligte, seine Frau zu werden, hatte sie ihm das Versprechen abgenommen, daß er niemals den Deckel des Korbes abheben und hineinschauen werde, solange sie ihm nicht die Erlaubnis dazu gebe. Wenn er es je täte, würde über sie beide großes Unglück hereinbrechen. Aber die Monate vergingen, und der Mann vergaß allmählich sein Versprechen. Er wurde immer neugieriger, als er den Korb Tag für Tag so nahe vor sich hatte und der Deckel immer festverschlossen blieb. Eines Tages, als er allein war, ging er in die Hütte seiner Frau, sah dort den Korb im Dunkel stehen und konnte den Anblick nicht länger ertragen. Er lüftete den Deckel und schaute hinein. Einen Augenblick stand er ungläubig da, dann brach er in Lachen aus.

Als seine Frau abends heimkam, wußte sie sofort, was geschehen war. Sie legte eine Hand an ihr Herz, sah ihn mit Tränen in den Augen an und sagte: „Du hast in den Korb geschaut."

Er gab es lachend zu und rief: „Du dumme Frau. Du dummes, dummes Geschöpf. Warum hast du so viel

Aufhebens von dem Korb gemacht? Da ist ja nichts drin."

„Nichts?" fragte sie und hatte kaum Kraft zu sprechen. Daraufhin kehrte sie ihm den Rücken zu, ging geradewegs in den Sonnenuntergang hinein, verschwand und ward auf Erden niemals wieder gesehen.

Noch heute kann ich die alte schwarze Magd zu mir sagen hören: „Und weißt du, warum sie davonging, kleiner Master? Nicht etwa, weil er das Versprechen nicht gehalten hatte, sondern weil er, als er in den Korb hineinschaute, ihn leer gefunden hatte. Sie ging davon, weil der Korb nicht leer war; er war voll von schönen Dingen des Himmels, die sie darin für sie beide aufbewahrt hielt, und weil er sie nicht sehen konnte und einfach nur lachte, war die Himmelsfrau auf Erden zu nichts mehr nütze, und sie verschwand."

Diese Geschichte scheint mir ein genaues Abbild unserer gefährdeten Lage in der heutigen Welt zu sein – als einzelner Mensch wie als Volk. Der primitive Geist, der uns solche warnenden Beispiele vorhält, steht in Lumpen und Fetzen da, zurückgestoßen von der zeitgenössischen Mentalität. Lachend, die Gefahr nicht wahrnehmend, lüften wir die Deckel unserer Körbe. In unserer Verblendung erklären wir sie für leer und verlieren infolgedessen unsere Seele, deren uraltes Abbild die Frau ist.

Zugegeben, in diesem afrikanischen Märchen wird keine Lösung gegeben, es enthält nur eine Tragödie und eine Warnung. Aber die Frau, die in den blutroten Sonnenuntergang Afrikas hineinging, um zu verschwinden, – die Diener in Lumpen und Fetzen, die noch in den Fluren meiner Seele spuken, die verlassene Frau, die in dem Traum des Spaniers in der Schloßruine weint, und sogar noch die nackte, geistesgestörte Buschmannfrau, die in der heißen Sommersonne der Wüste wimmert – alle schienen sie auf ihre eigene Art und Weise eine gemeinsame Bedeutung zu verkörpern. Sie alle weisen darauf hin, daß im Geist des Menschen etwas Lebenswichtiges verleugnet wird. Die Verleugnung könnte wie in dem afrikanischen Märchen ihren Ursprung in dem mangelnden Wahrnehmungsvermögen des Menschen haben, dessen Sehnsucht so stark auf die Welt *draußen* konzentriert bleibt, daß er nicht fähig ist, den geistigen Gehalt seiner inneren Welt zu erkennen. Sie könnte auch durch die Grausamkeit des Menschen verursacht worden sein, der sich an seinem Menschsein versündigt, indem er den Kindern der Erde Gewalt antut; oder auch durch die bloße Unfähigkeit, den scharfen Wachhund unseres Tageslicht-Ichs zu zügeln. Störrisch ist der Geist auf einen aggressiven, materialistischen Rationalismus gerichtet wie in dem Traum des Spaniers, der den Wolfshund nicht zurückrufen konnte, den er nur hielt, um sein Haus und seine angehäuften Besitztümer zu beschützen.

Der allgemeine Zustand der Vernachlässigung kann durch eine Schloßruine symbolisiert werden, durch eine Wüste in Südafrika oder durch einen gering geschätzten Korb im Dunkel einer afrikanischen Hütte. Aber all diese Sinnbilder übermittelten mir nur eines – wie gefährdet der Mensch ist, wenn er vom Ursprünglichen in seinem Innern getrennt wird. Wenn er lange von ihm abgeschnitten bleibt, verliert er seinen Lebensinhalt genauso wie jener Mann des frühen Geschlechts, der, blind gegenüber dem Inhalt des Korbes, seine liebliche Frau aus dem gestirnten Himmel verlor; und nur wer die Sterne Afrikas gesehen hat, vermag zu ermessen, wie furchtbar ein solcher Verlust gewesen sein muß. Diese Gefährdung schien mir in der Welt um mich her so dringend zu sein, daß ich fürchte, von ihr dasselbe sagen zu können, was Dabe von der Buschmannfrau in Gemsbok Pan gesagt hatte: „Die Zeit der Hyäne ist über sie gekommen".

Sobald ich jedoch die nahe Verwandtschaft dieser Bilder erkannt hatte, die in ihren Ursprüngen weit voneinander entfernt, ihrem Sinn nach aber engstens verbunden sind, begann ich den restlichen Teil des urzeitlichen Zustandsbildes von Afrika noch sorgfältiger zu überprüfen. Im besonderen untersuchte ich den modus vivendi des Buschmanns, so wie ich ihn leibhaftig und durch meine Einbildungskraft kennengelernt hatte. Die Daseinsform des Buschmanns war so viel älter als selbst noch die früheste, uns bekannte Daseinsform der primitivsten aller schwarzen Rassen Afrikas. Sie war, soweit ich wußte, die lauterste Manifestation urzeitlichen Lebens und entsprach mehr dem vom Leben selber gefaßten Plan als dem vom Menschen eigenwillig und einseitig ausgearbeiteten Entwurf. Ich war allerdings in dieser Angelegenheit nicht ganz vorurteilsfrei; denn ich ging dabei von einer rein persönlichen Hoffnung aus, die mir ungeheuer wichtig war: der Körperbau des Buschmanns war der eines Kindes, vereint mit dem eines Mannes. Deshalb mutmaßte ich, die Untersuchung seines Innenlebens könnte ein Bild ergeben, in welchem die geistigen Gegensätze ausgeglichen sind und der Mensch eine geschlossene Ganzheit ist.

Noch unmittelbarer war seine Tragödie die einzige in Afrika, an der meines Wissens Weiße und Schwarze gleicherweise die Schuld trugen. In der langen und grauenhaften Geschichte Afrikas war sie der einmalige

Spiegel, in dem sowohl Weiße als auch Schwarze nicht nur die unwirklichen und miteinander im Widerstreit liegenden Abstraktionen deutlich zu erblicken vermochten, zu denen sie sich gegenseitig gemacht haben, sondern auch das, was ihnen auf so tragische Weise verborgen bleibt – die ihnen beiden zugehörigen entmutigten und bestürzten menschlichen Gesichter. Wenn das geschehen könnte, dann könnte dies auch der erste Schritt zur Versöhnung werden, zunächst zu einer Versöhnung ihrer Vorstellungswelten und dann ihres Lebens. Aber abgesehen von diesen persönlichen Vernunfterwägungen wurde ich zu dem Buschmann hingezogen wie ein Schlafwandler, einem Traum gehorchend, der ihm verheißt, im Dunkel zu finden, was der Tag ihm vorenthält.

So sammelte ich denn alles, was ich an Literatur über den Buschmann auftreiben konnte. Ich hatte alles schon früher viele Male gelesen. Es war zum Bestandteil meiner Vorstellungswelt geworden; aber da ich wußte, wie verändert eine der Buschmannlegenden jetzt nach meiner Reise in die Wüste auf mich gewirkt hatte, war ich entschlossen, nichts für verbürgt zu halten. Ich wollte zu allem, was ich in der Vergangenheit gelernt hatte, das hinzufügen, was ich aus der Wüste mitgebracht hatte, und dann sehen, was dabei herauskäme, wenn ich mich auf meiner langen Rückreise nach England auf dem Meer in aller Ruhe damit beschäftigte. Ich ging in der Tafelbucht an Bord meines Schiffs, ermüdeter als ich es seit Jahren von mir kannte; denn die hinter mir liegende Reise war lang und beinahe verhängnisvoll gewesen. Aber innerlich fühlte ich mich frisch und merkwürdig erregt. Ich hielt es für ein gutes Omen, daß ich auf dem Schreibpult meiner Kabine zwei Telegramme aus Gobabis am fernen westlichen Rande der Wüste vorfand. Das eine lautete: „Dein Buschmann heute wohlbehalten mit Zug aus Windhuk angekommen." Das andere teilte mir mit: „Wie gewünscht ein Buschmann nach Gemsbok Pan mit Lastauto der Regierung heute zwei Uhr früh auf Weg gebracht stop Genaue Kostenaufstellung folgt."

TEIL III

WIEDERGEWONNENE WELT

„Da ist ein Traum, der uns träumt."

Buschmannjäger zum Verfasser

11

Dxui — Schöpfung und Neuschöpfung

Im Anfang, sagt Johannes, was das WORT. Ich glaube, damit soll ausgesagt werden, daß im Anfang die Sinngebung stattfand. Dieses WORT, diese Sinngebung war, der Bibel zufolge, „bei Gott und war" in Wirklichkeit „Gott".

Die alten Chinesen haben etwas ähnliches gesagt, als sie Sinn als das auslegten, was immer aus sich selber existiert. Auf gewisse Weise verlangte dieser Sinngehalt auch, gelebt zu werden. Wie Johannes abermals sagt: Und das WORT ward Fleisch. Eine ähnliche Deutung seiner Anfänge scheint mir beim Urgeist Afrikas geboten zu sein. Die Buschmänner, die ich gerade in der Kalahari angetroffen hatte, waren in dieser Beziehung allerdings nicht sehr mitteilsam. Ich glaube, man hätte mehr Zeit, mehr Vertrauen und Geduld gebraucht, als mir zur Verfügung standen, um von ihnen das Bild zu erhalten, als welches sich diese Deutung über dem Geheimnis des Uranfangs in ihrem Geiste fortbewegt, während er nach einem bewußten Gedanken sucht, der es aufnehmen könnte. So schwebte der erste Vogel, der aus der Arche flog, über den dunklen Wassern der Sündflut des Alten Testaments, suchte nach einem festen Halt auf einem Stück Land oder Fels, „da sein Fuß ruhen konnte." Als ich sie bedrängte, mir etwas über den Uranfang zu erzählen, schienen sie ihr Sprechvermögen zu verlieren, und die einzige deutliche Antwort wurde mir eines Abends von meinem Lieblingsjäger gegeben. Bekümmert über meine Beharrlichkeit und seine Unfähigkeit, meine Wißbegier zu befriedigen, sagte er: „Aber du siehst doch, es ist sehr schwierig, denn da ist immer ein Traum, der uns träumt."

Das war eine sinnreiche Anspielung. Ganz abgesehen von ihrer Ähnlichkeit mit dem Shakespeareschen Ausspruch „Wir sind vom gleichen Stoff, aus dem die Träume sind", bestätigt sie die Beobachtung des Franzosen, der als einer der ersten das Leben primitiver Völker ohne Überheblichkeit oder Abscheu studierte, daß nämlich „der Traum der wahre Gott des primitiven Menschen ist". Da ich meinerseits nicht glaube, daß der Traum ein Abfallprodukt der Seele ist, das von einer Art Kläranlage des Geistes ausgesondert wird, sondern eine Offenbarung des ursprünglichen und bleibenden Sinngehalts, dachte ich, ich sollte den Gedanken des Johannes noch durch Einbeziehung der Vorstellung erweitern, daß im Anfang ein Traum war. Dieser Traum „war bei Gott und war Gott". Auf gewisse Weise verlangte dieser Traum, gelebt zu werden. Johannes hätte ebensogut sagen können, „der Traum ward Fleisch".

Glücklicherweise hatte ich nicht nur diese eine Äußerung eines heutigen Steinzeit-Jägers, an die ich mich halten konnte. In den wenigen Mythen, Legenden und Märchen, die uns überliefert sind, enthält ein Traum den Wesenskern der Sache. Das wird sich alles noch herausschälen, so hoffe ich, wenn sich die ursprünglichen Märchen im Geiste der Urbevölkerung Afrikas auf natürliche Weise zu größerer Bewußtheit entwickeln; aber hier fällt mir eine noch zutreffendere und bestimmtere Darstellung des Urgeistes der Schöpfung ein. Bleek* hörte sie vor beinahe achtzig Jahren von zwei

* s. Einführung

kleinen Buschmannjungen, die aus derselben Wüstengegend stammten wie mein Jäger. So jung sie waren, hatte man sie doch schon über den Urgeist der Schöpfung belehrt, und sie sprachen von ihm in einer Art, die den Vergleich mit beinahe jeder phantasievollen Darstellung des Ursprungs aller Dinge aushält. Sie nannten den Urgeist der Schöpfung, ich folge der Rechtschreibung Bleeks: Dxui. Wie gern wäre ich dabei gewesen und hätte die Klicks auf ihren Lippen vernommen. Wenn ich Bleeks System genau befolge und mich von dem mir bekannten Klang der Buschmannsprache leiten lasse, dann sind die Klicks auf meinen Lippen gleichsam ein Echo der Explosion im Reich der Gedanken, mit der das Bild Gottes zum erstenmal die Schallmauern des Menschengeistes durchbrach, um einen endgültigen Namen anzunehmen. Während des ganzen Berichtes der Buschmannkinder werden dieser Name und dieser Klang ständig mit der Versicherung wiederholt: „Und Dxui war Dxui." Gott war Gott, und Sinn war Sinn.

„Seiner Werke sind viele", erzählte ein kleiner Buschmann Bleek. „Und es war nicht ein Werk, sondern es waren ihrer viele, und meines Vaters Vater berichtete mir von seinen Taten; denn seiner Werke sind zahlreiche." Als die Sonne aufging, fuhr er fort, war Dxui eine Blume. Die Vögel aßen von ihm, als er eine Blume war, bis die Sonne unterging. Die Nacht senkte sich herab. Er legte sich nieder und schlief. Die Erde war dunkel, und die Sonne ging auf. Dxui, groß wie ein Baum, war eine andere und größere Art Blume, aber als die Nacht sich herabsenkte, war Dxui Dxui. Die Sonne ging auf, und Dxui war wieder eine Blume – eine lichte Blume, die sich in eine grüne Frucht verwandelte, und als die Frucht zu ihrer Zeit reifte, wurde sie rot; aber als die

Sonne von neuem unterging, war Dxui ein Mensch und ruhte. Als die Sonne wieder aufging, war Dxui Dxui und ging davon, um eine Palme zu werden; und bei Sonnenuntergang war er wieder ein Mensch; aber als die Sonne aufging (so als wären Fleisch und Blut auch jetzt noch mehr, als er ertragen konnte), war er wieder eine Art Pflanze, die es in vielen Arten und in großer Fülle gibt, angefangen von Büschen bis zu Bäumen, und alle trugen rotgoldene Früchte. Die Sonne ging wieder unter, und er war eben nur er selbst und legte sich auf den Boden und schlief.

Aber jetzt setzt eine neue Tonart ein. Das Schreckenswort, das dem vitalen Akt jeder bewußt vollzogenen Schöpfung voranzugehen scheint, wird ausgesprochen: er war allein. Natürlich war er vorher schon allein gewesen, weil er im Anfang eben nur er selbst war; aber nun ist er sich zum erstenmal des Alleinseins bewußt, er wird endlich von jener Einsicht, die ich vorher erwähnt habe, überwältigt, daß er ein einzelner Späher ist, das Geheimnis des Uranfangs lastet in seiner ganzen Schwere auf ihm. Als die Sonne aufging, und er aus seinem Alleinsein erwachte und sich erhob, sah er die Sonne. Es war, so sagten die Buschmannkinder, nur eine kleine Sonne – womit der Buschmann zum Ausdruck bringen will, daß die Sonne nicht mehr vollständig sie selbst war, denn der Schatten vom Alleinsein Dxuis hatte ihr Licht verblassen lassen. So wurde er eine neue Art Baum – ein Baum mit dem Unterschied, daß er, obwohl er Früchte trug, auch mit Dornen bedeckt war – das erste Sinnbild irdischen Ausgestoßenseins und innerer Einsamkeit. Zu diesem Zeitpunkt tritt unweigerlich seine Frau in Erscheinung. Sie erblickt Dxui als Baum, geht sofort zu ihm hin, um einige seiner Früchte zu pflücken, aber der Baum verschwindet. Man hätte gern dabei sein mögen, um die kleinen Buschmannkinder zu fragen, warum das geschah; aber das ist die erste Lektion, die man beherzigen muß: der Anfang ist nichts, wenn er nicht *unumstößlich* ist; weder gestattet noch benötigt er Beweis oder Erklärung; er kann nur in seiner ganzen, ihm wesenseigenen Wahrheit akzeptiert werden. Im Anfang ist kein Warum, nur ein Also. Wenn wir dem Also treu sind, können wir vielleicht einen Schimmer des Warum erhaschen.

Die Frau wollte die Frucht des Baumes besitzen, und infolgedessen verschwand der Baum, und Dxui wurde ein Geschöpf mit Flügeln. Er war eine Fliege. Als Fliege ließ er sich bescheiden auf dem Gras nieder und war vermutlich wieder allein. Das war tragisch für sie beide. Sie hatten offensichtlich ein heftiges Verlangen nacheinander; denn die Frau legte sich auf die Erde nieder und weinte um den Früchte tragenden Baum, der verschwunden war, und weinend starb sie. Mit anderen Worten: einem wesentlichen Teil des ursprünglichen Sinngehalts der Dinge, der durch die Frau verkörpert wird, war es noch nicht vergönnt, lebendig zu sein.

Dann wurde Dxui Wasser. Immer und immer wieder begegnen wir bei der Entfaltung des archetypischen Gefüges gerade dann dem Sinnbild des Wassers, wenn neues, umfassenderes Leben bedroht oder zurückgewiesen wird, wenn Tod und plötzliches Unglück die Suche des Geistes nach höherem Sinngehalt beendet zu haben scheinen. Das Wasser bringt uns die Gewißheit der Erneuerung. So ist es im Alten Testament und in den Gleichnissen und bei der Taufe im Neuen Testament; es kehrt überall in der Geschichte des Urgeistes von Afrika wieder. – Dxui war also Wasser. Allerdings war er kein

großes Wasser. Der kleine Buschmann sagte, Dxui war nur ein kleines Wasser, das – wie ich annehme – dem Bilde des Neubeginns angemessen war; aber dieses Wasser war mit dem Schatten eines Baumes gesegnet, dessen Frucht von den Waldtauben gefressen wurde.
Hier haben wir den Prozeß unaufhörlicher Veränderung und unumgänglicher Erneuerung – das Verlangen des Sinngehalts nach deutlicher Formulierung und die Ablehnung der unangemessenen Formgebung. Das Verlangen, dem am vergangenen Tage nur schlecht entsprochen worden war, sollte am neuen Tage neu belebt werden. Als ich den Bericht des kleinen Buschmanns über Dxui noch einmal nachlas, sah ich darin nicht nur eine merkwürdige, erregende Ähnlichkeit mit der biblischen Genesis, sondern ich glaubte auch ein Urbild Goethes zu erkennen, der, wie er es ausdrückte, in allen Dingen die Handschrift Gottes sah, oder eines des großen flämischen Dichters Guido Gezelle, der, einen Wasserkäfer auf einem Tümpel beobachtend, fragte: „O du Ding da im Wasser, das sich windet und dreht, was machst du dort in deinem kleinen schwarzen Wams?“ und die Antwort erhielt: „Ich schreibe und schreibe bis in alle Ewigkeit immer wieder das Wort Gottes.“

Nachdem er Wasser gewesen ist, wird Dxui erneut zur Blume, zum Vogel, zum Vogelfänger, zu dem, der den Vogel frißt. Zum erstenmal wird er nicht verzehrt, sondern verzehrt selber: er lernt einen neuen Hunger kennen, den Hunger nach dem Sein. Dann nimmt er abermals Menschengestalt an, und als Mensch wird er von anderen Menschen verstoßen und zu Tode gehetzt. Im Augenblick, da er verstoßen wird, verwandelt er sich in die Tränen, die aus den Augen des Buschmanns fallen, der selber einer der verachtetsten und verstoßensten aller Menschen ist. Bei diesem Punkt angelangt, wußte ich, daß ich vor einer der größten Entdeckungen auf der Bahn des Urgeistes stand, vor der Entdeckung einer neuen Welt, die größer war, als ein Kolumbus sie je entdeckte; es war die Stätte des Mitgefühls im Geist der Schöpfung. Die Entdeckung bereitete Dxui solche Pein, daß er weinen mußte, so sagten die kleinen Buschmannkinder und gaben einen der jammervollsten Schreie des Buschmanns wieder: „Yi-hi! Ye-hi! Yi-hi!"

Durch die Gabe des Mitgefühls, die er in sich entdeckte, wird das Leben selber verwandelt. Obwohl seine Feinde diesen Schrei gebrauchen, um ihn aufzuspüren, wachsen seinen Tränen Flügel. Dxui wird ein größerer Vogel und schwebt zur Wohnstätte seiner Eltern zurück. Vor der nächsten Phase der Erneuerung, ehe er sich wieder auf die Suche nach höherer Sinngebung in der Welt draußen begibt, durchläuft er noch einmal den ganzen Kreis seiner Anfänge. Als eine Art verlorener Sohn, der sein reichhaltiges Zwischenspiel der Schöpfung vollendet hat, kehrt er heim, aber seine Heimkehr ist in einer Beziehung von tieferer Bedeutung als die des verlorenen Sohnes in der Bibel, der nur in das Haus seines Vaters zurückkehrte; denn das Gleichnis erwähnt keine Mutter. Dxui, so sagt der kleine Buschmann, kehrt zurück „zur Wohnstätte" seines Vaters *und* seiner Mutter. Auf diese Weise bringt der Buschmann zum Ausdruck, daß Dxui durch das Erlebnis seiner Verstoßung die beiden Quellen seines schöpferischen Ichs entdeckt, die weibliche und die männliche, Mutter und Vater, das Unbewußte und das Bewußte, Gefühl und Gedanke, Liebe und Autorität.

Bei der Rückkehr nimmt er wieder ganz die Gestalt des Dxui an, der immer Dxui war; er ruft seinen Vater wie unter Schmerzen an und bittet um Vergebung: „Mein Vater, o mein Vater!“ Sein Vater erwidert sogleich: „Mein Kind, o mein Kind!“ und geht ihm entgegen. Als der Vater auf ihn zukommt, stirbt Dxui als Mensch und wird zur Eidechse. Für jeden, der die Ursprache des Geistes nicht kennt, mag dies als reines Bathos* erscheinen. Aber man sollte sich so bald wie möglich mit dieser Vorstellung vertraut machen. Der Geist Afrikas spricht nicht so sehr in Worten als in Bildern. Seine Bilder sind sorgfältig ausgewählt, um Sinn zu vermitteln. Am meisten bewegt mich dabei das Fehlen jeglicher Sentimentalität. Die Fabel macht keine Konzession an ein Vorrecht des Geistes oder ein Vorurteil des Herzens; sie ist einzig und allein darauf bedacht, dem Sinngehalt zu dienen. Wenn der Buschmann sagt, daß Dxui starb und zur Eidechse wurde, so ist das eine Art darzutun, daß der Urgeist der Schöpfung endgültig und unwiderruflich dem Leben auf der Erde ausgesetzt wird. Die Eidechse wurde gewählt, weil es kaum ein lebendes Wesen gibt, das der Erde näher wäre. Der Maulwurf, der Wurm und die Schlange sind mehr *in* ihr; aber die Eidechse ist *auf* ihr, sie geht auf eigenen Füßen eng an die Erde geschmiegt, lebt jedoch zwischen Erde und Himmel. Darüberhinaus ist die Eidechse außerordentlich alt – sie gehört zu den frühesten Lebewesen auf Erden.

Hier verlassen wir also Dxui, ausgesetzt dem Leben auf der Erde. Er muß wieder in aller Bescheidenheit neu beginnen, er, der große Geist – nichts als eine Eidechse im Staub. Der Bericht endet mit den verschiedensten Hinweisen darauf, daß eine solche Zurückgeworfenheit in den Zustand der Demut im ganzen Weltall immer

* In der Rethorik: Übergang vom Erhabenen zum Gewöhnlichen (Anmerkung des Übersetzers).

wieder anzutreffen ist. Es ist klar, daß eine der Konsequenzen etwas mit der Entdeckung des Feuers zu tun hatte; denn von Dxuis Vater wird häufig berichtet, er habe gesagt: ich sah mein Kind Feuer machen, es hat „Feuer gerieben, das Feuer von kleinen Stöcken", ehe er als „Dxui" starb und „eine andere Person" wurde. Auf diesen Zusammenhang will ich an geeigneter Stelle noch ausführlich eingehen, aber so viel gehört schon hierher: alle Andeutungen und Bezugnahmen der Geschichte weisen auf ein einziges Ziel hin: der Urgeist der Schöpfung ist dem Leben auf der Erde ausgeliefert, und in der Gesamtheit alles Geistigen vollzog sich ein großes sichtendes Ordnen. Wo ein Dxui gewesen war, der immer Dxui war, sind jetzt ein großer Vater und eine große Mutter, und auch ein Sohn ist auf die Erde gekommen.

Wie in vielen Berichten über den Anfang aller Dinge in der ganzen Welt verschwindet die große Mutter allerdings bald: man erinnert sich nicht an sie außer in einer Feststellung, die ein anderer Buschmann Stow* gegenüber machte: der erste Mensch der Schöpfung sei eine Frau gewesen. Es wird auch nichts weiter über den Versuch gesagt, die andere Frau zum Leben zu erwecken, das weibliche Element im Erdenleben Dxuis, während er allein als ein Baum mit Dornen unter einer Sonne weilte, die „nur eine kleine Sonne" war. Dieses erste Licht des Geistes, diese frühe alte Dämmerung Afrikas, bildet den Brennpunkt des Dramas von Vater und Sohn in Dxui. Sie haben den Unterschied in ihrem Einssein erkannt, oder, um es auf orthodoxe Weise der westlichen Welt auszudrücken, Gott und seine Schöpfung haben sich voneinander getrennt. Das wird als der erste Ungehorsam geschildert, und der Sündenfall des Menschen

* s. Einführung

fand statt. Adam, die Eidechse, befindet sich außerhalb des Gartens mit früchtetragenden Pflanzen und Bäumen, und Tauben gurren leidenschaftlich zwischen zitternden Blättern, dort, wo er im Einklang mit seinem Geiste gelebt hatte, ehe das Wort kam und die Sinngebung sich auf die Erde niedersenkte.

Wir sind noch weit entfernt von der Erkenntnis, daß dieser Akt des Ungehorsams, diese Trennung, notwendig ist, um zu einem sinnvolleren Gehorsam zu gelangen, zu einer größeren Wiederversöhnung und zu einem umfassenderen Einssein des Lebens. Aber eine neue von den kleinsten, bescheidenen, schmerzvollen Fortbewegungen in dieser Richtung hat stattgefunden, und vorläufig kann man noch nicht von einer Vollendung reden; es handelt sich nur um das unmittelbare Schmerzgefühl und den Schock der Trennung. Möglicherweise ist der Tag einfach der Traum der Nacht: vielleicht ist das Bewußtsein, wie ich persönlich glaube, der tiefste und am heißesten geliebte Traum des unbewußten Urgeistes des Lebens. Aber in diesem Augenblick, da das Bewußtsein meines Geburtslandes dämmert, gibt es nur Trennung und eine zunehmende Vertrautheit mit dem schmerzvollen Zustand, getrennt zu sein, die in dem Schrei von Dxuis Vater aufklingt, wenn er, sich selbst beschuldigend, ruft: „Und ich habe mein Kind nicht gesehen." Seine Qual vertieft sich, als er näher untersucht, auf welche Weise er von seinem Sohn getrennt ist; und schließlich sagt er: „Ich gehe in mein Heimatland, und mein Heimatland ist weit entfernt, und viele Monde lang reise ich in mein Heimatland und sehe mein Heimatland nicht.... und mein Kind ist eine andere Person.... heute fürchte ich mich vor meinem Kinde und reise in mein eigenes Heimatland." Sein eigenes Heimatland, so sagten die kleinen Buschmannkinder, war ein großer Berg. Der Urgeist Afrikas sollte also auch einen Berg Sinai haben.

12

Dxui und die Mantis

Erst nach längerer Zeit wurde mir klar, daß ich auf meiner Reise in die Wüste, wenn auch nicht auf dem echten Berg von Dxuis Vater, so doch auf einer genauen Nachbildung gewesen war. Die Geschichte meiner Reise zu den „Slippery Hills“ in der Wüste und die merkwürdigen Dinge, die uns dort begegneten, sind ausführlich in dem Buch „Die verlorene Welt der Kalahari“ beschrieben. Vor Jahren hatte ich etwas über Dxui gelesen, aber ich erinnere mich nicht, daß die Geschichte einen besonderen Eindruck auf mich gemacht hätte; sie war mir nur recht poetisch erschienen. Wie fast alle Buschmanngeschichten hatte ich sie früher nicht so verstanden wie heute, nachdem ich als Erwachsener den Buschmann und seine Lebensgewohnheiten kennengelernt habe. Ich muß ganz offen zugeben, daß ich diesem schriftlich niedergelegten Bericht über Dxui niemals bewußt einen Gedanken geschenkt hatte, und ich erinnerte mich nicht einmal an seinen Namen, bis ich ihm in Bleeks Buch wiederbegegnete. Während der ganzen Zeit, die ich in den „Slippery Hills“ zubrachte, hatte ich jedoch das Gefühl, mich in einem großen alten Tempel zu befinden. Als ich die Berge jäh aus der flachen Ebene aufragen sah, nachdem ich wochenlang durch die weiten, gleichförmigen Wüstengebiete gereist war, spürte ich sofort dieselbe Erregung der Sinne und dieselbe Gemütsbewegung, die den Psalmisten laut ausrufen ließen: „Ich hebe meine Augen auf zu den Bergen, von welchen mir Hilfe kommt."

Natürlich hatte der alte afrikanische Prophet, der mich dorthin mitnahm, alles getan, um mich zu einer ehrfürchtigen Haltung gegenüber den Bergen zu veranlassen, indem er mir vorher sagte, es seien heilige Berge und die Heimstätte aller großen und alten Geister. Da waren der Wassertümpel, der niemals austrocknete und daneben der Baum mit der Frucht der Erkenntnis. Da waren auch die Mulden im Felsen, wo der große Geist niedergekniet war, um am Tage seines ersten Schöpfungsaktes zu beten. Ich hatte mit eigenen Augen einige der wesentlichen Elemente der Geschichte Dxuis gesehen, die dort noch von lebenden Menschen verehrt werden. Ich hegte jetzt keinen Zweifel mehr, daß die „Slippery Hills" einstmals ein dem Urgeist der Schöpfung geweihter Tempel der Buschmänner gewesen waren. So unklar Bleeks Bericht über Dxui auch in einem Zeitalter, das von konkreten Dingen besessen ist, klingen mag, bezog er sich doch auf etwas, was für die Buschmänner so existent war, daß sie ihm Berge weihten und ihre Felsen mit all der Liebe und Kunstfertigkeit schmückten, deren ihre Maler fähig waren. Ich wurde in meinem Glauben nur noch bestärkt, als ich erfuhr, daß „der nach dem Mähen Übriggebliebene", wie der Prophet genannt wurde, zu einem Stamm namens Makoba gehörte. Achtzig Jahre früher war Dxui, so erzählten die kleinen Buschmannkinder Bleek, bei seinem ersten Versuch, sich in einen Menschen zu verwandeln, ebenfalls ein Makoba gewesen.

Soviel dies alles für mich auch bedeutete, es hinterließ doch nur ein sehr unvollkommenes Bild des Urgeistes. Glücklicherweise war das Thema bei jenen Buschmännern viel höher und überzeugender entwickelt, die in meinem Teil Südafrikas lebten. Einige von ihnen hielten seit Jahrhunderten an der dreiäugigen Quelle auf der Farm meines Großvaters ihre Versammlungen ab. Bei ihnen war der Urgeist nicht unter dem Namen Dxui bekannt, sondern hieß Kaggen. Wenn man bedenkt, wie viele Meilen und Wüsten zwischen ihnen und dem Land der kleinen Kinder Bleeks liegen, müßte man erstaunt sein, wenn man nicht diesen oder jenen Unterschied entdeckte. Trotzdem gleicht Dxui in vieler Beziehung dem großen Helden der Schöpfung Kaggen, oder der betenden Mantis, der wir in der Vorstellung des Buschmanns aus dem Inneren Afrikas begegnen, wo ich geboren bin. Der Hauptunterschied ist vielleicht der der Stärke, wenn man auch auf solche Züge nicht allzu großen Wert legen sollte.

Dxui ist in dem Bericht der Buschmannkinder ein vorsichtig tastender, empfindlicher, nach innen gekehrter Geist, wie groß und zahlreich seine Werke auch sein mögen. Außerdem ist Dxui auch beinahe eine Art Hamlet, der beim Nahen seiner Ophelia zu einem Nichts zusammenschrumpft und am Ende sowohl Mutter als auch Vater verliert. Nichts könnte mir indessen richtiger erscheinen, als daß im Ursprung die erste Bewegung des Schöpfungsgeistes nach außen weisen mußte. Aller Anfang ist im tiefsten Grunde paradox, so als könne ihn nur ein ins Innere führender Weg mit dem Draußen verbinden. So überzeugt Dxui denn auch meine Einbildungskraft als ein Bildnis der ersten Schöpfungsoffenbarung.

Ich wäre trotzdem nicht zufrieden, wenn es nicht auch noch jene Fortführung des Schöpfungsthemas in der Gestalt Kaggens gäbe, der kühn in den Kampf um größeren Sinngehalt hinauszog, eine aus Gott und Sterblichem zusammengesetzte Erscheinung. Niemals jedoch läßt die Mantis das Gefühl in mir aufkommen, sie habe Dxui ersetzt oder im Widerspruch zu ihm gestanden; sie hat ihn eher noch vervollständigt, denn beide haben ein und dieselbe Bedeutung.* Der sachliche Beweis für ihre Wesensgleichheit ist nicht augenfällig, aber er ist, wie ich glaube, ein schlagender Beweis. Zunächst herrscht eine Ähnlichkeit in der Rolle, die sie in der Schöpfung spielen: in der Beschreibung trägt Dxui beispielsweise über der Schulter die Tasche aus Antilopenfell, die eines der wichtigsten Ausstattungsstücke der Mantis ist. Ferner ist Dxui der erste, von dem es heißt, er habe Feuer gemacht. Einer der Spitznamen der Mantis war „alter Feuermacher" oder „alte Zunderbüchse", wie der zahme Buschmann vom Kap sie nannte. Die Mantis war auch die Überbringerin des Wortes, denn sie gab, so sagte der Buschmann, als erste den Dingen ihre Namen. Also abermals: im Anfang war das Wort! Schließlich ist da noch die Tatsache, daß sich Dxui beim ersten Male in eine Blume verwandelte. Bis auf den heutigen Tag behaupten noch die in dem Lande übriggebliebenen Buschmänner, aus dem auch die jungen Berichterstatter Bleeks stammten, daß im Anfang aller Dinge eine Mantis von einer Biene über die finsteren Wasser der Sündflut getragen wurde. Erschöpft und verzweifelt nach einer Stelle suchend, wo sie in dieser wallenden Wüste mit ihrer schweren Last ausruhen könnte, erblickte die Biene eine große, weiße, halbgeöffnete Blüte über der Flut. Mit erlahmender Kraft legte sie die Mantis im Herzen der Blume zur Ruhe nieder und dadurch die Saat des Urgei-

* Das natürliche Geschlecht der Mantis ist männlich (Anmerkung des Übersetzers).

stes in sie, gesichert vor den tosenden Wassern, die draußen vorüberschossen.* Das allein wäre für mich schon Beweises genug, weil es genau mit einer meiner frühesten Erfahrungen über die Uranfänge in Afrika zusammenpaßt.

Meiner alten farbigen Kinderfrau Klara, Tochter einer Buschmann-Mutter, habe ich „Die verlorene Welt der Kalahari" gewidmet. Sie zeigte mir zum erstenmal eine betende Mantis. Das liegt zeitlich so weit zurück, daß ich von den näheren Umständen dieses Erlebnisses beinahe nichts mehr weiß. Die erste Erinnerung meines Lebens ist von dem Licht eines Sonnenunterganges auf dem hohen Veld umgeben, das in einer Kette aus großen Glasperlen an Klaras gelbem Hals aufflammte. Gleich darauf folgt die Mantis. Wir nannten sie jedoch nicht Mantis sondern Hottentotten-Gott, weil das der Name war, den wir gedankenlos aus der Vergangenheit übernommen hatten. Als unsere Vorfahren vor mehr als dreihundert Jahren am Kap der Guten Hoffnung landeten, konnten sie den Buschmann noch nicht vom Hottentotten unterscheiden, der ihm sowohl im Körperbau als auch in der Lebensweise am ähnlichsten ist. Genauso können viele Menschen auch heute noch nicht Japaner von Chinesen unterscheiden. Sie sahen, wie ehrfürchtig sich einige der Eingeborenen des Kaplandes der Mantis näherten, und nannten sie fälschlich Gott der Hottentotten. In Wirklichkeit hatten die Hottentotten einen eigenen Urgeist, der auf der biologischen Stufenleiter der Entwicklung weit höher stand als jedes Insekt. Die Mantis war für den Buschmann die Verkörperung des Urgeistes der Schöpfung und hätte Gott des Buschmanns genannt werden müssen. Aber Klara ließ sich durch eine Namensver-

* Schoeman, Jäger aus der Wüste.

wechslung nicht beirren. Eines Tages spielte sie mit mir im Gras, hielt plötzlich inne und rief mit einer vor Freude tiefen Stimme, wie ich sie niemals zuvor gehört hatte: „Oh! Sieh da. Der Hottentotten-Gott.“

Da saß neben uns auf dem Gras ganz still eine Mantis. Sie hatte den Kopf seitwärts gedreht, als lausche sie auf etwas, war wir nicht hören konnten. Ich hielt beim Anblick dieses seltsamen, schweigenden, sonderbar in sich gekehrten Dinges, das plötzlich aus dem Nirgendwo im Gras neben uns erschienen war, ehrfurchtsvoll den Atem an. Klaras Verhalten verstärkte in mir noch das Gefühl, ein Wunder zu erleben.

„Oh, schau hin und beobachte!“ flüsterte sie kaum vernehmlich. Sie ließ sich neben der Mantis auf die Knie sinken und verbeugte sich vor ihr mit gefalteten Händen wie ein Christ beim Gebet. Sie bei einem Namen nennend, den ich noch nicht gehört hatte und an den ich mich nicht erinnern kann, fragte sie die Mantis mit leiser, zischender Stimme: „Bitte, wie niedrig steht das Meer?“ Zu meiner Verwunderung drehte die Mantis den Kopf und starrte vor sich hin, während die beiden langen Vorderbeine, die sie schlaff vor sich hingestreckt hielt, plötzlich in Bewegung gerieten und nach unten auf den Boden zeigten.

„Bitte, wie hoch steht das Meer?“ fragte Klara.

Die Mantis hob den Kopf, blickte aufwärts und streckte die langen Vorderbeine empor, um auf den wolkenlosen Himmel zu zeigen. Ich konnte mir weder die Fragen noch die offenkundige Gegenäußerung der Mantis erklären. Klara war niemals am Meere gewesen. Wir befanden uns einige tausend Meilen von der nächsten Küste entfernt, und Klara würde wohl – leider – sterben müssen, ohne jemals das Meer gesehen zu haben. Aber ihre äußerst ehrfürchtige Haltung, die seltsame Gestalt der Mantis, ihr erstaunliches Eingehen auf den anbetungsvollen Tonfall der menschlichen Stimme und Klaras höchstes Entzücken über ihren Erfolg machten unauslöschlichen Eindruck auf mich.

Als ich das nächste Mal eine Mantis sah, konnte ich der Versuchung nicht widerstehen, nun selber Fragen zu stellen. Obwohl ich mein äußerstes tat, um Klaras Tonfall und Gebaren nachzuahmen, antwortete die Mantis nicht. Daraufhin versuchte ich, ihr die Vorderbeine mit einem Grashalm in die gewünschte Richtung zu schieben. In diesem Augenblick drehte sie mit einer heftigen, eckigen Bewegung wie eine Marionette den Kopf um. Ihre Augen schienen vor Zorn zu funkeln; sie warf mir einen so wütenden Blick zu, daß ich plötzlich ängstlich wurde und innehielt. Aber schon hatte Klara gesehen, was ich da trieb. Sie stürzte herbei, schlug mir auf die Hand, in der ich den Grashalm hielt, und schob mich beiseite.

Als sie mich am Abend zu Bett brachte und sich Vorwürfe machte, daß sie grob zu mir gewesen war, sagte sie: „Wir necken die Mantis nie. Niemals fragen wir die Mantis nur zum Spaß. Wir fragen sie überhaupt nichts, wenn wir nicht hier aus dem Herzen heraus fragen müssen.“ Bei diesen Worten legte sie die Hand auf ihr warmes Herz.

Jahrelang grübelte ich bei den verschiedensten Gelegenheiten immer wieder über Klaras Fragen an die Mantis nach: „Wie hoch und wie niedrig steht das Meer?“ Je weniger sinnvoll sie mir vorkamen, umso überzeugter war ich, daß sie einen Sinn enthielten. Nachdem ich jetzt die Geschichte von der Mantis gehört hatte, die im Herzen einer großen, halbgeöffneten weißen Blüte ruhend der Flut trotzte, glaubte ich die Entschlüsselung der Geheimschrift gefunden zu haben, durch die der Urgeist unmittelbar mit dem Leben in Verbindung steht. Diese Fragen waren die wesentlichen Anfangsformeln zu einem Buschmanngebet; denn sie stellten eine förmliche Anerkennung der Tatsache dar, daß die Mantis im Urbeginn anwesend war, damals, als sich das Leben zum erstenmal aus den Fluten erhob, um nicht von ihnen verschlungen zu werden. Das Meer, das große Wasser, wie der Buschmann es nannte, war für Klara das Abbild der Wasserflut im Uranfang. Weil die Mantis sie erlebt hatte, konnte sie zuverlässig darüber Auskunft geben, welchen Stand die Flut im Geiste der Menschen erreicht hatte.

Je länger ich mich mit diesem Sinnbild vertraut machte, umso wunderbarer erschien es mir. Heute staune ich unablässig über die angeborene Unfehlbarkeit, mit der die Einbildungskraft des Buschmanns gerade dieses Bild auswählte und dann in dem großen und bestrikkenden Gesamtbild Afrikas unbeirrbar an ihm festhielt. Das ist deshalb erstaunlich, weil es keinen anderen Kontinent mit einer solchen Vielfalt und überquellenden Fülle an natürlichem Leben gibt. Man findet dort mehr als einhundertundzwanzig verschiedene Antilopenarten; zahlreicher als in jedem anderen Land der Erde sind die Spielarten der Katzen, von den magnetisch anziehenden Löwen und Leoparden bis zu den sternenäugigen Luchsen; zahlreicher noch die Schlangen, von der zornigen Kobra, die aufrecht und fauchend in der Sonne sitzt, bis zu der kühnen, glänzenden Mamba; zahlreicher noch die Vögel, zu denen, erdgebunden infolge einer prometheischen Sünde, die Strauße gehören und ebenso die flammenden Flamingos, die weißes Wasser in Feuer tauchen, und die winzig kleinen, klingelnden Tinktinkies*; und dann noch die Insekten, angefangen von den Moskitos, die zum Klang der Dudelsackmusik in den Gezeiten der Rauchschwaden über den Marschen aufsteigen, bis zu den Heuschrecken, die in der Mittagstunde den Tag verdunkeln.

Von der Geburt bis zum Tode bewahrte der Buschmann also dieses uralte Bild der Mantis in einem Lande, das von natürlichem Leben überquoll. Ich habe den ganzen Tag viele Vögel wie Rauch eines Präriefeuers über den Horizont ziehen sehen; Heuschrecken, die im Morgengrauen in Wolken über den Bergen aufstiegen und noch bei Sonnenuntergang in derselben geschlossenen Wolkenformation über uns hinweg weiterreisten. Ich bin an ausgedehnten Wasserflächen im Binnenland entlanggegangen, die im Zwielicht keinen Platz mehr hatten, wo Vögel sich hätten niederlassen können, und weitere Tausende zwangen, sich auf die Suche nach Ruheplätzen zu begeben, und, die letzte rosafarbene Zone der herabsinkenden Nacht durchstreifend, zu verschwinden. Noch jetzt sehe ich Löwen in der stattlichen Anzahl von dreißig Exemplaren, Elefanten zu Hunderten. In der Wüste, aus der ich gerade kam, hatte ich Springböcke gesehen, die mich golden und weiß wie Meeresschaum umbrandeten.

Wie es im Licht des Uranfangs in Afrika ausgesehen haben muß, können wir nur erraten; aber wir wissen, daß der Buschmann aus all dem bestürzenden Reichtum, der ihm allenthalben zur Wahl stand, die bescheidene Mantis erwählte. Im Gegensatz zu anderen primitiven Völkern in Afrika, die ihr Abbild des Urgeistes auf prächtige und imposante Geschöpfe des Landes übertrugen, wie Elefant, Büffel, Riesenschlange, Kroko-

* grauer Singvogel (Anmerkung des Übersetzers)

dil, Gorilla oder die schwarz-weiß gefleckten Bullen in ihrem Kral, erwählte der Buschmann die körperlich unscheinbare Mantis, und nachdem er sie einmal erwählt hatte, blieb er ihr auch treu. Vielleicht hatte er wie Kinder ein feines Empfinden für das Große im Kleinen und das Kleine im Großen, weil er selber klein war; er wählte die kleine Mantis gewiß nicht auf Grund einer Gleichgültigkeit gegenüber den großen und glänzenden Daseinsformen des prachtliebenden Afrika. Seine Felsmalereien zeigen deutlich, wie er diese liebte und mit ihnen durch ein Gefühl der Teilhabe am Schöpfungsvorgang innerlich verbunden war. Seine Geschichten zeigen, daß auch sie in seinen Augen von dem Glorienschein umgeben waren, den sie aus der gemeinsamen Heimat, der Welt des Urgeistes, mitgebracht hatten. Sie alle hatten wie er einen Platz am Lagerfeuer jener Heimat; aber im Schein dieses Feuers herrschte die Mantis. Ich glaube, das war deshalb so, weil der Sinn des Lebens sich ganz natürlich auf einen Mittelpunkt konzentriert: es kommt auf die geistige Position an, nicht auf Größe; und da der Geist des Buschmanns von der ursprünglichen Natur Afrikas umhüllt war wie ein Fisch vom Meer, war es seiner Einbildungkraft von Natur aus vorbestimmt, die Unendlichkeit in einem Sandkorn zu sehen – genauso wie es bei Blake der Fall ist, den ich immer für den großen englischen Buschmann-Dichter gehalten habe. Deshalb erwählte er also die Mantis wegen ihrer zentralen Stellung im Schöpfungskreis, obwohl oder vielleicht *weil* sie klein war.

Nun untersuche man für einen Augenblick den Uranfang der Mantis. Für den Buschmann nahm sie in dem ursprünglichen alten Boden Afrikas als ein winziges, unsichtbares Ei ihren Anfang. Dieses Ei wurde ein

Wurm, der auf der Erde kroch und krabbelte, ehe er plötzlich in ein Geschöpf mit langen Beinen und sagenhaften Flügeln verwandelt wurde. Schließlich wurde die Mantis beim Fortpflanzungsakt von ihrem Weibchen aufgefressen, das heißt, sie legte ihr Leben in das Element hinein, durch welches allein sie über ihr unmittelbares Selbst hinaus neues Leben schöpfen konnte. Der unsichtbare Anfang und das verhängnisvolle Ende machten das Bild im Geist des Buschmanns erst vollständig. Es brachte auf der Grundlage von Erfahrungen und Verhaltensweisen im praktischen Leben zum Ausdruck, daß Schöpfung nicht nur Geburt, sondern auch Tod ist, daß durch den Tod des Seienden das Leben auf der Erde wiedergeboren wird, um dem ähnlicher zu werden, was es seiner Bestimmung gemäß sein soll. Wenn ich keinen anderen Grund hätte, zu glauben, daß der Heilige Geist des Neuen Testaments die natürliche schöpferische Einbildungskraft des Menschen ist, dann wären die Mantis und das, was sie im Geist des Buschmanns und durch den Buschmann in meinem Geist wachrief, Beweis genug.

Dies war in der äußeren Erscheinungsform der ausgewachsenen Mantis enthalten. Was roh und entsetzlich klingen würde, wenn man es aus der Kenntnis des vorweltlichen afrikanischen Gesamtbildes darstellte, wurde uns sozusagen in der hieroglyphischen Gestalt der Mantis übermittelt. Als ich sie zum ersten Male im Gras des sommerlichen hohen Veldes sah, über das sich ein weiter, leerer, blauer Himmel spannte und ringsumher nichts als die lautlose, unbewohnte, blau und goldene Ebene, da zweifelte ich nicht, daß sie voller Wunder war. Es überraschte mich nicht, daß Klara zu ihr betete. Da saß die Mantis, in einer Haltung völliger frommer Versunkenheit: den merkwürdigen Kopf hielt sie ständig ein wenig zur Seite geneigt dem Winde entgegen, als warte sie darauf, daß er ihrem lauschenden Ohr die noch schwach vernehmbare Stimme des Urgeistes zutrage. Zu alledem hatte ihr Gesicht etwas merkwürdig Menschliches. Die Herzform, das spitze Kinn, die hervortretenden Backenknochen und die gelbe Haut – mir wird jetzt klar, wie sehr dieses Gesicht dem eines Buschmanns ähnelte. Außerdem waren ihre Augen ungewöhnlich groß und leuchtend, als könnten sie mehr wahrnehmen als gewöhnliche Augen.

Ein weiser und liberaler südafrikanischer Theologe, der von seiner Kirche gegen Ende seines Lebens wegen Ketzerei verklagt wurde, erzählte mir einmal, als ich noch Kind war, das Wort für Sünde im ältesten griechischen Text des Neuen Testaments sei der Fachausdruck eines Bogenschützen für „das Ziel verfehlen" gewesen. In diesem Sinne war der Buschmann ohne Sünde. Im Grunde seines Herzens machte er nicht Jagd auf Wild, sondern auf größeren Sinngehalt. Der Urgeist sprach aus Blake, als der Dichter ausrief:

> „Bringe mir meinen Bogen aus gleißendem Gold!
> Bringe mir meine Pfeile des Begehrens!
> Bringe mir meinen Speer!
> O ihr Wolken, öffnet euch!"

Der Urgeist im Buschmann trieb ihn dazu, seine Einbildungskraft auf die Mantis zu richten, so wie er in der Morgenröte von seinem geliebten Bogen einen Pfeil aussandte, der geradewegs zu dem Wild der großen Ebene ringsumher flog. Aber wenn wir ihn preisen, wollen wir ebensowenig wie er vergessen, auch das Insekt zu preisen.

13

Krank vor Heimweh nach einer Geschichte

Es ist unmöglich, richtig einzuschätzen, was die Mantis für den Urmenschen bedeutete, wenn man nicht weiß, was für eine Rolle ihre Geschichte in seinem Geist spielte. Die Geschichte war sein liebster und kostbarster Besitz. An den Saugquellen hatte ich beispielsweise bemerkt, daß die Buschmänner ihre wertvollsten Besitztümer gern mit uns teilten – Wasser, Nahrung und ihre Kenntnisse von der Wüste. Aber sobald ich sie bat, mir eine Geschichte zu erzählen, waren sie sogleich auf der Hut und behaupteten, sie hätten keine Ahnung, wovon ich redete. Erst nach vielen Tagen, als sie uns allmählich ihr Vertrauen schenkten, gaben sie zu, Geschichten zu kennen, und erzählten uns auch einige; aber selbst dann hatte ich noch das Gefühl, als bewahrten sie im innersten Herzen die Geschichte aller Geschichten, die zu erzählen noch weit mehr Zeit und gemeinsame Erlebnisse erforderte, als ich mir jetzt leisten konnte.

Je näher ich sie kennenlernte und je mehr ich über die Geschichte der Begegnungen zwischen Europäern und den Urbewohnern der Welt nachdachte, umso besser verstand und achtete ich ihre Verschwiegenheit. Denn die Geschichte war für sie die bedeutendste Bewahrerin des Urgeistes; sie war dasselbe wie der Korb, in dem die Frau aus dem gestirnten Himmel die seltenen und kraftvollen Regungen seiner Seele aufbewahrte. Anders als jener primitive Mann, der seine Frau verlor, weil er den Deckel seines Korbes lüftete und den Korb für leer erklärte, wußte der Buschmann, daß sein Korb bis zum Rande mit Dingen angefüllt war, ohne die sein Leben keinen Sinn hätte und seine Seele verkümmern und sterben würde. Er wußte intuitiv, daß man ohne eine Geschichte keine Sippe oder Familie besaß; ohne eine persönliche Geschichte kein individuelles Leben; ohne eine Geschichte aller Geschichten keinen lebenspendenden Zusammenhang mit dem Anfang und folglich keine Zukunft. Leben bedeutete für ihn eine Geschichte lebendig machen: er hielt den Deckel dieses besonderen Korbes fest verschlossen aus Furcht, ein überlegener Fremder, der den Deckel anhöbe, könnte ihm seinen Schatz stehlen, indem er ihm entweder einredete, der Korb sei leer, oder indem er sich über das, was er darin sah, lustig machte. Seine Angst war wohlbegründet.

Wir Europäer sind in Afrika, Amerika, Austral-Asien und in der Südsee große Räuber der Geschichten von Urvölkern gewesen. Wir haben ganze Rassen hingemordet, indem wir ihnen ihre Schöpfungsgeschichte raubten. Schlimmer noch, die Menschen, deren Fachgebiete vermutlich der Urgeist des Lebens gewesen ist, wie zum Beispiel die protestantischen und jesuitischen Missionare, die vor dem Kaufmann und dem Kriegsmann gekommen waren, überboten sich gegenseitig, wenn sie über die heiligsten Geschichten der Urvölker lachten und deren Inhalt einfach als bloßen Aberglauben und abscheuliche Götzendienerei abtaten. Obwohl ich mein Leben lang Geschichten geliebt habe und Geschichten-Erzählen mein Gewerbe ist, muß ich zu meiner Schande gestehen, daß ich mir wie ein Zurechtgewiesener vorkam, als ich die zarte Besorgnis wahrnahm, mit der der kleine Buschmann über seine Geschichte wachte.

Wieviel näher der Wahrheit schien mir jener alte Buschmann zu kommen, der Bleek seine Empfindungen über die Geschichte schilderte. Ich nenne seinen Namen und berichte von dem wenigen, was ich über ihn weiß, weil ich der Meinung bin, man sollte sich seiner in Dankbarkeit erinnern; denn er hat uns etwas gelehrt, was wir vorher nicht wußten. Außerdem gab er, obwohl er viel gelitten hatte, seine eine kleine Lektion ohne Verbitterung weiter. Sein Name war Xhabbo: er ist der Buschmann, der den Traum verkörperte. Als Bleek dem Traum auf die Spur kam, steckte dieser alte Buschmann in Sträflingskleidern. Er war zur schwerstmöglichen Strafarbeit an den Buhnen in der Tafelbucht verurteilt, weil er, als er hungrig war, einen Springbock auf dem Veld erlegt hatte, das zum Besitz eines Mannes gehörte, der ihm sein ganzes Land gestohlen hatte. Dem Traum verdanken wir viel von dem, was wir über die Mantis wissen, ferner alle diese Sätze, die noch bis auf den heutigen Tag das Herz eines jeden zerreißen müssen, der über sie nachdenkt: „Herr, Du weißt, daß ich hier sitze und darauf warte, daß der Mond zu mir zurückkehre, auf daß ich zu meiner Heimatstätte zurückkehren möge, auf daß ich wieder all den Geschichten der Männer lauschen möge ... auf daß ich sitzend den Geschichten lauschen möge, die da kommen dorthin, und es sind Geschichten, die da kommen aus weiter Ferne ... Denn ich bin hier, keine Geschichten gelangen zu mir; denn wahrlich ich glaube, daß ich nur auf den Mond zu warten brauche, auf daß ich meinem Herrn und Meister sagen möge, mir wäre, als sei die Zeit gekommen, da ich sitzen sollte unter meinesgleichen, die auf der Wanderung sind, den Gefährten zu begegnen. Sie lauschen den Geschichten ... Zuerst muß ich ein wenig sitzen und meine Arme kühlen, auf daß die Müdigkeit aus ihnen weiche... auf eine Geschichte warten, die ich zu hören begehre... während ich sitze und warte, daß sie in mein Ohr dringe." Obwohl Gebirge dazwischenliegen mochten, sagte er, und obwohl der Weg lang wäre, ja! die Geschichte würde den Weg beschreiten und zu ihm schweben. Lauschend wollte er auf seiner Spur umkehren, um in seinem Ohr die Geschichte zu spüren, die der Wind ist.

Das ist nur ein Beispiel für eine der bedrängendsten Äußerungen aus der Vergangenheit meines Landes, aber es genügt, um zu zeigen, worauf das wahre Sehnen des Geistes gerichtet ist. Er war krank vor Heimweh nach seiner „Heimstätte", krank vor „Heimweh nach seinen Gefährten, die auf der Wanderung sind, ihresgleichen zu begegnen", aber mehr noch war er krank vor Heimweh nach seiner Geschichte. Jeder, der den Buschmann in der Vergangenheit näher kannte, sagte im Hinblick auf dessen fein entwickeltes Gefühl für die spezifische Eigenart einer Geschichte, er sei einer der größten Geschichtenerzähler aller Zeiten gewesen.

Er hatte eine Geschichte für alles. Wenn ich auch nur kurze Zeit mit den wenigen übriggebliebenen Vertretern seiner Rasse in der Kalahari zusammengelebt hatte, so hatte ich doch beobachten können, daß er bei seiner innigen Vertrautheit mit der Natur die Unterschiede zwischen den Dingen kannte und sie alle einzeln durch besondere Geschichten würdigte. So wurde zum Beispiel die Tatsache, daß der Hase im Gegensatz zu jedem anderen Tier eine gespaltene Lippe hat, durch eine Geschichte bestätigt. Der Hase, so sagte der Buschmann, sei, als er noch eine Person des frühen Geschlechts war, vom Mond ausgesandt worden, um den Menschen auf Erden zu verkünden, „so wie ich im Sterben wieder erneuert werde, so sollt auch ihr im Sterben wieder erneuert werden". Aber er hatte entweder nicht daran geglaubt oder es falsch verstanden und teilte den Urmenschen auf der Erde mit: „Der Mond sagt, daß im Gegensatz zu ihm, der sterbend wieder erneuert wird, ihr beim Sterben nicht wieder erneuert werden sollt." Der Mond war über dieses verhängnisvolle Mißverständnis so böse, daß er dem Hasen auf den Mund schlug und ihm die Lippe spaltete. Seitdem brauchte der Buschmann immer nur auf die Lippe des Hasen zu schauen, um daran erinnert zu werden, daß der Tod nicht als Ende gedacht war und daß der Geist, der das behauptete, falsches Zeugnis ablegte. Vielleicht waren die Hasen infolge dieser Lippenspalte von dem neubeginnenden Frühling so verwirrt, daß sie verrückt wurden. Der Hase widersprach dem Mond, so erzählte der Buschmann Bleek, und deshalb wurde er dazu verdammt, unter den Büschen des Veldes kein schützendes Dach zu finden, wie der Geist, der die Erneuerung durch den Tod leugnet. Fortan lag er immer an ungeschützten Stellen, wo das Ungeziefer über ihn herfiel und ihn stach.

Dann gab es in seiner Welt noch die Bäume. Die Unterschiede zwischen ihnen waren ihm, wie den meisten primitiven Völkern, ungeheuer wichtig. Er kannte sie alle einzeln, weil er die außerordentliche Fähigkeit der Teilhabe an ihrer Natur besaß, so als würde er, wenn er einen Baum wahrnahm, gewissermaßen selber der Baum, und durch diesen Vorgang des Werdens gelangte er zur bewußten Kenntnis des Baumes.

Ich selber hatte einmal ein verblüffendes Beispiel für die negativen Seiten dieser Fähigkeit in Zentralafrika beobachtet. Ich hielt mich mit einer großen Anzahl afrikanischer Träger tief im Buschland auf. Wir marschierten schneller und länger, als mir lieb war, weil der Regen sehr bald einsetzen und das Reisen nahezu unmöglich machen mußte. Viel später als sonst schlug ich schließlich in der schwülen, unheimlichen Dämmerung mein Lager neben einer Gruppe ungewöhnlich aussehender Bäume auf. Die Stämme waren von grell schwefeliger Farbe und die Zweige mit abstoßend spitzen Blättern von öliger, schwarz-grüner Farbe bedeckt. Sie verursachten mir Unbehagen. Es überraschte mich nicht, daß meine Träger wegen dieser Bäume so betroffen waren, daß sie nur widerwillig das Lager aufschlugen. Ein Träger, der einstmals auf einer Missionsstation ein wenig Schulunterricht genossen hatte, neckte die anderen den ganzen Abend, weil sie sich „bloß wegen Bäumen“ fürchteten und nannte sie abergläubisch und unwissend. Mitten in der Nacht wurde ich durch lauten Tumult aufgeweckt und erfuhr, daß der Spötter vom Abend zuvor versucht hatte, Selbstmord zu begehen, indem er sich am Zweig eines der schwefeligen Bäume zu erhängen versuchte. Seine „abergläubischen, unwissenden“ Gefährten hatten ihn gerade noch zur rechten Zeit gerettet. Als ich ihn fragte, warum er sich hatte erhängen wollen, sagte er: „Was sollte ich dagegen tun, wenn die Bäume mir die ganze Nacht lang befahlen, ich solle mich an dem dort aufhängen?“ Er hätte keine Ruhe gefunden, und ich hielt ihn auch nicht für gerettet, solange wir den schuldigen Baum nicht fällten. Während wir damit beschäftigt waren, versicherte mir der Anführer der Träger, es wäre dem Mann nicht so ergangen, wenn er nicht die Bäume verspottet hätte.

Der Buschmann interpretierte die Natur mit Hilfe von Geschichten. So dachte er zum Beispiel, an den nördlichen Rändern seiner Wüstenwelt, über den Affenbrotbaum und seinen Wuchs nach. Auch Livingstone hatte sich schon über ihn Gedanken gemacht und ihn schließlich „eine mit der Spitze nach unten eingepflanzte Karotte“ genannt. Der Buschmann aber führt sein ungewöhnliches Aussehen auf ein urzeitliches Ereignis zurück. Als der Urgeist den Menschen des frühen Geschlechts die Bäume schenkte, gab er jedem etwas zum Einpflanzen, und nur ein Baum war noch übrig, als die Hyäne, die Macht des Bösen, erschien. Die Hyäne machte ihm Vorwürfe und fragte: „Bist du überrascht, daß ich mich so schlecht benehme, wenn du mich ganz anders als andere Geschöpfe behandelst?“ Der Urgeist gab ihr unverzüglich die letzte Pflanze, den Affenbrotbaum, und aus Trotz pflanzte die Hyäne ihn mit der Spitze nach unten ein.

In dem großen Sumpfgebiet längs der Nordgrenze der Kalahari sah der Buschmann das Nilpferd täglich aus dem dampfenden Wasser steigen und im Gegensatz zu anderen Tieren seine Exkremente mit einer kräftigen Schwanzbewegung über den Erdboden verstreuen. Auch dafür hatte er eine Geschichte. Er sagte, das Nilpferd habe im Uranfang darum gebeten, im Wasser leben zu dürfen, das es mehr liebte als Erde, Himmel, Sonne, Mond und Sterne. Der Wunsch wurde ihm nicht erfüllt, weil es mit einem so großen Maul und solchen Zähnen bald alle Fische verschlungen haben würde. Es versprach, nichts zu fressen, solange es im Wasser sei und nachts aufzutauchen, um von dem Gras und den Pflanzen der Erde zu fressen. Wiederum wurde ihm die Erlaubnis verweigert, bis es sich schließlich verpflichtete, jeden Tag aus seinem geliebten Wasser herauszukommen und seinen Kot auszustreuen, auf daß alle Geschöpfe seine Vertrauenswürdigkeit nachprüfen könnten, indem sie den Kot nach Fischgräten untersuchten.

Der Buschmann war so eng mit der Natur verbunden, daß er nicht nur über ihre Offenbarungen staunte und ihre Macht fürchtete, sondern auch mit ihr lachte wie ein Kind mit seiner Mutter. So hatte ich in der Kalahari viele Jahre lang beobachtet, daß der Vogel Strauß fast ohne Ausnahme jedesmal ein Ei neben sein Nest legte. Ich fand oftmals ein Nest mit etwa dreiunddreißig Eiern dicht nebeneinander ellipsenförmig angeordnet im warmen Sande liegen und dann ein einzelnes, leuchtendes Ei weit außerhalb. Ich hatte auf mancher Expedition mit meinen Freunden, Weißen und Schwarzen, über dieses Phänomen gesprochen und niemals eine befriedigende Antwort erhalten; aber als ich es den Kalahari-Buschmännern gegenüber erwähnte, wollten sie sich lange Zeit vor Lachen ausschütten, ehe sie mir Antwort gaben. Wußte ich denn nicht, daß der Strauß „eine Person des frühen Geschlechts" war und daß solche Personen oft die seltsamsten Dinge täten? Der Strauß im besonderen neige zu Geistesabwesenheit. Er grübele über eine Kostbarkeit nach, die die Mantis ihm einstmals gestohlen und wodurch sie ihn der Fähigkeit zu fliegen beraubt hatte. Er und seine Frau legten nun absichtlich ein Ei neben das Nest, um beim Brüten immer daran erinnert zu werden, daß sie auf Eiern saßen, sonst hätten sie womöglich vergessen, womit sie beschäftigt waren, wären aufgestanden und davongegangen.

Auf solche Weise wurde die Phantasie des Buschmanns durch Geschichten angeregt, sie schärften sein Empfindungsvermögen und spornten seinen Geist unaufhörlich zu größerer Bewußtheit gegenüber Sinn und Zeit an. Je mehr ich mich in seine Geschichten vertiefte, um so deutlicher erkannte ich in ihnen eine klare und zusammenhängende Abfolge höheren Schöpfungsgeschehens. Diese Abfolge vollzieht sich in transzendentalen Bereichen und läßt sich deshalb nicht genau definieren; sie verläuft in Bildern, die in Worten beschrieben werden müssen. Unglücklicherweise ist das Bild, selbst für die spitzfindigsten Geister unserer Tage, sehr viel mehr als das, was Wort, Farbe, Ton oder die gemeißelte Form daraus machen können. Daher kommt es, daß uns das Wort oder das Dogma, das die Oberherrschaft über das Bild als Ganzes beansprucht und sich mitunter und in aller Bescheidenheit vor dem Bild einfindet, um erneuert zu werden, schließlich gefangensetzt. Dennoch zögere ich nicht zu sagen, daß diese Geschichten und Bilder mit ihren Elementen des Erstaunens, der Dazugehörigkeit und der Teilhabe, des Lachens und der Tränen, mit ihren Elementen von Mut und Furcht, von Licht und Schatten, vom Ende im Anfang und dem Anfang im Ende wesenhaft religiösen Charakter tragen.

Ich glaube mit Goethe, daß der Wesenskern der Religion die Schöpfungsgabe im Menschen ist. Er hat gesagt, „Der Mensch ist nur schöpferisch, wenn er wahrhaft religiös ist; ohne Religion wird er nur wiederholend und nachahmend.“ Diese Geschichten, vielleicht die ältesten, die wir besitzen, die sozusagen noch warm von den Lippen des fürsorglichen Geistes in der ersten Kinderstube der Welt kamen, schienen mir das zu beweisen. Wenn die Religion, wie ich glaube, die Sehnsucht im Menschen ist, die ihn ermutigt, über sich selbst hinaus eine höhere Lebensform und eine größere menschliche Persönlichkeit zu erschaffen, dann war der erste Mensch Afrikas bemerkenswert religiös. In seinen Geschichten besaß er einen Entwurf, der ihm die Unzulänglichkeit jedes statischen Seinszustandes zum Bewußtsein brachte und ihn fest mit dem vorweltlichen Ursprung und der ununterbrochenen Fortdauer des Lebens verband. Durch diese zunehmende Bewußtheit, besonders in der Geschichte der Mantis, entdeckte er in sich selber die Fähigkeit, eine größere und maßgeblichere, eine feinere und sorgfältigere Bestandsaufnahme vom Leben und der Persönlichkeit auf Erden fertigzustellen.

14

Die Saga von der Mantis

Mantis, das Insekt, wie ich es beschrieben habe, wird mit Kauru, dem Dassie oder südafrikanischen Gebirgskaninchen, verheiratet. Sie scheinen drei Kinder gehabt zu haben – eine kleine Tochter, einen Sohn, der in dem großen Krieg mit den Pavianen getötet wurde, und die junge Mantis. Über die Tochter konnte ich weiter nichts erfahren, als daß es sie gegeben hat. Die junge Mantis ist glücklicherweise in der Geschichte der Geschichten sehr oft gegenwärtig. Außer den Kindern dieser merkwürdigen Verbindung hat die Mantis eine adoptierte Tochter, das Stachelschwein, Kind einer anderen großen Persönlichkeit der Saga, die der Alles-Verzehrer genannt wird. Das Stachelschwein wird mit jemandem namens Kwammang-a verheiratet, der, was noch verblüffender ist, nicht einmal ein Insekt oder ein Vierfüßler ist, sondern etwas, was man im Regenbogen gesehen hat. Irgendwo findet sich eine Andeutung, daß Kwammang-a trotz seines unberührbaren Wesens ein Sohn der Schwester der Mantis war. Auf jeden Fall hat die Mantis ihn und seine Braut, das Stachelschwein, sehr lieb, und sie leben zusammen. Sie haben zwei Kinder – den jungen Kwammang-a, der tapfer und ruhig ist wie sein Vater, und den jungen Ichneumon (die Pharaonsratte), der ein großer Schwätzer ist, die Mantis mit Großvater anredet und den Großvater dauernd wegen seiner Torheit tadelt.

Ferner gibt es den blauen Kranich, diesen eleganten Vogel, der sich immer noch vor seinem zitternden Spiegelbild im diamantenen Wasser der Vleis meiner Heimat verneigt. Er ist eine Schwester der Mantis. Eine andere Schwester, deren Gattung nicht näher erklärt wird, ist die Mutter des besonderen Lieblings der Mantis, des kleinen Springbocks. Als ich mich zum erstenmal eingehender mit dem Familienkreis der Mantis beschäftigte, der also aus einem Insekt, einem Gebirgskaninchen, einem Stachelschwein, einem Bestandteil des Regenbogens, einer Pharaonsratte, einem Alles-Verzehrer, einem blauen Kranich und der Nachkommenschaft ihrer verschiedenen Verbindungen bestand, war ich, offen gestanden, bestürzt. Meiner Meinung nach mußten diese abenteuerlichen Verknüpfungen eine Bedeutung haben; aber von außen gesehen ergaben sie überhaupt keinen Sinn. Jedenfalls war ich beinahe froh, daß mir nur ein Bruchteil der Mantis-Saga zugänglich war: das Ganze wäre für mein begrenztes Auffassungsvermögen bestimmt zuviel gewesen, denn zahlreiche Anzeichen sprechen dafür, daß die Mantis, wenn man ihre Geschichte erst ganz kennt, mit dem vorweltlichen Leben Afrikas, das ebenso vielfältig wie umfangreich war, in verwandtschaftlicher Beziehung stand.

Einen Schlüssel hatte ich – alle Mitglieder der Mantis-Familie waren „Personen des frühen Geschlechts".

Ich faßte es so auf, daß der Buschmann durch die verschiedenen Sinnbilder die verschiedenen Aspekte vom Urgeist im Menschen anschaulich machen wollte. Daraufhin wurde meine Aufgabe leichter; denn das Insekt und die Tiere seiner Umgebung waren mir wohlbekannt. Ich könnte beinahe behaupten, daß ich als Kind, ebenso wie die Mantis, gesellschaftlichen Umgang mit ihnen allen gehabt habe und wie der Buschmann ihres Seins teilhaftig gewesen bin. Nachdem ich es erst einmal als gegeben hingenommen hatte, daß ihre Anwesenheit im Leben der Mantis nicht zufällig war, sondern einen bestimmten Zweck erfüllte, brachte ich sie rückwirkend in Beziehung zu der Erfahrung meiner Kindheit auf den Farmen meiner Mutter und meines Großvaters. Danach war es mir möglich, sie meinen Gedanken, wie ich sie als Erwachsener habe, anzureihen. Bald war ich dort angelangt, was ich für ihre derzeitige Sprechweise und für ihre menschlichen Entsprechungen hielt. Das Ganze ergab plötzlich einen unmittelbaren Sinn. Ich hoffe, daß sich dieser Sinn klar herausschälen wird, sobald wir uns beim Aufrollen der Geschichte mit jedem einzelnen Charakter beschäftigen.

Wir wollen mit der Mantis beginnen. Wir begegnen ihr, als sie sich schon im Erdenleben eingerichtet hat und eine lange Geschichte hinter ihr liegt. Wir wissen, daß sie viele Jahre lang der Schöpfungsgeist gewesen ist, der Fleisch gewordene Sinngehalt, der Fleisch gewordene Traum. Sie ist das Sinnbild der engen Zusammengehörigkeit von Leben und Zeit, der Ganzheit, die unser Erdendasein nur in Teilstücken erlebt. Im Laufe der Zeit wird sie jedoch mehr und mehr zum Sinnbild des differenzierten Bestandteils auf der Erde, der eine sinnreichere Wiedervereinigung mit der Ganzheit erstrebt, aus der er kam. Eine der allerersten Geschichten über die Mantis legt besonderen Wert auf ihre Bedeutung als Symbol des Geistes der Ganzheit im Leben. Einmal, so lautet die Geschichte, erschien die Mantis den Kindern des „frühen Geschlechts" als ein totes Hartebeest. Dieses Tier wurde von der Mantis besonders innig geliebt – alle Buschmannmärchen heben das hervor. In einigen Märchen sitzt die Mantis zwischen den Hörnern des Hartebeests, in anderen, was noch bezeichnender ist, zwischen seinen Zehen, als solle der Buschmann darauf aufmerksam gemacht werden, daß Hartebeest und Mantis auf dieselbe Art durchs Leben wandern. „Die Mantis", sagte der kleine Buschmann, „liebte das Hartebeest nicht nur ein wenig, sie liebte es innig."

Der Buschmann übertrug diese höchste Ehre deshalb auf das Hartebeest, weil es mit seinem langen Hals und dem schöngeformten Kopf eine auffallende Ähnlichkeit mit der Mantis hatte, genauso wie das insektenartige Gesicht der Mantis dem des Buschmanns ähnlich war. Die Ähnlichkeit tritt in den Malereien des Buschmanns auf unseren Felsen deutlich zutage. Außerdem gehörte das Hartebeest in der vornehmen Gesellschaft der Tiere Afrikas zu den vornehmsten – sein Lebensstil entsprach dem des Buschmanns. Das Hartebeest trat niemals in großen Herden auf wie das Wildebeest oder der Springbock oder der schwarze Mensch, sondern in kleinen, ausgewählten Familiengruppen wie der Buschmann. Es war eines der kultiviertesten und zivilisiertesten Tiere, das nur von einem einzigen übertroffen wurde, der Elenantilope, zu der wir später noch kommen; es ist so, als ob die Einbildungskraft des Buschmanns, wenn sie das Hartebeest auf solche Weise erhöht, ihn selber anspornt, die menschliche Entsprechung dessen zu werden, was das

Hartebeest unter den Tieren im Busch und auf dem Veld war.

Dieser Eindruck bestätigt sich, wenn man weiß, daß die Mantis immer das Fell eines Hartebeests bei sich trug. In Augenblicken der Gefahr oder bei sonstigen großen Krisen hüllte sie sich in dieses Fell; mit anderen Worten: sie umkleidete ihren Geist mit ihrem natürlichen Verhalten und fand Unterstützung in ihrem regen Instinkt und ihren Eingebungen, deren funkelndes Symbol das Hartebeest war. Als die Kinder des „frühen Geschlechts" das Hartebeest tot auf dem Veld liegen fanden, wunderten sie sich zwar, daß es keine Wunden aufwies und völlig unversehrt war, zerlegten es aber trotzdem und freuten sich auf das gute Festmahl, das ihnen bevorstand. Aber auf dem Heimweg geschahen merkwürdige Dinge. Das Mädchen, das den abgetrennten Kopf trägt, entdeckt plötzlich, daß dessen Augen geöffnet sind und ihm zuzwinkern. Beunruhigt lassen sie die Stücke des toten Tieres fallen. Sie versuchen, ihre Traglast von neuem aufzuheben, und wieder geschehen unheimliche Dinge; der tote Kopf flüstert ihnen sogar etwas zu. Sie lassen ihre Last fallen, und vor ihren erschrockenen Blikken fügen sich die Körperteile des Tieres wieder zusammen.

„Das Fleisch der Mantis", sagte der Buschmann, „sprang auf und fügte sich wieder zusammen. Es schloß sich rasch an den unteren Teil des Rückens der Mantis an. Der Kopf der Mantis setzte sich schnell auf das oberste Ende des Nackens der Mantis... Die Hüfte der Mantis sprang nach vorn wie ein Frosch; sie fügte sich an den Rücken der Mantis." Und so geht es weiter, bis die Kinder es nicht länger ertragen können und nach Hause laufen. Als mir als Kind die Geschichte in der Wiedergabe Bleeks schön vorgelesen wurde, war auch mir so zumute, als müßte ich zu meiner Mutter laufen. Auch heute wird meine Einbildungskraft immer noch von dem Märchen erregt, weil es die Mantis als den Geist der Ganzheit im Leben darstellt, als das Element, das den toten Teil zu einem lebendigen Ganzen zusammenfügt und im augenscheinlichen Tod der Dinge wirksam wird. Es erhärtet auch die Überzeugung des Buschmanns, die zum Verständnis seiner Geschichte sehr wichtig ist, daß Stoff und Geist geheimnisvolle Offenbarungen ein und desselben Ganzen sind.

Wie sonderbar der Charakter der Mantis als ein differenzierter Teil des Ganzen war, erkennen wir in erster Linie schon daran, daß sie der Erde das Feuer brachte – „alte Zunderbüchse" nannte sie der Buschmann. Was das erste Auftreten des Feuers bedeutete, was das Feuer noch heute für den Primitiven bedeutet, können wir nicht völlig ermessen. Als ich vor einiger Zeit an einer europäischen Universität einen Vortrag hielt, hörte ich zwei Studenten älteren Semesters über das Feuer reden. Der eine fragte: „Sag mal, was bedeutet Feuer für dich?" Der andere antwortete klipp und klar: „Nun, natürlich Energie." Die Antwort bestürzte mich; denn ich dachte: „So ist das also in unserer zivilisierten Welt. So steht es um unser modernes gefesseltes Ich. Feuer ist für uns weiter nichts als Energie geworden, etwas ganz Alltägliches, das in Öfen und Boiler eingefangen worden ist, um für unsere ‚finsteren, teuflischen Mühlen' Dampf zu erzeugen und die unpersönlichen Räder unserer Zeit in Bewegung zu setzen. Aber für den Urgeist, für den ewig Primitiven, ist es noch sehr viel anderes, ehe es das wird. Es ist das einzige Licht in der Finsternis, es ist Sicherheit gegenüber der Gefahr, die nachts auf der Lauer liegt, und es ist lebenspendende Wärme gegen die Kälte, die sonst tödlich wäre." Für uns ist es das größte Sinnbild der lebendigen Bewußtheit, das Leuchten des Geistigen im Menschen. Das Feuer war das Geschenk der Mantis für den Menschen, und auch sie mußte deswegen leiden wie Prometheus.

Bleek hat nicht berichtet, wie die Mantis das Feuer auf die Erde brachte; aber die Buschmänner in der Kalahari hatten ihre Version für dieses Ereignis: sie stahl es vom Vogel Strauß. Warum vom Strauß? Eine solche Frage stellte ich mir beim Erscheinen jeder neuen Figur in der Geschichte des Buschmanns, weil ich allmählich größte Hochachtung vor der Treffsicherheit seiner Einbildungskraft bekam und überzeugt war, daß er nur deshalb den Strauß für eine bestimmte Rolle auswählte, weil kein anderes Bild sich so gut eignete. Die Antwort lag meiner Meinung nach darin, daß der Strauß der größte Vogel ist und das Feuer die größte Offenbarung, die dem Menschen jemals gewährt wurde. Immer und immer wieder fand ich, daß in den Mythen der Primitiven Vögel die intuitive Vision, das schöpferische Denken im Menschen darstellten. Sogar Plato hat den hochorganisierten klassischen Geist mit einem Vogelkäfig verglichen.

Eine der ergreifendsten Geschichten, die ich kenne, ist das Märchen von einem Jäger, der einen Vogel suchte. Ein Hottentottenhirte hat es mir auf dem „Berg der Wölfe" erzählt, als ich noch ein Kind war. Mein Bruder und ich pflegten diesen alten Mann an langen, kalten Winterabenden in unser gemeinsames Zimmer zu holen. Es war einmal, so erzählte er uns, ein Jäger des Urvolkes, der kam an einen Ort mit Schilfrohr und Blumen, und Vögel sangen neben dem tiefen Wasser. Er kniete nieder, um seinen Kürbis mit Trinkwasser zu füllen, da sah er zu seinem Erstaunen plötzlich in dem stillen Spiegel der blanken Oberfläche das Bild eines riesenhaften weißen Vogels vor sich, wie er ihn noch nie zuvor gesehen hatte. Er blickte verwundert auf; aber der Vogel war schon über den schwarzen Wipfeln eines dichten Waldes – „dem Walde der Nacht“ – verschwunden. Von nun an war sein Herz von dem ruhelosen Sehnen erfüllt, diesen Vogel zu fangen.

Er verließ sein Vieh, seine Frau, seine Kinder und seine Verwandten und ging auf der Suche nach dem Vogel tief in den Wald hinein, bis er jenseits des Waldes in die weite Welt gelangte. Aber überall begegnete er nur Gerüchten über den Vogel. Endlich, als er ein sehr alter Mann und dem Ende nahe war, sagte man ihm, er würde den Vogel auf einem großen weißen Berge im Herzen Afrikas finden, der weit von seiner Heimat entfernt im Norden liege. Er fand den Berg und begann hinaufzuklettern. Er kletterte tagelang, bis er sich, als wieder die Nacht einbrach, am Rande der weißen Bergkuppe befand. Und immer noch war keine Spur von dem Vogel zu sehen. Er wußte, daß sein Ende nahe war. Da fühlte er, daß er versagt hatte, warf sich wie ein Kind zu Boden und schluchzte: „O meine Mutter! Oh!“ Da antwortete ihm eine Stimme und sagte: „Schau! Oh! Schau!“ Er blickte auf und sah aus dem roten Himmel des verlöschenden afrikanischen Tages eine weiße Feder langsam zu sich niederschweben. Er streckte die Hand aus und ergriff sie. Als die Nacht einbrach, starb er zufrieden mit der Feder in der Hand.

„Aber was für ein Vogel war das, alter Vater?“ fragten wir den Hirten. Wir fragten ihn noch oft; aber immer schüttelte er den Kopf und sagte: „Ich kenne seinen Namen nicht; niemand kennt seinen Namen. Es war ein großer weißer Vogel, und es war genug für einen Menschen, eine Feder von ihm in der Hand zu halten; trug ein Häuptling eine Feder von ihm auf dem Kopf, so brachte dies seinem ganzen Volk Glück."

Später glaubte ich, die Antwort in einem ähnlichen Märchen zu finden, das uns die große, gütige Olive Schreiner erzählte. Dort trägt der Vogel den abstrakten Namen „Wahrheit". Da sie ihre Kindheit in demselben Dorf verlebte, in dem ich geboren bin, hätte ich gern in Erfahrung gebracht, ob ihr Märchen aus einer ähnlichen Quelle stammte. Auf jeden Fall schienen ihr Märchen und das des alten Hottentotten meine Auslegung der Rolle, die der Vogel in der allgemeinen Vorstellungswelt und in der Geschichte der Mantis spielte, zu bestätigen.

Dem Buschmann zufolge wurde die Mantis auf den Vogel Strauß aufmerksam, weil es an der Stelle, wo er fraß, immer außergewöhnlich gut roch. Eines Tages kroch die Mantis, während der Strauß fraß, nahe an ihn heran und sah zum erstenmal, wie er sein Futter auf Feuer briet. Nachdem der Strauß zu Ende gefressen hatte, pickte er das Feuer sorgfältig auf und verwahrte es tief unter seinem Flügel. So wie die Sonne der Achselhöhle eines Menschen des „frühen Geschlechts" entsprang, kam das Feuer aus derselben Körperstelle eines Straußes. Die Mantis erkannte sofort die Vorteile des Feuers, und sie grübelte darüber nach, wie sie es von dem Strauß erlangen könnte. Tagelang wanderte sie umher und machte Pläne. Beim Anblick des Feuers lernte sie also denken. Schließlich fand sie das Richtige; aber bei der Ausführung ihres Planes galt es, das Vertrauen des Straußes gröblich zu täuschen.

Wir müssen uns damit abfinden, daß der Verstand

im Urgeist die Fähigkeit erzeugte, die Urimpulse des Lebens zu überlisten, zu verneinen und zu belügen: diese Fähigkeit entwickelte sich tatsächlich aus Handlungen des Ungehorsams gegenüber diesen Anforderungen. Deshalb wird in der Mythologie der Überbringer des Feuers als Dieb dargestellt, und deshalb ist die Mantis in der Buschmannsaga ebenfalls ein Betrüger. Erst ihr zukünftiges Ich — durch den Sohn ihrer Adoptivkinder — sollte sie die Wichtigkeit bewußten Gehorsams gegenüber der Wahrheit als Nachfolger des ihr bisher bekannten Gehorsams gegenüber den Urbildern des Lebens lehren.

Die Mantis ging nun zu dem gutgläubigen Strauß und sagte zu ihm: „Ich habe einen Baum mit der wunderbarsten Frucht gefunden; eine Sorte, ganz nach dem Geschmack von jemandem, wie du es bist. Komm mit, und ich will ihn dir zeigen.“ Sie überredete den Strauß, ihr zu einem Baum in der Wüste zu folgen, der die köstlichen gelben wilden Pflaumen trug. Die feinschmeckerischen Elefanten wandern noch bis auf den heutigen Tag tausend Meilen in der Regenzeit, um die Pflaumen zu kosten. Der dankbare Strauß begann sofort zu fressen, aber die Mantis sagte: „Pflücke die Frucht sorgfältiger. Weiter oben mußt du fressen; die wohlschmeckendsten sind in der Krone.“ Der Strauß reckte sich höher und höher, aber die Mantis redete ihm weiter zu: „Du dumme Person, das ist noch nicht hoch genug. Schau dort oben die gelbe leuchtende. Das ist die Großmutter von allen.“ Der aufgeregte Strauß stellte sich auf die Zehenspitzen und breitete die Schwingen aus, um im Gleichgewicht zu bleiben, während er versuchte, die hoch hängende Frucht zu erreichen. In diesem Augenblick erhaschte die Mantis etwas von dem Feuer unter seinem Flügel. Bisher hatte der Strauß fliegen können; danach flog er nie mehr, damit er beim Ausbreiten der Schwingen nicht den Rest des Feuers verlor, der ihm noch verblieben war.

Die größte urweltliche Eingebung war auf die Erde gekommen, aber die Mantis mußte es schwer büßen, daß sie das Feuer erlangt hatte. In dem Wüstenmärchen kam sie in ihrem Feuer um, genauso wie sie als Insekt beim Fortpflanzungsakt umgekommen war, und ihre Frau weigerte sich, sie zu retten. Aus ihrer Asche und ihren Knochen wurden zwei Mantisse, die eine auffallende Ähnlichkeit mit Kwammang-a und Ichneumon in der Hauptsage haben. Die eine Mantis war leutselig, sie baute Windschirme und nahm gern Zuflucht zu ihrem Geist, wenn Gefahr drohte; die andere war kühn, unternehmend und zog fröhlich in die Welt hinaus, um jeder Gefahr zu trotzen. Hier haben wir bereits die Vorbilder für den Introvertierten und den Extrovertierten, für den Geist, der Bewahrer sein möchte, und den Geist, der Wandel schaffen möchte. Wenn noch ein Zweifel bestünde, daß die Mantis das Samenkorn war, dem Bewußtsein und größeres Wahrnehmungsvermögen im Buschmann entsprossen, so wird es durch eine weitere Feststellung Bleeks bestätigt — daß nämlich die Mantis diejenige war, die Orten und Dingen die unterscheidenden Namen gab; mit der Mantis kam das Wort.

Eine der ersten Handlungen der Mantis und ihrer Kinder war die Regelung von Mißverhältnissen in den Urimpulsen des Lebens. In der Welt des Buschmanns war der Elefant das Symbol für Übertreibung und rohe Gewalt. In Indien und im Fernen Osten ist der Elefant Symbol für die Weisheit, für den Sieg des Zusammenwirkens von Natürlichem und Berechnetem im Menschen. In der Welt des Buschmanns war es anders, für ihn war der Elefant, was die einäugigen Zyklopen für Odysseus waren – Bilder der Übertreibung und Maßlosigkeit, von denen sein Geist sich befreien mußte, wenn er jemals ausgeglichen und ein geschlossenes Ganzes werden sollte. So erklärte er den Elefanten den Krieg.

In einem Märchen, das man Bleek erzählt hatte, tötete die Mantis einen Elefanten, weil er ein kleines Urwesen des Lebens verschlang, ihren besonderen Liebling, das Lamm eines kleinen Springbocks. Sie fütterte es gerade mit Honig, den sie aus einem Loch grub, auf diese Weise die natürliche Süßigkeit des Honigs der Ernährung des Zarten und Kleinen dienstbar machend, als ein Elefant hinzukam und das Lamm fraß. Da zog die Mantis hinter dem Elefanten her, kroch durch den Nabel in ihn hinein, als wolle sie zum Ursprung des Ungeheuerlichen, tötete ihn von innen her und kam wieder mit dem Lamm heraus, um es in ihr Heim zu tragen, das heißt, sie wies dem Kleinen im Leben einen ständigen Wohnort in ihrem Geist zu.
Zu Hause schaute ihre Schwester sich das Gras auf dem Veld an und sah den Wind darüberstreichen: der Wind kam aus dem Osten. „Oh! schauet alle her!“ rief sie, „warum schwankt das Gras aus dieser Richtung? Der Wind ist dort, wo er, wie der Meister mir sagte, sein würde, wenn er, der Meister, zurückkehrte, wenn er auf dem Heimweg wäre ...“ Aus dem Osten, wo der Tag nach der Nacht erneuert wird, kam der Wind, kam der Geist, um Zeugnis abzulegen, daß die Mantis, als sie den Wert des Kleinen vor der Tyrannei des Großen errettete, das Leben auf Erden erneuert hatte.

Der Buschmann in der Wüste hatte einen herrlichen drastischen Bericht vom Krieg gegen die Übertreibung.

Darin sitzt den beiden jungen Mantissen eine übergroße Elefantin auf dem Rücken: ein deutlicher Hinweis darauf, daß die Besitzergreifung durch den urweltlichen Instinkt in ihrem Leben zu massiv war. Sie töten die Elefantin mit dem schwarzweißen Stachel des Stachelschweins. Schwarz und Weiß, miteinander vereint, sind im Urgeist Afrikas symbolisch für die Versöhnung der Gegensätze: was es bedeutet, daß diese Waffe vom Stachelschwein stammt, der Tochter des Alles-Verzehrers, der von der Mantis hochgeschätzten Frau, das wird sich später erweisen. Hier ist nur wichtig, daß die anderen Elefanten bald von der Tat erfuhren und sich aufmachten, um die beiden jungen Mantisse zu töten. Die Erde hallte wider vom Lärm ihres zornigen Ansturms. Die eine Mantis, die Introvertierte, zog sich hinter den Windschirm zurück, den sie erbaut hatte, als wolle sie der Gefahr durch Kontemplation und Gebet begegnen. Die andere machte sich auf den Weg, traf die Elefanten, sprang ihnen auf die Schultern und tötete sie auf höchst ungewöhnliche Weise.

Als der kleine Buschmann in der Kalahari mir erzählte, wie sie vorging, wollte ich zuerst meinen Ohren nicht trauen. Ich schaute ihn an und bat ihn, es noch einmal zu sagen. Er blickte zu mir auf, seine Augen leuchteten vor staunender Bewunderung, und er wiederholte feierlich: „Ja, wirklich! Sie sprang einem Elefanten nach dem anderen auf die Schulter und furzte ihnen ins Gesicht. Das konnten sie nicht ertragen. Sie fielen alle nacheinander um und starben, bis die Erde, soweit das Auge reichte, mit toten Elefanten bedeckt war." Er blickte mich wiederum sehr ernst an, als wolle er sagen: „Nun, ist das nicht das Wunderbarste, was du je vernommen hast?" Dann wurde er etwas bestürzt, weil alle

Zuhörer in der Runde in Lachen ausbrachen; aber bald stieg auch in mir das gleiche Staunen auf, das in den Augen des Erzählers aufleuchtete. Ich erinnerte mich daran, daß in einer Komödie des Aristophanes ein nackter Mann auf allen Vieren mit zum Himmel gereckten Hinterteil auf die Bühne kriecht. „Was glaubt er zu tun?“ fragt ein Darsteller. Ein anderer antwortet, auf das Hinterteil zeigend: „Er lernt Astronomie.“

Mir wurde klar, daß ich in dieser Tat der Mantis ein erstes Symbol für Humor besaß; es stellte das Element der Heiterkeit in uns dar, das Maßlosigkeit durch Lachen mildert; der Ton, der den Vorgang begleitete und den der erzählende Buschmann wiedergab, war ein Zeichen, daß der Körper seine Nahrung verdaut, das Gute entnimmt, und alles übrige ausscheidet. So ist auch das Lachen ein Zeichen, daß die Umformungstätigkeit des Geistes aus der Disproportion die Proportion entnommen und die Abfälle der Maßlosigkeit ausgeschieden hat. Der Sinn für Humor wurde einer der hervorstechendsten Charakterzüge des Buschmanns.

Was für einen Wert die Mantis auf die Bedeutsamkeit des Kleinen legte, finden wir auf reizvolle Weise in den Buschmanngeschichten von der kleinen gestreiften Maus des Veldes verzeichnet. Da findet eine Schlacht von weltweiter Bedeutung zwischen der Maus und der Eidechse, zwischen der Maus und dem schwarzen Käfer statt. – In zwei von Bleek berichteten Geschichten spielt die gestreifte Maus dieselbe Heldenrolle wie die „Mighty Mouse“ in den neuesten amerikanischen Karikaturen; ich bin überzeugt, daß beide aus demselben geheimen Mäuseloch in der Wandtäfelung des Geistes schlüpften. Ich hatte mich gefragt – warum ein Krieg zwischen Mäusen und Eidechsen und Käfern? Jetzt, nach so mancher Übung in der Sprache des Urgeistes, kam die Antwort leichter. Die Eidechse und der schwarze Käfer Südafrikas sind zwei sehr erdgebundene Geister. Der schwarze Käfer ist ein geschäftiger, aufdringlicher Schnüffler, der sich bis in alle Ewigkeit in die Erde eingräbt, blind gegenüber allem, was nichts mit irdischen Belangen zu tun hat. Eidechse und schwarzer Käfer haben eine Tochter. Sie wird gefangengehalten und gezwungen, nur dem erdgebundenen Willen ihrer Eltern zu folgen. Eines Tages sieht sie die langnasige Maus des Veldes herankommen. Sie ruft: „Ein Mann kommt!" Mistkäfer, Küchenschabe und Eidechse beschließen sofort, die langnasige Maus zu töten. Es gelingt ihnen, und daraufhin töten sie eine langnasige Maus nach der andern.

Hätte es sich nur um eine einzelne langnasige Maus gehandelt, hätte man das Zusammentreffen für zufällig halten können; da es sich aber in dem Märchen immer von neuem wiederholt, muß es einem bestimmten Zweck dienen. Ich glaube, es ist wegen der langen Nase der Maus. In den Geschichten der Primitiven, die ich kenne, ist die Maus das Symbol der unaufhörlichen und unsichtbaren Fruchtbarkeit des Geistes. Sie ist in Wirklichkeit ein Symbol für die Kraft des Kleinen, sich trotz der Nichtachtung oder Feindseligkeit seitens des menschlichen Tageslicht-Geistes in den geheimen Schlupfwinkeln seines Seins am Leben zu erhalten und neu zu erschaffen. Man erinnere sich an die wunderbare Geschichte von Beatrix Potter, „The Tailor of Gloucester". Die langnasige Maus stellt einen besonderen Aspekt dieser Art Schöpfung dar. Die Nase ist für das Tier, was Intuition für den Geist des Menschen ist; sie ist das Organ, mit dem das Tier alles das aufspüren kann, was weit entfernt ist und sonst verborgen bliebe. Wir sagen von einem Mann, der in seinem Beruf einen guten „Riecher" hat, er habe „eine gute Nase" dafür.

Seit Anbeginn aller Zeiten hat zwischen dem Geist, der sich mehr der Zukunft als der Gegenwart bewußt ist, und dem Geist, der sich mehr der Gegenwart als der Zukunft bewußt ist, ein Konflikt bestanden. Der gleiche Kriegszustand herrscht auch zwischen Eidechse, schwarzem Käfer und den langnasigen Mäusen. Lange sieht es so aus, als sollten die Eidechse und der Käfer, Kinder dieser Welt, die in ihrer Generation viel weiser sind als die Kinder des Lichts, alle langnasigen Mäuse auf der Erde ausrotten, und als sollte die Seele, ihre Tochter, auf ewig ihrem Willen unterworfen bleiben. Da hat die Mantis einen Traum. Immer wieder hat die Mantis einen Traum, wenn die letzte Katastrophe kurz bevorsteht und das Leben zu erlöschen droht. Durch den Traum wird ihr offenbart, was falsch ist und was dagegen unternommen werden muß. Sie schickt also die gestreifte Maus in den Kampf gegen Eidechse und Käfer.

Warum nun die gestreifte Maus? Weil Intuition allein nicht genügt. Es wird etwas gebraucht, was bessere Proportionen hat als die langnasige Maus — etwas was differenzierter und vollkommener ist. Die gestreifte Maus hat eine Nase, die zwar fein, aber nicht überlang ist; die Maus ist auch nicht einfarbig wie die langnasige Maus; die Streifen beweisen, daß sie nicht einseitigen Charakters ist und deshalb einen feiner unterscheidenden Geist besitzt.

Auf dem afrikanischen Veld ist dieses kleine, hübsch taubengrau und schwarz gezeichnete Tier eines der elegantesten und zierlichsten Geschöpfe. Es ergeht sich in Busch und Gestrüpp auf schmucken kleinen Gängen und in nur von ihm benutzten geheimen Tunneln; die gestreifte Maus hat zwar viele mächtige Feinde, aber ihre Sinne sind so geschärft, und sie verhält sich so still und geheimnisvoll, daß sie – allen Gefahren zum Trotz – am Leben bleibt und ihre Gattung mit erstaunlicher Fruchtbarkeit fortpflanzt.

Die gestreifte Maus begibt sich also in den Kampf. Sie tötet Eidechse und Käfer und ruft dabei aus: „Ich, ich töte, um Freunde zu retten." Wie ergreifend ist dieser Ausruf am Ende einer langen Märchenerzählung mit allen ihren wunderschönen Einzelheiten! Als der Augenblick der Erlösung kommt und die toten langnasigen Mäuse wieder lebendig geworden sind, schwingen sie die aus Hyänenschwänzen gefertigten Besen, mit denen die Buschmänner von jeher die Fliegen von den Gesichtern fernhielten, und rufen nacheinander ihrem gestreiften Erlöser zu: „Hier bin ich, hier bin ich!" Dann gingen sie alle zusammen, eine wiederauferstandene Kolonne der Schöpfung, nach Hause, und die Tochter – die Seele, die endlich die Freiheit fand, ihrer Intuition eines höheren Lebens zu folgen – ging mit ihnen. „Und neben ihr", sagte der Buschmann, „ging die gestreifte Maus, denn sie spürte, daß sie der Ehemann des Mädchens war." Und auf dem Rückweg zu ihrer Heimstätte im Mittelpunkt des Urgeistes beobachtete die Mantis, wie die Frauen der langnasigen Mäuse hinauszogen, um mit ihren lange totgeglaubten Ehemännern zusammenzutreffen. Da lehnt sie sich zurück, ihr ruheloser Geist ist ruhig geworden, und sie ist vor Ehrfurcht fast ein wenig erschrocken, weil sie all dies durch einen Traum vollbracht hat. Es ist also nicht verwunderlich, wenn der Buschmann zu mir sagte: „Da ist ein Traum, der uns träumt."

Nach der Begegnung mit dem Strauß und dem Diebstahl des Feuers erlebte die Mantis noch zahlreiche Abenteuer mit anderen Vögeln, gewann sie noch weitere intuitive Erkenntnisse über die Wirklichkeit. Der Ablauf ist immer der gleiche. Wenn sie auch niemals wieder verbrannte, so widerfuhr ihr dennoch mancherlei Leid, weil sie einen kostbaren Teil des Wissens, das sie von den Vögeln erworben hatte, für einseitige und selbstsüchtige Zwecke ausbeutete. Nur durch unerwartete Unglücksfälle lernte sie erkennen, warum ihr das Wissen zuteil wurde, nämlich um der Quelle zu dienen, der Ganzheit, aus der es kam; die Mantis mußte das Gesetz der Wechselwirkung zwischen dem Bewußten und dem Unbewußten befolgen; die Vögel hatten ihr geholfen, neue Nahrung für den Geist zu finden, und nun mußte sie diese Nahrung auch mit ihnen teilen.

Während sie diese Lektion lernte, wurden die Mitglieder ihres nächsten Verwandtenkreises aufgerufen, eine wichtige Rolle zu übernehmen. Zu allererst ist da ihre Frau: Kauru, Dassie, das Felskaninchen. Das Felskaninchen ist das, was in der Sprache des dialektischen Materialismus sozialistischer Realist strengster Observanz genannt werden würde. Ich kann aus eigener Erfahrung bestätigen, daß es schwierig wäre, ein afrikanisches Tier zu finden, dessen Füße dem Boden enger verhaftet wären. Den ganzen Tag lang huscht es aus den Schatten und Ritzen unserer Kranse und felsigen Berggipfel heraus und wieder hinein wie eine geschäftige Hausfrau, die völlig in ihren Pflichten aufgeht. Es kann im Geiste der Mantis keine besonders gehobene Stellung einnehmen; alles, was an ihr romantisch und höher entwickelt ist, scheint auf die Adoptivtochter der Mantis, das Stachelschwein, übergegangen zu sein; aber Dassie, das Felskaninchen, spielt im alltäglichen Leben der Mantis eine unentbehrliche Rolle. Körperlich muß es, wie bekanntlich seine ganze Gattung, von Natur aus ungemein fruchtbar gewesen sein und leicht Junge zur Welt gebracht haben. Aus der Geschichte des Buschmanns wissen wir, daß es der Mantis half, als sie in Schwierigkeiten mit ihren Nachbarn geriet, indem es diese Nachbarn zur Friedfertigkeit überredete. Es macht den Geist der Mantis auf die rechtmäßigen Forderungen der weltlichen Realität und Gemeinschaft aufmerksam.

Wie uns berichtet wird, geriet die Mantis überhaupt häufig in Schwierigkeiten, weil sie angeblich Tricks anwandte. Das ist nicht verwunderlich, denn bis zum heutigen Tage wird jeder neue Fortschritt im Bewußtsein des einzelnen von der konservativen, rückschrittlichen Mentalität des sozialen Menschen als eine Art Trick oder Gaukelspiel des Geistes, wenn nicht gar als Verrat am Althergebrachten geahndet. Kwammang-a, der ungreifbare Charakter, Gatte des Stachelschweins, gerät oft in Schwierigkeiten mit der Mantis. Kwammang-a ist, wie uns berichtet wird, ein Element des Regenbogens; und ich persönlich glaube, daß der Regenbogen ein Symbol der analysierenden, unterscheidenden, vernünftig überlegenden Anschauungsweise ist, die im Urgeist der Menschen dämmerte. Diesen Charakter hatte der Regenbogen für Goethe, und er hat ihn auch, wie ich glaube, in der Bibel, wo er als Zeichen des Bündnisses zwischen Gott und Mensch erscheint, demzufolge es keine Sündflut mehr geben soll. Das lege ich mir wiederum so aus, daß der bewußte Geist des Menschen, welcher Gott, der Ganzheit, zugewandt ist, künftig stark genug sein wird, sich nicht von den blinden, unbewußten Anforderungen des Lebens überwältigen zu lassen. Der

Regenbogen ist deshalb gewählt, weil er das große weiße Licht ist, das Ganze, das in seine Grundfarben, in seine verborgenen und aufbauenden Elemente zerlegt ist; so ist er die höchste Manifestation natürlicher Analyse, die wir besitzen.

Wir dürfen auch nicht vergessen, daß die Mantis eine Art Noah war und im Anfang eine Sündflut überstehen mußte. Außerdem brauchte sie einen solchen Bogen am Himmel auch als Zeichen dafür, daß der Urgeist ihr gelobt hatte, nie wieder eine Sündflut eintreten zu lassen. Mit der Eroberung des Feuers und der Vollendung ihres Bewußtseins scheint es mir durchaus richtig und sogar unausbleiblich, daß die Mantis in der Person Kwammang-a dieses Regenbogenelement neben sich hatte. Der Grund für die häufigen Zerwürfnisse zwischen den beiden ist nun darin zu suchen, daß Kwammang-a viele seiner Tricks von jenem analytischen Element in sich selber lernt, obwohl er, bezeichnenderweise, weder dessen Wert noch passenden Verwendungszweck kennt. Das müssen beide erst von ihrem zukünftigen Ich lernen – die Mantis von ihrem Enkelsohn, das Regenbogenelement, Kwammang-a, von einem um einen Grad näherliegenden Aspekt, dem eigenen vom Stachelschwein geborenen Sohn. Dieser Sohn, Ichneumon, die Pharaonsratte, tadelt beide heftig wegen ihrer Torheit, seinen Großvater direkt und fortwährend, seinen Vater durch Einbeziehung (einfach weil er dazugehört).

Und auch das ist richtig so! Im Licht unseres zukünftigen Ichs sind wir alle Toren. Wir könnten auch gar nicht unser zukünftiges Ich werden, wenn wir nicht bereit wären, uns vom Leben ebenso zu Toren machen zu lassen, wie es aus der Mantis eine Törin gemacht hat. Das ist der Grund, warum das Symbol des Toren, der

Clown, so tief in uns allen verwurzelt ist. Als Erwachsene vergessen wir gern, was wir dem Toren in uns verdanken, und mißachten unsere lebenspendende Torheit. Wir müssen zur Erinnerung an das Kind in uns zurückkehren, um den Toren würdigen zu können, der uns aus den dunklen Schwingen der Zeit ins Licht der Zirkusarena hineintaumeln ließ, der Schaubühne unserer kurzen Lebensrunde.

Immer wenn ich Geschichten über die Mantis lese, die über neue von ihr begangene Torheiten bekümmert ist und zutiefst verletzt heimkehrt, um von ihrem zukünftigen Ich, eigentlich von jedem außer ihrer geliebten Adoptivtochter, dem Stachelschwein, gescholten wird, dann denke ich an eine mittelalterliche Legende aus Europa, die von einem Narren handelt. Tag für Tag führte er seine Kunststücke in einer großen Stadt vor, in der Hoffnung, den Pöbel, — viel zu beschäftigt, um selber Narrheiten zu begehen, viel zu beschäftigt, um zu leben – zum Lachen zu bringen. Aber im Grunde seines Herzens war er tieftraurig, weil er dem Leben nichts Besseres zu bieten hatte. In einer dunklen Nacht ging er Trost suchend in eine große Kathedrale, um zu beten. Sie war leer, und da kam er auf den Gedanken, seine Kunststücke vor einer Statue der Mutter Gottes vorzuführen. Er gehorchte diesem Impuls und spielte sein ganzes Repertoire an Zauberkunststücken und Scherzen so eifrig herunter, als wäre eine große Zuschauermenge anwesend. Als er fertig war und sich lächerlicher vorkam denn je, blickte er zu der Statue auf; da wurde sie plötzlich lebendig, eine Träne rollte ihr über die Wange, und dann lächelte sie über ihn. Genauso, glaube ich, muß das Stachelschwein über die Torheiten der Mantis gelächelt haben, sonst hätte sie es nicht so lieben können.

Nun betrachte man das Stachelschwein. Die Mantis hat es aus dem gestirnten Himmel für sich auserkoren. Als ich zum erstenmal von den Lippen eines Buschmanns hörte, es sei die Adoptivtochter eines Insekts, konnte ich mich eines Lächelns über solchen Unsinn nicht erwehren. Ich lächelte nicht mehr, als ich über die Natur des Stachelschweins genauer nachdachte; denn bald erkannte ich, wie gut es sich in jener Welt der Urdinge dazu eignete, erhabener Ausdruck der intuitiven Seele der Mantis zu sein. Das afrikanische Stachelschwein ist ein Tier, das nur nachts zum Vorschein kommt. Im Gegensatz zur Hyäne stellt es den schöpferischen Aspekt der Dunkelheit dar; es zieht nicht umher und tötet willkürlich Lebewesen oder verletzt sie, sondern es weidet unter den Sternen behutsam grünes Gras und zarte Wurzeln ab.

Ein Blick in die Augen der Hyäne verrät uns ihre Natur, auch die Wesensart des Stachelschweins erkennen wir in seinen Augen. Sie sind tief, dunkel und schimmern sanft, und keine Spur von Angriffslust oder Verwirrung ist in ihnen. Sie verleihen ihm die Fähigkeit, im Dunkeln zu sehen, so wie die Seele dem Menschen die Fähigkeit verleiht, die eigene Dunkelheit zu durchdringen. Das Stachelschwein hat einen fein ausgeprägten, differenzierenden Geruchssinn, was beim Tier der Intuition entspricht und es auf den richtigen Weg in die Zukunft führt. Ebenso trägt das Stachelschwein die Farben von Nacht und Tag – die Uniform des Versöhners von Gegensätzen und das Erkennungszeichen für Ganzheit: zum Zeichen, daß es sogar in der Dunkelheit mit einer gültigen Lichtquelle in Verbindung steht, sind seine Stacheln schwarz und weiß gefärbt. Ich möchte hinzufügen, daß die Buschmänner der Kalahari einen ungewöhnlich zärtlichen Ton in ihre Stimme legten, wenn sie vom Stachelschwein sprachen. Sie schilderten beinahe ehrfurchtsvoll, wie es in der Dunkelheit völlig heimisch war und unfehlbar seinen Weg fand. Es kehrte erst dann in seine Behausung in einem tiefen Erdloch zurück, so sagten sie, wenn das Herz der Morgenröte mit Pfeil und Bogen in den Himmel hineinschritt. Wenn es sich verkroch, um zu schlafen, folgten ihm zwei Fledermäuse und ließen sich an der Biegung des Durchgangs zu seinem Zimmer mit dem Kopf nach unten vom Dach herabhängen, um seine sanften Augen vor Belästigungen des hellen Wüstentages abzuschirmen.

Alles was ich über das Stachelschwein erfuhr, brachte mich zu der Überzeugung, daß es mit der Ariadne verwandt ist, deren Faden den Menschen nach seiner Begegnung mit dem Tier sicher aus der labyrinthischen Tiefe seiner selbst herausführte — verwandt auch mit anderen Erscheinungen geistiger Schönheit, wie sie den Menschen in Gestalt von Frauen gezeigt wird, von Penelope und Heloise bis zu Laura und Beatrice. In der letzten und großartigsten Geschichte wird die Mantis sich dann auch ihm wieder zuwenden, wie Francis Thompson sich demselben Bild in seinem Innern zuwandte:

„Wahrlich, meine Seele, meine Tochter,
So klage denn in der Nacht
Und klammere dich fest an den Himmelssaum."

Schließlich darf man auch nicht vergessen, daß das Stachelschwein die natürliche Tochter von jemandem war, der Alles-Verzehrer hieß. Wie in der griechischen Sagenwelt Aphrodite dem Schaum des alles verschlingenden Meeres entstieg, so ging das Stachelschwein in seiner ganzen sternenbetupften nächtlichen Schönheit aus jenem Buschmann-Element hervor, das alles verzehrte.

Von seinen beiden Kindern, die es von Kwammang-a, dem analysierenden Regenbogenelement der Mantis, hatte, tritt Ichneumon, die Pharaonsratte, in den Geschichten am häufigsten in Erscheinung. Er macht die Mantis immer auf das aufmerksam, was sie falsch gemacht hat. Obwohl die Mantis ständig bewußtes Wissen von ihrem Regenbogenelement bezieht, scheint Kwammang-a machtlos zu sein, sie zu lehren, auf welche Weise dieses Wissen am schöpferischsten zu verwerten ist. Wäre das Leben nur der Mantis und Kwammang-a anheimgestellt gewesen, dann hätten sie zwar Wissen in Menge besessen, ohne sich jedoch vorstellen zu können, wie man nicht von ihm zerstört wird. Sie wären in derselben Lage wie wir heute; die Menschheit verfügt über mehr Kenntnisse denn je zuvor, und auf Grund dieser Kenntnisse auch über die nukleare Macht, die uns alle zu vernichten droht, weil wir nicht wissen, wie wir diese Macht richtig anwenden sollen. Aber im Begriff der Mantis ist ein Element enthalten, das gerade mit der Aufgabe betraut ist, das Wissen vor verhängnisvollen Auswüchsen zu bewahren und es unter Kontrolle zu halten. Dieses Element ist Ichneumon, der Sohn des Stachelschweins und Kwammang-as, Sproß der echten Vermählung von Seele und Geist.

Warum sollte nun Ichneumon, die Pharaonsratte, dieses Sinnbild sein? Weil er in meinem Teil Afrikas ebensowohl ein Geschöpf der Sonne wie der Erde ist. Er lebt in tiefen Erdlöchern, aber wenn er herauskriecht, ist er ein großer Töter von Reptilien und Schlangen. Er mißt vom Kopf bis zum Schwanz nicht mehr als dreiunddreißig Zentimeter und ist vielleicht nur zwölf Zentimeter hoch, und doch habe ich ihn eine sechs Fuß lange Kobra angreifen sehen. Nach einer Reihe geschickter, flinker Scheinangriffe, während derer die Schlange mehrmals zustieß und ihn nur um Millimeterbreite verfehlte, stürzte er sich auf die Kobra, packte sie beim Genick und biß ihr sogleich die Wirbelsäule durch. Einer meiner Freunde hielt sich einen Ichneumon, der ihm das liebste Haustier war. Eines Tages rettete er uns das Leben, indem er von der Decke sprang, auf der wir im Garten lagen und lasen, und eine schwarze, am Hals geringelte Kobra tötete, die gerade über uns hinwegkriechen wollte. In der Freiheit ist er ein geselliges, liebenswertes Tier mit viel Gemeinschaftssinn und von natürlicher Gemütlichkeit. Er ist intelligent und kennt im Notfall ebenso viele Listen wie die Mantis; vor allem aber liebt er die Sonne. Wenn er nicht für seinen Lebensunterhalt arbeitet, sitzt er am liebsten neben seiner Höhle kerzengrade auf den Hinterbeinen aufgerichtet wie ein kleiner Mann und genießt in Gesellschaft seiner Gefährten die Sonne. Diese Eigenschaften genügten dem Buschmann, den Ichneumon zum ausdrucksvollsten Symbol jenes Elements zu machen, das Instinktives und Bewußtes vereint, die Schlange und die Sonne im Urgeist der Menschheit einander angleicht.

Der Ichneumon hat auch einen Bruder, den jungen Kwammang-a, von dem wir nur soviel wissen, daß er tapfer und ruhig war wie sein Vater. Das läßt vermuten, daß er das bewußte Handeln darstellte, das immer um einen Grad dem voraus ist, was die Mantis jeweils ausführen konnte. In der allerletzten Geschichte werden wir ihn eine entscheidende Rolle unter der Anleitung seiner Mutter, dem Stachelschwein, der Urseele, spielen sehen.

In dieser Begleitung begab sich die Mantis an ihre Aufgabe, über ihr unmittelbares Ich hinaus schöpferisch tätig zu sein. Es ist höchst eindrucksvoll zu sehen, wie tief dieses Thema mit den Geschichten des Buschmanns verwoben ist: da wird ständig betont, daß das Leben nicht nur als *Sein* aufzufassen ist, sondern auch als ein immerwährendes Werden. Hier finden wir die Einsicht, daß das menschliche Leben Sinn und Wert gerade vom Element des Werdens erhält, das im Mittelpunkt des menschlichen Seins wurzelt. Am Leben von Insekt, Reptil, Vierfüßer, Regenbogen, Sonne, Mond und Stern wird das alte Paradoxon bekräftigt, daß der, der das Leben nur lebt, um zu *sein*, es verliert, während der, der das Sein verliert, um zu werden, ewig lebt. So erkennt die Mantis, daß sie, um ein umfassenderer Ausdruck ihres eigenen Ichs zu werden, den Pavianen oder, wie der Buschmann sie nannte, „den Personen, die auf ihren Fersen sitzen", den Krieg erklären muß.

In jenen Tagen sprach jeder die Sprache eines jeden. Der Buschmann, der Bleek die Geschichte von diesem Krieg erzählte, ging sogar so weit, daß er sagte, man müsse eigentlich die Sprache der Paviane benutzen, um sie richtig zu verstehen; aber, so fügte er ehrfürchtig hinzu: „Ich muß in meiner eigenen Sprache sprechen, weil ich spüre, daß die Sprache der Paviane nicht leicht ist." Warum nun die Paviane? Weil im Reich der Tiere der Pavian den kritischen Geist darstellt; er ist der Intellektuelle, der geistig Hochstehende, er verkörpert das rein geistige Leben. Wie die meisten Wesen, die auf die Bildung des Geistes höchsten Wert legen, sind die Paviane in ihrem Gefühlsleben unreif; eine Tochter des Stachelschweins im Alter von drei Wochen würde sich schämen, wenn sie keine größere Gefühlsreife besäße als die Paviane.

Diese grobe Vernachlässigung ihres Gefühlslebens macht sie außerordentlich reizbar. Sie spielen andern gern Streiche, können es aber nicht vertragen, wenn man ihnen einen Streich spielt; sie kritisieren gern und fällen abschätzige Urteile, können aber selber keine Kritik vertragen. Sie sind außerordentlich leicht gekränkt, was ich immer wieder beobachten konnte, weil ich mit ihnen zusammen aufgewachsen bin. Bei keinem anderen Tier fand ich diese Neigung so stark ausgeprägt. Infolgedessen haben sie mit Ausnahme der Schlange weniger Freunde als jedes andere Geschöpf. Außerdem sind sie wie alle Lebewesen, die das Streben nach Ganzheit für sich selber verneinen, außerordentlich neurotisch. In einer Buschmanngeschichte gibt es ein anschauliches Beispiel für ihre Empfindlichkeit. Dort kommt ein Mann knapp mit dem Leben davon, nur weil er zu ihnen gesagt hat: „He, ihr da! sagt was zu mir! Wie seid ihr häßlich! Eure Stirnen sehen aus wie überhängende Klippen!“

All das ist recht betrüblich; denn auch die Paviane haben zum Urgeist der Dinge etwas beizusteuern; gerade durch ihre kritische Begabung sind sie dazu fähig. Es mag bedauerlich sein, daß sie nicht imstande sind, ihre große Begabung ein wenig mehr gegen sich selber zu richten. Für sie scheint es gewissermaßen eine Tugend zu sein, auf die Fehler im Leben anderer hinzuweisen, also in einem Leben, das sie selber nicht zu leben brauchen und das sie eigentlich nichts angeht. Trotzdem haben sie etwas beizusteuern. Die Mantis ist sich klar darüber, daß sie ihr Ich nicht weiterentwickeln kann, wenn sie sich nicht auch den kritischen Fähigkeiten des Lebens unterordnet, mit anderen Worten: wenn sie sich nicht mit den Pavianen auseinandersetzt – und die archaische Ausdrucksform einer solchen Auseinandersetzung ist der Krieg. Sie schickt also ihren Sohn aus; er soll Stöcke sammeln, die sich zur Herstellung von Pfeilen für ihren bevorstehenden Krieg eignen. Daß der Sohn ein Sinnbild des zukünftigen Ichs des Vaters sein sollte, scheint mir offensichtlich; aber vielleicht täte ich besser daran zu sagen, der Buschmann empfand den Sohn so stark als eine Ergänzung seiner eigenen Persönlichkeit, daß er, wie ich einmal hörte, einen Jungen mit folgenden Worten schalt: „Wie kannst du hier drinnen in meinem Körper wohnen und mir nicht gehorchen?“ Die Pfeile, für die ihr Sohn das Holz sammeln soll, sind ein Symbol für den Willen der Mantis, einen umfassenderen Ausdruck ihrer selbst zu entwickeln. Wieder muß ich an Blakes Verse denken:

„Bringe mir meinen Bogen aus gleißendem Gold!
Bringe mir meine Pfeile des Begehrens!“

Pfeil und Bogen waren als Symbol tief in der Seele des Buschmanns verwurzelt. Dieses erste selbstverfertigte Werkzeug befähigte ihn, seinen Willen über weite Entfernungen zur Geltung zu bringen. Nach allem, was ich über den Buschmann weiß, ergibt sich ganz deutlich, daß der Pfeil für ihn nicht nur ein Werkzeug war, durch das er sich Nahrung verschaffte, sondern daß er in ihm auch eine geistige Schöpfung sah. Er brachte ihn assoziativ ebenso mit Schöpfung wie mit Tod in Verbindung. Als ich einen Buschmann fragte, wie sein Volk auf den Bogen gekommen sei, blickte er mich an, als könne er gar nicht glauben, daß jemand so unwissend sei, und gab sich gar nicht erst die Mühe zu antworten. Als ich weiter in ihn drang, sagte er, ich solle mir den Neumond am Himmel anschauen, dann wüßte ich die Antwort. Ich habe in der Geschichte vom Hasen dargelegt, warum der Mond für den Buschmann das große Symbol der Auferstehung war. Die Assoziation von Bogen und Neumond beweist, was für ein vielsagendes Symbol der Auferstehung der Bogen in der Geschichte der Mantis ist. Noch weitergehend sah der Buschmann im Geschlechtsakt sich selber als einen Bogen, der von der Frau, die er in den Armen hält, gespannt wird: sie beide zusammen schossen ein neues Leben in die Zukunft. Aus diesem Grunde benutzt er noch heute bei seiner Werbung um eine Frau den Amorbogen, wie ich es in „Die verlorene Welt der Kalahari" beschrieben habe. Er findet den Bogen viel beredter als bloße Worte, um ihr zu zeigen, wie sehnlich er sich wünscht, durch sie neues Leben zu schaffen.

Sobald nun die junge Mantis sich auf den Weg macht, um Holz für die Pfeile ihres Vaters zu suchen, bemerken das die Paviane und werden sogleich argwöhnisch, wie es in der Natur des herabsetzenden Geistes liegt. Der älteste und erfahrenste Pavian fragt die junge Mantis, was sie tue; es ist bezeichnend, daß die Paviane fortan von ihr als von dem „Kind drüben" sprechen. Das Kind ist leider wie jede neue Vision des Lebens, wenn sie zum erstenmal aufsteigt, bis zur Selbstvernichtung naiv und töricht. Hier haben wir eine frühe Vision des ständig gleichen Vorgangs, demzufolge Heilige sich so aufführen, daß die Bezeichnung für einen Heiligen ursprünglich in vielen Sprachen entweder „Traumwandler", „Einfaltspinsel", „Trottel" oder „Idiot" bedeutet. Aufgrund dieser Gedankenverbindung wurde sogar das Wort

„cretin“ aus dem mittelalterlichen Französisch entlehnt, das den Dorftrottel als „un bon chrétien“, „einen guten Christen“ beschrieb. Parsifal, der das große Abenteuer der mittelalterlichen Welt begann, war nichts anderes als einfältig. Ebenso die junge Mantis. Es kam ihr gar nicht in den Sinn, daß Paviane, die so gut mit anderen argumentierten, ein gegen sie gerichtetes Argument übelnehmen könnten. Sie antwortet einfach und wahrheitsgetreu: „Ich sammle Stöcke für die Pfeile meines Vaters, damit er in den Krieg gegen jene ziehen kann, ‚die auf ihren Fersen sitzen‘.“

Die Paviane verbreiten die Kunde schnell und werden immer erregter. Da sie ihr Gefühlsleben vernachlässigt haben, können sie ihrer Erregung nicht Herr werden. Wie stark gefühlsbetont sie reagieren, wird in dem Märchen, so wie es Bleek erzählt wurde, deutlich sichtbar; denn sie sprechen über die Anwesenheit des Kindes in dem gesteigerten Gefühlston, den wir Dichtung nennen. Bald können sie sich nicht länger beherrschen. Sie fallen über die junge Mantis her und töten sie. Sie zertrümmern ihr den Kopf, so daß das Auge herausfällt und sie es aufheben und mit ihm Ball spielen können. Sollte es ein besseres Sinnbild dafür geben, was übertriebene Kritik, was der einseitige Geist der reinen Vernunft junger Schöpfung zuleide tun, – mir ist es noch nicht begegnet. Die Paviane spielen also weiterhin mit dem Auge Ball, bis jeder nach Art der Paviane den Ball, die Vision, für sich allein haben will. Die gesteigerte Erregung, in der sich dies alles abspielt, führt zu weiteren poetischen Ergüssen; ein Pavian ruft dem andern zu:

„Ich will ihn haben,
Wessen Ball ist es?

Ich will ihn haben,
Wessen Ball ist es?
Und ich will ihn haben."

Schon sieht es so aus, als ob das, was von der neuen Vision übriggeblieben ist, bald in einem Streit der Kritiker untereinander zerstört werden würde, da hat die Mantis, die zu Hause auf ihr Kind wartet, einen Traum. Sie träumte, so sagte der Buschmann, „die Paviane hätten ihr Kind getötet; sie hätten aus dem Auge des Kindes einen Ball gemacht." Durch den Traum sieht sie, was falsch ist und was sie tun muß, um die neue Vision zu retten. Nach diesem Traum kann sie dann auch niemals wieder dieselbe sein. Sie geht mit ungeheurer Tatkraft zu Werke. Mit dem Bogen und einem Köcher voller Pfeile begibt sie sich so schnell zum Treffpunkt, daß der Buschmann sagt, „rasselnd, mit großem Gerassel" schritt sie dahin. In einer gewaltigen Schlacht kämpft sie gegen die Paviane, wird beinahe getötet und entkommt gerade noch mit dem Augapfel ihres Sohnes im Beutel aus Hartebeestfell, den sie immer bei sich trägt. Ich lege das folgendermaßen aus: die Mantis erkennt, daß das übertrieben intellektualisierte, das allzu kritische Argument sowohl für die junge Vision als auch für sie selber den Tod bedeutet. Der einzige Ausweg ist, das Argumentieren aufzugeben und die junge Vision durch natürliches, instinktives Verhalten zu schützen, das durch den Beutel versinnbildlicht wird, den Behälter aus dem Fell ihres geliebten Hartebeests.

Ihr Weg führt sie zu einer Stelle mit Wasser, Gras, Schilfrohr und grünwachsenden Pflanzen, ein immer wiederkehrendes Sinnbild der Herkunft des Urgeistes. Dort nimmt sie das Auge zärtlich aus dem Beutel, versenkt es im Wasser und sagt dabei: „Du mußt wachsen, auf daß du das werdest, was du gewesen bist.“ Die Quelle läßt sie nicht im Stich. Das Auge verändert sich von Tag zu Tag, bis die Mantis, die den Schauplatz täglich in aller Heimlichkeit aufsucht, es im Wasser plätschern hört und schließlich ihr Kind, wieder zu einem Ganzen geworden, vorfindet; es liegt in der Sonne neben dem Wasser.

„Deshalb“, so sagte der Buschmann, „ging sie sanftmütig zum Kinde hin, ... und sie salbte das Kind mit ihrem Wohlgeruch, und sie sagte: ‚Warum fürchtest du dich vor mir? Ich bin dein Vater. Ich, die Mantis, bin hier: du bist mein Sohn. Ich bin die Mantis, ich, deren Sohn du bist, dein Vater bin ich.‘“ Dort, zu jener Zeit, vervollständigte sich der Knabe, vervollständigte sich die Vision — die neue Form des Lebens. Dort im Schilf Südafrikas beginnt für den Buschmann der Weg, der ihn aus seinem gefangenen Geist hinausführt, wie für das Volk Israel der Weg aus der Knechtschaft in dem Knaben Moses beschlossen lag, der am Nil im Schilf schlief.

15

Das Herz der Morgenröte

Der Buschmann lebte in einem Zustand außerordentlicher Naturverbundenheit. Das war allgemein für das Leben primitiver Völker charakteristisch. Der französische Beobachter, den ich schon früher zitiert habe, bezeichnete gerade diese enge Naturverbundenheit als den hauptsächlichen Unterschied zwischen dem primitiven und dem zivilisierten Menschen und nannte den Zustand „mystische Einbezogenheit“. Wie treffend die Bezeichnung auch ist, so darf man sich doch nicht darüber hinwegtäuschen, daß der Unterschied zwischen den Urmenschen Afrikas und anderen primitiven Völkern groß war. Der Zustand der Naturverbundenheit scheint mir beim Buschmann positiver und schöpferischer gewesen zu sein als bei den meisten anderen Primitiven. Wenn ich das ausspreche, bin ich mir bewußt, daß dieser Eindruck durch die Art, wie uns das primitive Leben dargestellt wurde, in übertriebenem Maße verstärkt wird. Ich weiß auch, daß hauptsächlich jene Menschen zum Entstehen falscher Vorstellungen beigetragen haben, die von falschen Voraussetzungen ausgingen und schon so weit von dem Primitiven in sich selber entfernt waren, daß sie es bei anderen Menschen nicht richtig zu würdigen wußten. Ich bin mir ebenfalls klar darüber, daß die primitive Gesellschaft zu der Zeit, als sie in den Gesichtskreis der Europäer trat, bereits stagnierte oder in Auflösung begriffen war. Gerade in Afrika kämpfte sie nur noch um das nackte Leben. Wir können kaum beurteilen, wie sie anfangs in ungestörtem Zustand aussah. Ihre Mythen, Legenden und Märchen beweisen, daß auch sie in ferner Vergangenheit weniger verkrampft und eingeengt gewesen war als zu der Zeit, in der wir zum erstenmal mit ihr in Berührung kamen; aber nachdem der Kontakt erst einmal hergestellt war, hatten die Primitiven niemals wieder eine Chance zu zeigen, was aus ihnen hätte werden können.

Begegnungen zwischen primitiven und zivilisierten Kulturen sind Ereignisse von ungeheurer Tragweite, die tiefgreifende Folgen für beide nach sich ziehen. Keine der beiden Kulturen kann danach noch dieselbe sein.

Der Europäer in seiner dünkelhaften Überlegenheit meint, daß eine solche Begegnung nur für den Primitiven Bedeutung habe, während er seinerseits einer Beeinflussung durch sie nicht ausgesetzt sei. Aber es gibt bei derart einschneidenden Begegnungen keine Einbahnstraßen. In jedem zivilisierten Menschen schlummert ein Rest von Primitivität, die durch die Begegnung mit dem Primitiven in der Welt draußen wachgerüttelt wird. Der Zivilisierte mag dies, wie es im Land meiner Geburt der Fall ist, mit aller Entschiedenheit von sich weisen, aber der Wandel schreitet dennoch unaufhaltsam fort. Gerade infolge dieser Zurückweisung dringt das Primitive durch eine Hintertür des Geistes heimlich in das Leben des zivilisierten Menschen ein. Anstatt sich positiv auszuwirken, wird es nun aber negativ, ein rächendes und zerstörerisches Element, weil ihm der Zivilisierte den Willkommensgruß seines Herzens und die Dienstbarkeit seines Geistes versagt.

Aber selbst wenn man all dies berücksichtigt, ist der Unterschied zwischen der Naturverbundenheit des Buschmanns und der anderer primitiver Afrikaner wesentlich und nicht zu übersehen; denn das Leben des Buschmanns war frei von der Tyrannei der Zahlen. Wie die Zivilisation so kennt auch die Natur ihre Häresien; auch sie bringt Lebensäußerungen hervor, die von der Hauptstraße des Lebens abweichen und sich auf Kosten des Ganzen durchzusetzen suchen. Die erste und älteste wie auch die zeitgemäßeste dieser Häresien ist, meiner Meinung nach, die der Zahlen. Als wir mit dem primitiven Leben in Afrika in Berührung kamen, war es, was es früher auch einmal gewesen sein mochte, fest von der Klaue der Zahlen umklammert. Selbst heute noch sind die Überreste des primitiven Lebens in

Afrika nicht frei von dieser Tyrannei. Der emanzipierte Afrikaner lehnt Tribalismus und Traditionalismus in seinem eigenen Volk gerade deshalb so heftig ab, weil beide vom einzelnen immer noch ein unverhältnismäßig großes Opfer für die Vielen verlangten.

Die zahlreichen Gründe, die zur Rechtfertigung dieser Entwicklung des primitiven Lebens vorgebracht werden, sind leicht zu durchschauen. So konnte sich zum Beispiel die primitive Gesellschaft gegenüber ihren Feinden in der Natur und bei den Menschen nur behaupten, wenn sie sich zu einer größeren Menge zusammenschloß. Zahlen verliehen ihr eine Macht, die sie auf keinem anderen Wege hätte erwerben können; aber es war eine Macht, die im verborgenen zur Korruption führte. Die Gesellschaft geriet auf die schiefe Bahn, verkrampfte sich und ließ sich auf alle möglichen Übertreibungen und Phantastereien ein. Wegen der unerbittlichen Herrschaft der Zahlen stand das Spiegelbild der frühen Wirklichkeit, so schätzenswert und erregend es auch war, in der Einbildungskraft der primitiven Welt nicht so wesensgleich und genau da wie in der des Buschmanns. Er allein ließ sich niemals von dem Flitter der Zahlen blenden. Obwohl die Gefahr, wie die Geschichte lehrt, für ihn drohender war als für die anderen, scheint er niemals ein Leben in Zahlen gelebt zu haben.

Vielleicht sollte ich hier betonen, daß ich nicht den Ehrgeiz habe, ihm in diesem Punkt vorsätzlich eine Tugend beizulegen. Ich will nicht unterstellen, daß in ihm schon eine bewußte Ahnung von der Gefährlichkeit der Zahlen für den Urgeist des Lebens schlummerte. Aber eine Tatsache bleibt bestehen und spricht beredt für sich selber: das Leben des Buschmanns war von Anfang bis zu Ende ein Leben der wenigen, vielleicht deshalb, weil er Jäger war und von der Jagd lebte; ich weiß aus eigener Erfahrung, daß die Jagd nur eine geringe Anzahl von Menschen ernähren kann. Gewiß, die Personenzahl der größten Buschmanngemeinschaft, die ich in der Kalahari vorfand, betrug knapp dreißig in einem Gebiet, wo es reichlich Wild gab, und man sagte mir, daß dies in der Wüste der Durchschnitt sei. Obwohl die Zahlen in den besser bewässerten, fruchtbareren Tälern und Ebenen Südafrikas höher lagen, wußte ich aus der Geschichte und den seit dreihundert Jahren von Mund zu Mund weitergegebenen Berichten in meiner Familie von keiner größeren Anzahl. Der Buschmann scheint von Natur aus unfähig zu sein, sich in größeren Mengen zu organisieren. Selbst die Versuche der wenigen wohlmeinenden Europäer in meiner Heimat, ihn im Interesse seiner persönlichen Sicherheit zu größeren Gemeinden zusammenzuschließen, schlugen jämmerlich fehl. In dieser Beziehung lernte er auch nichts von seinen Feinden. Der Europäer vernichtete die Buschmänner nicht infolge seiner zahlenmäßigen Überlegenheit, sondern weil er Gewehre besaß, die weiter schossen als Pfeil und Bogen des kleinen Jägers, und Pferde, die schneller liefen als er; aber die schwarze Menschenflut, die von Norden her sein Land überschwemmte, rottete ihn allein durch das Gewicht der Zahl aus.

Die Afrikaner selber gaben als erste zu, daß es an Verstand, Geschicklichkeit und Mut nicht seinesgleichen gab. Sie fürchteten nichts so sehr, als wenn sie ihm allein von Angesicht zu Angesicht gegenübertreten mußten; wenn sie seinen immer kleiner werdenden Gebieten näherkamen, bewegten sie sich auf dem Veld in wohl berechneter Anzahl. Aber ihr Beispiel schien den Buschmann niemals in Versuchung zu führen, nun ebenfalls sein Heil in der Menge zu suchen. Bis zuletzt blieb ihm der Begriff Volk fremd, obwohl er, was ich noch zu beweisen hoffe, ein so stark ausgeprägtes Verwandtschaftsgefühl hatte wie sonst niemand. Vergeblich sucht man in dem Schutthaufen der Vergangenheit, unter dem er und seine Zauberkraft begraben wurden, nach Königen und Königinnen oder auch nur nach Häuptlingen. Titel wie „Captain" und „Chief" wurden ihm in unseren Geschichtsberichten nur aus Unwissenheit zugeordnet und weil wir die Angewohnheit hatten, andere stets nach unseren Maßstäben zu beurteilen. Er kannte keinen höheren Titel als „Großvater" und „Großmutter", und er verschwindet von den blauen Hochebenen Südafrikas genauso, wie er sie ursprünglich betreten hatte – als Jäger und nicht als Bauer, als Individuum und nicht als Kollektiv, als Mensch, der mit seiner persönlichen Lebenserfahrung einmalig war.

In unserer Ära der vielen Zahlen und der nicht greifbaren kollektiven Abstraktionen ist die Geschichte dieses ersten Individuums und seiner Bilderwelt wichtiger denn je, schon allein deshalb, weil sie ein für allemal festlegt, daß im Anfang aller Dinge der Mensch ein Individuum war, ein Jäger, ehe er Hirte war, der einzelne Adam, erschaffen nach dem Ebenbild des Urgeistes, ehe die Vielen erschaffen wurden. Von all den Geschichten, die wir über individuell erlebtes Leben besitzen, ist die vom Urbewohner Afrikas die älteste und am festesten untermauerte.

Dieses erste Individuum lebte also in einem Zustand außergewöhnlicher Naturverbundenheit. In seinen verwandtschaftlichen Beziehungen zu den Menschen und zur Natur gab es nichts Unpersönliches. Er kannte seine Mitmenschen persönlich, und er stand in persönlichem und direktem Kontakt mit der Natur. Seinem Leben haftete nichts von der Kälte und Unmenschlichkeit an, die das Herz des Individuums unserer Tage als Folge der Existenz der Zahlen beklemmen. Niemals kam das Empfinden in ihm auf, nicht zu seiner Umgebung zu gehören oder nicht mit dem allgemeinen Geschehen ringsumher in Zusammenhang zu stehen – er kannte nicht das Gefühl der Isolierung, das heimlich den Mut und die Persönlichkeit des modernen Menschen aufzehrt. Überall fühlte er sich geborgen, wohingegen der heutige Mensch von dem Gefühl gelähmt wird, inmitten von Millionen machtlos und gefährdet zu sein. Nur mit seinem angeborenen Verstand und Pfeil und Bogen bewaffnet, gehörte er überall hin, wo er auch immer ging. Er fühlte sich allem und jedem verwandt, dem er auf seinem Lebenswege begegnete. Ich persönlich möchte seine „mystische Einbezogenheit" als Gefühl des Bekanntseins auffassen. Wo er auch immer ging, er fühlte, daß man ihn kannte; wem er auch immer begegnete – Sternenschimmer, Wolke, Baum oder Tier – alles kannte ihn. Ich glaube, daß der Buschmann durch das, was ihn kannte, Kenntnisse gewann.

Wenn Paulus sagte: „Dann aber werde ich erkennen, gleich wie ich erkannt bin", meinte er annähernd dasselbe, was dem Buschmann die tief empfundene Verbundenheit mit dem Urgeist bedeutete, aus der er die Gewißheit schöpfte, bekannt zu sein. Wir Menschen von heute kennen jedoch ein solches Gefühl des Bekanntseins nicht. Der Mensch hat zwar niemals zuvor so viele Kenntnisse besessen, aber wenn er sich plötzlich allein, nur in Gesellschaft des Windes, auf einem Berggipfel befindet oder im Schweigen der Nacht wachliegt, wird er sofort durch das Gefühl erschreckt, daß ihn niemand kennt. Es kennen ihn weder seine liebsten Mitmenschen, noch kennt er sich selber. Die Folgen bekommen wir deutlich zu spüren; denn nur durch das Gefühl, gekannt zu werden, können wir das, was wir kennen, würdigen und in die richtige Beziehung zum Leben bringen.

Im Innern des Buschmannlandes, wo ich geboren wurde, sind mir Beispiele dafür begegnet, wie der zivilisierte Mensch von dem Gefühl überwältigt werden kann, in der natürlichen Lebensordnung nicht bekannt zu sein. So machte ich beispielsweise einmal auf einer großen Ebene im Hochland Feuer, um Kaffee zu brühen. Die Aussicht war großartig, eine Landschaft ohne Häuser oder andere Anzeichen menschlichen Lebens. Sogar der Himmel war wolkenleer: Eine große Flut blauen Lichtes ergoß sich ungehindert auf die Erde, während ein trockener Nachmittagswind dem grüngoldenen Gras und den glitzernden Büschen ein Reisemärchen von künftigen Dingen erzählte. Dann erschien eine Staubwolke am Horizont und bewegte sich schnell geradewegs auf mich zu. Bald hielt ein Wagen unvermittelt neben meinem Feuer; ein Mann, den ich kannte, sprang heraus und bat mich um Hilfe. Seine Mutter war bei ihm. Sie war eigens aus Europa gekommen, um ihn zu besuchen. Vor zehn Tagen erst hatte ich sie in einer großen Stadt an der Küste getroffen. Da war sie eine lebhafte, gesunde Frau gewesen, die sich darauf freute, das Innere Afrikas kennenzulernen. Jetzt war sie ein rührendes, bleiches, verängstigtes Geschöpf, das sich durch keine Vernunftgründe beruhigen ließ und ihren Sohn immer nur anflehte, sie aus „diesen fürchterlichen, leeren, weit offenen Landstrichen“ fortzubringen. Ich gab ihr ein Glas Schnaps, um sie für ihren Sturmangriff auf die bewohnte Küste zu stärken. Ihr Sohn erzählte mir später, sie seien dann ohne anzuhalten so lange weitergefahren, bis sie das Meer erreichten, und einmal habe er schon geglaubt, sie würde vor Angst ersticken. Ich erinnere mich, daß ich damals sogar gedacht hatte: „Die Leere draußen ruft die innere Leere an, und die innere Leere ist die weite Ebene in unserem Geist, in der unser angeborenes Gefühl, bekannt zu sein, erloschen ist, so wie wir den Buschmann ausgelöscht haben."

Wie anders war der Urbewohner Afrikas. Das Gefühl, bekannt zu sein, das Bewußtsein seines universalen Königtums war so stark ausgeprägt, daß er von den Sternen wie von seinen Familienangehörigen sprechen konnte. So redete er die beiden am hellsten funkelnden Sterne am afrikanischen Himmel mit „Großmutter Canopus" und „Großmutter Sirius" an. Sie waren nicht entlegene, wesenlose Naturerscheinungen, sondern schöpferische, tatkräftige Einflüsse. Mir wurden in jener Nacht im Innern der Wüste die Augen geöffnet, als ich eine junge Buschmannmutter ihr neugeborenes Kind einem Stern darbieten sah. Damals hatte ich zu ahnen begonnen, — was mir im Lauf der Zeit immer klarer wurde — in welcher Form sich der menschliche Geist und die Sterne unterhielten. Ich verfügte bereits über zwei Wörter, die die Sterne meiner Überzeugung nach zum Wortschatz der Menschen beigetragen hatten.

Die beiden Sternengroßmütter standen in Beziehung zu dem Reichtum an „Buschmannreis", wie wir die Ameiseneier nannten, die auf dem Buschmannspeisezettel einen der größten Leckerbissen darstellten. Wenn ein Buschmann den Stern Canopus sah, so erzählte einer von ihnen Bleek, pflegte er zu einem Kinde zu sagen: „Bringe mir jenes Stück Holz, damit ich das eine Ende ins Feuer halten kann. Ich will es brennend zur Großmutter hinhalten, denn die Großmutter trägt Buschmannreis, Großmutter soll uns mit ein wenig Wärme versorgen; denn sie geht am Himmel kalt auf. Die Sonne soll das Auge der Großmutter für uns erwärmen." Er tat dies, weil der Stern am hellsten im kalten Winter scheint, und er glaubte, wenn er ihm etwas von seinem Feuer abgäbe, dann würde der Stern seinerseits nun auch der Sonne vorschlagen und sie dazu anregen, ihnen beiden die größere Wärme zu spenden, die notwendig ist, um seinen Ameiseneier-Reis hervorzubringen. Sirius war ein noch größeres Wunder. Wenn diese größte aller Großmütter am Himmel erschien, wanderte der Buschmann umher und machte seine Gefährten auf sie aufmerksam. Er rief sie in fast genau derselben Weise an wie den Stern Canopus; stundenlang spornte er beide Sterne mit Feuer und Gesang an, ehe er sich zufrieden niedersetzte in dem Gefühl, sein Teil dazu beigetragen zu haben – „sein Werk", wie er zu Bleek sagte – sie auf den Weg der Sonnenwärme zu bringen.

Da ich die meisten Jahre meiner Kindheit unter denselben Sternen, die dem Buschmann leuchteten, im Freien geschlafen hatte, wußte ich aus eigener Erfahrung, was eine solche Assoziation bedeuten konnte. Ich kannte den Sirius sehr gut und liebte ihn nächst den Planeten Venus und Jupiter, die abwechselnd unsere Morgen- und Abendsterne waren, am meisten. Ich hatte ihren Lauf durch unsere wolkenlosen Himmel so genau verfolgt, daß ich sie auch zu jeder Stunde des Tages am blauen Himmel deutlich erkennen konnte. So weit meine Erinnerung zurückreicht, hat die Venus mich entzückt und der Jupiter mich begeistert; aber der Sirius, dick und rund vor Helligkeit, beruhigte und erwärmte mich zwischen meinen Bettlaken. Dann sah ich eines Tages, als ich einem farbigen Gärtner ein Ameisennest ausgraben half, das einigen zarten Pflänzchen Schaden zufügte, zum erstenmal eine Ameisenkönigin. Sie lag auf der schwarzen Erde, ein seltsames, phosphoreszierendes Weiß, formlos und vor neuem Leben berstend. Ehe der Gärtner sie wegschaufeln konnte, besah ich sie mir genau und wurde sogleich von einer Erinnerung gepeinigt, die ich nirgends unterbringen konnte. In jener Nacht zwischen meinen Bettüchern auf dem Gras blickte ich zum Sirius auf, der beinahe senkrecht über mir stand. Er war so groß und voll von Licht, daß er weder Schweif noch Form hatte. Da wußte ich, welches diese nicht zu bestimmende Erinnerung gewesen war: Form und Farbe des Sterns in der Nacht waren die der Ameisenkönigin in der schwarzen Erde. Kein Wunder, daß der Buschmann sie mit einem Gebet anrufen konnte: „Denn der Stern ist nicht klein, der Stern sieht so aus, als hätte er Nahrung. Gib mir vom Herzen des Sterns, auf daß ich nicht hungere."

Da die Sterne auch große Jäger waren, bat der Buschmann sie gleicherweise, ihm ein wenig von ihrer Geschicklichkeit abzugeben. Er betete zu dem jeweiligen Stern: „So leihe mir denn auch deinen Arm; nimm hin meinen Arm, mit dem ich nichts erlege. Denn ich verfehle mein Ziel. Du mögest mir Deinen Arm leihen. Denn mit meinem Arm, der hier ist, verfehle ich mein Ziel." Das Herz des Jägers war das Herz eines Sterns, seine Beute nicht nur die strahlende Antilope des Veldes, sondern auch das Licht in der Dunkelheit ringsumher.

So wie er die Sterne kannte, kannten sie auch ihn. Sie kannten ihn so gut, daß ihnen die Stunde seines Todes bekannt war und sie durch die Himmel dahinschossen, um die düstere Botschaft anderen zu überbringen. „Die

Zeit, da unser Herz herabfällt", sagte der Buschmann, „ist auch die Zeit, da der Stern herabfällt, weil die Sterne fühlen, daß unser Herz umfällt, als wenn etwas, was aufrecht gestanden hat, umkippt. Darum, ja, darum fällt der Stern herab." Sein Verwandtschaftsgefühl war so stark, daß er glaubte, viele der Sterne wären „Personen des frühen Geschlechts". Und wirklich waren die Sonne, alle Tiere, Vögel, Insekten und sogar die Bäume und Pflanzen einstmals „Personen des frühen Geschlechts" gewesen.

Manche Sterne wurden von „Personen des frühen Geschlechts" erschaffen. Ein Mädchen zum Beispiel erschuf die rötlicher glänzenden Sterne, indem es brennende Holzstücke einer fetten, roten, wohlriechenden und nahrhaften Wurzel in den Himmel schleuderte. Es erschuf auch das große Wunder des nächtlichen afrikanischen Himmels, die Milchstraße. In der Schöpfungsgeschichte des Buschmanns entstand, wie so manches andere Schöpfungswerk, die Milchstraße aus einem Augenblick der Schmerzen, der Vereinsamung und Mutlosigkeit. Allein in einer Hütte, innerlich vereinsamt, weil es nicht mehr Kind und noch nicht Frau war, hungrig und von der scheinbaren Vernachlässigung durch seine Mutter verbittert, steckte das Mädchen seine Hand in die Asche des Holzfeuers, schleuderte die Asche in den Himmel hinauf und befahl: „Alle Holzfeuerasche hier soll zur Milchstraße werden. Sie soll sich als weiße Spur über den Himmel ziehen." Dieses Märchen wurde Bleek in aller Ausführlichkeit erzählt, mit seiner besonderen fremdartigen Mondschein-Schönheit und der innigen Wechselbeziehung zwischen den Gefühlsregungen des leidenden Einzelwesens und dem Kampf des Sternenlichts gegen die Dunkelheit weit draußen im Universum. Sobald die Wechselbeziehung erst einmal erkannt wird, ist der Bann der Vereinsamung gebrochen; das Leid findet seinen Platz in der Prozession der Sterne, und das Leben geht weiter.

Seit jenem Tage, sagte der Buschmann, „schimmert die Milchstraße sanft. Weil sie fühlt, daß sie Holzasche ist, deshalb schimmert sie sanft. Weil sie fühlt, daß das Mädchen jenes war, das befohlen hatte, die Milchstraße solle den Menschen Licht bringen, auf daß sie mitten in der Nacht nach Hause zurückfinden mögen. Denn die Erde wäre nicht ein kleines Licht gewesen, wenn da nicht die Milchstraße gewesen wäre: die Milchstraße und die Sterne.“

So wird hier im Uranfang der Urgeist Afrikas in einer leidenden Frauenseele dem Kampf um Sinngehalt zugesellt. Er hat die mühevolle Aufgabe übernommen, das Universale spezifisch zu machen; denn das hat nach der Symbolik der Ursprache des Geistes das Mädchen vollbracht, wenn es die Milchstraße zu *ihrer* Schöpfung macht. Die ungeheuer schwere Arbeit der Differenzierung, die lebendige Bewußtheit ist, hatte begonnen; aber Differenzierung ist — das geht aus dem Symbol klar hervor — keine bloße Trennung, als die wir sie heute gern auffassen; sie ist nur Trennung, um festeren Zusammenhang herzustellen. Am ergreifendsten von allem ist das Gefühl für die Wechselwirkung, das sich im Modus der Darstellungsweise offenbart. Nicht nur das Mädchen „fühlt“, daß es das vereinsamte Mädchen ist, sondern auch die Milchstraße „fühlt“, daß sie in ihrer Gesamtheit die Milchstraße ist. Wir werden diesem Phänomen in der Einbildungskraft des Buschmanns immer und immer wieder begegnen. Es mag allerlei Beispiele des Nichtübereinstimmens von Zeit, Entfernung und Gestalt bei den mannigfaltigen Aspekten der Schöpfung geben; aber an dem Recht, sich als das, was er ist, zu fühlen und es voll und ganz zu sein, gibt es für den Buschmann nichts zu deuteln. Hier haben wir das ursprüngliche Reis, auf das jene große Rose des christlichen Geistes aufgepfropft ist — den Grundsatz, daß vor Gott alle gleichermaßen würdig sind.

Diese wenigen Proben von der Liebe des Buschmanns zu den Sternen sind vielsagender als alles, was ich in der Bilderwelt anderer primitiver Völker Afrikas angetroffen habe. Für mich ist es immer eine bittere Enttäuschung und rätselhaft gewesen, daß die afrikanische Einbildungskraft, der ich soviel verdanke, unserem unvergleichlichen Nachthimmel kaum Rechnung trug. Nur wenige Sterne haben in unseren Eingeborenensprachen einen Namen erhalten, und im großen ganzen haben sich die anderen primitiven Völker Afrikas damit zufriedengegeben, die Sterne nur ihrer Anzahl nach zur Geltung zu bringen. Nicht so der kleine Buschmann. Im Anfang halfen ihm die Sterne vielleicht mehr als jede andere Naturerscheinung, das Ziel seines Jagdgeistes, der, wie er nur zu gut wußte, fehlbar war, ins rechte Licht zu rücken und ihn fliegend wie einen Pfeil hinauszusenden zu höherem Sinn.

Es überrascht deshalb nicht, daß seine bedeutendste Sternengeschichte sich mit dem Morgenstern beschäftigt oder, wie er ihn viel einfühlsamer nannte, mit dem „Herz der Morgenröte“. Der alte Buschmannvater in der Wüste hatte mir diesen Stern bereits als den größten Jäger am Himmel beschrieben. Wenn er am Himmel erschien, machte die schwarze Nacht eine Kehrtwendung, und der rote Staub sprühte an ihren Fersen auf. In der Vorstellung der entschwundenen Buschmänner in meinem

Teil Afrikas war auch der Morgenstern ein Jäger; aber er war auch eine „Person des frühen Geschlechts". Als solche war er auf die Erde hinabgestiegen, hatte sich in den Luchs verliebt, der zu jener Zeit auch eine „Person" war, und ihn zu seiner natürlichen Braut gemacht. Diese Vermählung eines Sterns mit einem Luchs ist, soviel ich weiß, vielleicht das einleuchtendste Beispiel für die außerordentliche Treffsicherheit der Sprache, die der Urgeist des Lebens im Feuer der Einbildungskraft geschmiedet hatte. Unter den zahllosen Tieren, die im Gras, im Busch und in den dunklen Wäldern Afrikas wie Edelsteine funkeln, ist keines besser geeignet, mit einem Stern vermählt zu werden, als der Luchs.

Im Berg der Wölfe, nach dem die große Farm benannt worden war, die mein Großvater meiner Großmutter als Hochzeitsgabe darbrachte, lebten in meiner Kindheit mehrere Luchsfamilien, und ich hatte oft Gelegenheit, sie zu beobachten. Ich hatte sogar versucht, einen als Haustier zu halten; aber ich mußte ihn wieder freilassen, weil er lieber sterben wollte, als daß er sich mit der Gefangenschaft abgefunden hätte. In Freiheit war der Luchs von flammengleicher Anmut, er hatte Mut, Lebenskraft und Instinkt wie meiner Erfahrung nach kein anderes Tier. Wenn er im Dunkel weit hinten in seiner Höhle erschien, die er im Berg der Wölfe bewohnte, war es, als würde eine Lampe aus der tiefsten Tiefe eines dunklen Brunnens ans Licht emporgezogen. Andere Katzen mögen ebenso lebhaft und anmutig gewesen sein, aber ihnen fehlte der Sternenglanz des Luchses. Die Löwin beispielsweise war viel zu groß; der bloße Gedanke, sie könnte mit einem solchen Stern vermählt sein, beleidigte das Gefühl für Proportionen. Mit der Leopardin war es dasselbe. Sie hatte zwar die richtige

Größe, war aber leider gefleckt; das Herz der Morgenröte, lauter und rein am fleckenlosen schwarzen Himmel eines frühen afrikanischen Morgens, konnte unmöglich eine gefleckte Braut haben. Einzig und allein der Luchs entsprach allen Anforderungen bezüglich Gestalt, Größe und makelloser, leuchtender Farbe, so daß es kein Wunder ist, daß das Herz der Morgenröte, nachdem die Vermählung der Symbole vollzogen war, den Luchs innig liebte und daß alle anderen verschmähten weiblichen Wesen unter den „Personen des frühen Geschlechts" eifersüchtig waren.

Zu ihnen gehörten die Aasfresser, die Begleiter des plötzlich eintretenden Todes, wie Hyäne, Schakal und Krähe. Die Wahl der Hyäne als Bandenführer von Schurken ist ein weiteres Beispiel für die angeborene Einhaltung wahrheitsgetreuer Genauigkeit, wie sie für den Urmenschen Afrikas charakteristisch ist. Die Hyäne kommt nur in den Stunden der Dunkelheit aus ihrer Höhle heraus. Obwohl sie ein sehr starkes Tier mit mächtigen Kinnladen ist, tötet sie nur die Schwachen, lebt lieber von dem Mut, der Initiative und der Mühe anderer, und schnorrt, wo sie nur kann, indem sie die Reste vom Festmahl des Löwen oder Leoparden stibitzt. Für den Buschmann war sie der hervorstechendste anerkannte Vertreter der Mächte der Finsternis und der Oberherrschaft des Bösen.

So manches Mal habe ich ihrer Klage allein in der Nacht gelauscht, meilenweit entfernt von der Geborgenheit und den vertrauten Geräuschen anderer Menschen. Dann mußte ich an das Heulen der Verdammten denken und wurde von Empfindungen beunruhigt, die so weit aus dem Rahmen meines Bewußtseins fallen, daß ich sie nicht schildern oder benennen kann. Aber einmal hatte ich eine Begegnung mit einer Hyäne, aus der ich viel gelernt habe. Die Hyäne hatte offensichtlich den Zeitraum ihrer nächtlichen Fähigkeiten überschritten und war auf dem Heimweg zur Höhle vom Tageslicht überrascht worden. Die für die Dunkelheit bestimmten Augen konnten weder weit noch deutlich sehen, und da ich zufällig gerade einen Kudu beschlich, hatte ich mich durch kein Geräusch verraten, das sie hätte warnen können. Sie ging höchstens zwei Yards von meinem Standort entfernt in der für ihre Gattung charakteristischen Art an mir vorbei; verschämt und ängstlich trottete sie mit schleichenden Schritten, ständig über die Schulter zurückblickend, durchs Gras. Dann bekam sie Witterung von mir. Glücklicherweise wehte der Wind in der Richtung von ihr zu mir herüber, und die Witterung muß außerordentlich schwach gewesen sein. Sie blieb unentschlossen stehen und schnupperte in der Luft. Einige Minuten blickte ich zum erstenmal in die Augen einer Hyäne. Es waren die traurigsten, hoffnungslosesten Augen, die ich jemals bei einem Lebewesen gesehen habe. Ich wurde ganz niedergeschlagen von dem Eindruck, den diese Augen in mir erweckten. Fortan verabscheute ich dieses Geschöpf nicht mehr wegen all der schrecklichen Dinge, die es wehrlosen Mutterschafen und Lämmern und den Zicklein des Springbocks zu Hause im Berg der Wölfe angetan hatte; ich empfand für sie dasselbe wie für jemanden, der plötzlich am hellen Tageslicht den Verstand verliert und in jenen Abgrund von Einsamkeit und Finsternis hinabstürzt, den wir Wahnsinn nennen.

Es spricht sehr für die Einbildungskraft des Buschmanns, daß ihm das Verwandtschaftsgefühl niemals abhanden kam, nicht einmal dann, als er der Hyäne ihre unappetitliche Rolle zuwies. Er verfiel nicht der

Versuchung zu verurteilen und zu verdammen, sondern folgte dem geheimnisvollen Gesetz der Proportion so gewissenhaft wie Shakespeare, der den besonderen Verdiensten Jagos selbst noch auf dem Gipfel der Niederträchtigkeit gerecht wurde. Ich kenne noch eine andere Buschmanngeschichte über die zahlreichen Begegnungen zwischen Hyäne und Löwe, in der der Löwe bei weitem am schlechtesten abschneidet, weil er es ablehnt, die Vorzüge der Hyäne ehrend anzuerkennen und es an der Demut fehlen läßt, die einstmals einen Christen ausrufen ließ:

„Dort wand're ich nur durch Gottes Gnade!"

Als das Herz der Morgenröte einmal zur Jagd ausgezogen war, verhexte die Hyäne den Luchs mit Buschmannreis, dem Ameiseneier-Futter, das wir schon in Verbindung mit anderen großen Sternen kennengelernt haben und das auch sie offensichtlich sehr gern fraß. Die Hyäne vermischt diese köstliche Speise mit dem Schweiß aus ihren Achselhöhlen. Damit will der Buschmann sagen, daß der Geist der Hyäne in die Speise, also in die geistige Nahrung des Luchses überging. Ich betone das deshalb, weil Nahrung für den Buschmann niemals bloß Nahrung war. Der Essende wurde in gewissem Sinne selber das, was er aß. Ein Buschmannvater gab seinem Sohn beispielsweise niemals das Fleisch eines Schakals zu essen, weil der Schakal ein Feigling ist und das Kind sonst auch feige werden könnte. Deshalb schenkte er nicht nur der Seele des Kindes ein Sternenherz, sondern gab dem Kind auch noch das Herz eines Leoparden zu essen, weil der Leopard einer der Tapfersten der Tapferen ist und das Kind tapfer machte.

So war es überall in der primitiven Welt; was man aß, das wurde man. Ich kenne Zulus, die heute noch keinen Fisch essen wollen, damit diese Kost ihre kriegerischen Herzen nicht in Wasser verwandle. Aber wenn die Hyäne den Schweiß aus der Achselhöhle in das Futter mengte, so hatte das eine mehr als nur gewöhnliche Bedeutung. Die Achselhöhle war für den Buschmann Quelle eines besonderen Seins; die Achselhöhle war die Stelle, aus der die wesentliche Substanz lebender Dinge hervorging. Die Sonne, Spenderin von Licht und Wärme, das große Symbol der Macht und des Ruhmes der Vernunft, war einst die Achselhöhle einer „Person des frühen Geschlechts“ gewesen. So nahm der Mann, wenn er seinen Sohn zum Manne weihte, aus seiner Achselhöhle Schweiß und verrieb ihn auf dem Kopf seines Sohnes. Die weibliche Hyäne verwandelt, wenn sie die Nahrung für den Luchs auf diese Weise zubereitet, diese Speise in ein Konzentrat des Hyänengeistes, einen gefährlichen Machthaber im Reich der Finsternis und des Bösen.

Die Wirkung tritt sofort ein. Aller Schmuck fällt vom Luchs ab – zuerst die Ohrringe, dann die Armbänder und Fußspangen. Dann löst sich der Fellmantel und gleitet herab, ebenso sein Fellrock, und schließlich zerreißen die Riemen, mit denen die Sandalen befestigt sind. Nackt und schreiend läuft er davon und setzt sich in das Schilf – das heißt also in die Nähe des Wassers, das hier ein Symbol für das Chaos ist, das im Urbeginn vom Leben überwältigt werden mußte. Auf diese Art schildert der Buschmann den nahenden Ausbruch des Wahnsinns, das gewaltsame Eindringen finsterer, unbewußter Kräfte in die Helligkeit und das Bewußtsein des Menschen. Die Gegenstände, die der Luchs verliert, sind alles Symbole der bewußten Lebensäußerungen des Geistes: die Schmuckstücke Symbole der Kunst und Anmut, mit der der Geist sich äußert; Mantel und Rock Symbole des lebendigen Gedankens, mit dem er sich täglich bekleidet; die Sandalen Symbol für den Weg, den er sich für sein Erdenleben erwählt hat. Wenn der Geist alles das verliert, steht die Auflösung im urzeitlichen Wasser nahe bevor.

Von der Richtigkeit dieser Auslegung der Geschichte war ich jetzt um so mehr überzeugt, als ich mich an die geistesgestörte Buschmannfrau in Gemsbok Pan erinnerte, die nackt und wimmernd wie ein verletzter junger Hund in der sengenden Sonne einherging, und an Dabe, der zu mir gesagt hatte: „Die Zeit der Hyäne ist über sie gekommen." Die Bilderwelt dieses Märchens vom Herzen der Morgenröte und seiner Braut fesselte mich wie eines jener griechischen Dramen, in denen der einzelne Mensch mit dem finsteren Schicksal ringt, das seine bewußten Abwehrkräfte zu lähmen und ihn so seiner Klarsicht zu berauben droht. Der Luchs unterliegt der Zauberkraft der Hyäne so gründlich, daß seine Schwester, das Symbol der natürlichen Liebe und seine letzte Waffe gegen das vereinsamende Böse, größte Schwierigkeiten hat, ihn wenigstens dazu zu bewegen, das eigene Kind zu stillen.

Eine Zeitlang kämpfen die beiden Schwestern verzweifelt gegen die zunehmende Macht des Hyänenzaubers. Gleichzeitig lassen die Kräfte des Kindes, die Mutter aus dem Schilf herauszulocken, um es zu stillen, immer mehr nach. Auf diese Weise bestätigt der Buschmann, daß in dem ewigen Kampf der Seele mit den Nächten der Finsternis die großen weiblichen Kräfte der Liebe, so unentbehrlich sie auch sind, für sich allein nicht ausreichen; jede noch so große weibliche Liebe bedarf männlichen Schutzes. So schreitet das Drama auf seinen Höhepunkt zu. Schließlich geht die Hyäne in der Gewißheit, daß ihre Zeit gekommen ist, siegesgewiß in die Hütte des Herzens der Morgenröte und behauptet, sie sei der Luchs. Jetzt ist das Böse ehrgeizig geworden; sein Ziel ist nicht nur, das Sternenlicht der Liebe auszulöschen, sondern es will auch das helle und deutliche Sternenbild in Formlosigkeit und Finsternis verwandeln. In diesem Augenblick sind in der Schlacht alle Kräfte wahrhaft vereint, das männliche Element verbündet sich mit dem weiblichen. In der letzten Dämmerung, in der die Liebe Wache hält, erzählt die Schwester des Luchses dem Herzen der Morgenröte von dem ungeheuerlichen Vorhaben der Hyäne. Da schreitet es sofort zur Tat und jagt mit seinem Speer hinter der Hyäne her. Auf diese Weise bringt der Buschmann zum Ausdruck, daß es seinen scharfen, genau unterscheidenden männlichen Geist hinausschleudert in die Verworrenheit, Finsternis und Furcht, die alle zusammen durch die Hyäne verkörpert sind. Es verfehlt sein Ziel; denn es liegt in der Natur des Bösen, unzerstörbar zu sein; aber es gelingt ihm wenigstens, die Hyäne zu vertreiben. Sie läuft so schnell davon, daß sie sich im Feuer draußen vor der Hütte die Pfoten verbrennt. Licht und Bewußtsein haben also ihre Spur auf dem Dunkel und dem Unbewußten hinterlassen, so daß diese jetzt leichter erkennbar und für die Zukunft weniger schrecklich geworden sind.

Wie der Buschmann stelle auch ich mir gern vor, daß die Hyäne deshalb immer noch gezwungen ist, im Frühlicht Afrikas in der merkwürdigen, hinkenden Gangart nach Hause zu schleichen, als wären ihre Pfoten mit Brandblasen bedeckt. Auf diese Weise bezeugt sie für alle Zeiten, daß Liebe und Mut die Macht haben, die Seele von der Angst vor dem Leben auf der Erde zu befreien. Gewiß war für den Urmenschen Afrikas das Herz der Morgenröte seitdem und auf immer ein ebenso bedeutungsvolles Zeichen, wie es der Regenbogen für die Nachfahren Noahs war. Dem Buschmann galt es meiner Meinung nach als Unterpfand dafür, daß das lieblichste, strahlendste und kühnste der Gestirne seines Himmels immer gegen die fein ausgeklügelten Pläne der Finsternis gewappnet war und daß tief im innersten Herzen des Menschen ein leuchtendes Element ihn auf ewig vor dem Chaos und der alten Nacht bewahrte. Auf Chaos, Kälte und Finsternis war der Traum gefolgt, der den Buschmann, wie mein Jäger in der Wüste gesagt hatte, immer noch träumte.

Andere Mythologien, wie die der Azteken, die viel umfassender und zu höheren Organen entwickelt sind als die Bildfetzen, die uns der Buschmann hinterlassen hat, haben dem Morgenstern die überaus wichtige Rolle des Vermittlers zwischen den beiden großen Gegensätzen im Leben, der Nacht und dem Tage im Geiste der Menschen zugewiesen. Sie haben um diesen den Mittelpunkt bildenden Stern eine besondere Bilderwelt aufgebaut, die vermuten läßt, daß der Morgenstern in seiner strategischen Stellung zwischen Nacht und Tag Vertreter einer Macht ist, die den Menschen befähigt, diese Gegensätze in sich zu überwinden und sie so aufeinander abzustimmen, daß sie über das hinauswachsen, was die bloße Summe ihrer selbst wäre. Sie taten also dasselbe wie der Buschmann; sie benutzten die Außenwelt als einen großen Spiegel, in welchem sie das widergespiegelt sahen, was in ihrem inneren Wesen verborgen lag. Auf jeden Fall, so erzählte der Buschmann Bleek, kommt seit jenem Tage, an dem seine Braut beinahe zugrunde gegangen wäre, das Herz der Morgenröte am frühen Morgen mit wachen Sinnen und offenen Augen nach Hause, ganz groß vor Helligkeit und hell lodernd, so daß die Aasfresser kehrtmachen und in ihre Höhlen eilen. Falls also die Hyäne gerade wieder einmal auf Übeltaten bedacht unterwegs ist, kommt das Herz der Morgenröte mit gespanntem Bogen schnell nach Hause und stößt seinen Speer bei jedem seiner langen Schritte in die Erde. Ist der Unterschied nun so groß zwischen dem Buschmann, der solcherart über die Sterne denken konnte, und Blake, der, wenn er über jene andere Katze schreibt, den Tiger, der strahlend im Walde der Nacht brennt, von diesem Augenblick folgendermaßen schreibt?

„Als die Sterne ihre Speere hinunterwarfen
Und den Himmel mit ihren Tränen netzten."

So ist das Hin und Her der Bedeutungen zwischen Buschmann und Sternen von allem Anbeginn weitergegangen bis in die Zeit seiner Nachkommen in der heutigen Wüste. So stiegen einst die Engel, die Jakob in einem Traum auf der Flucht in die Wüste sah, eine Leiter hinauf und hinunter, die zwischen ihm und dem Himmel aufgerichtet war. Und dieses Hin und Her war nicht nur für die Augen sichtbar. Ich habe schon die Klänge erwähnt, in denen die Sterne heute zu dem Kalahari-Buschmann sprechen. Vor beinahe hundert Jahren berichtete ein Buschmann Bleek von den Stimmen der Sterne, und er sagte auch – etwas, was ich in der Kalahari nicht vernommen habe –, daß die Sonne eine eigene große Stimme hätte. Sie ließe am Himmel einen Glockenton erklingen. Als ich das las, mußte ich sogleich an den großen Akkord denken, mit dem Goethe den Faust beginnen läßt:

„Die Sonne tönt nach alter Weise.“

16

Sonne, Wind und Regen

Dieser Glockenton der Sonne hatte für den Buschmann eine besondere Bedeutung. Er war für ihn der vornehmste Beweis seiner Zugehörigkeit. Solange er die Sonne hören konnte, stand er im Einklang mit dem Leben. Wenn sie verstummte, war das ein Zeichen, daß er geistig zutiefst entfremdet und verletzt war. All dies fand seinen Ausdruck in einem Gedicht, das ein Buschmann Bleek vortrug. Der Vater des Vortragenden hatte es verfaßt. Es war auf den Tod eines Freundes gedichtet, und der Tod als solcher wird in merkwürdig Goetheähnlichen Ausdrücken beschrieben. Goethe sprach von den „Gefühlsfäden“ der menschlichen Wesen; der Buschmann spricht von ihren „Gedankenfäden“, und der Tod trat in dem Augenblick ein, in dem die „Gedankenfäden“ des Menschen „zerrissen wurden“. Der tote Freund war ein großer Zauberer gewesen und kam um, als er in Gestalt eines Löwen „seinen Obliegenheiten nachging.“ Das Gedicht beginnt mit der Klage darüber, daß der Ton, der am Himmel zu läuten pflegte, für ihn nicht mehr läutete, seitdem „der Faden zerrissen war“. Hier ist der Teil des Gedichtes, der auf die Klage folgt:

„Sie haben meinen Faden zerrissen.
Darum sieht meine Heimstätte nun so für mich aus,

Ja, darum,
Weil sie meinen Faden zerrissen haben.
Darum
Ist die Stätte für mein Gefühl nicht so,
Wie sie für mein Gefühl bisher immer war,
Ja, darum.
Denn
Die Stätte ist für mein Gefühl so,
Als stünde sie offen vor mir,
Weil mein Faden zerrissen ist,
Darum
Ist die Stätte für mein Gefühl nicht angenehm,
Ja, darum."

Das Gefühl seiner innigen Verbundenheit mit der Natur war für den Buschmann bei Tag und bei Nacht gleich stark. Er begrüßte den Sirius als Großmutter; nicht geringer sprach er von „unserer Schwester, der Schildkröte" und sogar von „unserem Bruder, dem Geier". Sofern die Geschöpfe und Gegenstände der Urwelt nicht wirklich Blutsverwandte sind, werden sie als „Personen des frühen Geschlechts" anerkannt. Blitz und Donner sind immer noch zwei miteinander streitende und kämpfende Brüder. Es gibt einen weißen Blitz, der nur verwundet, und einen schwarzen Blitz, der unsichtbar ist und tötet. Selbst auf dem Höhepunkt des Gewitters – und nur wer ein Gewitter in der murrenden Stunde auf den großen Hochlandebenen meines Geburtslandes inmitten des Eisenstein-Gerölls erlebt hat, kann ermessen, was das bedeutet – schöpfte der Buschmann Mut aus diesem überwältigenden Gefühl der Verwandtschaft.

Von Kindheit an hatte man ihm befohlen, nicht zu

blinzeln, wenn der Blitz in der Nähe aufleuchtete, sondern die Augen weit zu öffnen und ihn geradewegs anzuschauen; denn wer seine Teilhabe an ihrer gemeinsamen Wirklichkeit bekundete, würde seinerseits anerkannt werden. Er sagte zu Bleek: „Selbst wenn die Donnerkeile des Regens uns nahegekommen sind, sehen wir, wenn wir zu der Stelle hinblicken, wo es geblitzt hat, wie die Donnerkeile sich von uns abwenden; denn auch unser Auge blitzt wie die Donnerkeile des Regens. Deshalb zieht das Gewitter über uns hinweg; denn es achtet unser blitzendes Auge." Der Blitz ist die Bewußtheit, die mahnende Offenbarung, der Donner die Stimme der Natur, die der Erde zuruft, sie solle aufwachen und sich durch den Regen erneuern, der gleich fallen werde.

Der Wind war eine weitere Erscheinung, durch die der Buschmann sich den Vorgängen in der Natur zugehörig fühlte. Kap-Buschmänner haben Bleek mehrere Märchen von den Sinnbildern erzählt, die der Wind heraufbeschwor, als er im Urbeginn durch den Wald wehte. Auch er war natürlich eine „Person des frühen Geschlechts", aber keine unabhängige Person. Wir begegnen ihm als einem Kind, einem jungen Bestandteil des ursprünglichen Lebens, wie es der Buschmann auch war. Wenn das Kind aufrecht steht, dann ist die Luft still, und das Leben verläuft ruhig; aber wenn es sich hinlegt, beginnen die Dinge sich zu bewegen, und wenn der Wind, auf dem Rücken liegend, wie ein Kind zu strampeln anfängt, dann beginnen die Dinge umherzufliegen, und nur das Leben allein weiß, was geschehen wäre, hätte er nicht eine Mutter gehabt, die ihn aufhob und wieder auf die Füße stellte, und einen Vater, der eine Hütte baute, in die das Kind hineingebracht werden konnte. Sogar als eine „Person des frühen Geschlechts" war der Wind also ein junges Ding, dem das ganze Leben noch bevorstand, ein Dokument der natürlichen Liebe und der Autorität, dargestellt durch Mutter und Vater. Später wurde er ein Vogel, der in einer Berghöhle wohnte, aus der er, wenn er hungrig war, hinausflog, um Nahrung zu suchen und, wie der Buschmann es ausdrückte, „um zu essen, hier und dort, hier und dort, hier und dort und hier und dort.“ Dabei wehte natürlich der Wind. Ob er nun Vogel oder Kind war, die Verwandtschaft zwischen Buschmann und Wind war eine so enge, daß der Buschmann den Wind sowohl innerhalb als auch außerhalb von sich spürte.

Wenn er starb, vereinigte sich sein persönlicher Wind mit dem größeren Wind draußen, um Wolken zu bilden. Diese Arbeit des Wolkenbildens war für ihn von lebenswichtiger Bedeutung. Seiner Überzeugung nach bildete er in lebendigem Zustand die Wolken auf ganz natürliche Weise aus dem, was er war. An einem heißen Tage saß er einmal im Schatten, und während er die Wolke beobachtete, die wie ein riesenhafter Blumenkohl im Blau emporwuchs, fühlte er, daß seine Leber aus seinem Körper entwichen war, um bei der Wolkenbildung mitzuwirken. Von all den vielen Vorstellungen, die ich von dem unbezähmbaren, kleinen Buschmann, der sich durch die unermeßlichen Weiten Afrikas bewegt, in mir trage, ist diese für mich eine der eindrucksvollsten. Ich persönlich kenne keine Situation, in der man sich unbedeutender vorkommt, als wenn man an einem heißen Sommertag in der Stille des unermeßlichen Velds allein ist, über sich die großen Wolken, die wie Walfische über eine Garnele hinwegschwimmen.

Aber selbst bei dieser ungeheuren Gegensätzlichkeit wurde sein Geist nicht müde. Das Gefühl, ausgeschaltet zu sein, von dem das Herz eines kultivierten Menschen wie von einem Messer durchbohrt wird, war ihm völlig fremd. In diesem Zusammenhang rief ein Freund von mir einmal aus: „Das Leben ist deshalb so schwierig, weil man sich nicht immer mit ihm beschäftigen kann." Ich bin überzeugt, daß die Wolken für den Buschmann ein Spiegelbild der nicht sichtbaren Vorgänge in seiner Seele waren, durch die das erste wirksame Werkzeug des Geistes hergestellt wurde, und daß er sich dort unter einem Busch in all seiner Nacktheit und Isolierung tatsächlich in demselben natürlichen Zustand der Gnade befand, der Wordsworth zu der Überzeugung brachte, seine Seele sei weder nackt noch unbekannt auf die Welt gekommen, sondern sie habe aus ihrer Heimat Wolken des Ruhmes mitgebracht. Durch Wolken und Wind kannte der Buschmann ähnliche Verheißungen von Unsterblichkeit und hatte die Gewißheit, bis in alle Ewigkeit bekannt und unvergessen zu bleiben. Denn noch im Tode und darüber hinaus nahm dieser Wind in ihm, dieses Streben des Geistes nach höherem Leben, weiterhin am Tagewerk des Lebens teil.

Ehe der Wind jedoch weitere Wolken formte, erwies er dem Menschen, der ihn erlöst hatte, einen letzten Dienst. Er schuf den Staub, um die Fußspuren des Menschen auszulöschen, damit sich keine Irrtümer über sein Scheiden einstellten. Sein klarer Verstand verlangte Klarheit im Tode, wie er größte Genauigkeit im Leben forderte. Der Wind erhob sich also, erklärte der Buschmann Bleek, „weil er zu wehen beabsichtigt und unsere Fußspuren auslöscht, in denen wir umhergingen, als wir noch nichts mit uns anzufangen wußten. Und unsere Fußspuren, die der Wind wegzublasen beabsichtigt, würden sonst noch deutlich sichtbar sein, und dann würde das ja so aussehen, als lebten wir noch. Deshalb beabsichtigt der Wind zu wehen und unsere Fußspuren auszulöschen.“ Nachdem das vollbracht war, durfte der Wind im Innern, vereint mit dem Wind draußen, Wolken bilden. Wenn der Mensch starb, wurde auf diese Weise sogar das Haar auf seinem Haupt zu Wolken, und zwar so vollkommen, daß er bei Betrachtung von Wolken eines heraufziehenden Gewitters, das sich im Himmelsblau explosionsartig zusammenballte, spürte, sie wären „die Wolken einer Person“. „Wir, die Wissenden“, sagte er mit ungewöhnlichem Nachdruck, „wir denken so und spüren dabei, daß wir im Schauen die Wolken wiedererkennen und wissen, wie die Wolken sich auf diese Weise selber bilden.“

So war also der Wind in unserem Innern der gleiche Lebensodem, der die unsichtbaren Wirkstoffe von Wasser, Licht und Hitze anhauchte, sie sammelte und lebendig aufstehen ließ, in der Himmelsbläue erbebend von Blitz und Donner, um sich in einem neuen Schöpfungsakt auf der Erde unten zu vereinen. Der Wind war lange vor der Zeit menschlichen Daseins der ehemalige Urimpuls des Lebens, und er reiste immer weiter und weiter, nachdem der Staub schon die letzte Menschenspur zudeckte, um in neuen Formen neue Schöpfungstaten zu vollziehen. Klara, meine Kinderfrau, brachte dasselbe in einem Lieblingsrätsel, das sie von ihrer Buschmannmutter her kannte, zum Ausdruck: „Wer ist jener, der hier, dort und überall einhergeht, die Lebenden weckt und die Toten lebendig macht? Nun, du dummes Kind, das ist der Wind!“

In einem der liebevollsten Buschmannmärchen handelt es sich um die Aufgaben des Windes gegenüber Leben, Tod und Auferstehung. Der Buschmann hatte einen Strauß getötet, und er und seine Frau hängten einige der blutbefleckten Federn des Vogels an Büschen zum Trocknen auf, ehe sie sich niederließen, um das Fleisch zu essen. Während sie aßen, näherte sich ein kleiner Wirbelwind und pustete auf die Straußenfedern. Er suchte sich eine kleine blutbespritzte Feder aus und trug sie zum Himmel empor. „Diese kleine Feder", erzählte ein Buschmann Bleek, „fällt aus dem Himmel heraus, sie wirbelt durch die Luft und fällt herab. Sie fällt ins Wasser, im Wasser wird sie naß, sie wird gewahr, daß sie im Wasser liegt, sie verwandelt sich in Straußenfleisch, sie bekommt Federn, ihr wachsen Flügel, sie bekommt Beine, während sie im Wasser liegt. Sie geht aus dem Wasser heraus, sie sonnt sich am Ufer des Wassers, weil sie noch ein junger Strauß ist. Ihre Federn sind junge Federn, denn ihre Federn sind kleine Federn. Die Federn sind schwarz, denn sie ist ein männlicher kleiner Strauß. Sobald die kleinen Federn trocken sind, darf der Strauß gehen, seine steifen Beine lockern sich."

Ich möchte diese Skizze der Neuschöpfung gern zu Ende erzählen, bis der kleine Vogel erwachsen ist; denn in ihr pulst die heftige Liebe und die behutsame Anteilnahme, die der Buschmann den kleinen, jungen Lebewesen entgegenbringt. Wir haben hier auf jeden Fall Bilder von Grundelementen der Neuschöpfung. Das Leben findet sich dem Tod gegenübergestellt und ist gezwungen, aus dem Unbedeutenden und Kleinen heraus sich selbst zu erneuern: eine kleine Feder, ein Tropfen getrockneten Bluts, ein Verlassen der Erde in einer drehenden Aufwärtsbewegung durch Licht und Luft hindurch und eine Rückkehr zur Erde durch das Wasser des Uranfangs. Der Mittler, der diese ereignisreiche

Rundreise von Abschied und Wiederkehr eröffnet und vollendet, ist der Wind. Am bezwingendsten von den vielen Symbolen des Windes ist vielleicht das, in welchem er sich um den eigenen ruhigen Mittelpunkt dreht und bei seiner Wanderung über die Erde wie ein Turm zum Himmel aufstrebt. Das war im Lebensraum des Buschmanns gewiß eine bekannte Erscheinung. In den heiß-trockenen Monaten vor dem Regen ging jedem ersten Sommergewitter in dem verbrannten Land mindestens ein Wirbelwind voran, ein Riese mit einer brennenden Fackel in der Hand.

Wenn wir, die wir ihm sein Land gestohlen haben, diese Spiralwinde beobachten, werden wir unvermutet von einem merkwürdigen, ehrfürchtigen Staunen ergriffen. Manche seiner und auch unserer primitiven Weggenossen halten diese Spiralwinde sogar für böse Geister, für Staubteufel. Andere sehen in ihnen eine Offenbarung der übernatürlichen Macht, die sich in menschliche Angelegenheiten einschalten möchte. Der Zulu-Seher und -Prophet, der sich bei mir beklagte, daß die Menschen heute nicht mehr von dem großen Urgeist seines Volkes sprechen, sondern nur noch von Dingen, die ihnen nützlich sind, betrachtete den Wind in demselben Zusammenhang des primitiven Afrika wie der Buschmann. Solange er zurückdenken könne, habe die Stimme des großen Urgeistes der Zulus zu ihm gesprochen, sagte er zu mir. Sie habe zu ihm im Säuseln des Windes zwischen den Gräsern gesprochen, als er zum erstenmal auszog, um mit seinen Brüdern zusammen das Vieh zu hüten; im Gesang der Vögel früh morgens und am Abend, und im Wasser, das über Felsen hinweg in ein Flußbett stürzt. Er habe die Stimme im Regen gehört und ihr im Donner gelauscht; aber er habe sie niemals beachtet, bis sie zu ihm aus einem Wirbelwind sprach, der sich zur Mittagsstunde über einem tiefen, stillen Wassertümpel im Innern eines schweigenden Buschlandes drehte. Damals hatte sie ihm etwas zu tun befohlen, was seinem denkenden Verstand unnütz und einfältig erschienen war; aber er ließ seinen Geist von der Stimme in größere Höhen tragen, wie die kleine Straußenfeder im Buschmannmärchen emporgehoben wurde, und er beschloß, der Stimme gehorsam zu sein, wie die Feder der Bewegung des Windes gefolgt war. Daraufhin war sein altes Leben auf der Stelle ausgelöscht. Er begann ein neues Leben als Seher und Prophet und bemühte sich, den gestorbenen Geist seines Landes wieder lebendig werden zu lassen.

Für den primitiven Seher und den Buschmann, für sie beide und den Dichter von heute und morgen scheint der Wind für alle Zeiten dasselbe zwingende Symbol zu enthalten: der Wind erhebt sich, und der Geist rührt sich. Wenn dem nicht so wäre, wie könnte dann Valéry geschrieben haben:

„Le vent se lève. Il faut tenter de vivre."

Und wie könnten wir sonst, wenn wir diese Worte vernehmen, so ergriffen sein?

Auf meiner Reise durch die Wüste hatte ich den Buschmann ein Lied singen hören, in welchem der Wind seine uralte Rolle spielte. Für mich war das Lied um so bedeutungsvoller, als es sowohl den Wind als auch den Regen besang. Der Partner des Windes, dieser andere große Vertraute im Lebenskreis des Buschmanns, war einstmals eine „Person des frühen Geschlechts" gewesen. Er kam in Gestalt eines majestätischen Stiers auf die Erde, um die junge Frau der Urzeit zu gewinnen. In einem der anmutigsten Buschmannmärchen besucht der Regen ebenfalls eine schöne junge Frau und macht ihr den Hof. Der Stier, ruhelos vor Verlangen zu zeugen und ungeduldig, weil kein empfangendes Element gegenwärtig ist, um seinem Verlangen Gestalt zu verleihen, steigt zur Erde hernieder. Er schreitet durch den Frühnebel, der die Minze seines glühenden Atems ist. Von ferne wittert er den Wohlgeruch der Frau, und der Duft führt ihn unfehlbar zu ihr. Die Frau spürt sofort das fieberhafte Sehnen in ihm; sie wirft ihm eines der am stärksten duftenden wilden Buschmanngräser an den Kopf; mit anderen Worten: sie gibt zu verstehen, daß ihr weiblicher Verstand den königlichen Bewerber erkannt hat. Schnell, aber behutsam, legt sie ihr Kind, ihre persönliche Liebe, beiseite. Aus Liebe zu höherer Schöpfung steigt sie gleichwie Europa auf den Stier und führt ihn zu einem Baum in einem Hohlweg, wo sie absteigt und den Stier in Schlaf lullt. Als er erwacht, steht er auf, und im Glauben, die Frau wäre noch bei ihm, kehrt er zu seinem eigenen Element, dem Wasser auf dem Grund einer Quelle zurück; das bedeutet, daß er, das Männliche, das im Weiblichen enthalten ist, zu einer Quelle der Schöpfung wird, deren klares Wasser aus der Erde hervorsprudelt.

Das Märchen wird liebevoll bis in alle Einzelheiten erzählt; ich habe hier nur so viel wiedergegeben, wie nötig ist, um das Lied von Wind und Regen so zu verstehen, wie der Buschmann es auffaßte. Ich hörte es in der Wüste, ehe der Regen zum erstenmal die fürchterliche Dürre an den Saugquellen durchbrach, als ich mir, nichts von dem Lied ahnend und die Geschichte des Stieres vergessend, die Erde noch als eine Frau vorstellte, die mit dem Regen wie mit einem Geliebten in ihren Armen spricht. Als ich es das erstemal hörte, sang eine Frau:

Unter der Sonne
Ist die Erde verdorrt.
Allein am Feuer
Schreie ich.
Den ganzen Tag lang
Schreit die Erde
Nach Regen.
Die ganze Nacht lang
Schreit mein Herz
Nach meinem Jäger,
Auf daß er mich hole.

Dann antwortete ein Mann:

Oh! Lausche auf den Wind,
Meine Frau dort;
Die Zeit ist gekommen,
Der Regen naht.
Lausch in dein Herz,
Dein Jäger ist da.

Die Zusammenhänge zwischen der Trockenheit der Erde und der Einsamkeit des Frauenherzens, zwischen dem Fallen des Regens auf die Erde und der Ankunft des Jägers bei der Frau schienen mir jetzt in den Mythen des Buschmannes von Wind und Regen vorausgeahnt und erläutert. Ich kann nicht beschreiben, wie erleichtert ich war, als ich eine zusammenhängende Kette sah, die von den frühesten Symbolen bis zu den Verlautbarungen unserer trostlosen Gegenwart reicht. Sollte sie jemals zerreißen, sollte diese Saite jemals springen, dann würde, daran zweifle ich nicht, alles Leben aufhören. Aber ich glaube nicht, daß so etwas geschehen kann. Was für Katastrophen uns auch bevorstehen mögen, sie wären nicht dazu bestimmt, das Leben zu zerstören; im Gegenteil, sie würden, so rätselhaft das auch klingen mag, dem Leben dienen. Was dem Menschen auch immer zustoßen mag, der Wind in ihm – so hätte es der Buschmann genannt – wird weiterwehen, um Wolken zu bilden für neuen Regen.

Der verachtete Geist des entschwundenen Afrika hatte mich zu einer neuen Auffassung von den grundlegenden Wahrheiten des Lebens und der Vorgänge seiner Zivilisation hingeführt. Jetzt wußte ich zum Beispiel, aus welchem Grunde Dichtung, Musik und die Schönen Künste zum Weiterleben gehören, warum sie für uns alle Leben und Tod bedeuten und warum die Buschmannseele Blakes wahrnehmen konnte, daß ganze Völker zugrunde gehen müßten, sobald die Künste untergingen. Denn die Künste sind sowohl Hüter als auch Verfertiger dieser Kette; sie haben die Aufgabe, die urzeitlichen Regungen in der jüngsten Menschengeneration lebendig zu erhalten; sie machen Frühestes und Ältestes im Geist des Menschen jung und unmittelbar zugänglich. Als ich über die Vergangenheit Afrikas nachdachte, im besonderen über die Geschichte des Menschen in Afrika und über das Entsetzen, durch das seine Menschheit hindurchgegangen war – ein so großes Entsetzen, daß die heutigen Kinder Afrikas ihren Anteil daran nicht auf sich nehmen wollen und, von Senegal bis zum Kap der Guten Hoffnung, eifrig bemüht sind, Geschichten zu erfinden, die niemals stattgefunden haben, um das Entsetzen zu mildern – da wurde ich zu einer Dankbarkeit und Demut zurückgeführt, die ich vor dem kleinen Buschmann nicht in geeigneten Worten zum Ausdruck bringen kann, der sich als Glied in der Kette ungebrochen behauptet.

Es ist kein Wunder, daß er, nachdem er sich so gründlich mit der lebensnotwendigen Fortdauer der Schöpfung befaßt hatte, übersinnliches Wahrnehmungsvermögen besaß. Ich habe schon berichtet, daß ich an dem Tage, als wir die große Elenantilope erlegten, zum erstenmal davon erfuhr, daß der Buschmann in seinem Kopf ein Telegraphiersystem besaß. Bleeks Buschmann berichtete nahezu dasselbe: „Die Buchstaben der Buschmänner befinden sich in ihrem Körper. Die Buchstaben sprechen, sie bewegen sich, sie bewegen auch den Körper des Buschmanns. Die Buschmänner befehlen den Gefährten, still zu sein: ein Mensch ist dann vollkommen still, wenn er spürt, daß es in ihm klopft." Danach beschreibt Bleek, was diese Klopfzeichen den Buschmännern sagten. Sie sagten ihnen beispielsweise, welchen Weg sie lieber nicht beschreiten, welchen Pfeil sie lieber nicht benutzen sollten; sie machten sie auf das Herannahen Fremder aufmerksam, wenn diese noch weit entfernt waren. Der Buschmann behauptete, er könne mittels der Klopfzeichen die Anwesenheit von Springböcken am fernen Abhang eines Berges so deutlich spüren, daß er den Wind spürte, der durch das dunkle Fell an ihren Flanken strich, und dann sagte er zu seinen Söhnen: „Steigt auf den Berg dort drüben, damit ihr überall Umschau halten könnt; denn in meinem Körper ist das Springbock-Gefühl." Wenn ein Strauß sich nähert, aber noch nicht sichtbar ist, der sich mit der Pfote am Halse kratzt, so spürt der Buschmann die Klopfzeichen an seinem Hals, und zwar an der gleichen Stelle, an der der Strauß sich kratzt. Wenn ein Familienangehöriger mit einer vernarbten Wunde herannahte, spürte er schon lange vorher in seinem Körper an der Stelle ein Klopfen, wo der Wandernde seine Narbe hatte. Wenn eine Frau nach

Hause zurückkehrte, dann fühlte der Mann, der neben ihrem Schutzdach saß, das Klopfzeichen auf seinen Schultern an der Stelle, wo die Tragriemen für das Kind in die Schultern der Frau einschneiden. Er behauptete sogar, daß er auf diese Weise eine Laus im Gefieder eines Straußes kriechen fühlte.

Ob diese Behauptungen übertrieben waren oder nicht, wer kann das nach so langer Zeit noch mit Bestimmtheit sagen? Ich weiß nur, daß ich etwas gesehen habe, was einem Beweis dieser Behauptung nahekam, als die große Elenantilope erlegt wurde, dann nochmals an dem Tage, als wir beim Verlassen der Kalahari unerwartet auf eine verzweifelte kleine Gruppe von Buschmännern stießen. Damals hatte ich Dabe gefragt, woher er es wisse, daß Fremde nahten; denn es sei doch nichts von ihnen zu sehen oder zu hören, und er hatte sich vielsagend auf die Brust geschlagen und geantwortet: „Ich spüre, daß sie kommen, ich spüre es hier."

Aber ob die Behauptung nun wortwörtlich zutraf oder nicht, dieses Sichtbarwerden des bevorstehenden Geschehens, das sich im Körper des Menschen durch Klopfzeichen bemerkbar macht, ist der Beweis dafür, daß er Beschaffenheit und Form ungesehener Dinge wahrzunehmen vermochte, was eine der feinsten Funktionen der Einbildungskraft ist.

Außerdem brachte diese Vorstellungskraft den Menschen auch zum erstenmal auf den Gedanken, Nachrichten über große Entfernungen hinweg zu signalisieren – Botschaften werden in den Urwäldern Afrikas durch Trommeln weitergeleitet; Befehle werden in der Stille der Dschungel auf Java durch das Anschlagen von Bambus-Gongs erteilt. Und heute sendet ein sinkendes Schiff durch Morsezeichen sein SOS in den Äther hinaus. „Nur die Stumpfsinnigen und jene, die diese Lehren nicht verstehen“, sagte der Buschmann, „gehorchen den Klopfzeichen in ihrem Innern nicht.“ Wie voll scheint doch unsere heutige Welt, besonders meine heimatliche Welt in Afrika, von Narren zu sein, die nicht hören wollen, wie dringlich die Zukunft an ihre Herzen klopft. Wenn das Getöse der Worte in der Welt für einen Tag verstummen würde und der moderne Mensch einmal vollkommen stillschweigen könnte wie der Buschmann, wenn dieser das Klopfen in sich spürte, dann könnte er vielleicht sein verstoßenes ursprüngliches Ich, seine Liebe zum Leben und das Element der Erneuerung an seine Hintertür anpochen hören.

Diese Gabe des Urmenschen, das lebenspendende Symbol wahrzunehmen und ihm zu dienen, trat auch in seiner Musik, in seinen Tänzen und Malereien in Erscheinung. Bei erneuter Überprüfung all dieser Fragen erinnerte ich mich jetzt an die Nacht, in der ich ihn den Feuertanz an den Saugquellen tanzen sah und das erste große Sommergewitter heraufzog – Stunde um Stunde umschritt er immer wieder seinen magischen Kreis, so wie der Wirbelwind sich um seinen Mittelpunkt dreht, und trug eine Feder des Lebens zu einem Wasser der Erneuerung. Als alles vorbei war, empfand ich stärker als jemals in einer Kirche, einem Tempel oder einer Kathedrale, daß ich einer lebendigen Erfahrung dessen teilhaftig geworden war, was Theologen Gott nennen. Ebenso erging es mir angesichts seiner Malereien, die im Dunkel einer Schlucht oder auf einem purpurfarbenen Felsvorsprung leuchteten, oder auch, wenn ich ihm zusah, wie er auf Straußeneierschalen abstrakte Bilder zeichnete – Dreiecke, Vierecke, Parallelogramme und

Kreise, die den Themen in meinem Geometriebuch aus der Schulzeit in nichts nachstanden.

Er kannte sogar die Bedeutung des Sich-Bekreuzigens. Mir wurde berichtet, daß er, um seine Kranken zu heilen, ein Kreuz aus dem Holz eines zauberkräftigen Baumes auf die Brust des Patienten legte. Ich weiß von einem Felsen, auf dem er sein eigenes Zeichen des Kreuzes anbrachte, und ich besitze eine Kopie des Bildes, auf dem zu sehen ist, wie sein Herz in seinen Fingerspitzen schlug, als er die rote Farbe des Kreuzes auf den gelben Stein malte. Ich könnte mir vorstellen, daß dies eines der ältesten Kreuze in der ganzen Welt ist. So setzte sich seine Vorstellungswelt in jeder Beziehung aus fundamentalen, bleibenden Bildern zusammen. Seine intuitiv gefundenen geometrischen Formen sind dieselben, auf denen die Wissenschaft aufgebaut ist, die eine Brücke von Insel zu Kontinent schlagen würde.

Selbst heute noch haben wir kaum die Bedeutung jener Symbole begriffen, von denen sein Geist überquoll. Sie kehren auch in unserer Vorstellungswelt immer und immer wieder und fordern uns zu tiefer Erforschung der Verhaltensweisen des Lebens auf. Das Bild des Kreuzes im besonderen bleibt ein Symbol, das auf ewig von Geheimnissen umwoben bleibt und große Macht ausübt. Schon im vorzeitlichen Afrika hatte es dieselbe Rolle gespielt, indem es den Urmenschen dazu anregte, nicht nur horizontal, sondern auch vertikal zu leben. Deshalb möchte ich sagen, daß ein weiterer ausschlaggebender Unterschied zwischen ihm und uns darin bestand, daß er dem Leben gehorchte und getreu dem Bilde diente, das er sich ursprünglich vorgestellt hatte. Wir hingegen eignen uns nicht nur widerrechtlich das Symbol an und beuten es aus, sondern sind auch noch jener schwersten

Täuschung der von den Göttern zum Untergang bestimmten Menschen verfallen – der Täuschung, wir hätten das Symbol selber erfunden.

17

Die schöne Elenantilope

Die Mantis hatte die Paviane besiegt. Sie war jetzt auf neue Schöpfungstaten bedacht. Die größte von ihnen vollbrachte sie durch die Elenantilope. Es mag merkwürdig erscheinen, daß der Urgeist auch in diesem Stadium noch darauf beschränkt war, seine Wunder durch Tiere und immer noch nicht durch den Menschen zu vollbringen. Aber es handelte sich ja immer noch um den Zeitabschnitt, in dem das Tier eine Person war; und wir müssen ohnedies, ob wir es wissen oder nicht, auch dem Tier, den Uranfängen in uns, folgen, um eine maßgeblichere Bestandsaufnahme des Lebens und der Persönlichkeit machen zu können. Eine deutliche Bestätigung dieser Notwendigkeit ist in dem Wort Christi enthalten, das ihm in einem der frühesten gnostischen Dokumente zugeschrieben wird. Er sagt seinen Zuhörern, sie müßten, wenn sie ins Himmelreich eingehen wollten, wie die Fische, Vögel und Vierfüßer sein; denn die seien die wirklich Frommen, weil sie dem Willen des Lebens, das heißt dem Willen Gottes, gehorchten und nicht ihrem eigenen.

Eine andere bildliche Darstellung derselben Wahrheit enthält der Bericht vom Tode des Sokrates. Als dieser große Geist dem Unvermeidlichen gegenüberstand, wandte er sich nicht an die Macht der Vernunft, die in ihm wie eine Sonne strahlte, sondern an die alten, vergessenen oder vernachlässigten Dinge seiner Imagination. Seine letzten Stunden verbrachte er damit, daß er Fabeln des Äsop in Gedichtform brachte. Über seine berühmte Ermahnung an seinen Freund, er solle nicht vergessen, dem Äskulap einen Hahn zu opfern, haben sich ganze Generationen den Kopf zerbrochen. Aber mir erscheint sie symbolisch für die Hybris seines Geistes. Der auf dem Misthaufen krähende Hahn ist ein Symbol für den Geist, der sich der reinen Vernunft verschreibt, wohingegen das Zeichen des Äskulap die Schlange war, das Symbol für das Instinktive im Leben. Ich sehe darin die Anweisung eines großen menschlichen Geistes, dem Instinkt, dem Tierischen in uns, auf Kosten der Vernunft ein Opfer zu bringen.

Aber kehren wir zur Elenantilope zurück. Ich habe bereits erwähnt, daß die Mantis die Elenantilope sogar noch mehr liebte als das Hartebeest. Eine Buschmanngeschichte führt das darauf zurück, daß die Mantis die Elenantilope zuerst erschuf; aber die Buschmanngeschichte sagt auch, „die Mantis liebte die beiden nicht nur ein wenig, sie liebte sie innig; denn sie schuf ihr eignes Herz aus der Elenantilope und dem Hartebeest." In mancher Geschichte sitzt die Mantis zwischen den Hörnern, in anderen zwischen den Zehen der Elenantilope, als sollte dem Urmenschen damit eingeprägt werden: „Nicht nur mein Herz, sondern auch meine Seele und meine Verhaltensweise sind aus der Elenantilope erschaffen."
Die Ehrfurcht vor der Elenantilope findet ihre Apotheose im Geist des Buschmanns, und zeigte sich höchst eindrucksvoll in seinem Leben. Seine bedeutendsten Malereien, seine Tänze, die Musik und die Märchen betrafen die Elenantilope. Ich habe oftmals zugehört, wenn die Buschmänner ihr Lied von der Elenantilope sangen, und

das geistige Sehnen darin war für mich beinahe unerträglich. Ich hatte den Tänzen für die Elenantilope zugesehen, ich hatte in ihren Figuren das ewig forschende Antlitz des Menschen geschaut, der weiß, wie wenig Zeit ihm auf Erden bleibt, um die neue Vision des Lebens, die er sucht, zu finden. Mir war von den Buschmannjägern, als sie zum erstenmal eine Elenantilope erlegten, gesagt worden: „Niemals seit der Zeit des ersten Buschmanns haben wir eine Elenantilope ihres Fleisches wegen getötet, ohne ihr mit einem Tanz gedankt zu haben."

Warum spielte die Elenantilope in ihren Geistesäußerungen eine so überragende Rolle? Weil sie, wie ich glaube, die vornehmste Daseinsform tierischen Lebens in Afrika ist. Sie ist ein edles Tier, ein Aristokrat, die größte Antilope, gewaltig und stark, aber dennoch sehr sanft von Charakter. Sie wendet ihre Riesenkraft niemals wie ein Riese an. Sie bietet einen schönen Anblick, und ihr Innenleben brennt wie eine zarte Flamme in den Farben ihres Fells. Außerdem lebt sie in Gruppen von ungefähr derselben Anzahl wie der Buschmann. In Südafrika war es eine Seltenheit, sie in großen Herden anzutreffen wie den Springbock und das Gnu. Nach Regenfällen pflegte sie sich allerdings in der Nähe von wassergefüllten Pfannen in größerer Zahl aufzuhalten, genauso wie die allenthalben verstreuten Buschmannsippen es tun. Dann führen die Elenantilopen innerhalb einer großen Gesellschaft ihrer Gattung leidenschaftlich wilde Tänze aus, ebenso wie der Buschmann einmal im Jahr bei der großen Familienversammlung tanzt. Aber bald zog die Elenantilope wieder ihres Wegs in kleinen, deutlich zu unterscheidenden Familiengruppen. Außerdem ist die Elenantilope sehr zärtlich im Umgang mit ihrer Familie. Ich habe oft die Elterntiere beobachtet, wie sie in der Tageshitze im Schatten zusammen mit ihren Jungen in innigster und zärtlicher Gemeinschaft ausruhten. Von Zeit zu Zeit hielten sie inne, um die Jungen mit Lippen und Zungen zu liebkosen. Aber im Rahmen dieses Herdenlebens bleibt die Elenantilope ein Individuum und ist außerordentlich wählerisch. Wenn zum Beispiel die Paarungszeit kommt, entführt der Bulle seine auserwählte Jungkuh aus der Herde und zieht ein paar Tage lang mit ihr allein zum Liebesspiel in den Busch.

Nach allem, was ich von der Elenantilope gesehen habe, erscheint mir die Wahl der Mantis richtig und unausbleiblich. Besonders gut gefällt es mir, daß die Mantis zwischen den Zehen der Elenantilope sitzt. Die Zehen sind der empfindlichste Teil dessen, womit das lebende Geschöpf auf der Erde einhergeht. Sie sind die Fühler für die Wege, und die Fühler der Elenantilope sind bemerkenswert gut ausgebildet, um auf dem Wüstenboden zu gehen. Im Sand der Kalahari spannen sich die Zehen, der ganze Huf wird breiter und flacher und verhindert auf diese Weise, daß er tief in den Sand einsinkt. Wenn das Tier seinen schwarzen Lacklederhuf anhebt, schnappen die Zehen mit einem scharfen, sprühenden Klicken zusammen. Oft habe ich ungesehen unter einem Sturmbaum in der Wüste gelegen und auf diesen wunderbaren Ton gelauscht, wenn die Elenantilopen um mich herum von einem Grasbüschel zum anderen zogen. Jedesmal habe ich darüber gestaunt, mit welcher Treffsicherheit der Buschmann den Geist der Verwandlung und Erneuerung, den die Mantis verkörpert, gerade zwischen solchen Zehen unterbringt; denn dort, wo sich die Fühler für den Weg begegnen, liegt das Zentrum und der Lebensnerv des Seins, die Stelle, an der der Impuls des Ganzen das Gehen lenkt.

Die bedeutendsten Geschichten über die Elenantilope weichen voneinander ab, je nachdem wer der Geschichtenerzähler ist und aus welchem Teil Südafrikas die Geschichten stammen; aber alle stimmen sie in dem einen Punkt überein, daß die Elenantilope auf den Weg der Weisheit führte. In der Kalahari erzählten mir Buschmänner zum Beispiel eine schöne Geschichte von ihrem Urgeist und der Elenantilope. Sie sagten, er wachte immer früh auf und wartete, unter dem Baum der großen Wunder liegend, auf ein Zeichen. Im Morgengrauen hörte er zuerst die kleine, weiße, malven- und rostrotfarbene Taube, die einen hübschen schwarzen Ring um den Hals trägt, um zu zeigen, daß ihre Stimme dem Leben verpflichtet ist. Sie rief deutlich und klar, noch ehe der Tau herabgefallen war: „Popori! Popori! Popori! Popori!" Dann kam, sobald das Leittier der Elenantilopen durch den Busch dem Ruf der Taube folgte, von weit her die Antwort: „Klick! Klick! Klick! Klick!" Daraufhin machte sich der Urgeist auf den Weg. Er ging dorthin, wo sich die Rufe „Popori! Popori! Popori!" und das „Klick! Klick! Klick!" begegnen mußten. Sie kamen zur gleichen Zeit an, und der Urgeist begrüßte sie höflich: „O ihr Wesen mit Flügeln, ich sehe euch! O Herz der Mantis, ich sehe dich." Dann geleitete die Taube sie zu einer Stelle, wo es Honig gab, den sie herausholten und ihrem Bedarf entsprechend unter sich verteilten.

Die beiden Söhne des Urgeists, die sich schon immer über den Honig, den er ihnen jeden Tag heimbrachte, gewundert hatten, folgten ihm jedoch eines Tages heimlich und beobachteten, wie er und seine Freunde vorgingen. Begehrlichkeit regte sich in ihnen, und sie meinten, allein könnten sie noch mehr Honig ergattern, dazu noch Fleisch. Sie brauchten nur die große Elenantilope zu töten. Sie folgten also eines Tages nach der Austeilung des Honigs der Elenantilope zu ihrem Lager, töteten sie und aßen ihr Fleisch. Als die Elenantilope am nächsten Morgen nicht erschien, gingen der Vogel und der Urgeist sie suchen; sie entdeckten, daß nur ihre Gebeine, das Fell und der Bauch übriggeblieben waren. Gebrochenen Herzens verlor „Popori" die Macht, den Urgeist zum Honig zu führen und gewann sie erst wieder zurück, nachdem der Urgeist die Elenantilope aus dem Kot in ihrem verfaulenden Bauch auferstehen ließ. Danach war die Elenantilope begabter und schöner denn je. Sie verhalf ihnen allen dreien dazu, noch mehr Honig zu finden als vorher. Aus Tod und Verderbnis war größeres Leben entstanden.

Aber warum Honig? Wie primitive Völker in der ganzen Welt besaß auch der Buschmann einen Honigmythos. Honig war nicht nur eine physische Substanz, sondern auch ein Sinnbild, das in seinem Leben große schöpferische Kräfte wachrief. Ich habe schon meine Begegnung mit dem Honigdachs in der Kalahari geschildert und die Geschichte Dabes von Honigdachs und Honigweiser erzählt. Dort habe ich gesagt, daß der Honig in der fundamentalen Bilderwelt des Menschen ein Symbol der Weisheit war. Das ist er auch für den Buschmann; er ist es für viele andere primitive Völker, die ich kenne; das gilt auch für Samson, dessen Rätsel deutlich darauf hinwies, daß er im Honig die Süßigkeit sah, die von dem Geist kommt, der das wilde Tier, den Löwen, besiegt hat.

Man denke nur daran, wie unmöglich es ist, in unseren

landläufigen Redewendungen einen Ersatz für Honig zu finden. Man versuche beispielsweise in das Bibelwort, „ein Land, in dem Milch und Honig fließt“, ein anderes Wort für Honig einzusetzen. „Milch und Marmelade“ – sogar „Milch und Erdbeermarmelade“ oder ein anderer beliebiger Süßigkeitsträger wirken nicht gut. Es muß Honig sein, weil Honig die wundersame Verbindung von Licht und Materie, von allen Essenzen der Blumen ist, aus denen die Bienen Nahrung für neues Leben bereiten, sobald die dunkle Stunde von Winter und Tod über die Welt hereinbricht. Genauso wie wahre Weisheit nur gewonnen wird, wenn der pulsende Geist des Menschen sich der Wichtigkeit zahlloser kleinster Dinge und der kleinsten für ihn erreichbaren Fortschritte bewußt wird, so entsteht der Honig aus der winzigen Fracht, die von einzelnen Bienen in lebenslänglicher Arbeit in die durchsichtigen Waben im Bienenstock gefüllt wird. Außerdem hat die Biene, während sie Honig zur Ernährung ihres eigenen neuen Lebens herstellt, auch noch eine lebenswichtige Funktion für andere übernommen; sie trägt den befruchtenden Blütenstaub von Blume zu Blume und von Obstblüte zu Obstblüte. Der Honig stellt also jene Wechselseitigkeit im Wesen aller Dinge dar, deren Verständnis die Quelle der Weisheit auf Erden ist.

Aber vielleicht kommt man der Sache am ehesten auf den Grund, wenn man die Rollen vergleicht, die Biene und Ameise in der vorzeitlichen Bilderwelt der Menschheit spielten. Ist die Biene eine Quelle der Weisheit und schöpferischen Kraft, so die Ameise eine Quelle des Wahnsinns und der Verwirrung. Beide sind gleicherweise fleißig und selbstlos, ihr gesellschaftliches Leben ist nach ähnlichen Grundsätzen aufgebaut; aber die eine stellt etwas Positives dar, die andere etwas Negatives. Ich habe die Bienen oft beobachtet, wenn sie im Frühling zwischen den Blumen auf dem Veld bei mir zu Hause umhertaumelten, und bei ihrem Anblick schlug mein Herz schneller. Dann sah ich die Termiten unten durchs Gras eilen, und mir schauderte angesichts ihrer hastigen Bewegungen und ihres gehetzten Gesichtsausdrucks. Wo sie auch hinkommen, zerstören sie; sie schaffen nichts für andere.

Die großartigste Buschmanngeschichte über die Elenantilope und den Honig wurde Bleek berichtet. Sie beginnt mit der Mantis, die zwecks Erschaffung der Elenantilope einen abgelegten Schuh von Kwammang-a, ihrem bewußten Regenbogen-Aspekt, aufhebt. Warum einen Schuh? Der Buschmann ist der einzige Mensch, den ich unter den Urbewohnern Afrikas kenne, der so hoch entwickelt war, daß er aus Tierhäuten eine Art griechischer Sandale anfertigte. Der Schuh fällt einem sofort als Sinnbild für den Lebensweg eines Menschen auf der Erde ein. Das erscheint mir ungeheuer bezeichnend. Die neue Lebensäußerung, die trotz der Paviane erschaffen wurde, ist keine endgültige; es gibt noch einen Lebensweg, der von dem bewußten Ich der Mantis abgelehnt wurde und den der weggeworfene Schuh Kwammang-as ihr jetzt zum Bewußtsein bringt.

Hier stehe ich einem immer wiederkehrenden Geheimnis gegenüber, das für den Europäer seine nachdrücklichste Äußerung im neuen Testament findet: „Der Stein, den die Bauleute verworfen haben, ist zum Eckstein worden." Wie Kwammang-a durch den Schuh, so werden die Menschen durch das erneuert, was sie verachtet und abgelehnt haben.

Die Mantis hebt also dieses Stück Leder ehrfürchtig

auf, diesen zurückgewiesenen Aspekt ihrer selbst, und bringt es zu dem Wasser, wo das Schilf wächst und die Vögel singen – wieder zurück zum Ausgangspunkt des Urgeistes in sich selber. Sie geht davon; nach einer Weile kehrt sie um und blickt noch einmal tief ins Wasser hinab. Sie sieht eine lebendige Elenantilope, die aus dem weggeworfenen Leder entstanden ist. Aber sie wendet sich ab, weil sie wahrnimmt, daß die Elenantilope noch zu klein ist und den Schutz des Wassers braucht. Nach dem, was die Paviane ihrem kleinen Sohn antaten, will sie den Irrtum, eine neue Lebensäußerung zu früh in die Welt hinauszustoßen, nicht wiederholen. Als sie das nächste Mal zurückkommt – o Wunder über Wunder – entdeckt sie neben dem Wasser die schwache Spur einer Elenantilope.

Ich wünschte, ich könnte die Erregung wiedergeben, von der ein Mensch in Afrika ergriffen wird, wenn er in einem weiten, leeren Raum ohne das geringste Zeichen von etwas Lebendigem plötzlich eine frische Spur im Sande entdeckt. In der europäischen Vorstellungswelt haben wir ein Beispiel, das dieses Erlebnis in ähnlicher Weise schildert; es ist die Episode, als Robinson Crusoe die Fußspuren des Menschen Freitag am Inselufer entdeckt. Eine solche Erregung empfand die Mantis. Sie freute sich, daß die Elenantilope kräftig genug geworden war, um auf festem Boden zu gehen. Mit anderen Worten: die neue Vision nimmt Form an; denn Schöpfung ist nur dann vollkommen, wenn das Erschaffene die Verhaltensweise von etwas Lebendigem annimmt. Und sie ist nicht wirklich Schöpfung, ehe sie nicht aus dem tiefen Wasser der Einbildungskraft heraustritt, aus unserem Inneren, wo das Schilf wächst und die Vögel singen, um, zu Fleisch und Blut geworden, über die Erde zu wandern.

Aber die Elenantilope war noch winzig klein. Die Mantis erkannte, daß die Elenantilope noch hilfsbedürftig war, deshalb zog sie aus und sammelte Honig für sie – das heißt, sie verlieh ihr sowohl Weisheit als auch Körpergröße und Stärke. Die junge Elenantilope stand also im Wasser und blickte scheu zur Mantis auf. Dann ging die Elenantilope plötzlich auf ihren Vater zu. Die Mantis war so gerührt, daß sie weinte, während sie das junge Tier liebkoste und ihm die Rippen mit Honig einzureiben begann. Die junge Vision der neuen Lebensform wird während der ganzen Zeit durch Weisheit stärker gemacht. Hin und her eilend, verrichtet die Mantis diese Arbeit mehrere Morgen lang, und jeder Besuch wird vom Buschmann liebevoll und mit Zartgefühl beschrieben. Dann bleibt die Mantis drei Nächte und drei Tage und Nächte dem Wasser fern (die magische Zahl, die mit den eleusinischen und anderen Mysterien in engstem Zusammenhang steht). Die Elenantilope bleibt sich selbst überlassen zurück. Offensichtlich will die Mantis das junge Tier auf die Probe stellen. Sie wartet ab, ob es stark genug ist, um aus eigner Kraft weiterzuwachsen. Hier stoßen wir auf die Erkenntnis, daß die wahre Zauberkraft im Leben das Wachstum ist. Es gibt keine sofortige Erschaffung des Neuen; selbst die spontanste Vision braucht Zeit zum Wachsen, und wenn diesem Gesetz nicht gehorcht wird, dann sind Gewalttätigkeit und Unglück die Folge. Die Elenantilope wird also allein gelassen, um zu wachsen, und nach drei Tagen ist sie groß und stark wie ein Bulle.

Am vierten Tage zog die Mantis früh aus. Bei Sonnenaufgang ging die Mantis zum Wasser und rief laut:

„Kwammang-as Schuh, wo bist du?“ Die Elenantilope stieg aus dem Wasser und kam zur Mantis, und unter ihren Hufen dröhnte die Erde. Das Herz der Mantis war von der größten Freude erfüllt, die der Geist erleben kann – der Ergriffenheit, das wiederzuerlangen, was verloren gewesen war, den Wert des Verachteten, Schönheit im Häßlichen, Licht im Schatten zu entdekken. Diese Freude findet auf gleicher Ebene ihren Ausdruck im Aschenputtel-Thema vieler Märchen und auf anderer Ebene im Neuen Testament, wo gesagt wird, daß der Hirte mehr Freude über die Rückkehr eines einzigen verlorenen Schafes empfindet als über die Anwesenheit der vielen, die niemals straucheln. Als diese vielfältige Rührung im Herzen der Mantis überquillt, singt sie vor Freude:

> Ah, eine Person ist hier!
> Ein Stück von Kwammang-as Schuh!
> Ein Stück vom Schuh meines ältesten Sohns!
> Ein Stück von Kwammang-as Schuh!
> Ein Stück vom Schuh meines ältesten Sohns!

Dieses neue Drängen im Geist des Buschmanns hat jetzt seine angemessene Entsprechung in Fleisch und Blut gefunden und kann gelebt werden. Um die Worte der Mantis zu gebrauchen: es ist eine Person geworden.

Aber den männlichen Familienmitgliedern der Mantis war auch zum Bewußtsein gekommen, daß etwas Neues erschaffen worden war. Sie beobachteten sie heimlich, und eines Tages gingen sie während ihrer Abwesenheit zum Wasser. Als die Elenantilope auftauchte, töteten und zerhackten sie sie. Das Töten darf hier wiederum nicht im buchstäblichen Sinn aufgefaßt werden.

Der Urgeist Afrikas darf vielleicht von allem, was es jemals gegeben hat, am wenigsten wörtlich genommen werden; er ist voll von der Ambivalenz der Wahrheit. Töten und Tod bedeuten im urzeitlichen Zusammenhang Ende der einen Phase und Beginn einer neuen, die Erringung und Einverleibung neuen Seins. Der Tod ist der große Augenblick der Wiedervereinigung und der Wahrheit. In Spanien nennt der Stierkämpfer noch heute den Augenblick, wenn er in der Arena auf Zehenspitzen vor den gesenkten Hörnern des Stiers steht, im Begriff, seinen Degen in den gebeugten Nacken zu stoßen und den Stier zu töten, den „Augenblick der Wahrheit". Dieser bezeichnende Ausdruck entstammt einem archaischen Kult auf Kreta. Der Tod ist der erhabene Augenblick, in dem nichts anderes Raum hat als die reine Wahrheit. Das Leben wirft alles ab, was vergänglich und verletzbar ist, und verläuft fortan in der Gemeinschaft mit dem erprobten ewig Wahren.

Hier haben wir also die Erklärung dafür, warum in der Mythologie des Buschmanns das Töten der ersten Elenantilope von so großer Bedeutung ist. Auch das Verzehren, das auf das Töten folgte, darf nicht einfach als Essen im landläufigen Sinn aufgefaßt werden. Im Geistesleben des Buschmanns spielt das Essen dieselbe Rolle wie bei uns die Entgegennahme des Heiligen Abendmahls. Daß Mantis' erste Elenantilope verzehrt wird, ist für den Buschmann ein Symbol für die Einverleibung eines neuen Seins, einer neuen Lebensform. Das Verhalten der Mantis beim Anblick ihres toten und zerhackten wichtigen Schöpfungswerks bestätigt die symbolhafte Einverleibung. Sie fühlt, daß dies mehr ist, als sie ertragen kann, nicht weil die Elenantilope getötet worden ist, sondern weil die Mantis nicht selber anwesend war, um das Töten zu überwachen und an dem Verzehren teilzunehmen; das heißt, es war ihr nicht verstattet, das neue Sein zu bewältigen und es ihrer eigenen Wesenheit einzuverleiben.

Nach der soeben erlebten Freude an der Schöpfung erfährt sie den für den Schöpfer bittersten Augenblick: sie wird bis ins Tiefste getroffen, weil sie von dem von ihr erschaffenen Geschöpf getrennt wird. Sie kann es zwar verstandesmäßig erfassen, denn ihr bewußter Regenbogen-Aspekt, Kwammang-a, nimmt an dem Töten und Verzehren teil; ihr zukünftiges Ich in Gestalt der Pharaonsratte, Ichneumon, kann die Einverleibung voll und ganz erleben; aber sie, die Mantis, so wie sie jetzt ist, kann es nicht. Sie ist gewissermaßen ein Insekten-Moses, der sein auserwähltes Volk der Personen des frühen Geschlechts in ein verheißenes Land führen kann, aber selber das Land nicht betreten darf.

Die Mantis beobachtet, wie ihre Familie das Fleisch der Elenantilope davonträgt; dann geht sie unter einem Vorwand allein zum Schauplatz der Tötung zurück. Dort findet sie die Galle der Elenantilope auf einem Busch – den einzigen Teil des Tieres, den selbst der Buschmann nicht verdauen kann. Mit anderen Worten: sie findet dort die Bitterkeit, das Leiden, das ihr der Schöpfungsakt auferlegt, von dem sie ausgeschlossen wird. Obwohl sie bisher keine Erfahrung darin hat, weiß sie instinktiv, daß sie auch die Bitterkeit der Schöpfung auf sich nehmen muß. Sie müht sich also mit den vegetativen Seiten ihrer Bitternis ab; das Märchen stellt es so dar, daß sie mit der Galle eine Auseinandersetzung hat. Sie droht der Galle, sie werde sie durchbohren und auf sie hinaufspringen. Jedenfalls möchte sie die Galle auf die eine oder andere Weise loswerden. Nun droht die Galle ihrerseits, sie werde, wenn die Mantis das täte, auseinanderplatzen und die Mantis „zudecken". Die Mantis ist versucht, der Galle auszuweichen, indem sie dem Beispiel der Kinder folgt. Sie wird jedoch von dem Gefühl zurückgehalten, sie müsse die Bitterkeit als ihre persönliche Verantwortung auf sich nehmen. Sie durchbohrt die Galle. Die Galle zerplatzt und deckt die Mantis, wie sie ihr angedroht hatte, vollkommen zu. Eine dichte Schwärze senkt sich auf die Mantis herab – ihr Kelch an Bitterkeit ist voll und läuft über; sie tastet in tiefster Finsternis umher, bis ihre Finger eine Straußenfeder berühren. Sie greift sofort nach dieser Feder des Vogels der Wahrheit, der ihr vor langer, langer Zeit das Feuer geschenkt hatte.

Sogleich wird die Intuition klarer, der bewußte Wille hilft mit bei der Erfüllung der Pflicht, diesem Fingerzeig der Wirklichkeit bis über die Finsternis hinaus zu folgen. Mit der Feder wischt sich die Mantis die Galle von Stirn, Gesicht und Augen. Hätte sie nicht derart gelitten, hätte sie vielleicht niemals erfahren, daß im Urgeist Vorsorge für einen Weg durch Finsternis und Tod getroffen war. Durch diese Erkenntnis wird sie von der Finsternis erlöst und kann nun im neuen Licht wandeln. In der Darstellung des Buschmanns wirft sie die Feder in den Himmel empor, und in einer Aufwallung des Herzens sagt sie zu ihr: „Du mußt oben im Himmel liegenbleiben, von nun an mußt du der Mond sein. Du sollst in der Nacht scheinen. Durch dein Scheinen sollst du für die Menschen die Dunkelheit erhellen, bis die Sonne aufgeht und für den Menschen alle Dinge hell macht. Unter der Sonne gehen die Menschen auf die Jagd. Du glühst für den Menschen, während die Sonne für den Menschen scheint. Unter ihr gehen die Menschen umher, sie gehen auf Jagd, sie kehren nach Hause zurück. Du bist der Mond, du spendest den Menschen Licht, dann schwindest du dahin, du kehrst wieder zum Leben zurück, du spendest allen Menschen Licht."

18

Licht allen Menschen

In der Vorstellungswelt des Buschmanns ist der Mond das Symbol der Erneuerung. Er stellt die intuitiven Elemente des Geistes dar, der das Leben durch die immer wieder hereinbrechenden Dunkelheiten geleitet. Die Sonne stellt das große Licht des Tages dar, die ungeheure Macht der Vernunft; der Mond ist das vorsorglich scheinende Licht für den Fall, daß die Vernunft nicht ausreicht, daß unsere ganze strahlende bewußte Erfahrung uns im Stich läßt. In den Upinaschads gibt es eine Geschichte über Yajnavalkya, den Weisen am Hof eines Königs. Der König fragte ihn eines Tages: „Bei welchem Licht gehen die Menschen hinaus, verrichten ihre Arbeit und kehren wieder heim?" Der Weise antwortete: „Beim Licht der Sonne." Darauf fragte der König: „Aber wenn das Licht der Sonne erlischt, bei welchem Licht gehen die Menschen dann hinaus, verrichten ihre Arbeit und kehren heim?" Der Weise sagte: „Beim Licht des Mondes." Und so folgte Frage auf Frage und Antwort auf Antwort. Wenn der Mond erlischt, arbeitet der Mensch beim Licht der Sterne; wenn sie ausgelöscht werden, beim Licht des Feuers. Und wenn das Licht des Feuers ausgelöscht ist, fragte der König: „Bei welchem Licht können sie dann ihre Arbeit verrichten und immer noch leben?“ Der Weise antwortete: „Beim Licht des Ichs.“

Mir fällt auch eine Legende über den Tod Buddhas ein. Als er starb, versammelten sich die Tiere der Erde um ihn und weinten bitterlich. „Weinet nicht“, tröstete er sie, wie der Mond in der Buschmanngeschichte einstmals versucht hatte, die „Personen des frühen Geschlechts“ zu trösten. „Schauet den Mond an“, sagte er, „wie der sterbende Mond sich wieder erneuert, werde auch ich wieder erneuert werden.“

Wir besitzen also in der Saga von der Mantis zwei bedeutende Entwicklungsstufen des Menschen: das Stadium der Erkenntnis, daß das Leben nur durch Schöpfung über das unmittelbare Ich hinaus einen Sinn hat wie in der Geschichte von der jungen Mantis und den Pavianen; zweitens das Stadium der Erkenntnis, daß dieser Schöpfungsakt auch im Zusammenhang mit einem Gemeinwesen auf der Erde vorgenommen werden muß, wie es im Leben und Charakter der Elenantilope wiedergegeben ist. Jetzt haben wir eine dritte Stufe erreicht: die Erkenntnis, wie wichtig es ist, das Leben auf der Erde als Individuum innerhalb der Gemeinschaft zu leben. Die Geschichte, in der diese Forderung am deutlichsten wird, erwähnt bezeichnenderweise nicht die Mantis, so als sollte damit gesagt werden, daß dies ein Teil der Schöpfung ist, den der Mensch allein auf sich nehmen muß. Trotzdem werde ich sie hier einfügen, weil die Mantis es dem Geist des Buschmanns überhaupt erst möglich gemacht hat, bis zu dieser neuen Lebensstufe vorzudringen. Die Geschichte heißt „Der junge Mann und der Löwe“.

Eines Tages, so erzählte der Buschmann Bleek, zog ein junger Mann des frühen Geschlechts auf Jagd aus.

Er kletterte auf einen Berg, um nach Wild Ausschau zu halten und wurde dort zu seiner Überraschung müde. Das hätte ihm eine Warnung sein sollen. Es war bei den Urmenschen allgemein bekannt, daß Tiere sich vor Jägern schützten, indem sie ihre Verfolger zum Schlafen verführten. Ein kleines Tier verursachte einen leichten Schlaf, ein gefährliches Tier einen tiefen Schlaf. Daran glaubt der Buschmann in der Kalahari noch heute. Der junge Mann des frühen Geschlechts hätte wissen müssen, daß ein solches Schlafbedürfnis am hellen Tage nur von einem der größten Tiere hervorgerufen sein konnte. Um das Symbol in moderner Form auszudrücken: die Neigung zum Schlafen stellt die Neigung zum Unbewußten dar; unsere tierische Natur wehrt sich gegen die Bögen und Pfeile des bewußten Geistes, indem sie unserem Geist Finsternis und Unbewußtsein auferlegt. Unbewußt setzt das Schicksal seinen Willen im Menschen durch; die Sünde des Ödipus und alle ihre tragischen Folgen ergaben sich daraus, daß Sohn und Mutter nichts von ihren wirklichem verwandtschaftlichen Verhältnis wußten. So überrascht es denn nicht, daß ein Löwe erscheint, als der junge Mann von Müdigkeit überwältigt wird.

Der Löwe, so sagte der Buschmann, befand sich auf dem Wege zum Wasser, denn er war durstig. Hier begegnen wir wiederum einem grundlegenden Symbol, das in der Saga wie auch in der Bibel immer wiederkehrt. In vielen Gleichnissen und Wundern des Neuen Testaments ist aus bestimmtem Grunde von Wasser die Rede; dieses Buschmannmärchen benutzt das Bild zu einem ähnlichen Zweck. Auch der Löwe ist auf der Suche nach dem Geist, ohne den er nicht leben kann; nicht einmal der Löwe kann nur von Fleisch leben. Warum der Löwe? Andere Vierfüßer können infolge bestimmter Eigenschaften den Anspruch erheben, Vertreter einzelner Wesenszüge des natürlichen Lebens zu sein; aber keines vertritt wie der Löwe alle ihre Wesenszüge. Seine Schönheit und Kraft bedeuten im Reich der Tiere Maß und Harmonie. Der Elefant hat eine ebenso feine Nase, ein ebenso gutes Gehör und ist viel größer, aber sein Gesichtssinn ist außerordentlich schwach. Bei jedem Thronanwärter ist entweder ein Organ zu einseitig ausgebildet, oder eine Fähigkeit ist gar nicht vorhanden. Nur der Löwe hat alle erforderlichen Eigenschaften – Gesicht, Geruch, Gehör, Verstand, Mut, Schnelligkeit und Stärke. Außerdem fühlt sich der Löwe in der Dunkelheit ebenso heimisch wie im Tageslicht; und vor allem ist er ein Individuum. Die Redensart „Die Katze, die allein geht" kommt nicht von ungefähr. Die Gefährlichkeit des Löwen beruht gerade auf seiner Individualität. Die Erfahrung der großen Jäger Afrikas und in weit geringerem Maße auch meine eigene Erfahrung haben mich gelehrt, wie gefährlich es ist, die Eigenart einer Gattung zu verallgemeinern. Man muß den Charakter des einzelnen Löwen genau kennen, ehe man die Voraussage wagen darf, was gerade dieser Löwe zu tun imstande wäre; und selbst dann irrt man sich oft, weil er von ganz persönlicher Geistesart ist. Unser Löwe stellt also das Animalische, das Natürliche im individuellsten Sinne dar.

Kaum sieht er den schlafenden Menschen, geht er lautlos zu ihm hinüber und packt ihn. Als der junge Mann aufwacht, wird er schon zu einem Baum hingezerrt. Aus Angst, der Löwe könnte ihn, sobald er sich rührt, töten, liegt er ganz ruhig und stellt sich tot. Der Löwe legt ihn in die Gabelung eines schwarzen Sturmbaumes – ein Baum, der keine Dornen hat und liebliche gelbe Blüten trägt. Da entsteht im Innern des Löwen ein großer Konflikt: Soll er zuerst den jungen Mann fressen und dann trinken gehen, oder soll er zuerst trinken und dann erst fressen? Der Grundsatz des Löwen, daß das erste zuerst getan werden muß, gibt den Ausschlag; er will zum Wasser gehen, ehe er frißt – er will mit dem Geistigen beginnen, ehe er sich an das Fleischliche heranmacht. So klemmt er den jungen Mann noch fester in die Astgabelung und begibt sich zum Wasser. Aber auf dem Wege steigen neue Zweifel in ihm auf; er blickt ständig über die Schulter zurück, um sich zu vergewissern, daß der junge Mann sich nicht gerührt hat.

Endlich hat der Löwe den Berg überschritten – er hat also den Zweifel an seiner Vision überwunden. Trotzdem ist er gezwungen, einen letzten Blick zurückzuwerfen. Er glaubt, der Mann könnte sich bewegt haben, weil er ihn vielleicht nicht sicher genug im Baum des Lebens untergebracht hat. Durch die halbgeöffneten Augenlider sieht der Mann den Löwen herankommen. Er weiß, daß er in großer Gefahr ist und sich ganz ruhig verhalten muß; aber der Löwe hat ihn so fest in die Astgabelung gepreßt, daß ein spitzes Stückchen Holz in seinen Rücken eindringt und ihn schmerzhaft verletzt. Schon hat er leise vor sich hingeweint, und die Tränen sind über seine Wangen hinabgeflossen. Als der Löwe bei ihm angelangt ist, bemerkt er sofort die Tränen und leckt sie behutsam auf. Jetzt verändert sich die Situation. Infolge der Tränen kann das Leben weder für den Mann noch für den Löwen jemals wieder dasselbe sein. Nachdem er die Tränen geschmeckt, nachdem er das Leiden des jungen Mannes geteilt hat, ist der Löwe wohl oder übel an diesen Jäger gekettet und an sonst niemanden.

Das ist ein Beispiel für das dynamische Element des Mitgefühls, das sich im Urgeist der Dinge zur Geltung bringt. Obwohl der Löwe hinter dem Berg verschwunden ist, um das lebenspendende Wasser zu trinken, wissen wir, daß er, was auch geschehen mag, zurückkehren wird.

Kaum hat sich der Mann davon überzeugt, daß der Löwe eine Zeitlang fernbleiben wird, springt er auf und eilt zu den Seinen zurück. Er läuft in wilden Zickzacklinien, denn er weiß, daß ihm der Löwe, weil er seine Tränen aufgeleckt hat, folgen wird. Er tut alles, was er kann, um diesen Löwen des Himmels von der Fährte fernzuhalten – um der Auseinandersetzung, die das Mitgefühl des Löwen zwischen ihm und seiner eigenen königlichen Persönlichkeit fordert, auszuweichen oder sie wenigstens hinauszuschieben. Er erzählt seinen Angehörigen, daß ein Löwe ihn sucht. Er bittet sie, ihn ganz fest in so viele dicke Felle des von der Mantis heißgeliebten Hartebeests einzuwickeln, wie sie besitzen, mit anderen Worten: er ist bestrebt, in der Verhaltensweise der Gemeinschaft gegenüber der Natur Schutz zu finden. Die Gemeinschaft versucht, ihm zu helfen, weil, so sagt der Buschmann, „er ein junger Mann war, dem die Herzen der Angehörigen zärtlich zugetan waren".

Bald erscheint der Löwe auf der Suche nach dem jungen Mann. Die ganze Gemeinschaft schließt sich zusammen, um ihn mit Speeren und Pfeilen zu töten. Sie greifen ihn viele Stunden lang an; aber der Löwe scheint unverletzbar zu sein. Er sagt nur immer wieder: „Ich bin gekommen, den Mann zu suchen, dessen Tränen ich aufgeleckt habe und den ich finden muß." Die Angehörigen wollen dem Löwen als Ersatz kleine Kinder geben und sogar ein Mädchen, aber der Löwe läßt sich nicht von seinem Vorhaben abbringen. Bei einbrechender Nacht sieht die verängstigte Gemeinschaft ein, daß sie nicht nur sich nicht einmischen kann, sondern daß sie bei längerem Widerstand auch in Gefahr geraten würde. Die Auseinandersetzung auf dieser königlichen Ebene muß zwischen Individuen stattfinden – zwischen dem Löwen und dem jungen Jäger. Trotz des Flehens seiner Mutter holen sie den jungen Mann aus seiner Schutzhülle heraus und übergeben ihn dem Löwen. Der Löwe erkennt ihn, tötet ihn und spricht zum letztenmal mit den Menschen. Er sagt, daß jetzt, nachdem er denjenigen gefunden hat, den er suchte, der Augenblick gekommen sei, in dem die Angehörigen ihn töten dürften. Bei diesen Worten legt der Löwe sich nieder und stirbt an der Seite des Mannes, dessen Tränen er geschlürft hat.

Wenn ich mich erinnere, was das Symbol des Todes für den Buschmann bedeutete, so ist mir klar, daß das Tier im Individuum und das Individuum im Tier bewältigt worden sind, so daß beide in der Vorstellung des Buschmannes miteinander vereint und als etwas Größeres, als jedes von ihnen vorher war, neu erschaffen werden können. Es ist so, als wolle die Schöpfungsgeschichte des Urgeistes dem Steinzeitmenschen verkünden: „Zwischen dir und dem Leben muß eine Versöhnung stattfinden, die von der Gemeinschaft nicht für dich übernommen werden kann. Es gibt Dinge, bei denen du dich nicht auf ewig hinter der Verhaltensweise der Gemeinschaft verstecken kannst, ohne sowohl die Gemeinschaft als auch dich selbst in Gefahr zu bringen. Die Natur verlangt, in ihrer erhabensten Erscheinungsform individuell gelebt zu werden. Du darfst also nicht auf dem Wege zum Wasser des Lebens einschlafen.

Halte die Augen offen, erkenne dich selbst und ziehe so hinaus zur Begegnung mit deiner eigenen königlichen Natur, auf daß du ein individueller und furchtloser Mensch werdest.“

Wir kommen jetzt zur vierten und letzten Stufe im Erdenleben der Mantis. Es ist die Geschichte der Geschichten und, ein glückliches Zusammentreffen, die letzte große Buschmanngeschichte, die uns erzählt wird. Es ist eine spätere Zeit, als der Buschmann sie kennt – später sogar noch, als seine Seele, das Stachelschwein, glaubt. In der Welt draußen drängen sich seine Feinde schnell zusammen, um zum letzten Schlag auszuholen. Wir wissen das, weil zum erstenmal das Schaf in einer Buschmanngeschichte auftritt, das ihm unter allen Gefährten der ihn umgebenden Natur am fernsten steht und gleichzeitig das Tier ist, das am meisten vom Willen des zivilisierten Menschen abhängt. In einer unmittelbar vorausgehenden Legende macht sich bereits die Ahnung einer Götterdämmerung bemerkbar. Verderben senkt sich finster auf die große Bühne herab, von der der erste Schauspieler des Lebens von Schwarzen und Weißen vertrieben wird. Die Mantis selber ist von den Eigentümern der Schafe schwer getroffen worden, von den Schwarzen, die, wie die Mantis sagt, so zahlreich und blutdürstig sind wie die Zecken im Fell der Schafe. Sie ist dem Verderben nur dadurch entgangen, daß sie zum letztenmal zu ihrem natürlichen Geist Zuflucht nimmt, ihrem Zaubermantel aus dem Fell des Hartebeests. Im Geiste verwundet, körperlich Schmerzen leidend, erreicht sie ihre Heimstätte und verflucht jene, die sie verletzt haben. Sie sagt voraus, wie die Menschen um des ihr zugefügten Leides willen das Feuer des Lebens verwirken werden; sie werden der Schafe verlustig gehen, der Zivilisation und Kultur, deren Sinnbild das Schaf ist, und wie Zecken werden sie verdammt sein, von ungekochter Nahrung und rohem Blut zu leben. Wer wollte sagen, die Prophezeihung sei in meiner Heimat nicht in Erfüllung gegangen? Sie hat sich sowohl für die Schwarzen als auch für die Weißen bewahrheitet, von denen die Buschmannkinder der Mantis so bedenkenlos ausgerottet wurden.

Die Mantis wäre indessen nicht die Mantis, wenn sie es bei Verfluchungen und Prophezeihungen bewenden ließe. Es wird ihr klar, daß auch in ihr selber etwas nicht in Ordnung ist, sonst hätte ihr dies alles nicht zustoßen können. Sie weiß, daß alles Leben zum Untergang verdammt ist, wenn sie nicht bei sich selber Ordnung schafft. Nach der Schöpfung über den vergänglichen Augenblick hinaus, nach der Schöpfung durch die sanfte Gesellschaft der Menschen, nach der Schöpfung des einzelnen Menschen, der allein aus seiner Einsamkeit heraus wie der große Geist im Urbeginn erschafft, folgt die größte aller Schöpfungstaten: Der Urgeist, der Gott, muß sich ebenfalls erneuern. Und wirklich soll sich der Mensch, wenn die Finsternis sich nicht wieder auf ewig herabsenken soll, in der Dämmerstunde dadurch erneuern, daß er sein Verhältnis zu seinem Gott wieder erneuert – daß er das göttliche Urbild sich durch ihn wieder erneuern lassen muß. Daß das höchste Wesen miteinbezogen ist, erhellt sich für mich aus der Tatsache, daß zum erstenmal alle liebsten und nächsten Elemente der Mantis dem Kampf ausgesetzt werden.

Als sie sich selbst für ungeeignet erklärt, indem sie auf die urtümliche Weise verkündet, daß sie sich außerordentlich krank fühle, gibt sie diese Erklärung vor der Vollversammlung aller Delegierten ihrer Lebensaspekte ab. Kauru oder Dassie, das Felskaninchen, ihre Frau, ein sozialistischer Realist strengster Observanz, der mit der undankbaren Aufgabe betraut ist, ihre beschwingten Füße an die Erde zu fesseln, ist anwesend. Ebenso Kwammang-a, ihr feines, unterscheidungsfähiges Regenbogenelement, ebenso Kwammang-as Söhne – der Ichneunom, die Pharaonsratte, das unternehmungsfreudige zukünftige Ich der Mantis, augenfällig ausgestattet mit dem ganzen Sinngehalt, den die Mantis selber nur leben konnte, und der junge Kwammang-a, ruhig, entschlossen und tapfer, bereit noch einen weiteren Aspekt der Mantis zu entwickeln. Da ist auch ihrer beider Mutter, das Stachelschwein, Seele und Tochter der Mantis, ihre Auserwählte aus dem gestirnten Himmel Afrikas. Vor ihnen allen bekennt die Mantis ihre Unzulänglichkeit.

Mancherlei Kleinigkeiten sagen uns, wie stark im Familienkreis der Mantis das Gefühl einer Krise ausgeprägt ist. Am meisten empfindet das die prophetische Seele, das Stachelschwein. Es weiß wie keiner sonst, daß die Augenblicke der Erneuerung auch Augenblicke äußerster Gefahr sind. Gerade bevor die Mantis zu sprechen beginnt, wird uns gezeigt, in welcher Spannung sich sein Geist befindet. Es ruft seinen Ehemann, das Regenbogenelement, Kwammang-a, und zum erstenmal gebraucht es die Diminuitivform des Kosenamens. Es ruft voller Ehrfurcht und Sorge: „O Kwa! Schau, hier stehen die Schafe, die die Mantis mitgebracht hat." Vorher hat es das Regenbogenelement niemals anders als mit dem förmlichen Titel, Kwammang-a, angeredet, mit dem alle Buschmänner das Erscheinen des Regenbogens begrüßten.

Dabei muß ich an Kriegszeiten denken, wenn angesichts drohender Gefahr die Menschen genauso wie hier das Stachelschwein das Verlangen haben, „alle zu einer einzigen Familie zu gehören". Ich erinnere mich an ein besonderes Beispiel. Mein Vorgesetzter, ein außerordentlich beherrschter und zurückhaltender Offizier, mußte einem Soldaten befehlen, etwas zu unternehmen, was beinahe den sicheren Tod bedeutete. Da rief er ihn nicht bei seinem Familiennamen, wie er es bisher immer in aller Förmlichkeit getan hatte, nicht einmal bei seinem Vornamen oder bei seinem Spitznamen „Ginger", den er, wie wir alle glaubten, gar nicht kannte; er rief ihn „Gin", wie ihn sonst nur seine intimsten Freunde nannten, und zwar in einem Tonfall, in welchem meiner Vorstellung nach das Stachelschwein jetzt seinen Ehemann „Kwa" nannte.

In dieser Atmosphäre zunehmender Spannung hören sie die Mantis sagen: „Ich krümme mich vor Schmerzen. Bevor ich dieses Schaf für uns zum Fressen zerlegen kann, muß diese Schwellung verschwinden." Da sie unfähig ist zu fressen, muß man vermuten, daß sie auch einen geschwollenen Hals hat. In diesem Zusammenhang ist es interessant, daß in der indischen Chakras die Kehle gewissermaßen die Region des Logos war, wo, dem tantrischen Text zufolge, dem Menschen bei Erreichung einer gewissen Entwicklungsstufe die Macht des Wortes verliehen wird, und er es deuten lernt, wodurch er ein wahrhaft Weiser wird. Das könnte ein Hinweis sein, die Krankheit der Mantis bedeute, daß sie große Mühe hat, das richtige Wort, den wahren Begriff für die Wiedereinsetzung des Lebens und der Persönlichkeit zu finden, den die gefährliche Situation erfordert. Der Eindruck wird dadurch verstärkt, daß die Mantis ein wenig später bemerkt: „Ich kann dann sprechen, denn ich spreche jetzt nicht."

Wie voll das Haus der Mantis auch ist, die Versammlung ist noch nicht vollständig. Ein großer Darsteller fehlt noch – der Alles-Verzehrer. Er muß jetzt zum erstenmal herbeigerufen werden. Bis hierher sind Verwandlung und Wiederverwandlung, Geburt und Wiedergeburt von der Mantis durch ihre verschiedenen persönlichen Aspekte vollbracht worden; aber jetzt reichen sogar diese nicht aus. Die Mantis sagt zum Stachelschwein: „Du mußt zu deinem Vater, dem Alles-Verzehrer, gehen, auf daß er mir helfe, die Schafe aufzufressen ... Ich fühle mein Herz beunruhigt, deshalb möchte ich, daß der alte Mann drüben komme ... und dann kann ich sprechen, denn ich spreche jetzt nicht." „Alter Mann drüben", ein neuer Name für den Alles-Verzehrer, ist die erste Andeutung dafür, daß er ein ferner Aspekt der Mantis ist – wie fürchterlich, werden wir bald sehen. Da der Mann drüben der Vater des Stachelschweins ist, vor dem es bei der Mantis Zuflucht suchte, ist es entsetzt. Es versucht verzweifelt, die Mantis davon abzubringen. Aber die Mantis will nicht hören. Sie besteht darauf, daß alle Schafe zusammengetrieben werden, damit der Alles-Verzehrer sie bei seiner Ankunft fressen kann.

Es ist bezeichnend, daß die Mantis gerade die Schafe versammelt. Unter allen Tieren der Welt bedeutet das Schaf zweierlei: den natürlichen Untergebenen von Zivilisation und Kultur und die Charaktereigenschaft des Verzichts, des Sichbeugens unter die Notwendigkeit. Jedem, der so viele Schafe getötet hat wie ich, wird diese letzte Eigenschaft bekannt sein. Selbst wenn ihm das Messer an der Kehle sitzt, wehrt sich das Schaf nicht. Es gibt keinen Ton von sich, wenn ihm die Kehle durchschnitten wird. Es nimmt den Tod hin wie kein anderes Tier auf Erden. Durch die Versammlung der Schafe bestätigt die Mantis, daß aus dieser Situation Gutes nur dann kommen kann, wenn man sich dem notwendigen Erscheinen des Alles-Verzehrers völlig unterwirft. Gleich Hiob ist sie bereit, sich dem Schicksal zu fügen, wie ungerecht es auch sein mag. Außerdem wird der Alles-Verzehrer mit ihr zusammen das Fleisch der Demut verzehren. Freiwillig wird die Gesamtheit des Lebens – oder, wie es ein moderner Psychologe nennen mag, das Bewußte nebst dem Unbewußten in der Mantis – das, was ist, und das, was kommen wird, auf sich nehmen. Es gibt kein Ausweichen mehr.

Das wird noch deutlicher, als die Mantis es ablehnt, jemals wieder Zebrafleisch zu fressen. Dieses Fleisch, so sagt sie, ist weiß von Alter; mit anderen Worten: die Lebensart des Zebras ist veraltet, ist schon früher auf die Probe gestellt und als unzureichend befunden worden. Das Zebra ist das Tier des Ausweichens und des zigeunerhaften Umherstreifens auf den großen Ebenen, das Geschöpf ohne Wurzeln. Noch heute wollen nur wenige afrikanische Völker Zebrafleisch essen, so sehr fürchten sie, dem Zebra ähnlich zu werden. Also auch für die Mantis kein Zebrafleisch mehr. Tapfer sagt sie: „Niemals mehr fliehen." Nachdem sich alle Einwendungen des Stachelschweins als vergeblich erwiesen haben, sagt es betrübt: „Trotzdem, ich werde ihn also holen (den Alles-Verzehrer), morgen werde ich ihn holen, er möge kommen, dann wirst du ihn selber mit eigenen Augen sehen."

Da es nach Art der prophetischen Seele weise ist, sagt es zu seinem Sohn, er solle etwas Fleisch nehmen und es so verstecken, daß weder die Mantis noch der Alles-Verzehrer es finden können. Das Stachelschwein weiß, was es aus dieser Situation an Wahrheit herausholen und beiseitebringen kann, so daß nach dem Unglück das neue junge Leben noch etwas an echter Nahrung vorfindet, um neu zu beginnen.

Dann macht sich das Stachelschwein auf den Weg, um den Alles-Verzehrer zu holen, und sagt zu ihm: „Die Mantis, dein Vetter drüben, lädt dich ein herüberzukommen und ihr die Schafe auffressen zu helfen, denn ihr Herz bereitet ihr Unruhe." Das Stachelschwein kehrt schnell zurück, und die Mantis fragt: „Wo ist dein Vater?" Es antwortet: „Er ist noch unterwegs." Daraufhin befiehlt das Stachelschwein der Mantis: „Schau dir den Busch an, der dort oben steht, kommt nicht ein Schatten von dort oben herabgeglitten? Warte, bis der Busch umknickt. Dann sollst du nach dem Schatten Ausschau halten, dann nämlich, wenn du siehst, daß die Büsche dort oben verschwunden sind. Denn seine Zunge wird die Büsche vorher wegräumen, während er noch hinter dem Hügel herannaht. Dann wird sein Körper heraufkommen, und die Büsche ringsumher werden aufgefressen werden. Wir werden nicht mehr im verborgenen sitzen."

Nachdem es seine Warnung verkündet hat, achtet es darauf, daß sein Sohn viel Fleisch frißt, wodurch er für die Rolle, die er spielen soll, stark gemacht wird.

Jetzt folgt eine sehr ergreifende Beschreibung der Mantis, wie sie, das winzige Insekt, Symbol des Seins, Aspekt des Urgeistes, in diesem großen, leeren, wüsten Lande sitzt und wartet, während der Alles-Verzehrer naht, auf seinem Weg alles vernichtet und auf der Spur des Stachelschweins Feuer speit. Durch das, was sich im Urbeginn von ihr losgelöst hat, wird sie jetzt zu einer schicksalsschweren Wiedervereinigung zurückgeführt. Plötzlich fällt ein großer Schatten auf die Mantis; sie ruft ihre Seele, ihre Tochter, an: „Warum ist es so dunkel, wenn keine Wolken am Himmel sind?“ Es scheint, als schrecke die heroische Gottheit vor dem Ende zurück, das sie selber zu ihrer Erneuerung herbeigeführt hat. Infolge dieses Zauderns wird die Finsternis tiefer denn je. Es ergeht der Mantis wie Hiob auf seinem Aschenhaufen, und diese Stunde ist eine frühe, sehr frühe Verkünderin der Stunde des größeren Verlassenseins am Kreuze. Auch für meine Generation ist dieser Augenblick zweimal eingetreten; in zwei Weltkriegen mußte der Alles-Verzehrer herbeigerufen werden, um das Unzulängliche im Geist des Menschen zu beseitigen. Ich lasse hier die Betrachtungen eines zeitgenössischen Dichters über eine Zwangslage folgen, die der ähnlich ist, in der die Mantis sich befand:

Zwischen Idee
Und Wirklichkeit
Zwischen Regung
Und Tat
Fällt der Schatten.

Zwischen Empfängnis
Und Geburt
Zwischen Gefühl
Und Erwiderung
Fällt der Schatten.

Zwischen Verlangen
Und Rausch
Zwischen Vermögen
Und Verwirklichung
Zwischen Wesen

Und Untergang
Fällt der Schatten.*

Im Kern des Schattens sieht die Mantis das Feuer. Es ist die Zunge des „Mannes drüben", der alles verzehrt. Dann ist für sie der gefürchtete Augenblick gekommen; sie muß sich hinsetzen und zusammen mit dem Alles-Verzehrer fressen. Die Abendmahlzeit wird in aller Ausführlichkeit beschrieben. Zum Schluß werden die Mantis, alle Schafe, alle Schutzdächer und weltlichen Besitztümer verzehrt; sogar ihr Regenbogenelement wird verschlungen.

Als Kwammang-a in dem geräumigen Bauch verschwindet, der sich von Horizont zu Horizont erstreckt, weint das Stachelschwein. Dann wird es wieder mutig, denn seine beiden Söhne, das zukünftige Ich der Mantis und Kwammang-as, sind bei ihm. Ohne zu zögern wendet es sich gegen seinen fürchterlichen Vater, so wie Ariadne sich in der Geschichte des Minotaurus gegen ihren Vater wandte. Es nimmt seine beiden Söhne beiseite und stellt sie mit einer im Feuer rotglühend gemachten Speerspitze auf die Probe. Warum ein Speer? Weil er ein Symbol des bewußten Willens des Menschen ist. Das Stachelschwein preßt ihnen das rotglühende Metall gegen die Schläfen, um ihren Verstand zu erproben, wie sie auf seine heldenhafte Intuition reagieren. Es stößt ihnen den glühenden Speer in die Ohren, um ihr Gehör zu erproben. Es stellt sie sogar noch auf die Probe, indem es ihnen die glühende Spitze in die Nasenlöcher stößt, um zu sehen, ob ihre Intuition, ihre Vision

* T. S. Eliot: „Die hohlen Männer", übersetzt von Hans Magnus Enzensberger in: „Museum der modernen Poesie". Frankfurt/Main 1961.

von der Zukunft, der seinen entspricht. Die Augen des einen Knaben füllen sich mit Tränen, und das Stachelschwein sagt: „Tränen sammeln sich um einer sanften Person willen.“ Aber es verachtet Tränen nicht – wer sollte es besser wissen als das Stachelschwein, daß in der dunklen Stunde auch das Mitleid eine besonders lebenswichtige Rolle übernehmen muß, wenn nicht eine neue Form der Maßlosigkeit in die Welt gesetzt werden soll? Als es den jungen Kwammang-a auf die Probe stellt, versagt zu seinem Entzücken der Tapfere, der Ruhige nicht. Der Augenblick der besonderen Bewährung ist gekommen. Je tiefer das Stachelschwein ihn mit dem Speer brennt, umso trockener werden seine Augen – mit anderen Worten: umso deutlicher wird die Vision, die es hat. Schließlich ruft es hell jauchzend aus: „Ja, das ist ein kühner Mann, er gleicht seinem Vater.“

Es macht die beiden darauf aufmerksam, daß die Zunge des Alles-Verzehrers ein schreckliches Feuer ist. Es schickt die beiden aus, damit sie ihre Arbeit verrichten. Dem Sanften, dem Mitfühlenden wird der Platz zur Linken des Alles-Verzehrers zugewiesen, weil er mit der linken Hand schneidet. Die linke Seite wird als verhängnisvoll bezeichnet, da sie Instinkt gegen Instinkt setzt. Dem Kühnen, dem Rechtshänder, wird der Platz zur Rechten zugewiesen, so daß Wille gegen Willen gesetzt wird. Dann schlitzen sie dem zwischen ihnen sitzenden Alles-Verzehrer den Bauch auf und befreien die Mantis und ihr Regenbogenelement; Büsche, Schutzdächer, Schafe, die ganze Welt, die aufgefressen worden war, purzeln daraufhin so plötzlich heraus, daß die beiden Knaben beiseitespringen müssen.

Darauf sorgt das Stachelschwein dafür, daß Dassie, der Realist, der Mantis Wasser gibt, während es selber für seinen Ehemann sorgt. Wie sehr sich die Dinge infolge des Unglücks geändert haben, geht sogar noch aus dieser kleinen Einzelheit hervor. Bisher hatte Dassi in seinem erdgebundenen Willen den Geist der Mantis zügeln müssen; aber jetzt ist Dassie fähig geworden, ihren Geist anzuspornen, denn nichts anderes hat die Verabreichung von Wasser hier zu bedeuten. Inzwischen bereitet das Stachelschwein etwas von der Nahrung der Wahrhaftigkeit zu, etwas von dem Seienden, das es vor dem Unglück beiseitegebracht hatte, und gibt ihnen allen davon zu essen. Dann fordert es alle auf, ihre Habseligkeiten zusammenzusuchen, nimmt alle Kraft zusammen und sagt: „Wir wollen gehen. Wir wollen weit weggehen und den Alles-Verzehrer vor dieser Hütte liegenlassen." Mit diesen Worten führt es sie davon zu einer neuen Heimstätte und in ein neues Land, was in der Sprache der urältesten Dinge einen neuen Daseinszustand bedeutet.

Hiermit ist meiner Meinung nach die Geschichte der Mantis abgeschlossen. Ob der Buschmann, wenn er weitergelebt hätte, noch ein neues Stadium hinzugefügt hätte, kann niemand mit Sicherheit sagen. Der Rest ist Schweigen, nachdem der Alles-Verzehrer erschlagen wurde. Wir wissen nur, daß der verschollene Märchenerzähler gesagt hat, die Mantis und ihre Familie hätten in ihrer neuen Heimat, in ihrem neuen Daseinszustand, in Frieden gelebt. Es mag ein Wunschtraum von jemandem gewesen sein, der den Frieden gekannt hatte, ihn aber niemals wieder erleben sollte; ich bin jedoch eher geneigt zu glauben, daß er damit ausdrücken wollte, daß nun alles gesagt sei. Andere Menschen haben zu anderen Zeiten in anderen Worten das Thema neu aufgenommen; aber die Einbildungskraft des Buschmanns hat es weiter ausgesponnen, als Menschen es jemals vermochten, und es in Worte gekleidet, die unserem begrenzten Auffassungsvermögen verständlich sind. Was dem menschlichen Geist als Ziel gesetzt ist, können wir nur erreichen, wenn wir während des langsamen Ablaufs unseres Lebens diesem Ziel zustreben, so wie die Mantis und ihre Sippe es uns vorgelebt haben.

Dabei können wir die Gewißheit haben, daß in uns ein Plan beschlossen liegt, der uns durch Symbole zur Kenntnis gebracht wird. Wie Sternenlicht erleuchten die Symbole unseren Geist und verkünden, daß das Leben auf Erden reicher, freier und größer werden kann, als es je gewesen ist, wenn wir diesen Bildern mit unserem ganzen Herzen und Verstand dienen. Dieser in uns ruhende Plan ist nicht auf „Geburt, Paarung, Tod" beschränkt. Er besteht aus Geburt, Fortpflanzung, Tod und Wiedergeburt. Diese vier Vorgänge sind Torwege zu einer großen Stadt; sie sind vier engelhafte Elemente, die in jedem Augenblick eines Lebens enthalten sind, das diesem großen Plan freimütig gehorcht. Sie alle zusammen machen aus dem Leben nicht ein auswegloses Tal, sondern ein ewiges Hier und Jetzt.

Das letzte Wort soll nun der Buschmann haben. So wie die Geschichte Dxuis mit Feuer begann – dem Feuer, das den Urgeist der Schöpfung von seinem Erzeuger trennte – und wie die Mantis die Überbringerin des Feuers war, so lasse man auch mich mit dem Feuer aufhören. Der Ring schließt sich. Feuer war im Anfang der Buschmanngeschichte; Feuer ist an ihrem Ende. Das Holz verbrennt, die Asche in der Wüste wird in alle Winde verstreut. Aber das Feuer als solches brennt weiter. Das Wissen, das den Steinzeitmenschen von Gott, dem Vater in seinem Urgeist, trennte, und das ihn in dem Augenblick auf die Berggipfel trieb, als Fleisch und Blut auf der Erde zerfielen, diese Bewußtheit, dieses Feuer vereint ihn wieder mit Gott. Wenn ein Buschmann in der Kalahari stirbt, wird er tief im roten Sande in seiner Decke aus Hartebeestfell begraben, das Gesicht gen Osten gerichtet, mit seinem Bogen und dem Köcher voller Pfeile, mit dem Speer in der Hand und neben ihm ein Straußenei voll Wasser für die lange Reise. Dann bauen seine Gefährten bitterlich weinend am Fußende des Grabes einen hohen Holzhaufen auf und zünden ein großes Feuer an.

Als ich sie fragte, warum sie das taten, sagten sie: „Aber weißt du denn nicht, daß es dort, wo er jetzt ist, dunkel ist? Er muß weit gehen und braucht den Schein des Feuers, das ihm den Weg weist zum jenseitigen Tage."

So ist immer das Feuer da, die reine und klare Flamme am letzten Horizont, wie die Spitze des Speers, der die Mantis vom Alles-Verzehrer befreite. Und immer sind da auch der Mond, jene Feder des Vogels der Wahrheit, der dem Menschen das Feuer brachte. Eines Nachts in der Kalahari, als der Himmel klar war und der Mond voll aufging, begannen die Buschmänner zu tanzen. Sie tanzten so lange und so leidenschaftlich, daß ich wußte, es war kein gewöhnlicher Tanz. Ich fragte meinen Lieblingsjäger: „Warum tanzt ihr immer und immer wieder so weiter?" Er blickte mich erstaunt an und sagte: „Von nun an wird der Mond langsam erlöschen, und wenn wir dem Mond nicht zeigen, daß unsere Herzen sein Licht nicht nur ein wenig lieben, wird er völlig verblassen und nicht wiederkehren, sondern ganz und gar sterben."

All dieses wurde für mich auf meiner langen Heimreise auf dem Meer ein Symbol für das, woran es dem Geist des Menschen heute gebricht. Wir leben in einer Sonnenuntergangsstunde der Zeit. Wir müssen den Aspekt unserer selbst, dessen Symbol der Mond trägt, erkennen und weiterentwickeln. Unsere schüchternen Intuitionen der Erneuerung wandern durch unsere geistige Nacht, so wie das Stachelschwein mit Hilfe des Mondlichts, das allen scheint, die Hilfe brauchen, seinen Weg fand. Es ist, als brächte hinter mir der Wind die Stimme der Mantis zum Tönen – der Mantis, des Unendlichen im Kleinen – die aus dem Steinzeitalter in ein Zeitalter von Menschen mit steinernen Herzen herüberruft und uns mit der authentischen Stimme ewiger Erneuerung befiehlt: „Du mußt künftig der Mond sein. Du mußt in der Nacht scheinen. Mit deinem Scheinen sollst du die Finsternis erleuchten, bis die Sonne wieder aufgeht, um für die Menschen alle Dinge hell zu machen.“